季語をさかのぼる

小林祥次郎

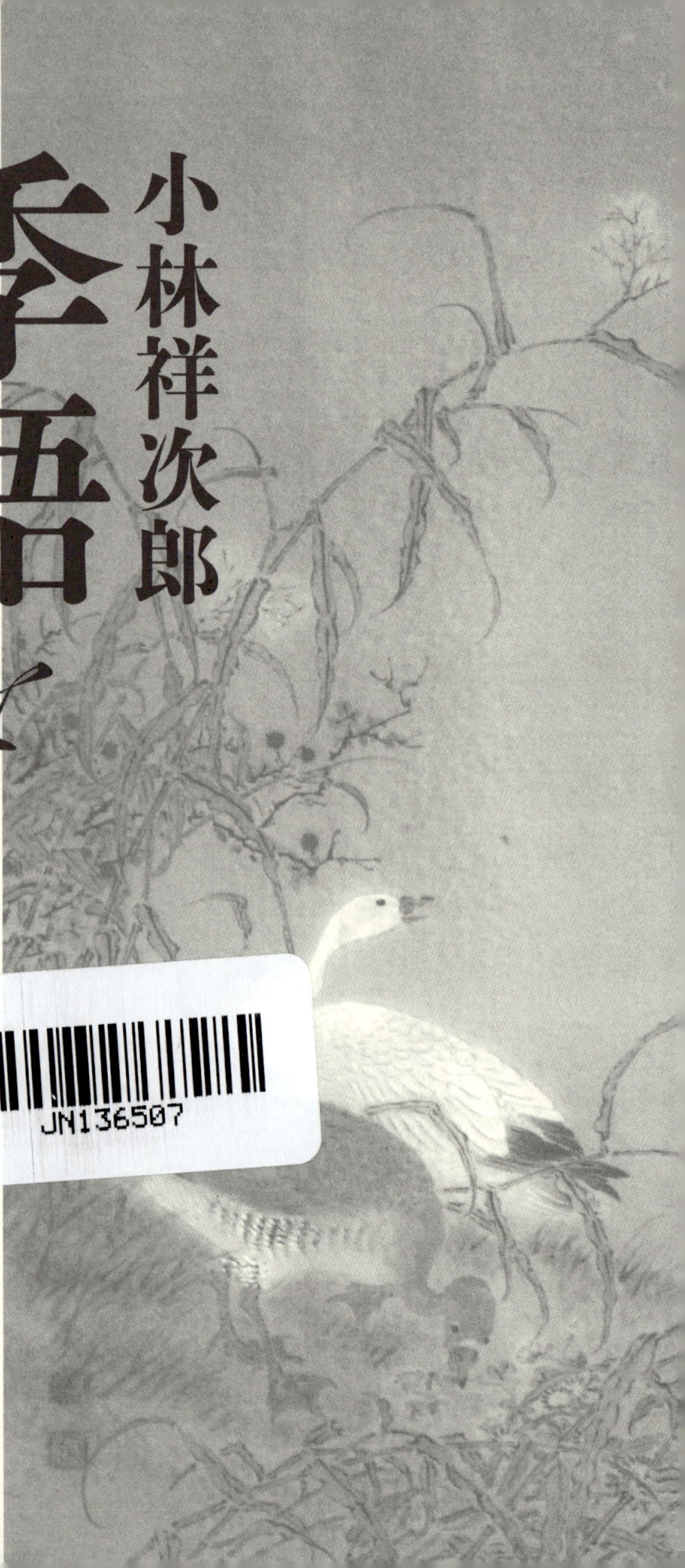

勉誠出版

はじめに

どの国の言葉でも、それを使う国民の生活感情が染み付いています。月は、フランス語では女性名詞ですが、ドイツ語では男性名詞です。フランス人が月を女性と思い、ドイツ人が男性と感じているのは、理屈ではなく、それぞれの風土とそこに住む人々の生活の中で培われてきたものです。

温和な国土に住む日本人にとって、自然は対決して征服する対象ではなく、融和して身をゆだねて生きる環境でした。四季の移ろいの中に美を感じ、詩歌の伝統を作り上げてきました。日本語の一つ一つの単語、殊に季節感のある語には、日本人の美意識が色濃く反映しています。

詩歌の伝統の中で認められた対象のそれらしい姿を、古人は本意と呼んでいました。たとえば、春にも大風が吹き大雨が降ることがあっても、雨も風も物静かなように思うのが本意であり、秋には人により所により賑わしい事があっても、野山の色も変わり、もの寂しく哀れなのが秋の本意なのです（紹巴『連歌至宝抄』）。

それぞれの季語に存する本意は、日本人にとっては常識でありましょう。でもその感じ方には、古くからのものもあり、かなり新しいものもあります。優れた文学者が新しい見方をしたのが伝統になったものもあります。日本人の生活から生まれたのではなく、中国文学から教えられた見方もあり、明治以後に西洋文化の影響で出来上がった感じ方もあります。

季語という考え方が必要になったのは連歌俳諧においてのことで、季語を集めて特にそれぞれの本意について説明を加えた本が歳時記ですが、その本意は、歳時記に載るまでに、和歌を中心に、物語などの散文、あるいは日本漢詩文の世界ですでに作り上げられたものであることが多いのです。

本書は、代表的な季語について、それぞれの感じ方が、いつごろどうして生まれ、どのような経過があってどう変わってきたのかを、文献をさかのぼって追究しようとするものです。それは日本人の感性がどのように作り上げられてきたのかという歴史をたどることになりましょう。

初めに一つお断りしておきます。この本では古いことを扱っているので、暦はたいてい陰暦に従います。正月から三月までが春、以下三か月ずつ夏・秋・冬となります。

ごへゐ

◉はじめに……(3)

春

◉初……2 ◉立春……6 ◉門松……10 ◉鶴……13 ◉梅……19 ◉鶯……23 ◉百千鳥……28
◉猫の恋……30 ◉獺の祭……33 ◉雀……35 ◉燕……40 ◉鷹化して鳩となる……44 ◉蝶……46
◉桜……50 ◉鯛……55 ◉朧月……59 ◉蜂……63 ◉蛙……69 ◉柳……73 ◉鞦韆……77 ◉雛祭……82
◉桃……86 ◉山吹……90 ◉行く春……94

夏

◉更衣……100 ◉初鰹……102 ◉牡丹……105 ◉富士の農男……109 ◉時鳥[郭公]……112 ◉菖蒲……126
◉五月雨……131 ◉紫陽花……133 ◉鮎[氷魚]……136 ◉蝙蝠……143 ◉蚊……146 ◉ごきぶり……150
◉百合……153 ◉蟬……157 ◉夕顔……161 ◉夕焼け……165 ◉雷[稲妻]……167 ◉鰻……172 ◉土用……176

秋

◉七夕……182　◉萩……186　◉相撲……190　◉秋ついり……193　◉西瓜……195　◉蜻蛉……197
◉桐……201　◉月……205　◉露……211　◉霧……213　◉薄……217　◉曼珠沙華……219　◉葛……222
◉鈴虫・松虫……226　◉蟋蟀……232　◉鹿……238　◉無花果……246　◉雁……250　◉菊……255
◉十三夜……261　◉銀杏……265

冬

◉神無月［小春］……270　◉時雨……274　◉枯野……279　◉鴨……283　◉鴛鴦……286
◉千鳥……290　◉鯨……294　◉雪……296　◉杉［翌檜］……300　◉葱……308　◉海鼠……311
◉大根……315　◉鮪……316　◉かいつぶり……321　◉水仙……324　◉狐火……328
◉烏……331　◉柊……343　◉年の暮……347

連歌・俳諧・発句・俳句……352　季語……354
あとがき……357
索引……*1*

春

鈴木春信画『絵本古金欄・中巻』

初（はつ）

蓬莱（ほうらい）に聞かばや伊勢の初便り　芭蕉（炭俵）

五十音順の国語辞典では、だいたいどの辺りで半分であるかご存じでしょうか。国語資料の索引を作ったり、いくつかの国語辞典や歳時記にかかわったりしてきた経験から言えるのは、だいたいシで半分です。例えば、十三巻の『日本国語大辞典』（第二版）では、第七巻のほぼ真ん中でシの部が終わります。しかもシの部の語がいちばん多く、次がカです。特にシの部は、後ろの方のシャ・シュ・ショ・シンが多い。だからシの部が終わってスに入ると、やれやれ、あとは下り坂と、ほっとした気持ちになります。

ところが、歳時記の索引では、シが終わっても、まだ三分の一くらいです。

その理由の一つは、シの部があまり多くないことです。シャ・シュ・ショ・シンで始まる語のほとんどが音読みの語です。歳時記にも「芍薬、十五夜・十三夜、菖蒲、新酒・新春・新茶・新年・新米・新緑」などの漢語も無いのではありませんが、伝統的な季節感のある語は、外来の漢語よりも、日本古来のやまとことばのほうがずっと多いのです。

もうひとつの理由は、ハの部がきわだって多いことです。ハの部には「初…」「花…」「春…」という複合語が多いのです。「春」だけでなく、当然ながら夏・秋・冬も少なくありません。その中では、春・秋のほうが多い。夏・冬の厳しさよりも、春・秋の穏やかさが好まれるからでしょう。「春を待つ・秋を惜しむ」などはよく使いますが、「夏を待つ・冬を惜しむ」などとはあまり言いません。

「花」は「月」と共に、代表的な景物です。日本文学では花と言えばふつうは桜です。「花曇り・花盛り・花の宴・花の雲・花冷え・花吹雪・花見」など、桜にかかわる美しい語がいろいろあります。季節の推移の著しい日本では、桜のほかにも四季それぞれの花があります。「花籠・花車・花園・花摘み・花野」などは、豊かな自然の中から生まれた語です。

「初」については、『万葉集』と芭蕉の俳句とに見える「初…」という語を見ることにします。

『万葉集』では、「初秋風・初雁（かり）・（時鳥・雁の）初声・初垂り（製塩にかかわることか）・初鳥狩（とか）り・初子（ね）・初萩・初花・初春・初黄葉（もみじ）・初雪・初尾花」ですべてであり、芭蕉の俳句では、「初秋・初午・初鰹（がつお）・初時雨・初霜・初便り・初音・初花・初春・初真桑・初雪」があります。これらの中で、「初子」は正月最初の子の日で天皇・皇后が農耕や養蚕になぞらえた行事をする日、「初午」は二月最初の午の日で稲荷社の祭礼の日ですから、すこし違いますが、それ以外は、待ちこがれていたものがやっと来た、ついに巡り会えたという心の弾みを感じさせる語ばかりです。

季節の移り変わりとともにやって来る新鮮なものを心待ちにする、そこに、日本人の美意識、日本文化の特色があると言えましょう。

お正月のものには、気象に関する語だけでも、「初明かり・初霞・初東風（こち）・初空・初凪（なぎ）・初日の出」など「初」の付くものがいろいろあります。元日に鳴く鶏は「初鶏（とり）」ですし、雀（すずめ）・鴉（からす）が鳴けば「初雀・初鴉」です。聞き慣れた鳴き声でも、元日には改まったものに聞こえるのです。「初」ではありませんが、三ケ日に降る雨や雪を「お降（さが）り」、同じ三ケ日の鼠を「嫁が君」と言うなど、正月には特別な名があるものもあります。

先の『万葉集』と芭蕉の「初…」の中から、正月にかかわるものを、一つずつ見ることにします。

新しき年の初めの初春の今日降る雪のいやしけ吉事　大伴家持（二〇・四五一六）

天平宝字三年（七五九）正月一日に因幡（鳥取県）の国庁で、国司の大伴家持が主催した宴会で詠んだ歌です。この年の元日はちょうど立春にあたっていました（『日本暦日便覧』による）。だから新年は初春でもあったのです。その元日に雪が降ったのでしょう、新しい年の初めの初春の今日降る雪が積もるように、ますます重なれ、良いことよ。すでにこのころから雪は豊年の兆しでした。これは中国にも例があり、それが伝わったものかもしれません。元日の雪は、今年がよい年であることを期待させます。

この歌は『万葉集』の巻末に載っています。『万葉集』の編者（家持であろうと言われている）は、祝いの心を詠んだこの歌を最後にすることで、この集が万世の後まで伝わるようにという志をこめているのであると言われています。

蓬莱に聞かばや伊勢の初便り　芭蕉（炭俵）

最初に掲げたのは、芭蕉が元禄七年（一六九四）の年頭に詠んだ句です。

蓬莱というのは、中国の神仙思想で東海にある不老不死の仙人の住む山のことですが、ここのものは、その山になぞらえ、「主として関西で、新年の祝儀に、三方の上に白紙、羊歯、昆布などを敷き、その上に熨斗鮑・勝栗・野老・馬尾藻・橙・蜜柑などを飾ったもの。」（日本国語大辞典）です。古代を思わせる蓬莱に向かうと、神宮の神々しい神域を思い浮かべ、伊勢からの初便りを聞きたいというのです。この句について、門人の向井去来が、師からこの句をどのように理解するかと問われて、伊勢とあるのは、元日の儀式が現代風でないことから、神代のことを思い浮かべ、神域である伊勢からの初便りを聞きたいと、はやくも旅心を催されたのであろうと答えて褒められた話を、『去来抄』に書き留めています。晩年にこれを書いた去来は、「春立てる霞の空に、…そぞろ神の物につきて心を狂はせ、道祖神の招きにあひて取るもの手に付かず」（おくのほそ道）を思い浮かべていたのかもしれません。新年には今年こそは何かをしようという気持ちになります。芭蕉にとっては、それは新たな旅であると去来は思ったのでしょう。

かくて明け行く空のけしき、昨日に変はりたりとは見えねど、ひきかへめづらしき心地ぞする（徒然草・一九段）

蓬莱（日本永代蔵）

兼好の言うとおり、新年になったからと言って、気象の上で変わったことがあるのではないでしょう。太陽暦では一月は一年中でいちばん寒い月ですから、むしろ客観的には望ましい時期ではありません。それでもやはり「めづらしき心地」がする。それは新しい年を期待を持って迎え、すなおに喜ぶ心がそうさせるのでしょう。新年のものに「初」の字を付けるのは、そういう心の弾みの現れなのでしょう。

立春（りっしゅん）

月の秋花の春立つあしたかな　宗祇（萱草（わすれぐさ））

作者の自注に「立春に年中のことを思ふなるべし」（愚句老葉（ぐくわくらば））とあります。秋の名月を思いつつ、立春を祝っているのです。澄んだ月と対比することで、春のうららかさが際立ちます。

元日が別にあるからでしょうか、平安時代に宮中で立春を特別に祝う行事はありませんが、歌人たちは、暦によって季節の到来を感じ、それを歌に詠んでいます。勅撰和歌集の巻頭は、たいてい立春の歌です。たとえば第三勅撰和歌集である『拾遺集』の巻頭は、

　春立つと言ふばかりにやみ吉野の山も霞みて今朝は見ゆらむ　壬生忠岑（みぶのただみね）

立春になったというばかりで、吉野山も霞んで今朝は見えているのだろうか、という歌です。平安中期の藤原公任（きんとう）の『和歌九品（くほん）』という歌論書では、この歌を最高位の上品上に置いています。立春だから春の景色になったのです。こういう把握は、『万葉集』にも、

　ひさかたの天（あめ）の香久山（かぐやま）この夕べ霞たなびく春立つらしも（一〇・一八一二）

があります。『万葉集』のほうは、霞がたなびいているので立春になっているらしいと判断しているのですが、『拾遺集』のほうは、立春になったから霞んでいるとしています。そこに『万葉集』と平安時代の歌との違いがあります。

　春立つやさすが聞きよき海の音　牧童（卯辰集）
　春立つや見古したれど筑波山　一茶（文化句帖）

などの句は、同じように立春だから春らしくなったと詠んでいます。

最初の勅撰和歌集である『古今集』では、二番目が、

袖濡ちて掬びし水の凍れるを春立つ今日の風やとくらむ　紀貫之

夏に袖が濡れて掬った水が冬になって凍っているのを、立春の今日の風が溶かしているだろうか、という立春の歌です。実体験ではなく、「孟春の月（正月）…東風凍を解く」（礼記・月令）という中国からの知識を下敷きにして、春を喜ぶ心を詠んでいるのです。

『古今集』の巻頭には、

古年に春立ちける日詠める

年の内に春は来にけり一年を去年とや言はむ今年とや言はむ　在原元方

という歌が載っています。旧年内に立春になった、この一年を去年と言おうか今年と言おうか、というのです。

我が国で太陽暦を採用したのは明治五年十二月からで、それ以前は陰暦を用いていました。陰暦は、太陰つまり月の運行を中心とし、これに太陽の運行も考慮して折衷したもので、厳密には太陰太陽暦と呼ばれるものです。満月の日を十五日とするのは月の運行によるもの、立春とか夏至とかいうのは太陽の運行に従ったものです。太陽の運行と月の運行とは無関係です。現在の太陽暦では、立春はたいてい二月四日ですが、陰暦の元日は、年によってまちまちです。『古今集』の選歌の命が下った延喜五年（九〇五）前後には、延喜元年、四年、六年、七年、九年に年内立春がありました（ちなみに、延喜三年は

元日が立春でした)。「年の内に」の歌は、そういう暦のズレを扱った歌です。

年内立春を詠んだ歌は、「年の内に」が最古のものではありません。『万葉集』に、天平宝字元年(七五七)十二月十八日の三方王の邸宅での宴に、主人が、

み雪降る冬は今日のみ鶯の鳴かむ春へは明日にしあるらし(二〇・四四八八)

と詠んだのを初めとする三首があるなど、いくつか見られます。厳密には、この年はこの翌日が立春ではなかったのですが、年内立春を扱っているのは同じです。菅原道真も、仁和四年(八八八)十二月二十六日に「偏に暦の注すに因りて春の来たれることを覚る」と始まる「立春、十二月廿六日に在り」(菅家文草・四・二七八)と題する漢詩を作っています。

こういう題材を詠むとなると、どうしても知的な扱いをすることになるのは致し方ないことです。『万葉集』の「み雪降る」も、暦の知識を踏まえてはいますが、冬は今日だけ、鶯のなく春は明日であるらしいと、春への期待感を詠んでいます。それに対して、『古今集』の方は、理屈めいた歌で、平安末期の藤原俊成も、「この歌、まことに理強く、またをかしくも聞こえて、ありがたく(珍しく)詠める歌なり。」(古来風体抄)と評しています。

この歌について、正岡子規は、「実に呆れ返った無趣味の歌に有之候。日本人と外国人の合の子を日本人とや申さん外国人とや申さんとしゃれたると同じ事にてしゃれにもならぬつまらぬ歌に候。」(再び歌よみに与ふる書)と酷評しました。『古今集』は最初の勅撰和歌集ですから、明治初期まで歌道の聖典と仰がれていました。子規は、こういう過激とも言える発言をすることで、既成の権威を排して、短歌

の革新を目指したのです。現在の目からは、子規の言うとおり洒落にもならない歌です。しかし、勅撰和歌集に採られているのですから、当時はこういう理知的な詠みかたが好まれたのでしょう。

歌道の聖典である『古今集』の巻頭がそれですから、以後この年内立春を扱った歌や句がいくつも詠まれています。第九勅撰和歌集の『新勅撰集』の巻頭は、

あらたまの年も変はらで立つ春は霞ばかりぞ空に知りける　後堀河天皇

年も変わらないで立つ春は霞ばかりを空に知ることだという歌です。延文二年（一三五七）に准勅撰となった連歌集『菟玖波集』の発句（連歌の巻頭の五七五の句）の部の巻頭は、

春やとき古年かけて立ちにけり　藤原為家

という句です。

初期の貞門俳諧は言葉遊びの要素が強いので、こういう題材は得意です。

年の内に踏み込む春の日足かな　季吟（山之井）

芭蕉が自己の俳風を確立する以前の作に、

廿九日立春ナレバ　年や来し春や行きけん小晦日（千宜理記）

という句があります。詞書から、寛文二年（一六六二）、芭蕉十八歳の時の作であることが分かり、現在芭蕉のいちばん若いときの句とされています。

和歌では「年内立春」は春ですが、俳諧では冬の季語としています。

門松（かどまつ）

春立つやにほんめでたき門の松　徳元（犬子集（えのこしゅう））

寛永十年（一六三三）に出た江戸時代最初の俳諧撰集『犬子集』の巻頭に載っている句です。二本の門松に日本を掛けて、平和な新年をおおらかに祝った佳句です（芭蕉以前の俳諧はことば遊びの要素が強いのです）。

門松という語が文献に見えるのは、長治二、三年（一一〇五、六）ころに詠まれた『堀河百首』に、

門松を営み立つるそのほどに春明け方に夜やなりぬらむ　藤原顕季（ふじわらのあきすえ）（一一〇九）

とあるのが最古のようです。これは「除夜」の題で詠んだ歌です。今は嫌う一夜飾りが当時は普通だったのでしょう。貝原益軒の貞享五年（一六八八）刊の『日本歳時記』（七）にも、十二月の晦日に、家の中を掃除して「門松を立て、注連縄（しめなは）をかくべし」とあります。以後の江戸時代の本では、立てる日についてはまちまちです。現在でもいろいろでしょう。商店街の売り出しに合わせて、十二月に入るとすぐに立てることもあります。

建仁三年（一二〇三）ころに出来た『千五百番歌合』（二〇九二）には、

明日を待つ賤（しづ）が門松先立てて今日より春の色を見るかな　藤原保季（やすすえ）（二〇九二）

という歌があります。「賤が門松」とあることから、貴族の習慣ではなく、庶民の間から起こったものであることが分かります。平安末期に作られた『年中行事絵巻』にも、正月の庶民の住まいに立て並べた松を描いた箇所があります。この絵から必ずしも一つの家に二本ということではなかったことも分か

門松　（谷文晁摸写『年中行事絵巻・三』）

ります。少し時代は下りますが、鎌倉末期の『徒然草』（一九段）に元日の様子を、

大路(おほち)のさま、松立てわたして、華やかに嬉しげなるこそ、またあはれなれ。

と描いています。これも立ち並んでいるとあるだけで、何本であったかは分かりません。

門松の起源についてはいろいろな説があります。中国で六世紀に作られた『荊楚歳時記(けいそさいじき)』に正月一日に門戸に松柏（「柏」はカシワでなくヒノキ科のコノテガシワだそうです）などを飾るとあり、そういう風習が伝わったものという説もあります。江戸時代の随筆類では、素盞嗚尊(すさのおのみこと)が殺した巨丹将来(こたんしょうらい)の墓標として松を立てたのに始まるとするものが多く見られます。民俗学では門松は年神の依(よ)り代(しろ)と解しています。能の舞台の鏡板に大きく松を描いたり橋懸りに三本の松を立てるのは、芸能が神事から起こったからと言われていますし、門松が庶民生活から起こった風習であることも考え合わせて、わたくしはこの説に従いたいと思います。年神の依り代なら一本であるのが本来でしょう

が、門の両脇に立てるのが見栄えがすると考えて二本になったのでしょう。

松を用いるのは、松がめでたい木だからです。松は常緑樹で、『論語』（子罕）に、「子曰く、歳寒くして然る後に松柏の彫むに後るるを知る」とあるように、堅い節操の例えに言うことがあります。それに、古代の日本の貴族たちの中国知識の種本と言われている『芸文類聚』に引く晋の傅玄の詩に「世に千年の松有り。人生詎ぞ能く百ならむ」とあるように、松は千年の寿命のある木です。これらは中国の例ですが、その考えは、

茂岡に神さび立ちて栄えたる千代松の木の年の知らなく　紀鹿人（万葉集・六・九九〇）

世の中に久しきものは雪の内にもと色変へぬ松にざりける（貫之集・二七九）

など古くから日本に伝わっていました。あるいは日本古来の松についての信仰もあるのかもしれません。

江戸時代には、江戸城や大名家で豪華なものを立てるようになっていました。江戸後期の平戸藩主である松浦清（号、静山）は膨大な随筆『甲子夜話』（四）に、自分の家では松を用いず椎の枝と竹とを立てると記しています。いくつかの大名家では松を立てないことを記した随筆もあります。こういう記事があるのは、松を立てるのが普通だったからでしょう。町の商家でもそれなりに飾り付けています。

明治九年に東京医学校（後の東京大学医学部）の教授として二十七歳で赴任してきたドイツ人のエルヴィン・フォン・ベルツは、明治十年一月一日の日記に、

家々の前にはタケとマツが立ち、…これらの植物の緑は、君主――当時は将軍――がこの植物のように新しい年を迎えて元気溌剌たらんことを祈る意味であるとか。…自発的に身をおとして庶民に

門松（武道伝来記）

なった以前の君主への崇敬の念は失われてしまった。ただ惰性で、古来の美風を守り続けるのも、まだ多い。（菅沼龍太郎訳）

と記しています。来日して半年ほどでのことですから、日本のだれかから聞いたことを記したのでしょう。門松にはこんな意味があったようです。近代短歌の先駆者である落合直文の、

　ある松

　一つもて君をいははむ一つもて親を祝はむ二もと

という歌は、この考えを受け継いでいるのかもしれません。明治になっての歌ですから、「君」はもちろん天皇です。

門松を取り払うのは、地方により七日（あるいは六日）か十五日（あるいは十四日）です。

　松取りて常の朝日となりにけり　不角（続の原）

は平常の生活に戻ったのを発見したように詠んだ句です。

鶴（つる）

日の春をさすがに鶴の歩みかな　其角（続虚栗（ぞくみなしぐり））

師の芭蕉がこの句について、「元朝の日の華やかにさし出（い）でて、長閑（のどか）に幽玄なる気色（けしき）を、鶴の歩みに

かけて言ひつらねはべる。祝言外にあらはす（新年を祝う気持ちを言外に表わす）」と評しています（『落葉考』所収「初懐紙評註」）。ツルは季語ではありませんが、この句を頼りに、めでたく新春の所に入れます。

ツルの語源については諸説ありますが、江戸中期以後、その鳴き声からという説（谷川士清（ことすが）『倭訓栞（わくんのしおり）』、狩谷棭斎（えきさい）『箋注倭名類聚抄』、大槻文彦『言海』、幸田露伴『音幻論』など）が妥当なのではないかと思います。朝鮮語の durumi と関連があるかとも言われています（新村出『語源をさぐる』など）。

『万葉集』では、鳥の名としては、「鶴」以外には「多豆・多津・多都・多頭」と表記していて、タヅであってツルではありません。しかし、「会ひ見つるかも」（一・八一）を「相見鶴鴨」とするなど、完了の助動詞「つ」の連体形「つる」を「鶴」と書くことがあり、ツルという語もあったことが分かります。これについては、「これは当時の口語としては「鶴」をツルと呼んでゐたが、歌に詠む場合には古語の「たづ」といふ言葉を雅語とし、歌語として用ゐたものと思はれる。」（沢瀉久孝『万葉集注釈　巻第一』）というのが通説になっています。本居宣長は、上代には、ツルもクグイもオオトリも全てタヅと言ったとしています（古事記伝・二五）。平安時代の歌では、ツルとタヅとは併用されています。タヅの語源について、新井白石『東雅』、狩谷棭斎『箋注倭名類聚抄』は、田にいるからとし、谷川士清『倭訓栞』、大槻文彦『大言海』では鳴き声からかとしています。

『万葉集』では、

若の浦に潮満ち来れば潟を無み葦辺（あしへ）をさして鶴（たづ）鳴き渡る　山部赤人（六・九一九）（和歌山市の和歌浦に潮が満ちて来ると干潟が無いので葦の生えたあたりを目指してツルが鳴きながら渡って行く。）

のように、田・江・潟・潮干・湊・葦辺などにいるとし、都を離れた土地のものとして詠むことが多い。その声は、「大和恋しく鶴多に鳴く」（三・三八九）のように、望郷・恋慕の気持ちを起こさせるものとしています。

また、遣唐使の母の詠んだ、

旅人の宿りせむ野に霜降らば我が子羽ぐくめ天の鶴群（九・一七九一）

のように、子を思う心の強いものとしたり、「妻呼びかはし鶴多に鳴く」（一七・四〇一八、大伴家持）のように、夫婦仲のよいものとしたりします。動物学者の友人の話では、夫婦の仲が良いというのは事実だそうです。

「夜の鶴」は、白居易の詩「五絃弾」に「夜鶴子を憶ひて籠中に鳴く」とあり、中国でもツルは子を思うものでした（白居易の詩が日本にもたらされたのは平安初期ですから、『万葉集』の例は影響とは言えません）。『栄花物語』（浦々の別）に、息子たちが流罪になった藤原道隆夫人の高階貴子の、

夜の鶴都の内にこめられて子を恋ひつつも鳴き明かすかな（夜のツルが身は籠に入れられて子を思って鳴くように、わたくしは都の中に残されてさすらう子を思いながら泣き明かすことだ。「都—身や籠」は懸詞）

という歌が、その意味での「夜の鶴」の最古の例です。

『古今集』になると、

鶴亀の千歳の後は知らなくに飽かぬ心に任せはててむ　在原滋春（賀・三五五）（長命であるツルやカメも千年の後は分からないから、あとはあなたの命がいくら長くても満足しないで長寿を願うわたくしの心に任

せてしまおう。）

のように、ツルは千年の寿命のあるものとなります。これは漢の劉安の『淮南子』（説林訓）に「鶴は千歳を寿として、以て其の游を極む」とあるなど、中国から伝わった知識です。平安貴族たちの愛読した白居易の詩にも、「声は枕の上に来たる千年の鶴」（元八の渓居に題す。『和漢朗詠集』四四五に引く）、「松柏と鶴亀と、其の寿皆千年」（陶潜の体に傚ふ）などとあります。

寛政七年（一七九五）に義端という人が記した「鶴郡鶴羽記」が大田南畝の随筆『一話一言』（二〇）に載っています。甲斐国鶴郡（山梨県津留郡）は富士山の北にある。孝霊天皇七十二年に、秦の始皇帝が徐福を遣わして仙薬を求めさせた。徐福は秦が乱れたのを知ってこの地に留まって歿した。その後、三羽のツルがいるのを、徐福の魂が化したものと言い、郡名となった。元禄十一年（一六九八）三月二十九日に一羽が死んだので、その肉と両翼とを江戸に献じ、骨は村の福源寺に葬った。寛政六年三月に、二羽が吉田村に下って嘴で羽根を抜き、去って行った。今年の正月に、等々力村の万福寺の主が一羽を得た。橘南谿の随筆『北窓瑣談』（文政一二年刊〈一八二九〉）には、これを二千余年のツルとしています。

これほど長命でなくても、江戸時代の文献には、源頼朝が金の札を付けて放ったツル（東海道名所記・三、本朝食鑑、倭訓栞など）、豊臣秀吉の日光山に放ったツル（倭訓栞）、徳川家康が放ったツル（本朝食鑑、倭訓栞など）の現存することを記したものがあります。

ツルを松と取り合わせるのは、先の白居易の詩にあるように、ツルも松も千年の寿命があるとすることによるものです。現実には、ツルの足には水掻きがあって、木の枝に止まるのには適していません。

ツルの声は天上まで届くことになっています。

葦鶴のひとり遅れて鳴く声は雲の上まで聞こえつかなむ　大江千里（古今集・雑下・九九八）（葦辺のツルが一羽取り残されて鳴く声は雲の上まで聞えるように届いてほしい。天皇に歌を奉った時の詠で、「ひとり後れて」で自分の歌を卑下し、「雲の上」は天皇をたとえた。）

『枕草子』にも、「鶴はいとこちたき（オオゲサナ）さまなれど、鳴く声雲井まで聞ゆる、いとめでたし」（四一段、鳥は）とあります。これは『詩経』小雅「鶴鳴」の「鶴は九皐（深イ沢）に鳴き、声天に聞こゆ」によるもので、やはり中国文学からの知識です。

鶴は仙人の乗り物です。『懐風藻』の藤原史(不比等)の詩「吉野に遊ぶ」(三二)に、「霊仙鶴に駕りて去る」とあるなど、奈良時代から知られていました。

ツルは渡り鳥で、稲田で落ち穂などをついばむからでしょうか、穀霊をもたらす鳥とされています。鎌倉中期に成立した『倭姫命世記』に、次の話があります。垂仁天皇二十七年九月に、伊勢神宮にマナヅルが来て日夜鳴くので、垂仁天皇の皇女で神宮に仕える倭姫命が調べさせると、一本の茎から千の穂が出た稲をツルがくわえて鳴いていて、見つけると鳴きやんだ。その稲を神宮に供え、稲の生えていた所を千田と名付け、伊雑宮を造り、ツルを大歳の神と名付けた。翌年の秋に、マナヅルが神宮の北から来て、日夜飛んで鳴き止まない。倭姫命が調べさせると、佐佐牟江宮の前の葦原に、一本の茎から八百の穂が出ている稲があり、ツルは捧げ持って鳴いた。そこに八握穂社を造った。同じような伝説が各地に伝えられています。越後国塩沢（新潟県塩沢市）の鈴木牧之の『北越雪譜』（二編四）（天保十二年

〈一八四一〉刊）には、越後国小千谷（新潟県小千谷市）の縮商人の芳沢屋東五郎が、西国のある城下町で、ある農夫が病気で死にそうなツルを助けたところ、ツルは翌年の十月に、丈が六尺（一・八メートル）余、穂に四五百粒ずつ付いている稲二茎を落とし、一声ずつ鳴いて去り、穂を領主に奉ると、その農夫に賜ったので、植え付けると同じように実ったという話を聞いて、その農夫は知人であったので、その家に行き、籾を五、六十粒もらって帰国し、領主に奉ってご褒美をいただいた、という話が出ています。さほど古くない時代にもこんな話があるのです。

縄文中後期の貝塚からツルの骨片が出土していて、食用にしていたことが知られます。江戸時代の朝廷では、正月十七日に、将軍から贈られたツルを清涼殿で調理して天皇に供する「鶴の庖丁」と呼ばれる行事がありました。豊臣秀吉が年始にツルを奉ったことから始まったと言われています（年中行事大成・一）。宮中の女官が書き継いだ『御湯殿上日記』天正十五年（一五八七）正月十七日の条に、鶴の庖丁の時に、めでたい舞があり、公家たちがお相伴して「鶴の献（ツルの汁）」を差し上げるとあります。

寛永二十年（一六四三）刊の『料理物語』には、鳥の部の最初にツルをあげ、「汁、せんば（大根など と煮込んだ塩味の煮物）、酒浸（塩・酢を加えた酒に浸したもの）、その外色々」と調理のしかたを記しています。ツルの汁は骨をだしにして、味噌仕立てにするのだそうです。

長崎のオランダ商館に来ていたドイツ人シーボルトの一八二六年二月二十二日（太陽暦）の日記に、小倉（福岡県北九州市）で従者たちが入手した食品の中のツルについて、「ツルの肉はたいへん需要の多いもので、大きな宴会ではそれで吸物を作り、肉は煮て食べる。――魚脂のような味のする料理で、この国の人々にはよりぬきの御馳走と思われているが、ヨーロッパ人の口には合わない」と記しています（斎藤信訳『江戸参府紀行』）。ツルを好んだのは、千年の寿命のあるものだからと『本朝食鑑』（元禄八年序）にあります。

若者に助けられたツルが美女になって訪ねてきて女房になり、見てはいけないと言って機を織り、その布が高価で売れ、男が機屋を覗くとツルが羽根を抜いて織っていて、女は正体を見られて飛び去るという「鶴女房」の話は各地に分布しています。室町時代の『鶴の草紙』は、少し違うものの、やはり助けられたツルが恩返しをする話です。

江戸時代までツルは各地で見られたようですが、明治六年に来日したイギリス人のチェンバレンが「日本の多くの動物が急速に絶滅してゆくことは、鉄道の枕木を作るため、あるいは紙の製造の原料とするために森林を伐採することに劣らず、まことに残念なことである。……鶴は、一八六〇年代の末に神聖な鳥として保護されなくなってから、殺されるか、あるいは驚かされて逃げ去ったらしい。」（高梨健吉訳『日本事物誌』）と述べています。

梅（うめ）

白梅や墨芳し鴻臚館（こうろくわん）　蕪村（自筆句帳）

鴻臚館は平安時代に京都・難波（なにわ）・太宰府（だざいふ）に設けられた外国の使節を接待する迎賓館。古典趣味の句で、梅を王朝風、中国風のものとしています。

梅は中国からの輸入種で、ウメという語も、梅の字の隋唐時代の音ムェイによると言われています（同じような例に、馬の字音マからのウマがあります）。

そういう外来種ですから、『万葉集』では、柿本人麻呂や山部赤人に梅の歌はありません。

天平二年（七三〇）正月十三日に太宰府の帥（長官）の邸宅で、梅花の宴が催されました。主人は大伴旅人。集まった筑前守の山上憶良など北九州に赴任していた官吏たち三十二人が、それぞれ一首ずつ詠んだ梅の歌が、『万葉集』巻五に載っています。太宰府は言わば中国文化の取り入れ口です。山上憶良は遣唐使の随員として唐へ行ったこともあり、漢文学の影響を受けた漢詩や歌を作っています。大伴旅人も漢詩文を踏まえて「酒を讃むる歌」などを詠んでいます。折口信夫が「万葉集を見ると、はいいから連衆は梅の花を賞めてゐるが」（「花の話」『古代研究（民俗学篇Ⅰ）』）と言っているように、中国趣味——最新のエキゾティックなものでした——を表すのに梅を歌に詠んだのです。

この宴の歌を中心に、梅の感じ方を見ることにします。

春さればまづ咲く宿の梅の花ひとり見つつや春日暮らさむ　山上憶良（五・八一八）

梅は春になって最初に咲く花です。もちろん日本での実体験でもそうなのでしょうが、古代貴族たちの中国知識の源泉と言われる『芸文類聚』に、

梅花特に早し　偏に能く春を知る（梁・簡文帝「梅花賦」）

などあるように、中国でも春の最初の花でした。貴族たちはそんな知識も参考にして、梅を早春のものとして詠んだのでしょう。室町時代になると、禅僧たちが愛読した宋の黄庭堅（山谷）の水仙を詠んだ詩の、「山礬（水仙）は是れ弟、梅は是れ兄」がもとになって、梅を花の兄というようになります。

我が園に梅の花散るひさかたの天より雪の流れ来るかも　大伴旅人（五・八二二）

梅が散るのを雪に見立て、梅の白さを表現しているのです。また、次のように雪と梅とを取り合わせることもあります。

梅の花散らくはいづくしかすがにこの城の山に雪は降りつつ　大伴百代（五・八二三）

梅の花が散るのはどこか、しかしながらこの城の山に雪は降り続けている。梅と雪との取り合わせは、『芸文類聚』に「雪裏に梅花を覓む」（梁・簡文帝）などの題の詩があり、中国文学にもあることでした。『古今集』にも次のような歌があり、以後の歌にも多く見られます。

雪降れば木ごとに花ぞ咲きにけるいづれを梅と分きて折らまし　紀友則（古今集・冬・三三七）

雪が降ると木ごとに花が咲いた。どれを梅と区別して折ろうか。雪を梅の花に見立てているのです。ついでに申しますと、木毎だから梅になるので、中国の離合詩という言葉遊びの詩に倣ったものです。百人一首にある「むべ山風を嵐と言ふらむ」（古今集・秋下・二四九、文屋康秀）と同じ技巧です。

紅梅は、漢詩では天長四年（八二七）成立の第三の勅撰漢詩文集『経国集』に、「紅梅を看ることを賜る…」（一一・一三六、紀長江）という詩の題に見えるのが最初です。和歌では、『古今集』に紅梅の歌はありませんが、その撰者である凡河内躬恒に、

紅梅の花を見て　紅に色をば変へて梅の花香ぞ異ごとに匂はざりける（後撰集・春上・四四）

があります。紅に色は変えてあるが香りは異なっていないというのです。同じく撰者の紀貫之にも紅梅の歌があります（後撰集・春上・四六）。清少納言が「木の花は、濃きも薄きも紅梅」（枕草子・三七段）と

言っているのは、雪に見立てたり、香りを好んだりすることに対して、新しい見方を示したかったのかもしれません。

梅の花散らまく惜しみ我が園の竹の林に鶯鳴くも　阿倍奥島（あべのおきしま）（五・八二四）

この歌では梅を鶯と取り合わせています。中国文学にこの取り合わせはさほど多くありませんが、『芸文類聚』に「梅花隠るる処に嬌鶯（けうあう）を蔵す」（隋・江総「梅花落」）という例があります。鶯はいつでも梅に止まっているわけではないでしょう。この取り合わせも、中国文学から教えられたものと思います。そして梅に鶯という取り合わせは、

梅が枝に来ゐる鶯春かけて鳴けどもいまだ雪は降りつつ　詠み人知らず（古今集・春上・五）

など、以後も引き続いて行われ、常識となります。

『万葉集』で梅の香りを詠んだ歌は、巻末に近い天平宝字二年（七五八）二月の、言い換えれば集の中でも新しい、

梅の花香をかぐはしみ遠けども心もしのに君をしぞ思ふ　市原王（いちはらのおおきみ）（二〇・四五〇〇）

という一首しかありません。それが『古今集』になると、

色よりも香こそあはれと思ほゆれ誰（た）が袖触れし宿の梅ぞも　詠み人知らず（春上・三三）

色よりも香りのほうがすばらしいと思われる、誰の袖が触れたこの家の梅なのか、などのように、梅の香りを詠むことが多くなります。「誰が袖触れし」というのは、香木を火にくべて衣服にしみこませることを言ったものです。

夜の梅を詠んでも、『万葉集』では、暗くて梅が見えないから早く明けてほしい（一〇・一八三七）とか、月の下の梅を見にこい（八・一四五二）とかいうのですが、『古今集』では、

春の夜の闇はあやなし梅の花色こそ見えね香やは隠るる　凡河内躬恒（春上・四一）

梅の花の色は見えないが香りは隠れないから、春の夜の闇は筋が通らないと、際立つ香りを詠むようになります。

月やあらぬ春や昔の春ならぬ我が身一つはもとの身にして　在原業平（古今集・恋五・七四七）

月や春は昔のものでないのか、我が身だけはもとの身であって。在原業平が別れた恋人をしのび、翌年の正月の梅の花盛りに詠んだ歌です。このように梅の香りで昔を懐かしく思い出すという感じ方をすることがあります。『徒然草』（一九段）には「なほ梅の匂ひにぞ、古へのことも立ち帰り恋しう思ひ出でらるる」とあります。

梅は匂ひよ木立はいらぬ、人は心よ姿はいらぬ

隆達小歌という桃山時代の歌謡の一つです。

桜と違い、一面に咲いた梅を好む例はあまり見えません。奈良県の月ヶ瀬などの梅林がもてはやされるのは、江戸時代以後のようです。

鶯（うぐいす）

鶯の身を逆（さかさま）に初音かな　其角（初蝉）

横溝正史『獄門島』にも使われていて有名な句です。作者は芭蕉の弟子。この句については同じ芭蕉

門の許六と去来とが異なる見解を示しています。許六は「身を逆に」というのは新鮮で秀逸だと賞賛し（篇突）、去来は「身を逆に」というのは初音の鶯の風情ではなく暖かくなってからのものだと否定しています（旅寝論）。対象の本当の姿ということでは去来の説になり、虚構の美を認めれば許六の説ということになりましょう。

ご年輩のかたがたは、小学校唱歌の「春の名のみの風の寒さや、谷のうぐひす歌は思へど、時にあらずと声も立てず時にあらずと声も立てず」や、「梅の小枝でうぐいすが、春が来たよと歌います、ホーホーホケキョ、ホーホケキョ」をご存じと思います。鶯は、谷にいて、春を知らせに梅にやって来てホケキョウと鳴く鳥ということになっています。

谷に住むことは、『古今集』に、

鶯の谷より出づる声なくは春来ることをたれか知らまし　大江千里（春上・一四）（鶯の谷から出る声がなかったら春の来ることをだれが知るだろうか。）

という歌があるように、平安時代から見られます。『万葉集』にも鶯と谷とを取り合わせた歌がないのではありませんが、

あしひきの山谷越えて野づかさに今は鳴くらむ鶯の声　山部赤人（一七・三九一五）（山や谷を越えて野の高みで今は鳴いているのだろう鶯の声よ。）

などですから、鶯が谷から出るということにはなりません。

この取り合わせは中国文学から教えられたことです。中国最古の詩集『詩経』（小雅・伐木）に、「木

を伐ること丁丁たり　鳥鳴くこと嚶嚶たり　幽谷より出でて　喬木に還る」という詩があります。鶯とはないのですが、六朝、唐のころから、この鳥を鶯と解するようになりました。奈良時代の春日老の詩「述懐」（懐風藻・五九）に、「鶯吟鶯谷に新し」とあるなど、漢詩の世界では古くから知られていました。

春を知らせることは、右の千里の「鶯の谷より出づる」の歌にもありました。『万葉集』にも、

霞立つ野の上の方に往きしかば鶯鳴きつ春になるらし　丹比乙麻呂（八・一四四三）

などがあります。鶯が鳴いたので春になったのを感じるのです。これは日本人の実感でしょうが、中国文学ではどうでしょうか。詩文では鶯を春のものとするのは多いのですが、初春のものとはしていないようです。しかし、仏教の研鑽のために唐に渡ったの天台宗の円仁（慈覚大師）の旅行記『入唐求法巡礼行記』の開成四年（八三九）正月十四日の立春の条に、「市人は鶯を作りて之を売る。人は買ひて之を翫ぶ」とあります。中国でも鶯は春を告げる鳥だったでしょう。

梅との取り合わせも、『万葉集』に、

梅の花咲ける岡辺に家居れば乏しくあらず鶯の声（一〇・一八二〇）（梅の花が咲いている岡のほとりに住んでいると、少なくはない鶯の声が。）

など十例あります。中国文学では、陳の江総の「梅花落」に、「梅花密なる処に嬌鶯を蔵す」などあります。万葉人はこの取り合わせを中国文学から教えられたのかもしれません。

元禄ころの伊丹（兵庫県伊丹市）の俳人の鬼貫に、

鶯や梅にとまるは昔から（婦多津物）

という句があります。つまらない句ですが、この取り合わせが常識になっていたことが分かります。

『万葉集』には、

梅の花散らまく惜しみ我が園の竹の林に鶯鳴くも　阿氏奥島（あじのおきしま）（五・八二四）（梅の花が散るであろうことを惜しんで我が園の竹の林に鶯が鳴くよ。）

という、鶯が梅の散るのを惜しむという歌もあります。こういう感じ方は、以後少なくなり、平安時代以後は、

霞立つ春の山辺の桜花飽かず散るとや鶯の鳴く（寛平御時后宮歌合）（霞が立ちこめた春の山辺の桜の花を見飽きないのに散ると言って鶯は鳴いているのか。）

など、晩春に桜の花が散り春の過ぎ行くのを惜しむという感じ方をするようになります。この感じ方は、唐の白居易の詩「快活」に、「惜しむべし鶯啼きて落花の処」とあります。中国での花は桜ではないでしょうが、そういうものの影響を受けているのでしょう。清少納言は、鶯が「夏秋の末まで老い声に鳴きて」いることに不満を漏らしています（枕草子・四十一段・鳥は）。

右の阿氏奥島の歌に「竹の林に鶯鳴くも」とありました。鶯は竹に住むとされています。この取り合わせも『芸文類聚』に引く梁の江洪の「新浦侯の斎前の竹に和す」に「籜（たく）は紫にして春鶯思ふ」とあるなど、中国文学に古くから見られます。

かぐや姫は鶯の卵から生まれたということが『海道記』など中世の文献に見えます。茸の中から生まれたので、鶯の卵としたのでしょう。

鳴き声をホケキョウと聞きなすようになったのは、いつごろからでしょうか。寛永十年（一六三三）の『犬子集（えのこしゅう）』は最古の出版になった句集です。そこには、

鶯のほう法華経や朝づとめ　玄利

法華経ぞ鶯はよき声で候（そろ）　貞徳

などのホケキョウとする句があります。

明応八年（一四九九）三月に蓮如上人が門弟の空善に語ったことばの中に、「この鶯は法をききよと鳴くなり」とあります（空善記）。ホケキョウを少し変えたものでしょうか。

資料ではここまでしかさかのぼれませんが、菅原道真に、鶯を「谷を出でて来る時妙文に過ぎたり」（菅家文草・六・四五三）と詠んだ漢詩があります。妙文というのは妙法蓮華経のことでしょうから、これもホケキョウということになります。

『出雲国風土記』に、嶋根郡の法吉郷（ほおきのさと）は、ウムカヒメノミコトが法吉鳥となって飛びわたり、ここにとまったことによる地名であるとあります。この法吉鳥は鶯であるという説があります。当時の発音ではポポキくらいになります。奈良時代からホケキョウに近い聞きなしをしていたと言えます。

『古今集』の、

梅の花見にこそ来つれ鶯のひとくひとくと厭（いと）ひしもをる　詠み人知らず（誹諧・一〇一一）（梅の花を見に来たのに鶯が人が来る人が来るといやがっていることだ。）

の歌以後、歌では鶯は「ひとく」と鳴くことになっています。日本語のハ行音は、室町時代ころまでファ・

フィ・フ・フェ・フォで、原始時代にはパピプペポであったろうと推定されています。「ひとく」というのは、ピーチクに近い聞きなしです。

これまで、「鶯」と書いてきましたが、実は「鶯」の字が表すのは、中国ではコウライウグイスという別の鳥で、日本のウグイスよりも大きくて黄色の鳥だそうです。漢字の表すものが、中国と日本では違っていることがあります。萩はカワラヨモギですし、鮎はナマズです（こういう違いは近代にもあるので、ズボンはフランス語の jupon が語源とされていますが、フランス語では婦人用の下穿きのペチコートです）。しかし、すでに『万葉集』では「鶯」をウグヒスと読ませています。

百千鳥（ももちどり）

百千鳥聞くに分かるる色音（いろね）かな　紹巴（じょうは）（発句帳）

作者は桃山時代の連歌師です。

『古今集』に、

ももちどり囀（さへづ）る春は物ごとに改まれども我ぞふりゆく　詠み人知らず（春上・二八）

という歌があります。平安中期には、このモモチドリというものの実体が分からなくなったようで、源俊頼（としより）は、この歌と『万葉集』の、

我が門の榎（え）の実もり食（は）む百千鳥千鳥は来れど君ぞ来まさぬ（一六・三八七二）

とを引いて、『古今集』のほうはウグイスであり、『万葉集』のほうはもろもろの鳥であると言っています（俊頼髄脳）。藤原定家もウグイスの場合と多くの鳥の場合とがあるとしています（僻案抄）。いっぽう

能因の『能因歌枕』には、「ももちどりとは、百なり、千なり」としています。多くの鳥、もろもろの鳥ということでしょう。現在では、多くの鳥と解されています。

このように分からなくなったので、以後モモチドリは、ヨブコドリ（二九）、イナオホセドリ（二〇八、三〇六）とともに『古今集』の秘伝の三鳥の一つとされるようになりました。ちなみに、ヨブコドリはカッコウ（郭公）と言われていますが、この歌は春の部の初めのほうに載っているのですから、初夏のものであるカッコウとするのはためらわれます。『万葉集』では陰暦三月から五月のものとしていますからカッコウでしょう。イナオホセドリは現在でも何を指すのか不明とされています。

『万葉集』のモモチドリは、「百千鳥千鳥は来れど」というのですから、多くの鳥ということでしょう。しかし『古今集』の場合はどうなのでしょうか。『古今集』の撰者である紀貫之の『貫之集』には、

ももちどり木伝（こづた）ひ暮らす桜花いづれの春か来つつ見ざらむ（五七）

をはじめ三首にモモチドリを詠んだ歌があります。「木伝ひ暮らす」というのですから、一羽であって多くの鳥ということではないでしょう。『古今集』の時代のモモチドリについては別な考えをする必要がありましょう。本居宣長が、「鶯ヤナニヤカヤ　鳥ノオモシロウサヘヅル春ハ」（古今集遠鏡）と口語訳しているのは、そういうことを考慮してのことでしょう。

鎌倉時代の歌人たちは、

我が友と頼む籬（まがき）の竹の内に嬉しく来鳴くももちどりかな　慈円（拾玉集・三二七一）

ももちどり囀る春もふりはてて我が宿ならぬ花をやは見る　藤原定家（拾遺愚草・一三一四）

ももちどり誰が袖触れし故郷の軒端の梅の香を慕ふらむ　藤原家隆（壬二集・五〇八）

などと詠んでいます。これらはウグイスと考えられます。

同じ語であっても、時代によって意味が違うことがあるのです。最初に掲げた紹巴の句は、春の部の「鶯」の題の中にあるのですが、多くの鳥、様々な鳥のように思われます。

猫の恋――両方に髭があるなり猫の恋　来山（今宮草）

夏目漱石の夫人鏡子の口述を女婿の松岡譲が筆録した『漱石の思ひ出』（四　新家庭）に、次のようなエピソードが語られています。

それから俳句をやって見ないかといふことになって、十七字をならべてみました。が、どうならべてみても句らしい句になった例がありません。よく笑はれたりしていま〳〵しく思って居りますと、或る時、やはり俳句の本を読み乍ら転げかけて笑って居ります。何が可笑しいのかと尋ねますと、この句が可笑しいのだと申して示した句が、

両方にひげのあるなり猫の恋

といふのです。此方も一つけちをつけるつもりで、どうせ相手が猫なんですもの、両方にひげのあるのは当り前ぢゃありませんか。ちっとも可笑しいことなんかないぢゃないのといった工合で抗議をしますと、だからお前には俳句がわからないんだって、たうとう愛憎をつかされて了ひました。

春先は猫の発情期です。俳句の季語では猫の恋と言います。優雅な和歌の世界では考えもつかない、

いかにも俳諧らしい季語です。明暦四年（一六五八）の句集『鸚鵡集』に「猫妻恋」の題で、編者梅盛の、

猫も妻を恋路はしのびがへしかな

など十三句が載るのをはじめとして、以後いろいろと詠まれています。

和歌の例は、江戸中期以後の三首を見つけただけです。俳諧の影響で詠んだものでしょう。

東屋の真屋の軒端に声するは手飼ひの虎の妻や恋ふらし（楫取魚彦家集・一〇七）（虎という名の猫なのでしょう。）

唐猫の声うら悲し敷島の大和にはあらぬ妻や恋ふらむ（六帖詠草（小沢蘆庵）・一四九〇）（唐猫は、中国渡来のネコ、一般のネコも言う。）

かくこそあれ身を唐猫の妻どひに騒ぐ心の恋の姿は（桂園一枝（香川景樹）・五八七）

これより先、江戸初期には、

羨まし声も惜しまぬ野良猫の心のままに恋をするかな

という『北条五代記』などに出ている歌が、藤原定家の作と言われていました。これは江戸初期の作のようです。先の三首が猫の恋という題材を扱っただけなのに、この作者不明の歌は、それに対する人の感慨を詠んでいて面白いと思います。

其諺の正徳三年（一七一三）成立の歳時記『滑稽雑談』に、猫は陰獣で、春の陽気に犯されて交合を好むとありますが、俳人たちはそんなこととは関わりなく、発情期の猫のあわれさ、おかしさを詠んでいます。

麦飯にやつるる恋か猫の妻　芭蕉（猿蓑）

「山家にありて」という詞書があります。田舎のこととて食事は麦飯、その上に激しい恋に苦しんで、雌猫はすっかりやつれてしまったのです。

京町の猫通ひけり揚屋町　其角（焦尾琴）

京町も揚屋町も江戸吉原の町の名。そういう所での猫の行動なので、同じ郭の中の人々の行為と重ねると、なんとなくおかしみが感じられます。

羨まし思ひ切る時猫の恋　越人（猿蓑）

師の芭蕉が絶賛した句（去来抄）。先の伝定家の「羨まし」の歌を踏まえて、伝定家のほうは猫が人目を憚らず気ままに恋をしているのを羨むというものですが、越人のほうは、激しい恋をしても、いったん思い切ると猫はけろりとしている、恋を忘れられず煩悩を捨て切れない人間としては、まことに羨ましいというのです。芭蕉は、古詩・古歌を踏まえる時には一段せめ上げて作るようにと教えています。思い切りの良い猫の恋という把握は、季語に対する新しい発見でした。

猫の恋やむ時閨の朧月　芭蕉（己が光）

夜が更けると恋する猫の声もやんで、寝室に朧月の光が淡く射しこんでいる。春の夜らしいなまめかしさが感じられます。猫の恋に春の月を取り合わせた近代詩に萩原朔太郎の、「猫」（『月に吠える』所収）があります。

まつくろけの猫が二疋

なやましいよるの屋根のうへで、
ぴんとたてた尻尾のさきから、
糸のやうなみかづきがかすんでゐる。
『おわあ、こんばんは』
『おわあ、こんばんは』
『おぎやあ、おぎやあ、おぎやあ』
『おわああ、ここの家の主人は病気です』

悩ましい春の夜の赤子の泣き声のような猫の声を描くことで、近代の病的な神経を具象化しています。

獺の祭（かわうそのまつり）

獺（かはうそ）の祭見て来よ瀬田の奥　芭蕉（花摘）

松尾芭蕉が元禄三年（一六九〇）に詠んだ、「膳所（ぜぜ）へ行く人に」という前書きがある句です。膳所（滋賀県大津市）へ行くなら、琵琶湖から流れ出す瀬田川の流れる瀬田も近い、その奥ではカワウソが祭をしているかもしれないから見て来なさいと、出掛ける人へのはなむけにしたのです。

この句は春の句で、季語は「獺の祭」です。中国の漢代に成立した『礼記（らいき）』の中の、年中行事などを記した「月令」という章の「孟春之月（正月、太陽暦ではほぼ二月）」の箇所に、「獺魚を祭る」とあるのがその出典です。これだけではよく分かりませんが、後漢の鄭玄（じょうげん）が付けた注に、この時には魚が肥えて美味なので、獺はこれを食う前に、まず祭るのであるとあります。ついでに記すと、「月令」の正月のとこ

獺（和漢三才図会）

ろには、他に「東風凍を解く。蟄虫（土中にこもっていた虫）始めて振く。魚氷に上る。鴻雁（オオトリとガン）来たる」が挙げてあります。

『礼記』は古く日本に伝えられて、律令にもこれを教材にすることが出ています。「獺の祭」は、北村季吟が編んだ寛文三年（一六六三）成立（七年刊）の歳時記『増山井』に、正月の語として「獺魚を祭」を月令を出典とするとして掲げるのが最初で、以後の歳時記の類に引き継がれています。句集では寛文十二年（一六七二）成立の『大海集』に初めてこの季題が見え、

誠かやかはうそらしき魚祭　井関盛時

という句が載っています。カワウソと嘘を懸詞にしたものです。

正岡子規は自分の書斎を獺祭書屋と名付けました。これは中国の唐代の詩人である李商隠が、詩を作るのに参考書をいろいろと見たことを獺の祭にたとえたことから、詩歌を作るのに本を座の左右に広げ

ることを言うようになったのを踏まえ、子規も机の周囲にいろいろと本を並べたので、その名を付けたのでしょう。九月十九日の子規の忌日を獺祭忌とも言います。子規にも、

獺の祭も過ぎぬ朧月（春夏秋冬・春）

の句があります。

これは事実なのかと、生物の先生に尋ねたところ、いま日本にカワウソが生き残っているかも不明なので、その生態など分からないと言われました。『世界大百科事典』を見ると、カワウソは足摺岬を中心とする海岸部にごく少数生き残るのみで、日本でも同様の生態が見られるか否かは明らかでないと書いてあります。

雀（すずめ）　雀の子そこのけそこのけお馬が通る　一茶（おらが春）

作者の弱い者への同情を示す句と言われていますが、ほんとうの馬が通るのではなく、幼児が「そこ退け、そこ退け」と言いながら、竹馬（竹を股にはさんで走り回る遊び）や赤貝の馬（赤貝などの殻に緒を通して、うつむけにして履いて歩く遊び）をしているのを詠んだとされています。

スズメは留鳥で人の近くにいる鳥ですから、どの季節のものということはありませんが、「雀の子」が春の季語なので、春の部に入れました。

スズメの語源については、江戸後期以後、スズメを鳴き声とする説が見られ（鈴木朖（あきら）『雅言音声考』など）、これが妥当であろうと思います。メについては、新井白石が、カモメ・ツバクラメのメと同じで鳥の意

と説いています（東雅）。柳田国男は、「文華の中心をはづれた土地では、今もスズメを以て小鳥の総名と解して居る処は稀でない。」と言っています（昔話と文学）。

漢字「雀」は、小と隹とを合わせたもので、小さい鳥の意（許慎『説文解字』）、音のジャクは「おそらく鳴き声を写した語」（白川静『字通』）ということだそうです。

古くは、スズメの鳴き声をシウと聞きなしていていました。平安後期の藤原公重（きんしげ）に、

閨（ねや）の上に集（すだ）く雀の声ばかりしうしうとこそ音（ね）は鳴かれけれ（風情集・五五八）

の歌があり、辞書にも「啾々　シウ〳〵　雀声」（色葉字類抄）とあります。室町時代にも、「雀ノシウシウトナクコトヲモ云フゾ」（玉塵抄・五二）などと引き継がれています。語源もこれにかかわりますが、鳴き声をサ行でとらえています。古代のサ行子音については、ツァ・ツィ・ツ・ツェ・ツォとする説とシャ・シ・シュ・シェ・ショとする説とがあります。鳴き声の聞きなしはそういうことと関わりがあります。

鳴き声をチュウとするのは、延宝五年（一六七七）刊の句集『俳諧三部抄』（上）に、

生まれながら忠をつくすや雀の子　羽原忠之

とあるのが最古のようです。江戸後期の木下幸文（きのしたたかふみ）には、

我が宿の竹の林の影茂み来ゐる雀もちよと鳴くなり（亮々遺稿（さやさやいこう）・二一四）

の歌があります。

スズメを詠んだ和歌は、平安中期の曾禰好忠（そねのよしただ）の『好忠集』（七三）に、

閨の上にすずめの声ぞ集くなる出でたちがたに子やなりぬらむ

が三月中旬の歌として載るのが最古のもので、以後も和歌にはあまり詠まれていません。身近すぎて季節感が感じられないからでしょうか。

雀を捕らえる（扇面法華経冊子）

保延元年（一一三五）ころ成立の『為忠家後度百首』に、

竹にふすねぐらの雀毛替へして上羽に雪の降りにけるかな　源仲正（四六六）

と、スズメが竹に住むことを詠んだ歌があります。「むらすずめ」「ともすずめ」などスズメの群がる習性をいう語も平安後期から見られます。

スズメは稲を食う害鳥です。「稲雀」という語が長治三年（一一〇六）ころに成立した『堀河百首』（一五一三、源師時）から見え、『正治初度百首』（一八九五）には、

友雀率ゐておりぬ山城の鳥羽の田面に落ち穂拾ふと　静空

という歌があります。

稲雀茶の木畠や逃げどころ　芭蕉（西の雲）

「稲雀」は秋の季語です。

その害を防ぐための引板(ひた)（堀河百首・一五一三）、鳴子（出観集・四四五）などは、平安後期から歌に詠まれています。案山子(かがし)という語が見えるのは、一六〇三年にイエズス会で刊行した『日葡辞書』あたりからですが、『古事記』（上）のソホド、『古今集』のソホヅ（誹諧・一〇二七）は案山子の古語とされています。

平安末期の扇面古写経に、簀(す)を棒で支えてその下に餌の米粒を置き、スズメが来たら棒をはずして捕らえる様子が描かれています。頼山陽の「雀を捕らふる説」（山陽遺稿・一〇）には、カラスの足を縛って穀物を散らし、そばに網を隠しておき、スズメが集まったら網で覆う方法が出ています。

鎌倉時代の僧公朝の歌、

引きかへて雀の網を掛けてけりこや市をなす門(かど)と見えける（夫木抄・雑一三・一四九六五）

からは、網で捕えることもあったようですが、この歌は、「門前雀羅(じゃくら)を張る」（門前にスズメの羅(あみ)を張るほど寂しいこと。『史記』（汲鄭列伝）の「門外に雀羅を設くべし」による）、「門前市を成す」（人が多く集まる。漢書（鄭崇伝）による）を踏まえたもので、実景ではないかもしれません。

元禄五年（一六九二）の序のある人見必大の『本朝食鑑』には、鷹匠が鷹の餌にするためにスズメを黐竿(もちざお)で捕えることが出ています。

『中外抄』（上）に、平安中期の真言宗の仁海僧正が、僧坊にいるスズメを取って、「はらはらと炙(あぶ)りて、糠漬(ぬかづ)けのあはせ（副食物）には用ゐけるなり」という話があります。『本朝食鑑』には、「炙り食ひて最も佳なり」としています。寛永二十年（一六四三）刊の『料理物語』には、スズメの調理法として、ころばかし（煮転がし）と汁をあげ、他の小鳥と同じようにするともあります。民間療法では、スズメの黒焼きをさまざまな病気の薬にしています。

『枕草子』（二九段）に「心ときめきするもの、雀の子飼ひ」とあり、『源氏物語』（若紫）には、陰暦三月に、山の寺に住む少女が飼っていた雀の子を逃がしたと泣く場面があるなど、雀の子を飼うことが古くから行われていました。江戸中期の和学者の伴蒿蹊（ばんこうけい）の享和元年（一八〇一）刊の随筆『閑田耕筆』（三）には、スズメの子は飼えばよく馴れるので放し飼いにしやすい。人の肩に乗ったり、懐に入ったり、庭の樹木に遊んだりする。飼っているスズメに酒粕を与えたらすぐに死んだというとあります。

『宇治拾遺物語』（四八）の「雀報恩事」は、舌切り雀の原型です。老婆が子供に石を当てられて腰を折ったスズメを助けたところ、スズメが瓢（ひさご）の種を持って来た。それを蒔くと多く実ったので、それを食べて近隣にも配り、熟した実を容器にすると、中には白米が入っていて、老婆は裕福になった。隣の老婆がこのことを聞いて、スズメに石を投げて三羽の腰を折り、それを介護して放したら、瓢の種を一つずつ落として行ったので、それを蒔いたところ、実は七つ八つしかならず、実は苦く、容器にしたものからは、虻（あぶ）・蜂（はち）・百足（むかで）・蜥蜴（とかげ）・蛇などが出て、老婆を刺し殺した。民話にもほぼ同様のものがあり、朝鮮にもあるということです（日本放送協会『日本昔話名彙』）。

キツツキ（ツバメ・カモメなどのこともある）とスズメは姉妹で、親の臨終に、キツツキは化粧していて間に合わず、スズメは間に合ったので、スズメは神様から米を食うことを許されたという民話が各地に見られます。その時にスズメはあわて過ぎて親の頭を蹴ったので、地面を歩くことができず、二本の足を揃えて跳ねることしか許されないという民話は、右の話に付随してできたものでしょう。スズメが二本の足を揃えて跳ねることを「雀の小躍り」と言います（倭訓栞後編）。

燕（つばめ）　燕飛び雨ほのけぶる柳かな　宗長（宗長手記）

室町時代の連歌師の句です。

木下杢太郎の詩「街頭初夏」（『食後の唄』所収）に、

紺の背広の初燕
地をするやうに飛びゆけり。

という一節があります。燕は身近な所を颯爽と飛ぶ鳥です。しかし、平安時代までの文学では、漢詩文にはかなり見られますが、仮名文学には例が少なく、平安末期、鎌倉初期ころから歌に詠まれるようになります。

『万葉集』ではツバメを詠んだ歌は、

燕来る時になりぬと雁がねは本郷思ひつつ雲隠り鳴く　大伴家持（一九・四一四四）

の一首だけです。これは春になって燕が来るので雁が帰って行くことを詠んだもの、奈良時代の漢詩に、

晩燕風に吟ひて還り、新雁露を払ひて驚く　道公首名（懐風藻・四九・秋宴）

というのがあり、こちらは秋に燕が去り雁が来ることを詠んだもので、季節は異なりますが、同じことを言っています。

中国では、ツバメは二月に飛んで来ることになっています（礼記・月令）。さらに限定すると、唐時代ころから、春分に近い戌の日である社日（春社）に来て、秋分に近い戌の日である社日（秋社）に去るとしています。嵯峨上皇の詩に、

燕は社日に先だちて巖領に蟄る（経国集・一・重陽節神泉苑賦秋可哀）

とあるなど、この感じ方は平安初期には日本にも伝わっていました。

『万葉集』（一七）に載る大伴家持の漢詩に、「来燕は泥を銜みて宇を賀きて入る。」という一節があるのを初めとして、燕が泥を運ぶことを詠んだ例はかなり見られます。巣を営むために泥を運ぶ景は日本でも見られることですが、中国の文献にも「銜泥・銜土」などの語句が見られますから、詩歌に扱うことを中国から教えられたとも考えられます。

燕は古巣に戻って来るということになっています。平安初期の大枝直臣の詩「燕を詠む」に、

泥を銜みて旧梁を尋ぬ（経国集・一一・一三五）

という一節があり、鎌倉初期の藤原家隆に、

軒端荒れて春は昔の故郷に古巣尋ぬるつばくらめかな（壬二集・八一五）

の歌があります。中国では、呉の宮人たちが燕の爪を切って、翌年同じ燕が来ることを確認したという故事があります（白氏六帖・燕）。

燕は雌雄の仲のよいものとされています。

双び去り双び来りて独りは栖まはず　朝野鹿取（文華秀麗集・一一二・飛燕）

など、平安初期から知られていました。平安後期には、

父母(かぞいろ)はあはれと見らむ燕すらふたりは人に契らぬものを

の歌と、それにまつわる説話が行われていました。娘の夫が死んだので、親が再婚させようとすると、娘は拒んで、家に住みついている燕の雄を殺して雌に赤い糸を付けて離し、来年はこの雌が別の雄といっしょに来たら、自分も再婚しようと言った。翌年、糸を付けた雌は一羽だけで来たので、父母は再婚させるのを諦めた。『俊頼髄脳』(上)・『今昔物語集』(三〇・一三)などに見える説話です。中国の文献には、

双燕をして離れしむる無かれ（梁簡文帝・双燕）

双び飛ぶ燕と為(な)りて、泥を銜(ふく)みて君が屋に巣くはむことを思ふ（文選・二九・古詩十九首）

などとあります。この感じ方も中国からのものなのかもしれません。

営巣した燕はそこで卵を産みます。『竹取物語』には、燕が子を産む時には、尾をささげて七度巡って産み落とすようだ、とあります。菅原道真の詩「首夏聞鶯」では、巣の中の雛を、

梁(はり)の燕は雛成りて争ひて舌有り（菅家文草・四・二五二）

と詠んでいます。白居易の「燕の詩、劉叟に示す」という詩は、燕の雛の生長する過程とやがて巣を離れる嘆きを詠んだもの。鎌倉時代の慈円に

水の面(おも)に飛び交ふ春のつばくらめ巣立てむことも思ひやられて（拾玉集・一一三一）

の歌があります。

この慈円の歌では水面に飛ぶ燕を詠んでいます。この取り合わせが多く見られるようになるのは、室

町時代以後のことです。柳と取り合わせた歌や漢詩も室町時代から見えるようになります。

燕鳴く軒端の夕日影消えて柳に青き庭の春風　花園天皇（風雅集・釈教・二〇四六）

最初にあげた宗長の句もそれです。江戸時代の俳諧では、

傘（からかさ）にねぐら貸さうや濡れ燕　其角（虚栗）

のように粋なものになります。飛び翻るのも、

蔵並ぶ裏は燕の通ひ道　凡兆（猿蓑）

のような身近な場所であり、

盃（さかづき）に泥な落としそむら燕　芭蕉（笈日記）

大津絵に糞落とし行く燕かな　蕪村（自筆句帖）

などということになります。それだけ人に親しい鳥となったのです。バードウオッチャーの友人の話では、駅のプラットホームなどに掛けた巣は、人通りの多い階段の出入り口や改札口の周辺がいちばん多くて、端のほうにはほとんど無いと報告されていて、燕が人の生活のいちばん近くに住む鳥だそうです。

江戸後期の松浦静山の随筆『甲子夜話』（三〇）に、加賀国（石川県）では夏の間に燕を捕って塩漬けにし、兵食に備えるとあります。ただし江戸初期の『食物和歌本草』（三）、『本朝食鑑』（五）などの薬物書には、燕の肉は有毒とあります。これは明の李時珍の『本草綱目』に従ったものです。

燕は縁起の良い鳥であったようです。『日本書紀』には、天智天皇六年（六六七）六月と持統天皇三年（六八九）八月に、祥瑞としての白燕が見えます。『延喜式』（二一）には赤燕も祥瑞とありますが、赤燕

は他には見えないようです。民間信仰では、燕を殺したり巣を壊したりするのを戒めることが各地に伝えられています。燕が巣をかけた家は幸運である、火災に遭わない、などと言い、巣を壊すと災難や火事があるなどとします。衰えた家、不吉な家、死人のある家、火事になる家には燕が来ないとも言います。燕が低く飛ぶと、雨になると言います。降雨の前に湿度が高くなると、小虫が低く飛ぶようになるので、それを捕えるために燕も低く飛ぶのです。

これまでの引用に、ツバメのほかにはツバクラメもありました。ほかにツバクロの語形もあります。

鷹化して鳩となる

新鳩よ鷹気を出して憎まれな　一茶（八番日記）

中国人は超自然なことを考えるもので、「獺の祭」のところに引いた『礼記』（月令）の「仲春之月（二月）」には、①「鷹化して鳩と為る」とあります。同じようなものを同書から拾うと、季春（三月）に②「田鼠（もぐら）化して鴽と為る」、季夏（六月）に③「腐草蛍と為る」、季秋（九月）に④「爵大水に入りて蛤と為る」、孟冬（十月）に⑤「雉大水に入りて蜃と為る」があります。

日本では長治二年（一一〇五）ころ成立の『堀河百首』に、

五月雨に草の庵は朽つれども蛍となるぞ嬉しかりける　大江匡房

という③を踏まえた歌があり、平安後期には歌にも詠まれました。俳諧では、寛文七年（一六六七）刊の歳時記『増山井』に①〜④が載ったのを最初として以後のものにしばしば見えます。⑤は享和二年（一八〇三）の『俳諧新季寄』が最初のようです。句集では延宝八年（一五八〇）の序のある『点滴集』に、

鷹化為鳩　鷹化して鳩と鳴くかや鈴の音　秋扇
田鼠化為鴽　野鼠はうづらと成りて鳴く音かな　如貞
雀為蛤　住吉のはまぐりと成るや宮雀　如塵

などの句が載っています。一茶の『八番日記』には、最初にあげた句以外にも、

観音の鳩にとくなれ馬屎鷹（まぐそだか）
飛ぶ鴠鼠の昔忘るるな
酒は酢に草は蛍となりにけり
蛤になる苦も見えぬ雀かな

などの句があります。

日本にも同じような例があります。イエズス会の宣教師で通訳のジョアン・ロドリゲスが一六三四年ころに書き上げた『日本教会史』（一・七・三）に、「日本において他の動物に変換する不思議な動物について」として、ノロ（カワウソのような動物）が魚になる、ある種の蛙がボラに変わる、一種の蛇が蛸に変わる、山芋が一種の蛇に変わる、ホロロガイ（鳥貝か）という貝がチドリに変わると述べています。第三の蛇というのはウナギのようで、文永・弘安（一二六四－一二八八）ころ成立した『塵袋』（四）に、「ヤマイモノウナギニナルトモ云フ事アリ。物ノ変化ハ定メ無キニヤ」とあるのを最古として、以後のいろいろなものに見られます。

鎌倉時代の順徳天皇の歌論『八雲御抄』に、筆が蛬（きりぎりす）に化するとあります。それでキリギリスを「筆つ虫」

とも言います。

江戸後期の平戸藩主の松浦清（号、静山）の随筆『甲子夜話』（七六）に、領内の人が、大きな蛤の中に鳥の雛が卵を出た後のように、目はあるがまだ羽毛が生じていずにかがまっている肉を見たという話を聞いて、その話にもとづく絵を載せています。江戸時代の人たちにとっては、それが科学的知識であったのでしょう。

それを現代人が一笑に付することは簡単です。でも未来にさらに自然科学が進歩すると、わたくしたちが真実と思っていることが、迷信になっていることがあるのではなかろうかと、思うことがあります。

蝶（ちょう）

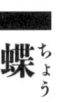

夕日影町中に飛ぶ胡蝶かな　其角（続虚栗（ぞくみなしぐり））

前書に「結廬在人境（廬を結びて人境に在り）」と陶潜の「飲酒」の一句を引いてあります。町の中の隠れ家で、春の夕暮れに、日の斜めに射しこむ中を蝶がゆっくりと飛んでいるのです。

チョウ（歴史仮名テフ）は漢字「蝶」の字音です。カハヒラコという和語があったことが平安時代の辞書に見えるのですが、この語が他に使われた例はほとんどありません。日本に昔からいた虫なのに、なぜ漢語で呼ぶのか分かりません。ちなみに「蛾」もガと漢語で呼びます。

「蝶」という漢字は、「およそこの「枼」を音符として含む字は、すべて薄く平らな意味を含んでいる。…蝶は羽のうすべったいチョウである。」（藤堂明保『漢字語源辞典』）ということだそうです。

胡蝶とも言うのは、「鬚（ひげ）が美しいから、胡といふ。」（大漢和辞典）ということだそうです。これは李時珍『本草綱目』の「蝶は鬚に美し。…故に又蝴蝶と名づく。俗に鬚を謂ひて胡と為すなり」によるものでしょう。鬚は触角のことです。

漢語ですから、和歌に詠むことが無くはないものの多くはありません。八代集では後に引く二首だけです。

しかし、『枕草子』（四三段）に「虫は　鈴虫、ひぐらし、蝶…」とあるように、昔から蝶は愛すべき虫でした。『宇津保物語』（楼の上・上）で、六歳のいぬ宮の愛らしさを語る中に、「何心もなくて、蝶にやありつらむ、物の飛びつるを、扇捧げてうち扇ぎたまへるこそ」とあります。『堤中納言物語』の「虫めづる姫君」は、「蝶めづる姫君の住みたまふ傍らに」と始まります。これらは女子のことですが、『発心集』（一）には、大江佐国の父は花を愛していたが、その死後、ある人が夢で蝶に生まれ変わったと見た、という逸話があります。

源順に、

　好き者となりぬべきかな荒小田の花や蝶やに心かけつつ（順集・八二）

の歌があります。「花や蝶やに心」をかけるのは「好き者」なのです。『三宝絵』（序）、『枕草子』（二三九段・三条の宮におはしますころ）、『源氏物語』（夕霧）などの例から、「花や蝶や」は、「軽佻浮薄」というニュアンスで用いることが知られます。

蝶の季節について、鎌倉時代の順徳天皇の『八雲御抄』（三）に、「春さまざまの花咲くより秋の花散るまでの物なり」とあります。しかし、『万葉集』には、天平二年（七三〇）正月十三日に太宰府の帥（長官）

である大伴旅人の邸での宴会で参加者が梅花の歌を詠み、その漢文の序に「庭に新蝶舞ひ、空に故雁帰る」とあり（五・八一五）、天平十九年三月二日に大伴池主から大伴家持に送った歌の序に、「紅桃灼灼、戯蝶は花を廻りて儛ふ」とあります（一七・三九六五）。いずれも蝶を春の景物としています。『懐風藻』には「蝶」が三例ありますが、やはりすべて春のものです。

夏のものとするのは、

常夏（ナデシコ）のあたりは風ものどかにて散りかふものは蝶の色々　寂蓮（正治初度百首・一六三三）

など、秋のものとしているのは、平安後期の源仲正の

はかなくも招く尾花に戯れて暮れ行く秋を知らぬ蝶かな（夫木抄・雑九・一三一四一）

などがあります。

朝顔　我が宿の花の葉にのみ寝る蝶のいかなる朝かほかよりは来る　詠み人知らず（拾遺集・物名・三六四）

は、花が朝顔なら秋の歌です。

秋を経て蝶も嘗めるや菊の露　芭蕉（笈日記）

も秋の蝶です。

菅原道真の漢詩「十月玄英（冬）至る」で始まる「残菊詩」に、「蝶は栖みて猶し夜を得たり（蝶は夜に残菊にとまっている）」の一行があります（菅家文草・一・三）。ここでは初冬のものとしています。室町時代の徳大寺実敦の漢和聯句作法書『漢和法式』に、冬の語として「凍蝶」が出ています。冬まで残る

蝶のことです。

蝶はよくない事の前兆となることがありました。治承二年（一一七八）八月に、比叡山の東麓の坂本（滋賀県大津市坂本）で、粉蝶（白い蝶）が雨のように降った。高雄の寺（京都北西の神護寺）の魔滅の時にこのようであった（帝王編年記・二二）。

藤原定家の日記『明月記』には、天福元年（一二三三）四月二十八日から五月三日にかけて坂本の日吉社の社頭に蝶が雨のように降った。比叡山が滅亡する時にこのことがあるかと、聞くごとに肝を動かした、とあります。

『吾妻鏡』には黄蝶が凶兆であることを記す記事があります。文治二年（一一八六）五月一日に黄蝶が鶴岡八幡宮のあたりに多く飛行し、これは怪異であるとして、臨時の神楽を行った（六）。寛元五年（一二四七）三月十七日に黄蝶が幅一丈（三メートル）、長さ三段（三十三メートル）で飛んで鎌倉中に充満した。これは兵革の前兆で、承平（九三一—九三八）には常陸（茨城県）・下野（栃木県）に、天喜（一〇五三—五八）には陸奥・出羽（東北地方）にあり、平将門（たいらのまさかど）や安倍貞任（あべのさだとう）等の戦いがあった。今度も東国に兵乱のある前兆かと古老が疑った（三八）。

前兆ではありませんが、『堤中納言物語』の「虫めづる姫君」に、「蝶は捕らふれば、手にきり（鱗粉）付きて、いとむつかしき（不愉快な）物ぞかし。また蝶は捕らふれば、わらは病み（マラリアのような病気）せさすなり」とあります。鱗粉に毒があってかぶれることがあるのによるのでしょうか。そういうことから凶兆になったのではないでしょうか。

『荘子』（斉物論）に次の話があります。むかし、荘周（荘子）が夢で胡蝶となった。夢から覚めると荘周であった。荘周の夢で胡蝶となったのか、胡蝶の夢で荘周となったのか。荘周と胡蝶とには区別があるだろう。これを物化（万物の変化）という。『沙石集』（一）では「百年ガ間、花園ニ遊ブト見テ、覚メテ思ヘバ暫クノ程ナリ。…実ニハウツツト思フモ夢ナリ。トモニ夢ナレバ分難キコトヲイフニコソ」と説明しています。

この寓話は、巨勢識人の詩「神泉苑九日落葉篇」（文華秀麗集・一四〇）の「（落ち葉が）叢を繞れば宛も荘周が蝶に似る」など広く用いられ、和歌にも、

百年は花に宿りて過ぐしてきこの世は蝶の夢にぞありける　大江匡房（堀河百首・一五三八、詞花集・雑下・三七七）

があります。この歌や『沙石集』に「百年」とあるのは、晋の郭象の『荘子注』に「世に仮寐にして夢に百年を経る者有り。則ち以て今の百年は仮寐の夢に非ざるを明らかにする者無きなり」によるものです。婚礼に蝶をかたどったものを用いるのは、「ある説に、蝶は交会の間久しき虫なるゆゑ、婚儀に殊に用ゐるといふ」（柏崎永以『古今沿革考』）ということだそうです。

桜

木のもとに汁も膾も桜かな　芭蕉（ひさご）

木の下で酒肴を並べて花見をしていると、汁や膾の椀に桜が散りこんで、花びらで埋まってしまう。

敷島の大和心を人問はば朝日ににほふ山桜花

吉原遊郭に移植した桜（江戸名所花暦・一）

本居宣長が自身の肖像画の上に書き付けている歌です。自賛の歌であろうと思われますが、どういう理由があるのか、自身の歌集『鈴屋集』には収録していません。

年輩のかたがたにとっては、近親や知人が戦争に駆り出された痛ましい思い出につながるので、この歌を快く思えないことがあるのではないかと思います。

国語学者の山田孝雄（よしお）は、この歌について、昭和十六年一月の『朝日新聞』で「その桜の花が潔く散るとか、或は武士道に一致するとかいふやうな理窟から説くといふことは真の桜花を認めたものといふことが出来ない。」「我々は桜に対してはただ「うるはしい」といふ一語で感歎するだけで、他の語を発し得ない。…日本精神、即ち大和心も「うるはしいものだ」といふだけでよいのであらう。」（『桜史』）と説いています。

山田は熱烈な国粋主義者でした。真の国粋主義者であったから、時勢に便乗する軍国主義者たちが宣長の歌を曲解することに、強い憤りを感じていたのかもしれません。

宣長の歌には、散ることを思わせる語は用いてありません。山田の解釈はその点からも妥当でしょう。しかし、散ることも桜の一つの様相です。『古今集』では春上の部から春下の部にかけて桜の歌が四十一首並んでいますが、春下の部の二十一首はすべて散る桜の歌であるなど、散る桜は古典詩歌の重要な題材でした。

　春雨はいたくな降りそ桜花いまだ見なくに散らまく惜しも（万葉集・一〇・一八七〇）

春雨はそんなに降るな、桜の花をまだ見ないのに散るであろうことは惜しいよ。桜は花期が短いから、開花を待ち、落花を惜しむのです。

　世の中も常にしあらねば宿にある桜の花の散れるころかも　久米女郎（くめのいらつめ）（万葉集・八・一四五九）

世の中も不変ではないから、わが家の桜の花が散ったころであるよ。早く散る桜に、世の無常をたとえることもあります。こういう捉えかたも、平安時代以後に引き継がれています。

　世の中に絶えて桜の無かりせば春の心はのどけからまし　在原業平（古今集・春上・五三）

桜が咲くのは待ち遠しいし、咲けば散りはしないかと気を揉んで、心が落ち着かない。世の中に全く桜が無かったら、春の気分はのどかであろうに。ほんとうに桜が無くなれば良いと思っているのではありません。桜のために揺れ動く心を、「…せば…まし（…ダッタラ…ナノニ）」という反実仮想の表現を用いて、おおげさに詠んでいるのです。

春雨の降るは涙か桜花散るを惜しまぬ人しなければ　大伴黒主（古今集・春下・八八）

ここでは春雨を、桜が散るのを惜しむ涙に見立てています。

このように桜の散るのは惜しいのですが、散る桜の美しさを詠む歌も多く見られます。

桜花散りかひ曇れ老いらくの来むと言ふなる道紛ふがに　在原業平（古今集・賀・三四九）

桜花よ、散り乱れて曇れ、老いが来るという道が紛れるように。藤原基経の四十歳の祝賀の歌。四十歳は初老、老いがやってくる年です。老いが来られないように、花吹雪で道が分からなくなるのです。散り紛う花の美しさです。

桜散る木の下風は寒からで空に知られぬ雪ぞ降りける　紀貫之（拾遺集・春・六四）

桜の散る木の下を吹く風は寒くなくて、空には知られていない落花の雪が降っている。散る桜の花びらが雪のように見えるのです。

『新古今集』時代には、散る花をさらに美しく詠むようになります。

またや見む交野のみ野の桜狩花の雪散る春の曙　藤原俊成（新古今集・春下・一一四）

いつまた見ることがあろうか、交野（大阪府枚方市）の皇室領の桜狩を、花の雪が散る春の曙を。散る桜を雪に見なしているのは右の貫之の歌と同じですが、貫之のほうは理屈めいているのに比べると、俊成のこの歌はほのぼのと明けるころの桜を耽美的に扱っています。

み吉野の高嶺の桜散りにけり嵐も白き春の曙　後鳥羽上皇（新古今集・春下・一三三）

吉野の高嶺の桜が散ったことだ、吹きおろす嵐も白い春の曙である。散る花びらで風が白く見えることはあり得ないでしょう。言葉によって現実よりも美しい絵画的な景色を作り上げています。

　花誘ふ比良（ひら）の山風吹きにけり漕ぎ行く舟の跡見ゆるまで　宮内卿（新古今集・春下・一二八）

花を誘って散らす琵琶湖西岸の比良山の山風が吹いたことだ、漕いで行く舟の跡が見えるまで。湖上一面に花びらが浮かび、そこを漕いで行く舟の航跡が見えるのです。

　四方より花吹き入れて鳰（にほ）の海　芭蕉（卯辰集）

「鳰の海」は琵琶湖。琵琶湖の湖面には、周囲の山々から吹き下ろした花びらが浮かんでいるのです。湖面全部が花びらで覆い尽くされているのを俯瞰（ふかん）しているように感ぜられます。右の「花誘ふ」の歌よりもさらに大きな景色を詠んでいます。

　人恋し灯（ひ）ともしごろを桜散る　白雄（しら雄句集）

春の夕暮れの薄暗くなったころ、理由もなくものうさを感じている時に、桜が散って、人をいっそう感傷的な気分にさせるのです。

　桜桜散って佳人の夢に入る　無腸（続明烏）

作者は怪談集「雨月物語」の著者である上田秋成。満開の桜は、昼間に見ていた佳人の夢の中に散りこんでいるのです。

江戸狂歌から一首。

　桜花散りかひ曇れおいらんの来むと言ふなる道紛ふがに　手柄岡持（我おもしろ）

『古今集』の在原業平の歌の一字だけを変えたもの。お遊びの作品ですが、春に桜を移植した江戸吉原の遊郭の華やかさが伝わります。

古人は散る桜に夢のような美しさを感じていたのです。それが、国民を戦争に駆り立てるスローガンに用いられたのは、桜にとっても不幸なことでした。

鯛（たい）

吹き散らす鱗（いろこ）や花の桜鯛　休甫（犬子集（えのこしゅう））

春の桜鯛の鱗（うろこ）を包丁でそぎ取るさまは、桜の花が散るようだと見立てた句。

鯛はいつでも捕れるからどの季節のものということはありません。しかし、桜の咲くころに産卵のために浅瀬に集まるタイは、婚姻色として体がさらに赤くなり、脂も乗っています。これを桜鯛と言います。それで「鯛」を春の部に入れました。

「桜鯛」という語は、『赤染衛門集』（三〇八）、『明衡往来』（八三通）など、十一世紀から見えます。西行に、

霞敷く波の初花をりかけて桜鯛釣る沖の海人（あま）舟（山家集・一三七九）

の歌があります。その後の麦を収穫するころに産卵を終えて外海に戻るものは、痩せているので、麦藁（むぎわら）鯛（だい）と言います。こちらは『物類称呼』など江戸中期から見られます。どちらが美味であるかは、好みによりましょう。

『日本書紀』仲哀天皇二年六月に、神功皇后（じんぐうこうごう）が若狭国（福井県）の海上で食事をしていると、「海鯽魚（たひ）」が船の傍らに多く集まったので、酒を注いだところ、鯽魚が酔うて浮かんだ、以後、そこの魚が六月には常に浮かんで口を開閉するのは、これがもとになっている、とあります。

六月や君の情けに会ひそめて浮くてふ魚は今もありとか　藤原知家（新撰六帖・三・九七八）

は、この故事を踏まえた歌です。「浮き鯛」と言って、潮流などの影響で水圧が減少し、浮き袋の調節ができなくなって浮くもので、桜の咲くころに多く見られます。

各地の縄文時代の貝塚からタイの骨が出土しています。明治二十六年ころ、茨城県の縄文時代後期の椎塚貝塚から、骨製のやすの刺さったタイの前頭骨が出土しました。突いて捕ったのです。『日本書紀』（神代下）に彦火火出見尊が無くなった釣り針を求めて海神の宮へ行き、「赤女」の口の中から見つけます。そこに「赤女は鯛魚の名なり」という注が付いています。『万葉集』の高橋虫麻呂の浦島子の伝説の歌に、「鰹釣り鯛釣り矜り」（九・一七四〇）という一節があります。これらは一本釣りでしょう。

鯛を捕る網を詠んだ歌は、西行の、

小鯛引く網の浮け縄寄り来めりうきし業ある塩崎の浦（和歌山県潮岬）（山家集・一三七八）

が最古でしょうか。

縄文時代の貝塚からは、関東地方の太平洋岸からもタイの骨が出土しています。しかし、『延喜式』（内膳司）の「年料（毎年朝廷に献ずるもの）」の中に、和泉国（大阪府）に「鯛」、伊勢国（三重県）に「鯛春鮓」、丹後国（京都府）に「小鯛腊（乾し肉）」、讃岐国（香川県）に「鯛塩作」、太宰府（福岡県）に「鯛醤（ひしお）」が出ています。古代には西日本の国が産地でした。和泉国は都に近いから、生のものが届いたのでしょう。それ以外は加工したものです。正保二年（一六四五）刊の俳書『毛吹草』（三）の諸国の名産を列挙した箇所でも、武蔵・上総・駿河などにもありますが、西日本のほうが多く見られます。

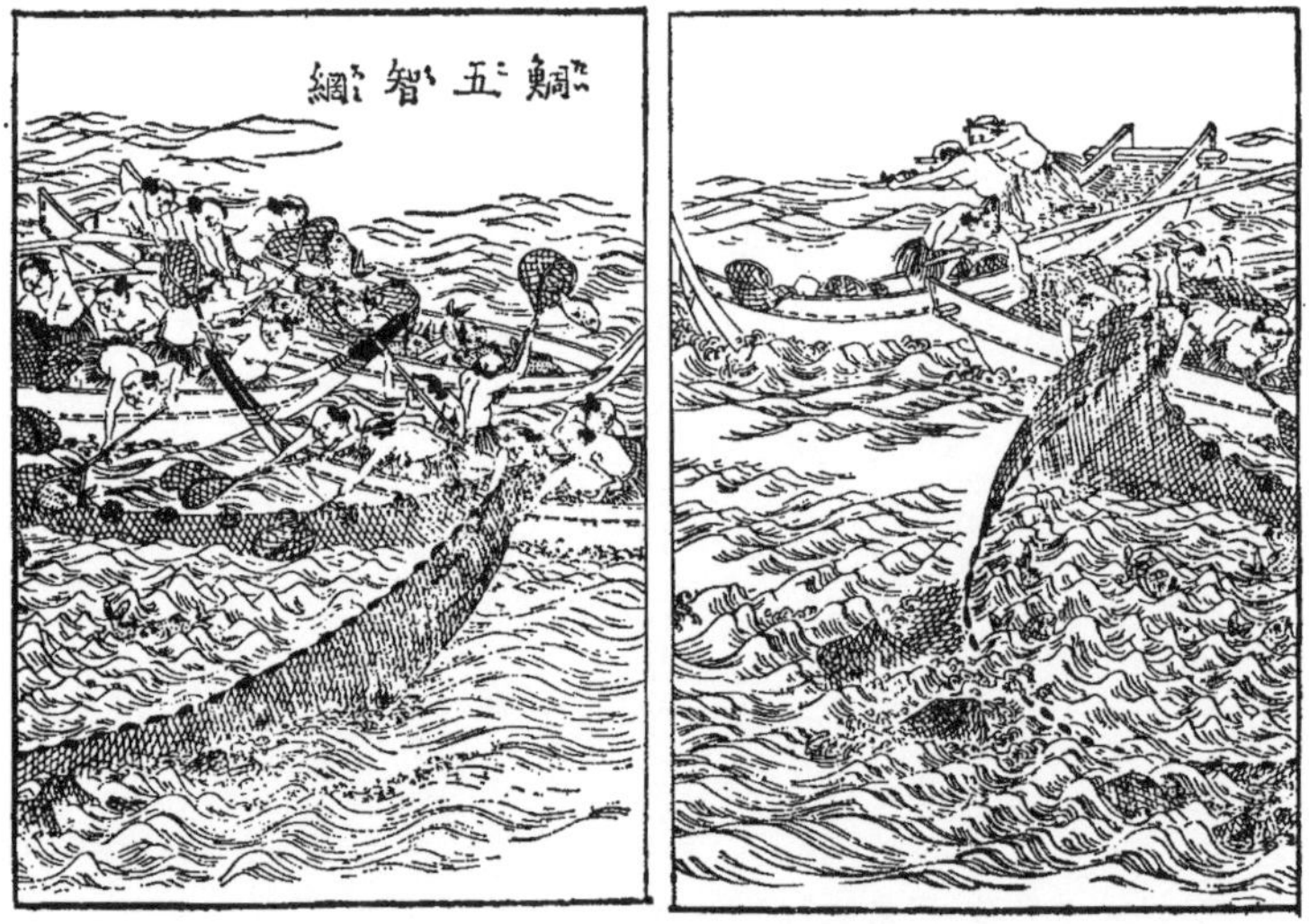

鯛の手繰り網（日本山海名産図会）

えびす神は鯛をかかえています。えびすがいかなる神であるかについては諸説がありますが、本来は漁業の神でしょう。えびす神の本社は、兵庫県西宮市の西宮神社です。その前の海上で捕れたものを「前の魚」と言います（本朝食鑑・八）。

一休和尚の作という、

人は武士柱は檜魚は鯛小袖は紅梅花はみ吉野

という狂歌が『尤之双紙』（下）などに見えます。

江戸時代以後、鯛は最高の魚とされていました。『万葉集』の長意吉麻呂の数種の物を詠んだ即興の歌に、「醤酢に蒜搗き合てて鯛願ふ」（一六・三八二九）とあります。鯛を魚醤と酢に蒜を混ぜた調味料で味付けしているので、刺し身でしょう。室町時代の『厨事類記』に「鯛ハ皮ヲスキテ、作リ重ネテ盛ルベシ」とあります。

『今昔物語集』（二八・三〇）、『宇治拾遺物語』（一二三）に、「鯛の荒巻」が見えます。贓物を除いて塩漬けにし、葦・藁などで巻いた保存用のものです。「一巻き食べこころみはべりつるが、えも言はずめでたくさぶらひつれば」（宇治拾遺）とあり、美味であったようです。『今昔物語集』には、「鯛ノ醤（塩漬け）」（二八・五）も見えます。

『厨事類記』には、承暦四年（一〇八〇）十月の皇子の御着袴の御膳の汁の実に鯛を盛ったのは違例で、鯛の鱠を用いるべきであるとあります。

藤原定家の日記『明月記』正治二年（一二〇〇）三月二十五日の条に「鯛焼物」が見えます。

江戸初期の『料理物語』には、鯛の用途として、「浜焼・杉焼・蒲鉾・膾・霜降り・葛鯛・田楽・酒浸て・鮨・干してふくめ、その外いろいろ使ふ」と記し、他の箇所に、その調理法を掲げています。

天明五年（一七八五）には、器土堂主人の『鯛百珍料理秘密箱』という、さまざまな鯛料理をあげる二冊の本が出ています。

井原西鶴の『日本永代蔵』（二・一）に「掛け鯛を（正月カラ）六月まで荒神の前に置きけるは」とあります。「掛け鯛」は、一対の塩小鯛の口に藁縄を通して向かい合わせに縛り、シダ・ユズリハなどを挿して元日に竈の上などに飾るもので、六月一日に下ろして食べました（日次記事・一）。鯛をめでたい魚とすることから起こった風習です。

タイ（歴史仮名タヒ）という語の語源については、『延喜式』（神祇一・四時祭）などに「平魚」と書いてあるのなどを証拠として、「平」かとする説が、松永貞徳の『和句解』以下に見られます。この説を採るものが多いのですが、あるいは朝鮮語かとする説も、貝原益軒『日本釈名』、新井白石『東雅』に見えます。

朧月（おぼろづき）

大原や蝶の出て舞ふ朧月　丈草（猿蓑）

師の芭蕉が絶賛した句。平清盛の娘の徳子が、高倉天皇の夫人となり、安徳天皇を産んで建礼門院と呼ばれ、平家の没落で西へ逃れ、壇ノ浦で入水するが救われ、大原の寂光院に入って剃髪し、一門の菩提を弔って後生を過ごしたことは、『平家物語』などで広く知られています。そんな哀史のある洛北の大原は、洛中より寒い所ですが、そこでも春は深くなり、朧月のやわらかい光の中を、大きな蝶がゆったりと舞っている。夢のような情景です。

「月は朧に東山…」（祇園小唄）など、朧月が春のものであることは常識になっています。しかし、平安時代には、朧月は必ずしも春のものではありませんでした。

　五月（さつき）の長雨少し止みて月おぼろなりけるに（後撰集・夏・一八二・詞書）

「五月」とあるのですから夏です。

　秋の夜の朧に見ゆる月よりは紅葉の色ぞ照りまさりける（躬恒集・六〇）

歌の中に「秋の夜」とあります。

　時雨れ行く空も朧におぼつかな影離れ行くほどのわりなさ（斎宮女御集・八六）

時雨ですから、晩秋から初冬のことです。

状況は平安末期でも同じで、保延元年（一一三五）ころに藤原為忠が主催して八人が歌を詠んだ『為忠家後度百首』には秋の「月廿首」の中に「朧月」という題があり、藤原顕広（後の俊成）の、

薄雲に影な惜しみそ秋の月見てだにしばし心晴るけむ（四〇一）

なとが載っています。

さらに南北朝時代でも、頓阿の、

夏の夜の朧月夜も卯の花の垣根にうつる影ぞさやけき（草庵集・二六一）

は夏の歌です。

春のものとする最古の歌は、大江千里（おおえのちさと）が寛平六年（八九四）に宇多天皇に奉った歌の中の

照りもせず曇りも果てぬ春の夜の朧月夜にしくものぞなき（千里集・七二）

でしょうか。これは、平安時代の貴族たちの愛読した『白氏文集』の「嘉陵の夜懐（おも）ふこと有り」の起句「明らかならず闇（くら）からず朧朧（ろうろう）たる月」を踏まえた、と言うより翻訳した歌です。

『源氏物語』の「花の宴」の巻で、宮中で観桜の宴のあった夜、二十歳の光源氏は、酔いの紛れに迷い込んだ後宮の弘徽殿（こきでん）の細殿で、この歌を口ずさみながら通りかかった若い姫君と契りを交わし、扇を取り交わして別れます。後にそれが対立する右大臣家の姫と分かり、右大臣家で藤の宴のあった夜に再会します。生暖かい朧夜であるから、姫君は千里の歌を口ずさむのであり、この夢のような情事は、そんななまめかしい夜にこそふさわしいのでしょう。

建久四年（一一九三）に行われた『六百番歌合』の判者（行司役。たいていは当時の歌道の第一人者があたります）である藤原俊成は、その判詞の中で、「花の宴の巻は、殊に艶（えん）なる物なり。源氏見ざる歌詠みは遺恨のことなり。」（冬上十三番）と称賛しています。このころから『源氏物語』は歌人たちの必読書となりました。

その俊成の影響の濃い『新古今集』に、右の千里の歌と、

難波潟（なにはがた）霞まぬ波も霞みけり映るも曇る朧月夜に　源具親（ともちか）（春上・五七）

今はとて田の面（む）の雁もうち侘（わ）びぬ朧月夜の曙の空　寂蓮法師（春上・五八）

という、同時代の歌人の二首が載っています。勅撰和歌集で初めて「朧月夜」という語が見えるようになりました。

大空は梅のにほひに霞みつつ曇りも果てぬ春の夜の月　藤原定家（春上・四〇）

歌の中に朧月夜という語は用いてありませんが、「曇りも果てぬ」と千里の歌の一節を取り込むことで、元の歌全体を思い起こさせ（「本歌取り」という技法です）、辺りに漂う梅の香りを新たに付け加えて、いっそう華やかな春の夜にしています。

花の宴の巻がもとになって、『源氏物語』を尊重する新古今集時代の歌人たちにより、「朧月夜」は春の題になり、以後「朧月夜」は春のものとして多く詠まれるようになりました。室町時代の一条兼良著という歌の題を解説した『和歌題林抄』（版本）には、「春の月は、秋などの月にも似ず、霞みて朧なるとも、また春や昔の面影とも、さやかに見えぬを涙にかこつなどとも詠むべし」と説いています。

蕪村は朧月に王朝文学の世界を感じていたようです。

石山や志賀登らるる朧月　（耳たむし）

石山寺に参籠することは『源氏物語』の玉鬘（たまかずら）の巻など、王朝文学にさまざまに描かれています。そのために、志賀の山越え（京都から大津への峠越え）をしている、主人の女性は輿（こし）の中にいるのでしょう。

朧月大河をのぼる御舟（ぎょしゅう）かな　（自筆句帳）

朧月の下、貴人を乗せた大きな船が、ゆっくりと大河を上って行きます。

指貫（さしぬき）を足で脱ぐ夜や朧月　（自筆句帳）

指貫は平安時代の貴族が着用したゆったりした袴。朧月夜に、貴公子は酒に酔っているのでしょうか、けだるそうに指貫を手を使わず足で脱いでいるのです。

芭蕉と一茶の作を一句ずつ。

猫の恋やむ時閨（ねや）の朧月　芭蕉（己が光）

猫の恋も終わって夜も更けたころに、寝室に朧月が淡くさしこんでいるのです。

朧夜や酒の流れし滝の月　一茶（七番日記）

養老の滝を詠んだ句。朧夜だから滝の水も酒になるのでしょう。

清水へ祇園をよぎる桜月夜こよひ逢ふ人みなうつくしき　与謝野晶子（みだれ髪）

「桜月夜」は作者の造語と言われています。単なる朧月夜ではなく、桜も満開の月夜、場所は色街の祇園、さればこそ今宵出会う人はみな美しいのです。元禄の俳句に、

清水の上から出たり春の月　許六（きょりく）（正風彦根体）

というのがあります。比べることで、明治の晶子の特色が際立ちます。

蜂（はち）

木鋏（きばさみ）の白刃（しらは）に蜂の怒りかな　白雄（しら雄句集）

庭の植え込みに白く光る木鋏を入れたら、止まっていた蜂が居所を追われたので、怒って羽音高く飛び回っている。

『万葉集』の戯訓に「蜂音」をブと読む例があります（一二・二九九一）。『今昔物語集』（二九・三六）にも蜂の羽音を「ブブ」とし、「ブメキ行（あり）ク」（二九・三七）という動詞もあります。昔から蜂の羽音はブと聞きなしていました。

『古事記』（上）に、須佐能男命（すさのおのみこと）の娘である須勢理毘売（すせりびめ）と結婚した葦原色許男命（あしはらしこおのみこと）（大国主命）は、須佐能男から蛇の室に寝ることを命じられるが、須勢理毘売から三度振れば蛇が害しないという蛇の領巾（ひれ）（スカーフ）を与えられて平穏に過ごし、翌日は呉公（蜈蚣（むかで））と蜂の室に寝させられるがムカデと蜂の領巾を受けて無事であった、とあります。これについて本居宣長は、上代には野山に交じって住んでいたから、これらの害が常に多かったのであろうと説いています（古事記伝・八）。『平家物語』（四・文覚荒行）には、「虻（あぶ）ぞ、蚊ぞ、蜂・蟻などいふ毒虫どもが身にひしと取り付いて螫（さ）し食ひなどしけれども」とあります。『枕草子』（一六一・故殿の御服のころ）に、「百足（むかで）といふもの日一日（ひひとひ）落ちかかり、蜂の巣の大きにて付き集まりたるなどぞいと恐ろしき」とあるのも、蜂は恐ろしい虫だったからです。

蜂を追い払うには、嘯（うそ）（息をふきかけること、口笛）を吹きました。『十訓抄』（一）に、蜂に襲われた武士が「今は目をふさぎ嘯を吹きて、（鎧の）あき間を螫されじとあわて騒ぐ」とあり、連歌辞書『匠材集』に、「はちふく　蜂を払ふ時うそをふくなり」とあります。螫された時の治療法として、伴蒿蹊『閑田次筆』（四）に、芋の茎で撫でると治って跡も付かないとあります。この方法は暁晴翁『雲錦随筆』（四）にも見えます。根岸鎮衛『耳嚢』（五）には、蜂を捕えるには、山椒の葉か実を手に塗れば螫されない、螫された時には山椒を塗り付ければ痛みが止まるとあり、同書（七）には、蜂の巣に近づくのに、南無ミョウアカと唱えると蜂は動けず、蜂を手に捕らえても、この真言（呪文）を唱えれば害がないと、自分で試した栗原翁が語ったともあります。滝沢馬琴『燕石雑志』（五上）には、門のそばの小石の半ば土中から出ているものを掘り出して上下を逆さまにして元のように伏せておくと、痛みがたちまち去るとあります。

『日本書紀』皇極天皇二年（六四三）の条に、百済の太子である余豊が蜜蜂の巣四枚を三輪山（奈良県三輪市）で放し飼いにしたが繁殖しなかったとあります。養蜂の最古の記録です。養蜂は朝鮮半島から伝わったが、その時には失敗したのでしょう。

天平十一年（七三九）十二月十日に渤海（中国東北地方東部にあった国）の使者が朝廷に献じた品の中に「蜜三斛」があります（続日本紀・一三）。渤海からは貞観十四年（八七二）五月十八日にも「蜜五斛」が届いています（三代実録・二一）。唐の天宝二載（七四三）に鑑真が日本への渡航のために準備した品の中に蜂蜜十斛が見えます（唐大和上東征伝）。天平宝字四年（七六〇）閏四月二十八日に光明皇太后は五大寺に「雑薬二櫃・蜜一缶（缶は土製の器）」を施しました（続日本紀・二二）。蜂蜜は貴重な薬品であったのでしょう。『延喜式』（内蔵寮）には、「蜜（甲斐国（山梨県）一升、相模国（神奈川県）一升、信濃国（長野県）二

養蜂（日本山海名産図会・二）

升、能登国（石川県）五合、越中国（富山県）一升五合、備中国（岡山県）一升、備後国（広島県）二升）」とあり、平安時代には各地で産するようになっていました。『宇津保物語』（蔵開下）では、出産の祝いに「みちと（蜜）甘葛（あまづら）」が贈られます。甘味料の甘葛と並んでいるのだから、蜜も甘味料なのでしょう。

江戸時代には、紀伊国（和歌山県）熊野で産するものを最良とし（和漢三才図会・五二、日本山海名産図会・二）、他国のものでも薬舗では熊野蜜と呼びました（本草綱目啓蒙・二七）。

蜂を飼育する話があります。藤原宗輔（むねすけ）（一〇七七―一一六二）に関する話で、蜂に人の名を付けて飼っていて、紙に蜜を塗って持ち歩くと蜂が数知れず飛んで来たが刺されなかった（今鏡・藤波の下・唐人の遊び）。鳥羽殿（京都市伏見区にあった鳥羽上皇の離宮）で蜂の巣が落ちて人々が逃げ騒いだ時に、枇杷（びわ）を一房取って琴爪で皮を剥いて差し上げたところ、蜂が集まったので、供の人に持ち去らせた（古事談・一・九二、十訓抄・一・六）。侍たちを懲らしめる時には蜂に命じて刺させることもあり、蜂飼の大臣と呼ばれた（十訓抄・一・六）。貴族が養蜂をするのが珍しいので記録されたのでしょうが、次に記す例のように蜂を飼育することは他にもありました。これらは蜜蜂なのでしょうか。

『今昔物語集』（二九・三六）に、京都と伊勢国を往来する水銀商人が鈴鹿の山（三重県鈴鹿郡関町）で八十余人の盗賊に襲われるが、商人は蜂を呼んで盗賊を螫し殺させる、商人は家に酒を造っておいて蜂に飲ませて飼育していたのであった、という説話があります。『今昔』の編者は、「蜂ソラ物ノ恩ハ知リケリ。…亦大キナラム蜂ノ見エムニ、専ニ不可打殺ズ」という教訓を記しています。

『今昔物語集』のその次に載る説話では、藤原道長が造営した法成寺で、蜘蛛に巻かれた蜂を法師が助けたところ、一両日後に二三百ばかりの蜂が来て蜘蛛を探したが見えなかったので飛び去った、「獣ハ互ニ敵ヲ罰ツ、常ノ事也」とあります（二九・三七）。同様のことが貞享・元禄（一六八四―一七〇四）ころに江戸深川の本誓寺でありました。蜘蛛の巣にかかった蜂が逃げ、蜘蛛は蓮の葉に落ち、その葉をくって中にいた。数万の蜂が蓮の葉に集まり、しばらくして去り、蜂のさした葉の中で蜘蛛は垂らした糸に懸っていて無事であった（新井白蛾『牛馬問』二）。

『十訓抄』（一・六）には次の説話があります。三輪（奈良県三輪市）に城を構えていた余吾大夫という武将が、敵に攻められて逃げのび、洞窟に隠れていると、蜘蛛が蜂を巻き殺そうとするのを見て、蜂を救ったところ、その夜の夢に蜂の化身の男が現れ、恩に報いるために敵を滅ぼそう、元の城の後ろの山には自分と同心の蜂の巣が四五十あるから、その辺りに仮の小屋を造ってなりひさご（ヒョウタン）・壺・瓶子（酒を入れる器）を多く置けば集まって隠れていよう、と言った。残党五十人ほどを集め、言われたとおりにして敵に向かうと、敵は三百騎ほどで出て来たが、蜂が小屋から雲霞のごとくわき出て襲い掛かったので、思うままに敵を打ち殺した。著者は「すべて蜂は短小の虫なれども、仁智の心ありと言へり」と付言しています。

藤原武智麻呂（六八〇―七三七）が、和銅六年（七一三）に伊吹山（滋賀・岐阜県境）で土地の人から、この山に入ると群蜂が飛んで螫す、倭建命はここで神に害されたと聞き、頭上近くで蜂に襲われるが袂ではらって無事であったので、従者が、徳行が神を感動させて害される者が無かったと語った（家伝・下）。蜂は神の使いであったようです。鎌倉末期成立の『日吉山王利生記』（三）に、「蜂は山王（比叡山の鎮守である日吉山王神社）の使者なり」とあります。

東国で反乱を起こした平将門を調伏する祈禱を、天慶三年（九四〇）正月二十四日に東大寺羂索院（三月堂）の執金剛神の前で行った時に、堂に数万の蜂が入って、執金剛神の髻の糸を切り、それを持って東に向かったのを、時の人は将門調伏の瑞とした（扶桑略記・二五、帝王編年記・一五）。現在の東大寺法華堂（三月堂）の秘仏である執金剛神の髻の一部がないのは、その時に蜂になったものと受付の人から聞きました。鎌倉末期成立の『東大寺縁起』には、東大寺の東南院の鎮守は下野国（栃木県）の二荒明神で、使者の蜂が東大寺に現れるとあります。

民話には、蜂の援助によって出世する話があります。男が助けた蜂の援助によって難題を解決して長者の婿になる「蜂の援助」、男が観音から与えられた藁しべに蜂（または虻）をつないで持っていて、それを他の物と順に交換して富裕になる「藁しべ長者」、昼寝をしている男の鼻から蜂などの昆虫が飛び出し、再び鼻に入って目が覚め、夢で宝のある場所を知ったことを友人に語り、友人はその話を買い取って、宝を手に入れる「夢買長者」など（関敬吾『日本昔話集成』による）。「藁しべ長者」は、『今昔物語集』（一六・二八）に、長谷寺の観音から藁しべを与えられ、それに虻をつないで持っていて、それを柑子と交換し、それから次々に他の物と交換して、富裕になる、とあるのが古く、類話は『古本説話集』（下・五八）、『宇治拾遺物語』（九六）、『雑談集』（五・一）などに見えます（柳田国男「藁しべ長者と蜂」『昔話と文学』所収）。

『和名類聚抄』には、「蜂　ハチ」のほかに、「土蜂　ユスルハチ」「木蜂　ミカハチ」「蜜蜂　ミチハチ」が出ています。平安時代にはこの程度には区別していました。

『万葉集』に見えるスガルはジガバチ（似我蜂）で、腰細の乙女の譬えに用いています。ただし平安時代以後は、『古今集』に、「すがる鳴く秋の萩原」（離別・三六六、詠み人知らず）という例があり、現行の注釈書ではこれをジガバチとしていますが、源俊頼は、右の歌を引いて、「すがるとは鹿を申すなめり」（俊頼髄脳）とし、自らも「原上鹿」の題で「萩の延び枝にすがる鳴くなり」（散木奇歌集・四五七）と詠んでいます。萩と取り合わせているので、鹿とも考えられます。平安時代には鹿と理解していたのかもしれません。

蛙（かわず）

古池や蛙飛びこむ水の音　芭蕉（蛙合）

日本文学史上でもっともよく知られた蛙はこれでしょう。この蛙はトノサマガエルのような普通のカエルでしょう。しかし、『万葉集』以来の歌に詠まれているカハヅというのは、カジカガエルであると言われています。『万葉集』ではカハヅが二十首見えますが、

今日もかも明日香（あすか）の川の夕さらず蛙鳴く瀬の清（さや）けくあるらむ　上古麻呂（かみのこまろ）（万葉集・三・三五六）（これを含めて以下の引用文中の「蛙」はカワズと読んでください。）

のように、河原や瀬にいて夕方に鳴いているというのがほとんどです。これはたしかにカジカガエルでしょう。しかし、「鹿火屋（かひや）が下に鳴く蛙」という歌が二首あり（一〇・二二六五、一六・三八一八）、この鹿火屋というのは、山の田畑で草などを焼いて煙を出して動物が来るのを防ぐ仮の小屋の意かと言われています。そうだとすれば、これはトノサマガエルなどのほうが適当でしょう。平安時代の歌には、カハヅが田にいると詠んだ例もあります。これも同じでしょう。カハヅというのは、カエルのすべてを言い、歌には声の美しいカジカガエルを詠むことが多いということではないでしょうか。

カエル（歴史仮名カヘル）とカワズ（歴史仮名カハヅ）とはどう違うのでしょうか。『万葉集』には楓をカヘルデ（八・一六二三など）と言っている例があります。蛙の手のような葉だからです。カヘルという語もあったのです。平安中期の『中務集（なかつかさしゅう）』という歌集に、

かへるの枯れたるをおこせて、人　枯れにけるかはづの声を春立ちてなどか鳴かぬと思ひけるかな

（一五一）

という、詞書にカヘル、歌にカハヅと記してある例があります。カヘルは普通の生活で用いる語、カハヅは歌に用いる雅語だったと見られます。

以前教室で生徒に「古池やの句の季節はいつか。」と尋ねたら、いちばん多かった答えは夏というものでした。蛙は春から秋までいます。蛙はいつの季語でしょうか。

山部赤人が明日香の雷丘で詠んだ長歌の一節に、

…春の日は　山し見がほし　秋の夜は　川し清けし　朝雲に　鶴は乱れ　夕霧に　蛙は騒く…（万葉集・三・三二四）

とあります。この歌では、春の朝の山の鶴に対して秋の夕の川の蛙としています。『万葉集』巻十には四季別に歌が載っています。蛙を詠んだ七首は秋の部にあります。巻八も四季別で、

蛙鳴く神奈備川（奈良県明日香村の川か）に影見えて今か咲くらむ山吹の花　厚見王（八・一四三五）

が春の部にありますが、この「蛙鳴く」は枕詞であって季節とは関係ありません。山吹を詠んだ歌だから春なのです。巻十にも春の部に一首（一八六八）ありますが、これもやはり枕詞です。万葉時代にはカハヅは秋のものであったようです。

『古今集』の仮名序に、

花に鳴く鶯、水に住む蛙の声を聞けば、生きとし生けるもの、いづれか歌を詠まざりける。（鶯や蛙の声を聞くと、生きているものはすべて歌を詠むのだ。）

とあります。これも春鳴くものの代表である鶯に対して、秋鳴くものの代表が蛙なのです。

ところが、『古今集』には、

　蛙鳴く井手の山吹咲きにけり花の盛りに会はましものを　詠み人知らず（春下・一二五）

が春の部に載っています。この「蛙鳴く」は枕詞ではありません。『古今集』の選者である紀貫之に、

　音に聞く井手の山吹見つれども蛙の声は変はらざりけり（貫之集・九一〇）

という歌があるように、平安時代には井手（京都府綴喜郡井手町の木津川の東岸）は蛙と山吹の名所になっています。平安中期のことですが、帯刀節信（たちわきときのぶ）という人は、飼っていた井手の蛙が死んだので、乾かして持っていて（今鏡・敷島の打聞）、歌人の能因法師に会った時に見せて感嘆されたそうです（袋草紙・上）。鴨長明はある人の話として、カハヅというものは井手の川だけにいて、普通の蛙よりも色が黒くて大きくなく、水の中にいて、夜更けに鳴く声は心が澄むもの、あわれなものだと記しています（無名抄）。このように歌道では井手の蛙は権威のあるものになりました。

こうして山吹と蛙とが結び付き、蛙が春の季語になったのだと思われます。以後、平安後期の源俊頼の『散木奇歌集』などに蛙を夏のものとしている歌があるものの、蛙は春のものに固定するようになりました。

芭蕉が「古池や」の句を作ったとき、門弟の其角は、上五を「山吹や」にしたいと言ったそうです（葛の松原）。其角は和歌の伝統を意識してこう言ったのですが、そういう伝統を抜け出し、歌に詠む鳴き声のことも言わず、蛙を古池に飛び込ませたところに、芭蕉の俳諧の新しさがあったのです。

正岡子規は古池の句に春の感じがないと非難しています（古池の句の弁）。たしかにそのとおりですが、それを言ったら、他の蛙の句でも同じことです。蛙が春の季語だから、周りに若草が生えた水ぬるむ古池を想像させるのが、季語の効用でしょう。

どの言葉にも、辞書的な意味だけでなくその国民の文化の伝統が反映した語感というものがあります。真偽はわかりませんが、ドイツで「古池や」の句を説明したら、顰蹙（ひんしゅく）を買ったという話を聞いたことがあります。ドイツ人には蛙が水に飛び込むのは猥褻なイメージがあるのだそうです。日本人は自然と共存して四季の移り変わりの一つ一つの現象に美を感じて生きてきましたから、季節を表す語には、日本人の美意識が色濃く反映しています。

最後に芭蕉の「古池や」の句の表現について触れます。もし上五が「古池に」だったら、文は下に続き、そこに蛙が飛び込んだというだけです。しかし「古池や」ですと、「古池があるなぁ」と文が切れ、読者は頭の中に古池を思い浮かべ、その後で蛙の飛び込む水の音を感じることになります。切れ字「や」によって「古池」と「蛙飛び込む水の音」が同じ重さになるのです。「古池に」では古池は軽くなります。俳句で切れ字を重視するのは、こういう表現上の効果があるからです。

日本語では、助詞や助動詞で語り手の判断や感情を表します。特に短歌や俳句のような短い詩歌では、助詞や助動詞をいかに用いるかが、作品を生かしも殺しもするのです。

柳（やなぎ）

むっとしてもどれば庭に柳かな　蓼太（りょうた）（蓼太句集）

腹立つことがあってむっとして家に戻ったら、庭に柳が風になびいている。風に逆らわない柳を見て、人に抵抗するなと教えられた気がした。作者は江戸中期に江戸で門弟三千人と称される江戸俳壇の大勢力でした。こういう教訓めいたところが広く喜ばれたのでしょう。夏目漱石『吾輩は猫である』(三)に、寒月が首縊（くく）りの力学の話をして「弁じます」と言うと、迷亭が「弁じます」を咎めたので、寒月がむっとすると、迷亭が「むっとして弁じましたる柳かな」と言うところがあるのは、有名なこの句をもじったのです。蓼太には、

雷のはるかに動く柳かな（蓼太句集）

という句もあります。「雷のはるかに、動く柳かな」と切って、雷鳴が遠く聞こえ、それにつれて柳がかすかに揺れる、ということでしょう。雷は夏の季語ですが、柳と取り合わせたこの句では春の雷です。

ヤナギの漢字には楊と柳とがあり、楊は葉が卵型のポプラの類、柳は枝が垂れて葉が細長いシダレヤナギの類と言われていますが、中国でも「楊柳」という熟語があるように、あまり厳密には区別していないようです。日本の詩歌に詠まれているのはたいていシダレヤナギです。シダレヤナギは中国から輸入された種と言われています。

ヤナギの語源については諸説あります。新井白石の『東雅』で、中国の辞書『爾雅』の注釈に「箭笴（やがら。矢の竹の部分）と為す可（べ）し」とあり、我が国でも箭笴としたからヤノキ（矢の木）で、ナはノの

意味であるとするのを受け継ぐ説が多いのですが、近年では「楊」の隋唐時代の漢字音 yiaŋ によるのではないかとも言われています。これだとアオヤギ（青柳）、ヤギウ（柳生）などのヤギも説明できるように思います。

中国でも日本でも、春になって芽をふいたのを好んだのでしょう、柳を春のものとしています。

浅緑染め掛けたりと見るまでに春の楊は萌えにけるかも（万葉集・一〇・一八四七）

薄緑色に糸を染めて掛けたと見えるほどに春の柳は芽を出したことだ。この歌では「糸」という語を用いていませんが、「青柳の糸」（万葉集・一〇・一八五一）のように柳の細い枝を糸に見立てることが数多くあり、後世まで受け継がれます。日本人もそう感じたのかもしれませんが、中国文学の「柳糸」という語の影響でもありましょう。『懐風藻』（六七）の長屋王の詩「元日宴」にも「柳糸歌曲に入る」とあります。「柳の眉（万葉時代にはマヨ）」（万葉集・一〇・一八五三）というのも中国で美人の譬えに言う「柳眉」によるものです。『懐風藻』（八四）の大津首の「春日左僕射長王が宅にして宴す」に「門柳未だ眉を成さず」とあります。

柳に梅や鶯を取り合わせることがあるのは、どれも早春のものだからです。

梅の花咲きたる園の青柳を蘰にしつつ遊び暮らさな　土氏百村（万葉集・五・八二五）

柳を髪に飾る蘰にすることもありました。髪飾りにすることで、柳の生気を身に受けるのです。「柳こそ伐れば生えすれ」（万葉集・一四・三四九一）とあるように柳は生命力の強い木なのです。「小山田の池の堤にさす柳」（万葉集・一四・三四九二）のように挿し木をしても根付くのです。

『養老律令』（営繕令）に、

凡そ堤の内外、幷せて堤の上には、多く楡・柳、雑の樹を殖ゑて、堤堰の用に充てよ。（原漢文）

とあります。堤防を補強するのに柳を植えたのです。「佐保の河原の青柳」（万葉集・八・一四三二）とある佐保は平城京の東の郊外ですが、そこにも植えたのでしょう。川辺の柳を詠むことが多いのはそのせいでしょう。川沿いの柳が春風になびくのが美しいのは言うまでもありません。

春の日に萌れる柳を取り持ちて見れば都の大路し思ほゆ　大伴家持（万葉集・一九・四一四二）

越中（富山県）に赴任していた作者が都を思って詠んだ歌。平城京には唐の長安に倣って街路樹として柳が植えてありました。これは平安京にも受け継がれます。

浅緑　濃き縹　染めかけたりとも　見るまでに　玉光る　下光る　新京朱雀の　しだり柳（催馬楽・浅緑）

花盛りに京を見やりて詠める　見渡せば柳桜をこき交ぜて都ぞ春の錦なりける　素性法師（古今集・春上・五六）

夏の茂る柳を詠んだ歌は、勅撰集では平安中期の『後拾遺集』から見られます。

夏衣龍田川原の柳陰涼みに来つつ慣らすころかな　曾根好忠（後拾遺集・夏・二二〇）

「夏衣」は裁つことから龍田川（奈良県）の枕詞。広がった柳の木陰に涼みに来るのです。

道の辺に清水流るる柳陰しばしとてこそ立ち止まりつれ　西行法師（新古今集・夏・二六二）

「しばし」と思って立ち止まったのだけれど、涼しさに長居してしまった。柳陰は涼しいのです。

この歌などが元になって謡曲『遊行柳』が作られ、芭蕉は『おくのほそ道』の旅の途中で芦野（栃木県那須郡那須町）にあるその柳に立ち寄って、

田一枚植ゑて立ち去る柳かな

の句を残します。

秋に散る柳を詠むようになったのは、鎌倉時代の順徳天皇の、

村雨の雲吹きすさぶ夕風に一葉づつ散る玉のを柳（風雅集・秋下・六三四）

あたりからです。この歌は『風雅集』では秋の終りの方に載っています。散る柳は「蒲柳の質、秋に臨んで先づ零つ」（晋書・顧愷之伝）をはじめとして、初秋のものとしているのが多いのですが、

散るそむる柳やかくて冬までも　嘯山（俳諧晋選）

の句があるように、日本では晩秋から初冬にかけて多く散るものです。

庭掃きて出でばや寺に散る柳　芭蕉（おくのほそ道）

八月上旬に石川県加賀市の全昌寺に泊まって、翌朝出発する挨拶の句。一宿した寺を去る時には、掃除をして恩を報ずるのが禅宗寺院での儀礼です。

蕪村は芭蕉が「田一枚」の句を詠んだ芦野の遊行柳を寛保三年（一七四三）十月に訪れて、

柳散り清水涸れ石処々（自筆句帳）

と詠んで、西行や芭蕉を偲びました。

雲低き夕べ夕べや柳散る　一茶（文化句帖）

は文化二年七月二十一日の作。それぞれに歳時記に影響されずに実体験を詠んでいます。

冬の枯れ柳は、古く、

霜枯れの冬の柳は見る人の蘰（かづら）にすべく萌えにけるかも（万葉集・一〇・一八四六）

という春の先触れとしていることがありますが、以後はあまり歌に詠まれていません。葉の枯れ落ちた裸木の美しさは俳諧のものなのでしょう。

鼠喰ふ鳶（とび）のゐにけり枯れ柳　太祇（太祇句集）

枯れ枯れて月を柳の洩（も）る夜かな　蓼太（蓼太句集）

鞦韆（しゅうせん）

ぶらここの会釈こぼるるや高みより　太祇（太祇句選）

鞦韆と書くと難しいもののようですが、ブランコのことです。現代中国語では同音で「秋千 qiu qian」と書きます。

ブランコは春の季語です。そうなるについては、世界を半回りするほどの歴史があります。原勝郎氏の大正十二年の「鞦韆考」という論文には、西洋から説き起こして中国に詳しく、日本の事例にも及んでいます。最近のものでは、寒川恒夫氏が『最新スポーツ大辞典』『世界大百科事典』に洋の東西にわたって詳述しています。この二つに導かれ、わたくしの調べたことを追加して記します。

現存するブランコの最古の資料は、メソポタミアの紀元前三千年紀中頃の椅子に座った豊饒（ほうじょう）の女神の小像です。ギリシアでは、紀元前一千年紀ころの壷に、実った葡萄の枝からつるしたブランコに少女が乗っているのを後ろからバッカスの従者で豊饒神であるサテュロスが押す情景を描いたものがあります。古代のアテネでは、春のバッカスの祭りにブランコを行う習わしがありました。

ヨーロッパへはエジプトやローマを経由して広まりました。ロココの画家のJ・H・フラゴナール(Fragonard, 一七三二—一八〇六)の一七六七年ころの作「ぶらんこの絶好のチャンス(ブランコ)」には、森の中でぶらんこに乗る若い娘と、それを押す中年の男、若い娘のスカートの中を覗(のぞ)く若い男が描いてあります。

インドでは、メソポタミアから伝わったものか、それとも独自に起こったものかは分かりませんが、紀元前二千年紀から、冬至の日に、太陽に再び力を与えることと、太陽の男神と大地の女神とが交わってその年の豊饒を予祝することとの二つの意味で、女子がブレンカというブランコに乗る儀式が行われました。

中国にはインドから伝わって「鞦韆」と言いました。六世紀半ばに梁(りょう)の宗懍(そうりん)が荊楚(けいそ)地方(現在の湖北・湖南省)の年中行事や風俗を記した『荊楚歳時記』の立春の箇所に「打毬・鞦韆之戯を為す」とあります。唐時代には、冬至から百五日目(太陽暦では四月六日ころ)の寒食の日に女子が乗るものでした。春に女子が乗るというのは、インドあるいはメソポタミアの豊穣儀礼が伝わったのでしょう。これに乗ると仙人になるような気分がするので「半仙戯」とも言いました。

日本の文献では、天長四年(八二七)成立の第三勅撰漢詩文集『経国集』に、嵯峨上皇の「鞦韆篇」

とそれに合わせた滋野貞主（しげののさだぬし）の「奉和鞦韆篇」という長編の漢詩があり、官女たちがブランコ遊びをするさまを詳しく描いています。この二つの詩は、中国の文献からの知識を踏まえて想像で詠んだとも考えられますが、かなり描写が詳しいので、実物を見ての作かと思います。それが正しければ、平安初期までに、鞦韆は日本に伝わっていたことになります。平安時代の資料はもう一つ、承平四年（九三四）に源順（みなもとのしたがう）が勤子内親王に奉った分類体の辞書『和名類聚抄』で、鞦韆にユサハリ（ユサバリかも）という訓を付けています。

鞦韆（すり火うち）

文治（一一八五―九〇）ころ、歌学者である僧顕昭が歌語の説明をした『袖中抄』に「ゆさばり」という項があり、その中に「ゆさばりとはゆさぶりといふ遊びなり」とあります。こんな説明があるのは、ユサバリの実体が分からなくなっていた、つまり日本では行われなくなっていたからでしょう。原氏は「此鞦韆も衣服が次第に改まったのと、其他の事情とからして遂に一旦廃絶に至ったものであらう」と説明しています。宮中の女性の服装は中国風なものから、十二単（じゅうにひとえ）のような日本風なものになり、それではブランコには乗りにくかったのでしょう。

以後の辞書類には、『和名類聚抄』のものを継承して、ユサハリ、ユサフリなどの形で出ているだけです。室町時代の資料で知り得た他の語形では、フリフリ（天文三年（一五三四）成立の蘇軾の詩の註釈『四河入海』（一二三ノ二）、サガリコ（天文十七年成立の辞書『運歩色葉集』）、フッセゴ（慶長十年（一六〇五）刊の漢和辞典『夢梅本倭玉篇』）の三つです。

寛文七年（一六六七）刊の北村季吟の歳時記『増山井（ぞうやまのい）』に、三月の語として「鞦韆（シウセン）の戯（タハブレ）」が載ります。これは中国の百科全書『古今事文類聚』に拠ったものと思われます。以後の歳時記類は、『増山井』を継承し、生活関連の語を増やして行きました。元禄二年（一六八九）に出た『誹諧番匠童（はいかいばんじょうわらわ）』には、「鞦韆の戯」に「俗に云ふぶらここのことなり」と注記があります。上記の語と合わせ、和語があることは、中国とは無関係に行っている所もあったのかもしれません。図は元禄五年に出た俳諧作法書『すり火うち』のものです。花は桜のようですが、人は中国人のようです。

以後、俳諧などではブラココという語が一般的になります。元禄三年に芭蕉門の服部嵐雪が編んだ『其袋（そのふくろ）』の、

鞦韆（ブラココ）のたはぶれはやせ猿回し　かしく

は、ブラココを記した『俳諧番匠童』の翌年に出た本に載る句ですから、実作の最古例でしょうか。江戸時代にはフララコ（延享二年刊『誹諧手挑灯（はいかいてちょうちん）』）、ブラッコ（谷川士清（ことすが）『倭訓栞（わくんのしおり）』）などの語形も見られ、小林一茶には、

ふらんどや桜の花を持ちながら（文政句帖）

の句があります。

幕末に、西洋から輸入されてブランコの名で普及しました。慶応三年（一八六七）に出たJ・C・Hepburn（ヘ

ボン式ローマ字のヘボンです）編の和英辞書『和英語林集成』に、

BURANKO, ブランコ, A swing.

Syn, YUSAWARI,

とあるのが最古の例のようです。

ブランコの語源について、原氏はポルトガル語の balanço からと言っています。ポルトガル語 balanço には、振動、動揺、総合評価、収支決算、ブランコ、屋根などの張り出し、の意味があるから、これが語源とも考えられますが、柳田国男氏が「あれは、ブラン、ブランと下がってゐるからである」(「ブランコの話」『少年と国語』所収）とするのが、ブラココなどとも通うところがあり、妥当でしょう。

明治三十九年に書かれた夏目漱石の『坊っちゃん』に、女中の清が坊っちゃんに家を持つことを勧めて、「あなたはどこがお好き、麹町ですか麻布ですか、御庭へぶらんこを御こしらへ遊ばせ、西洋間は一つで沢山です」と言うところがあります。ブランコは上流家庭のシンボルだったのでしょう。伊藤左千夫に明治四十一年作の、

　よき日には庭にゆさふり雨の日は家とよもして児等が遊ぶも

という歌があります。伊藤家は、ブランコがあるのだから、かなり裕福だったのでしょう。左千夫は牧場を経営していましたから、そこにあったのかしれません。

現在、鞦韆の変遷を意識して作句する人などいないでしょう。近代の歳時記では、「やはり子供達が元気に遊戯するのはほか〳〵と暖くなってからのことであり、その震動に依って起るきしりには、暢び

やかな春らしい響がある。」(改造社版『俳諧歳時記　春』)などとしています。それで差し支え無いでしょう。

雛祭(ひなまつり)　箱を出る顔忘れめや雛二対(につい)　蕪村（蕪村句集）

芥川龍之介の小説『雛』の文頭にエピグラムとして記してあるのでご存じのかたもあるかと思います。同じように見える雛人形ですが、姉妹にはそれぞれ箱から出る自分の雛の顔を見分けることができるのです。川柳にも、

雛祭これからこうは姉様の（柳多留・八）

という同じようなことを詠んだ句があります。そっちは姉様の、こっちは妹であるわたしのもの、ということです。

三月三日を祝うことについては、長い歴史があります。

漢代の中国では三月の上巳(じょうし)つまり初めの巳(み)の日に、水辺に出て水を浴び、身に積もった穢(けが)れを払う禊(みそぎ)が行われていました。三国時代になると、それを三日に行うようになりました。同じ数字が並ぶ三日のほうが記憶しやすいからでしょう。端午も初めは五月の午の日だったのですが、後に五日になりました。水を浴びるのも、後には手足を流れに浸すくらいの簡略なことになりました。邸内などの人工の流水に杯を浮かべ、下流に至るまでに詩を作る曲水の宴も、この習俗がもとになって始まりました。

この習俗が日本にもたらされました。第二十三代顕宗天皇の元年(四八五)三月上巳に曲水の宴を行ったと『日本書紀』にあります。

三月三日に身を清めることも行われました。延暦十一年（七九二）三月三日、宮中の南園で祓えを行ったと『類聚国史』にあるのが文献初出です。巳の日の祓ということの習俗は、中国のものが伝わったものであるとも、民間の磯遊びから起こったものであるとも言われています。『源氏物語』（須磨）に、三月の巳の日に、光源氏が須磨（神戸市須磨区）の海岸で、祓えをして人形を流す場面があります。人形で身を撫でて穢れをそちらに移し、それを水に流すのです。『源氏』以前に作られた『宇津保物語』（菊の宴）には、難波の浦（大阪湾）で巳の日の祓えを行う場面で、「御祓への具」を「黄金の車に黄金の黄牛懸けて、乗せたる人、つけたる（付き添いの）人、みな金銀に調じて」と描いています。貴族社会では、人形は金銀の箔で装飾したものであったようです。この祓えの具が、次第に精巧なものになり、保存して三月三日に飾るようになったのが、雛祭のものとなったと思われます。鳥取県など各地で行われている流し雛は、民間で紙製の人形を用いて祓えを行ったのが始まりでしょう。

平安時代の文学に、「雛遊び」という幼女のお人形遊びが出てきます。『紫式部日記』の前半は藤原道長邸での皇子（後の後一条天皇）の誕生を中心とする記録です。十一月一日に行われた五十日の祝の場面に、「小さき御台、御皿ども、御箸の台、洲浜なども、雛遊びの具と見ゆ」とあります。皇子の食器が雛遊びの具のようなのですから、雛遊びの道具はかなり豪華なものだったのでしょう。雛遊びをしているのは、『源氏物語』には、正月だったり八月だったり、『宇津保物語』では、雪が降った日にしている例もあり、いつのことと決まっていません。お人形遊びだから、いつもしていたのでしょう。

三月三日の祓えの具と人形遊びの雛とがいっしょになって現在の雛祭りになってきたのです。

現在の雛祭りはいつごろから行われたのでしょうか。末尾に寛永十三年（一六三六）とある俳諧作法書『はなひ草』の「四季の詞」という季寄せの部分の三月の箇所に「ひひなあそび」が出ているから、寛永ころには行っていたことが分かります。「雛祭り」という語は、近松門左衛門の浄瑠璃『曾我虎磨』（中）に「惣じて弥生の三日は娘の節句、雛祭り」とあるなど、江戸中期ころから見られます。

芭蕉門の其角の、

段の雛清水坂を一目かな（乙矢集）

の句から、元禄のころには雛段に飾っていたことが分かります。石川流宣の絵本『大和耕作絵抄』には、少し高くしたところに置いた内裏雛が描かれています。後に京都では官女や随身を添えるようになり、江戸で五人囃子が加わり、江戸末期には現在のような十五人飾りになりました。それに合わせて段の数も増えるようになりました。

三月三日はうらうらとのどかに照りたる。桃の花の今咲き始むる。（枕草子・四段）

雛祭に桃の花を飾るのは、ちょうどそのころに咲くからです。

桃の花光を添ふる杯は巡る流れに任せてぞ見る（江帥集・四四）

という平安後期の大江匡房の歌は、桃の花が曲水の宴の景物であったことを詠んでいます。

さらばまた三月の三日の月の影はやさし添へよ桃の杯（為尹千首・一五九）

応永二十二年（一四一五）に冷泉為尹が詠んだ歌。三月三日に用いる酒杯を「桃の杯」と言っています。江戸前期の俳諧に、「桃の節句」「桃の日」などという語が見られるようになります。

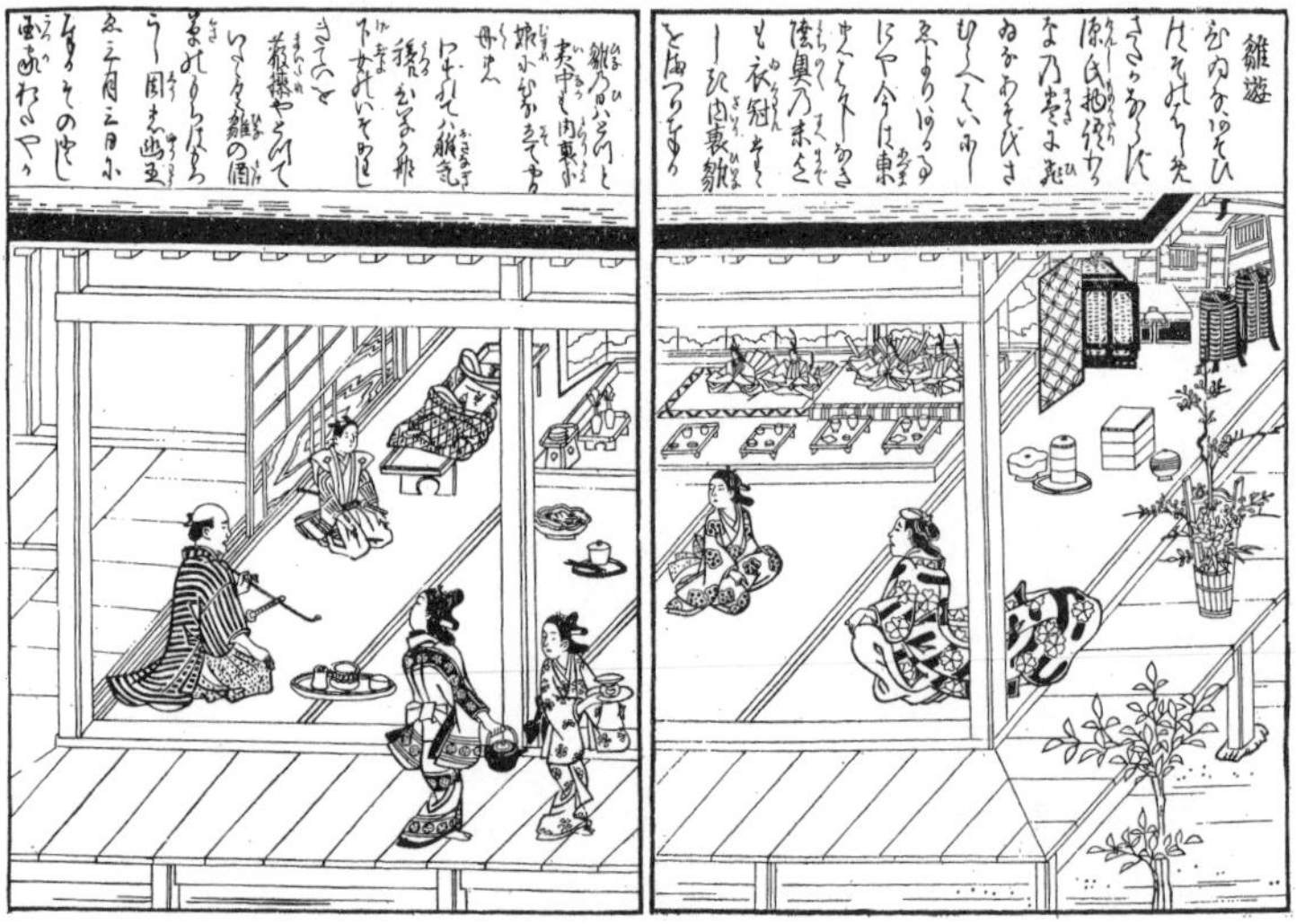

雛祭（大和耕作絵抄）

現在は男雛を向かって左、女雛を右に飾りますが、これは昭和天皇の御大典の時の高御座（たかみくら）の位置（今上天皇の時もそうでした）に倣ったもので、以前はそれが逆でした。中国からの考え方で、天子は南面して陽気を受ける東、天子の側からすれば左（つまり向かって右）に位するものです。左大臣が右大臣より上位であるなど、左が上なのです。現行のものは、天皇は中央で、皇后はその次で左という考えによるものです。西洋では右が上位であるので、それに倣う意識もあるのかもしれません。

ついでに申しますと、どう並べるのか迷う五人囃子は、能楽の囃子方と地謡（じうたい）ですから、向かって左から、太鼓・大鼓・小鼓・笛・謡とするのが妥当でしょう。

わたくしの家では、昭和二十年代までは陰暦で四月に飾っていましたが、三十年代ころから陽暦で三月にするようになったと記憶しています。世間一般がそういう風潮になったからだろうと思います。しかし、陽暦の三月三日では、桃はまだ咲いていないでしょう。蓬も摘んで餅にするにはまだ小さいでしょう。本来は陰暦であった行事を陽暦で行うと、どうしてもそういうズレが出来ます。七夕やお盆を月遅れでするのは、そのズレを埋めるためのことでしょう。

桃（もも）　里の子の肌まだ白し桃の花　千代女（千代尼句集）

春も深まり桃の花が咲いたが、山や海の子と違って里の子はあまり外で遊ばないからか、まだ日焼けせずに肌が白い。作者は加賀国松任（まっとう）(石川県白山市)の女流俳人ですから、これは雪国でのことでしょうか。

春の園紅（くれなゐ）にほふ桃の花下照（したで）る道に出で立つ少女（をとめ）　大伴家持（おおとものやかもち）（万葉集・一九・四一三九）

斎藤茂吉は、この歌に中国の詩的世界を感じています（万葉秀歌）。この歌に正倉院御物の鳥毛立女図屏風を連想しているのを何かで読んだ記憶があります。女性を桃に取り合わせたり譬えたりするのは、中国では最古の詩集『詩経』の「桃夭（とうよう）」に、嫁ぐ娘を桃の花・葉・実に譬えているのを初めとして例は少なくありません。家持の歌もそういう中国文学を意識しているのでしょう。

桃は中国からの帰化植物と言われています。モモという和語があるのですから、漢語で言うウメやキクよりも古くもたらされて、日本人にとって身近なものになっていたのでしょう。古代の遺跡から桃の種子が多く出土していて、古くから食用にしていたことが分かります。品種もさまざまであったそうです（関根真隆『奈良朝食生活の研究』）。

帰化植物だからでしょうか、日本の古典での桃の感じ方には、中国の感じ方から影響されているものが多く見られます。

『古事記』や『日本書紀』の神話で、黄泉（よみ）の国から逃げ帰るイザナギノミコトが、追いかけて来る鬼に桃の実を投げ付けて追い払います。神話ですから、日本独自のもののようですが、桃の実には邪気を払う力があるという中国からの知識にもとづくものと言われています（柳田国男『桃太郎の誕生』、津田左右吉『日本古典の研究』など）。なぜ桃に邪気を避ける力があるのか、南方熊楠（みなかたくまぐす）は、「桃はもと毒物であったかららしい」と述べています（童話桃太郎）。桃太郎の昔話が文献に見えるようになるのは江戸時代からですが、これも桃の呪力が鬼を払うことによるとする説があります。

桃源（三才図会）

平安時代には、正月の初卯（う）の日に、悪鬼を払うために卯杖で地面をたたいたり、邪気を払うために柱に卯槌を掛けたりしました。この卯杖は桃の枝で作ることになっていました。これには、中国の漢代に官吏が邪気を避けるために、剛卯（ごうぼう）（まじないの文を刻んで色糸を付けた、長さ三寸、広さ一寸ほどの金・銀・桃の木で作った飾り）と、我が国にあった年木の信仰とが重なったものと言われています。歳末の鬼やらいにも桃の弓を用いました。桃の弓で災いを除くことも、中国から伝わった風習です。京都府宇治市の黄檗山（おうばくさん）万福寺では扉などに桃の模様が見られます。お寺のかたに尋ねたところ、邪気を払うからであるという答えをいただきました。

邪気を払う桃は、不老不死の仙薬となります。

三千代（みちよ）経てなるてふ桃は今年より花咲く春に会ひにけるかな　坂上是則（さかのうえのこれのり）（拾遺集・賀・二八八）

中国西方の崑崙山（こんろんさん）に住む神女である西王母の仙桃は三千年に一度実がなり、長寿を願う漢の武帝にこれを与えたところ、廷臣の東方朔がこの桃を三度盗んだという説話が『漢武故事』にあります。東方朔は実在したのですが、この説話などから仙人のように思われ、三千年の桃を三度盗んだのだから九千年生きたとされるなど、伝説的な人物になっていました。右の歌がそうであるように、本来は桃の実のことなのですが、和歌ではそれを花のことにしています。桃の異名を「三千代草（みちよぐさ）」と言う例が室町時代から見られるのも、これによるものです。

桃の花しげきみ谷に尋ね入りて思はぬ里に年ぞ経にける　藤原仲実（なかざね）（永久百首・六一九）

永久四年（一一一六）に作られた歌。陶潜（淵明）の「桃花源記」を踏まえたものです。「武陵の漁夫が渓流をさかのぼって道に迷い、桃林の奥に秦の戦乱を避けた人々の平和境を発見、帰宅後捜しても再び見出し得なかったという。」（日本国語大辞典）というのがそのあらすじです。桃は神仙のものですから、仙郷の樹木になったのでしょう。『懐風藻』（九二二）に載る藤原宇合（うまかい）の「吉野川に遊ぶ」という詩では、「河廻りて桃源深し」と、奈良時代に仙郷としていた吉野を桃源にたとえています。

江戸時代の俳諧には、

曙やことに桃花の鶏の声　其角（いつを昔）

商人を吼ゆる犬あり桃の花　蕪村（耳たむし）

のように、桃と犬や鶏と取り合わせた句があります。桃源境の描写の中に、「鶏犬相聞こゆ」とあるのを意識しているものと思われます。

船頭の耳の遠さよ桃の花　支考（夜話狂）

ののどかな田舎の渡し舟を詠んだこの句も、桃源境ということが念頭にあっての作かもしれません。

もの言はば問ふべきものを桃の花いく代か経たる滝の白糸　弁乳母（後拾遺集・雑四・一〇五七）

花がものを言わないのは当たり前なのに、わざわざ桃の花がものを言わないと詠んでいるのは、『史記』（李将軍列伝）に、「桃李もの言はざれども、下自から蹊を成す」とあるのを踏まえているからです。桃やスモモはものを言わないが、それを求めて人が行くので、下に蹊が出来るように、李広は訥弁だが誠実な人なので、人々が慕い集まるというのです。『懐風藻』（九四）の藤原万里の詩の序に「桃李笑まひて蹊を成す」とあるなど、奈良時代から知られていました。ちなみに成蹊学園の名はこれに基づいています。

中国では桃は三月三日の曲水の宴の景物で、古代の貴族たちの中国知識のタネ本であったと言われる『芸文類聚』の三月三日の箇所に、「夭夭たる園桃灼たり」（謝恵連・三月三日曲水集詩）などとあります。日本では、奈良時代の山田三方の詩「三月三日曲水宴」に「春岫曄桃開く（春の峰には光り輝く桃が咲いている)」(懐風藻・五四)とあるなど、古くから知られていました。

桃の花光を添ふる杯は巡る流れに任せてぞ見る　大江匡房(江帥集・四四)

という平安後期の大江匡房の歌は、桃の花が曲水の宴の景物であったことを詠んでいます。

山吹(やまぶき)

山吹や葉に花に葉に花に葉に　太祇(太祇句選)

山吹の葉の間に咲ききった花が見え隠れする様子を詠んだ句。緻密な観察ですが、奇をてらって危ういところに遊ぶ表現という気もします。

いちばん広く知られている山吹の歌は、太田道灌の逸話のある、

七重八重花は咲けども山吹のみの一つだに無きぞあやしき　兼明親王(後拾遺集・雑五一・一一五五)

でしょう。教師になりたてのころに、古文入門でこれを記した『常山紀談』の文を扱ったことがありますが、むしろ落語「道灌」で記憶していました。

この歌は、「実の」と「蓑」とを懸けて、雨具を借りにきたのを断った歌です。これを踏まえて、室町時代の三条西実隆は、

雨に着る蓑なしとてや山吹の露に濡るるは心づからを(雪玉集・二六六六)

と詠んでいますし、江戸時代の歌謡では、

様とわしとは山吹育ち、花は咲けども実はならぬ(山家鳥虫歌・五七)

となります。こちらは「蓑」とは無関係です。

実の無いことは、すでに『万葉集』に、

花咲きて実はならねども長き日に思ほゆるかも山吹の花（一〇・一八六〇）

とあり、古くから常識になっていました。しかし牧野富太郎『日本植物図鑑』によると、実のならないのは八重のものだけで、一重のものには実がなるそうです。実がならない植物は他にもありそうなのに、なぜ山吹だけを実のならないものとしたのでしょうか。

植物は本来野生のものであり、その中で美しいものを庭園などに植えるようになったはずです。『万葉集』に、

…繁山の　谷辺に生降る　山吹を　宿に引き植ゑて…　大伴家持（一九・四一八五）

とあるように、すでに奈良時代には鑑賞用に植えたことが見えています。ただし八重のものは、平安時代になってから見られるようになります。平安時代の知的な歌では、八重を一重・九重などと対比することがあります。

八重ながら色も変はらぬ山吹のなど九重に咲かずなりにし（実方集・一〇）

は九重（宮中）と対比した歌です。

山吹の咲くのは晩春です。

我が宿の八重山吹の散るを見て春過ぎ行くと見るぞ悲しき（古今六帖・三六一三）

をはじめ、平安時代以後には、山吹を見て過ぎ行く春を惜しむとしています。『狭衣物語』は、貴公子が三月の二十日過ぎに池の汀の山吹を見て春を惜しむ場面から始まります。元禄時代の俳諧では、

春もはや山吹しろく苣苦し　素堂（続虚栗）

という季節の推移を詠んだ句があります。

『万葉集』で最古の山吹を詠んだ歌は、十市皇女の死を悼んだ、

山吹の立ちよそひたる山清水汲みに行かめど道の知らなく　武市皇子（二・一五八）

です。この歌をはじめとして、山吹は水辺と取り合わせることが多く見られます。『古今集』には、山吹を詠んだ歌が五首ありますが、

吉野川岸の山吹吹く風に底の影さへ移ろひにけり　紀貫之（春下・一二四）

など三首に水辺の地名が詠まれています。そして、この歌のように水面に映る影に視点を置いたり、川波が花にかかるとしたり、波までが花のように見えるとしたりします。

松尾芭蕉が吉野の西河で詠んだ、

ほろほろと山吹散るか滝の音（笈の小文）

もその系列にあると言えますが、滝の響きにつれて花が散るとしたところに、和歌にはない新しさがあります。この句の自画賛に、芭蕉は右の貫之の歌を踏まえたことを記しています。俳諧の伝統と創造ということになりましょう。

水辺の中でも、多く見られるのは、

蛙鳴く井手の山吹散りにけり花の盛りに会はましものを　詠み人知らず（古今集・春下・一二五）

を最古として、井手（京都府綴喜郡井手町の木津川の東岸）のものとすることです。井手は蛙の名所でもあ

ります。それで、右の貫之の歌など、井手―蛙―山吹という取り合わせが多く見られます。蕪村の、

山吹や井手を流るる鉋屑（天明三年初懐紙）

の句もこの伝統を踏まえるものです。

芭蕉が、

古池や蛙飛び込む水の音（蛙合）

の句を詠んだ時に、門弟の其角が初五を「山吹や」としたいと言ったと、同じ芭蕉門の支考が記しています（葛の松原）。其角の念頭には蛙と山吹という伝統的な考えがあったのでしょう。それを採らずに「古池や」とし、水に飛び込む音だけにしたところに、芭蕉の俳諧の新しさがあったのです。

芭蕉の俳句をもう二句あげておきます。

山吹や笠にさすべき枝の形（蕉翁句集）

山吹のしなやかさは、笠にさすのにふさわしいと見立てたものです。

山吹や宇治の焙炉の匂ふ時（猿蓑）

焙炉は茶を乾燥させる炉。山吹の花の盛りに、茶どころの宇治では製茶の匂いが漂うのです。取り合わせの面白さです。

ヤマブキを「款冬」と書くことがあります。平安中期の源順の辞書『倭名類聚抄』に、「款冬」はヤマフフキ・ヤマブキと言い、万葉集に「山吹花」とある、と記しています。フフキというのは蕗のことです。山の蕗だからヤマブキ、花の咲くヤマブキと同音語が出来てしまったのです。それを混同し

て、源順もその誤りをおかしたのです。なお薬種としての「款冬（かんどう）」というのは、フキノトウのことだそうです。

行く春（ゆくはる）

行く春を近江（あふみ）の人と惜しみける　芭蕉（猿蓑）

琵琶湖を眺めながら、近江（滋賀県）の人たちと過ぎ行く春を惜しむのです。

この句について、門弟の去来が芭蕉から、「行く春は行く年にも、近江は丹波にも置き換えられるという批判があるが、どう思うか。」と尋ねられ、「近江だから琵琶湖が朦朧（もうろう）と霞んで春を惜しむのにふさわしいのだ。それに先生の実体験に基づくのだから、置き換えることはできない。」と答えたところ、「古人もこの近江の国に春を惜しむことは、都にも劣らないのだ。」と教えられたという逸話があります（去来抄・先師評）。芭蕉としては、後に引く「明日よりは」の歌などが念頭にあったのでしょう。去来は実体験だから動かせないと言ったのですが、芭蕉は、その実体験は伝統的な詩情に通ずるものであると教えたのです。

この俳句には、さまざまな詞書を付けたものが見られます。

①志賀辛崎（しがからさき）に舟を浮かべて、人々春を惜しみけるに（真蹟）
②四季折々の名残ところどころにわたりて、いま湖水のほとりに至る（真蹟）
③望湖水惜春（湖水を望んで春を惜しむ）（猿蓑）

①の場合は、近江に来て舟に乗って一日の行楽を共にした地元の人々に対する挨拶（あいさつ）の句として詠まれ

たことが分かります。②になると、自身の漂泊の人生についての独白に変わります。この二つの場合は個人的な感慨を吐露していることになりますが、③ではその成立事情の説明をいっさい排除して鑑賞することを期待したのです。「近江は丹波にも置き換えられるという批判」は、③の時点で成り立つのですが、それが不当であることは、去来の言うとおりです。

今日のみと春を惜しまぬ時だにも立つことやすき花の陰かは　凡河内躬恒（古今集・春下・一三四）

今日だけと春を惜しまない時だって立ち去りやすい花の木陰だろうか。『古今集』の春の部の最後の歌です。春は明るく華やかな心地よい季節、それが去り行くのは惜しいのです。和歌の世界では、春の行方、春の名残り、春の別れ、春の形見、春の限り、春の湊、春の泊まりなど、さまざまな語を作り出して春を惜しみました。この歌では、桜の花を春の象徴として、その木陰は春を惜しむ心から立ち去りがたいとしています。今日だけと春を惜しまないというのは、過去のことを言っているようですが、真意は、まして今日は春の終わる日なのだから、いっそう立ち去りがたいというのです。これには、「だに」という助詞が有効に用いてあります。「だに」は、…ダッテ、…デサエモという、軽いものをあげて重いものを推測させる意味を表します。この歌では、過去の日を軽いものとして、今日を重いものとして推測させているのです。花のもとで春を惜しむ心は、こういう表現であるから伝わるものではないでしょうか。

明日よりは志賀の花園まれにだにたれかは訪はむ春の古里　藤原良経（新古今集・春下・一七四）

『新古今集』の春部の最後の歌です。明日からは志賀の花園を稀にでも誰が訪ねるだろうか、去り行れはしないということです。そういう表現で、春を惜しむ心、志賀という場所への愛着を表しています。

く春の故郷となって。志賀は滋賀県大津市にあり、天智天皇の都のあった所。平安末期から歌に詠まれるようになった地名です。「古里」には旧都と故郷の意を持たせています。この「春の古里」というのも、新古今集の時代になって用いられるようになった新しい表現です。この歌では、明日以後、つまり将来のことを言っています。今日までの志賀の花園には訪れる人もあったが、明日からは、というのです。ここで助詞「だに」を用いているのは、稀であることが軽いので、裏にある重いものは、決して誰も訪れはしないということです。そういう表現で、春を惜しむ心、志賀という場所への愛着を表しています。

燭を背けては共に憐れむ深夜の月
花を踏んでは同じく惜しむ少年の春

灯火を背にして友人と共に夜更けの月を愛で、散った花を友人と一緒に踏んで少年の春を惜しむ。白居易の詩「春中に盧四と周諒と華陽観に同居す」の一節、日本で編まれた『千載佳句』『和漢朗詠集』などにも引いてあって、平安貴族たちに愛好されたものです。季節の春に人生の春を重ね合わせ、青春の過ぎ行くのを惜しんでいます。平安後期の『狭衣物語』は、「少年の春は惜しめども、とどまらぬものなりければ…」と、この詩を踏まえた唐突な文で始まり、ものうい晩春の夕暮れに、庭前に咲く藤や山吹を眺めつつ物思いに耽る憂愁に満ちた主人公の貴公子が登場します。

正岡子規が明治三十四年五月に詠んだ「しひて筆を取りて」という詞書のある十首があります（墨汁一滴）。その第一首。

佐保姫の別れかなしも来ん春にふたゝび逢はんわれならなくに

奈良の都の東に佐保川があり、東は春の方角（「土用」を参照）、それで佐保姫は春の女神です。佐保姫の別れは、過ぎ行く春との別れです。重い結核で病床から立てない自分にとっては、来年の春には会うことができないかもしれない。

「佐保姫の別れかなしも」は斬新な表現で、意表を突かれる思いがしますが、すこしおおげさなのではないでしょうか。病身を嘆く気持ちは理解できますが、この歌ではそれが強く出過ぎていて、押し付けがましいように思います。

いちはつの花咲きいでゝ我目には今年ばかりの春行かんとす

その第二首。咲き出したイチハツの花によって初夏の到来を知り、自分にとっては、「今年ばかり」かもしれない春が過ぎて行こうとするのを感じています。イチハツはアヤメ科の草で、五月ころに白や紫の花が咲きます。春の花が赤や黄色であるのとは異なり、沈んだ色のイチハツを見て、過ぎて行く明るい春を惜しんでいるのです。イチハツという具体的なものを目にしての感慨なので、観念的な第一首よりも、作者の心境がしみじみと伝わります。

作者の子規は翌三十五年にも春を迎えましたが、その年の九月十九日に亡くなります。

夏

鈴木春信画『絵本千代松・中巻』

更衣（ころもがえ）

長持に春ぞ暮れ行く更衣　西鶴（歌仙大坂俳諧師）

「長持」は衣服や道具などを入れる大形の長方形の蓋のある箱。四月一日の更衣の日になって、春に着ていた美しい衣服を長持ちに納めることになるのは、春が長持の中に暮れて行くようだと見立てたもの。過ぎ行く春を惜しむのを、自然の景色によらなかったところに、町人西鶴の新しさがあります。西鶴の初期の自慢の句で、短冊や画賛をいくつも書いています。

今日では更衣と言っても、女子高校生の制服が白いものに変わるくらいですが、やはり爽やかな初夏の到来を感じさせます。

昔はもっと重要な季節のけじめでした。『源氏物語』（明石）に、次の一節があります。

四月（うづき）になりぬ。衣がへの御装束、御帳（みちゃう）の帷子（かたびら）など、よしあるさまにしいでつつ…

平安時代の貴族たちは、四月一日（陰暦。以下同じ）に冬装束から夏装束に、十月一日に夏装束から冬装束に着替えることになっていました。右の例からは、衣類だけでなく、室内の調度なども取り替えたことが分かります。天皇の御座も同じ日に取り替えました。歌では、

今日よりは夏の衣になりぬれど着る人さへは変はらざりけり　詠み人知らず（後撰集・夏・一四七）

今日からは夏の衣服になったが、着る人までは変わらなかった、という皮肉な把握をしたものもありますが、

花の色に染めし袂（たもと）の惜しければ衣変へうき今日にもあるかな　源重之（しげゆき）（拾遺集・夏・八〇）

花の色に染めた袂が惜しいから、衣服を変えるのがつらい今日であるよ、というように、たいていは季節の変化を感傷的に詠んでいます。

江戸幕府では、四月一日から五月四日まで袷小袖、五月五日から八月晦日まで一重帷子、九月一日から八日まで袷小袖、九月九日から三月晦日まで綿入れ小袖を着るのが決まりになっていて、一般庶民もこれに倣っていました（四月一日と書いた姓をワタヌキと読むのはこのためです）。一年に何度も衣服を着替えるのですが、更衣というと、たいていは四月一日のものを指すことになっています。

江戸時代を代表する三人の句を見ます。

一つ脱いで後ろに負ひぬ衣がへ　芭蕉（笈の小文）

旅の途中なので、更衣とは言っても着ているものを一枚脱いで背負うだけと、自分の手軽な旅を興じた句。旅の詩人である芭蕉の生浩の一齣です。

お手討ちの夫婦なりしを衣がへ　蕪村（自筆句帳）

大名に仕える若侍と御殿女中が恋に落ち、不義はお家のご法度とお手討ちになるところを、殿様の粋なはからいで命を助けられ、主家を離れて世に隠れて住み、今日更衣を迎えて、さっぱりとした袷に着替える。複雑な小説風な内容を詠むのは蕪村の得意とするところです。

衣かへて座って見てもひとりかな　一茶（八番日記）

孤独な暮らしには更衣でも何の変化も無いのです。

初鰹（はつがつお）

鎌倉を生きて出でけむ初鰹　芭蕉（葛の松原）

江戸の町中で賞味するこの新鮮な初鰹は、捕れた鎌倉（神奈川県鎌倉市）を運び出す時には生きていたのだろう。

『万葉集』（九・一七四〇）の、水江浦島子（みずのえのうらしまこ）（浦島太郎の原型）を詠んだ長歌に、「堅魚釣り（かつをつり）　鯛釣り矜り（ほこり）」という一節があります。この歌では墨江（すみのえ）のこととなっていますが、それがどこなのか諸説があって分かりません。他の文献では浦島伝説は丹後国（京都府北部）のこととなっています。『万葉集』の場合もそうだとすれば、このカツオは、日本海で獲れるソウダガツオでもありましょうか。太平洋側のマガツオよりも少し小さめのものです。

この歌での表記のように、奈良時代には「堅魚」と書いていました。語源も、干すと堅くなるのでカタウオの意とする説が、新井白石（東雅）や本居宣長（古事記伝・四一）などによって唱えられています。「堅魚」を合わせて一字にしたのが和製漢字「鰹」です。現在では中国でもカツオにこの字を用いているが、中国での「鰹」は本来はウナギだそうです（大漢和辞典）。

鰹は中世までの文学にはほとんど見られません。鰹は太平洋岸を夏に北上し、秋に南下しますから、中世までの文学の舞台である京都では、食膳に上ることはなかったのでしょう。それに西日本には瀬戸内海という天然の生け簀（す）があって、鯛を初めとするさまざまな美味な魚がいますから、鰹のような癖のあるものは、もし獲れたとしても、賞味しなかったでしょう。

土佐の鰹釣り（日本山海名産図会）

『徒然草』（一一九段）に次の記事があります。鎌倉の海にいる鰹という魚は、その地では無上のもので、このごろもてはやすものである。それも鎌倉の古老の言うことには、「この魚は我々が若かったころまでは、ちゃんとした人の前に出ることはなかった。頭は、下層階級の者も食わず、切って捨てていたものである。」こんなものも、世の末になると、上流階級にまでも入り込むことである。カツオは鎌倉でも下魚であったのです。「鰹といふ魚」という表現に、京都出身の兼好にとっては、聞いたこともない物という気持ちがうかがえます。

北条氏綱（うじつな）が、小田原（神奈川県小田原市）の近くで鰹釣りを見物していたところ、舟に鰹が飛び込んだので、「勝負に勝つ魚」と喜んで酒肴にしたという逸話があります（北条五代記・七）。武家社会ではこんな意味もあって好むようになりました。

江戸が日本の中心になると、東京湾ではあまり大きな魚は獲れないから、相模灘（さがみなだ）辺りの鰹を喜ぶようになり、『徒然草』にもあった鎌倉が主産地となりました。最初の芭蕉の句もそれであり、

目には青葉山ほととぎす初鰹　素堂（江戸新道）

という有名な句には、「かまくらにて」の詞書があります。

朝比奈（あさひな）が曾我を訪（と）ふ日や初鰹　蕪村（新花摘）

朝比奈三郎義秀（よしひで）が曾我兄弟を訪問した日には初鰹を手土産に持参しただろうという歴史趣味の句。これも鎌倉だからです。

冷凍技術の無かった時代に、生きの良いものを届けようと急いで江戸まで運んだので、初鰹は高価なものでした。それでも初物好きな江戸者は、競って買い求め、刺し身で賞味しました。

初鰹煮て食ふ気から銭もでき（柳多留拾遺・初）

という川柳は、安くなったのを刺し身ではなく煮て食う、けちで無粋なのを嘲ったものです。

江戸末期の喜多川守貞（きたがわもりさだ）の考証随筆『守貞謾稿』（生業下）に、二、三十年前には一尾で二、三両したのに貧しい者も争って食った、近年はこれほど盛んではなく、値段は一分二朱あるいは二分ほどなので、魚売りのいきおいは衰えて見えると述べています。好みの変わったときもあったのでしょうか。

現在では、ショウガ・ニンニク・アサツキ・ワケギなどを薬味にしますが、江戸文学ではカラシを用いた例が多く見られます。

牡丹（ぼたん）

方百里雨雲寄せぬ牡丹かな　蕪村（新花摘）

世界の中心で華麗な牡丹が辺りを払って、百里四方の周囲に一つの雨雲も寄せ付けない。

牡丹は、ボタンと音読することから分かるように、中国からもたらされた植物です。原産地は中国の西部あるいは北西部と言われています。それ以前からあったのでしょうが、唐の時代になって、都の長安を中心に爆発的に愛好されるようになりました（石田幹之助『長安の春』）。以後、中国の花の代表となり、中華民国が成立して、国のシンボルを決める時、牡丹にするか梅にするか論争があり、前途多難な新政権に、牡丹はあまりにも派手なので、梅が選ばれました（陳舜臣『六甲山房記』）。豪華さから花王と言うことが宋時代から見られます。

日本に渡来したのは、平安時代のことと言われています。初めて作品に取り入れたのは菅原道真で、その漢詩集『菅家文草』に牡丹の詩が二首あります。「法花寺白牡丹」（四・二五七）では白牡丹を「法華」と見、「牡丹」（五・四〇六）では「玉仙の家に翫（もてあそ）ぶ」ものとしています。いずれもこの世ならぬ美しさということでしょう。

和文では『蜻蛉日記』（中）が初出です。天禄二年（九七一）六月に、西山の寺の僧坊で、垣根を結った草むらの中に、花の散り果てた「ぼうたん草ども」を見て、「花もひとときと」と感慨にふけります。『枕草子』には、作者がお仕えする中宮定子の滞在する小一条の様子を語る中に、「露台の前に植ゑられたりけるぼうたんの唐めきをかしきこと」（能因本一四六段）とあります。

『栄花物語』では、藤原道長が建立した法成寺の阿弥陀堂の前を、「薔薇・ぼうたん・唐撫子・紅蓮花の花を植ゑさせたまへり」（玉の台）と描いています。

『今鏡』には、太政大臣藤原宗輔が、「菊やぼうたんなどめでたく大きに作り立てて好み持ち」、それ以外の用事などはしなかったと記しています（六・唐人の遊び）。

以上が見つけた平安時代の散文のすべての例です。みな「ぼうたん」です。平安後期に作られた辞書『色葉字類抄』に、「牡丹 紅房 ホタン ホウタン俗」とあり、ボウタンが普通であったことが分かります。

以上の例から、牡丹は寺や貴族の邸宅にある、この世ならぬ中国趣味の花であったということになります。

勅撰和歌集では、第六の『詞花集』に載る、崇徳天皇が牡丹を詠ませた時の、藤原忠通（一〇九七―一一六四）の作、

咲きしより散り果つるまで見しほどに花のもとにて二十日経にけり（春・四六）（咲いた時から散り果てるまで見ていた間に花のもとで二十日経ってしまった。）

が牡丹の歌の初出です。「二十日」というのは、白居易の詩「牡丹芳」に「華開き花落つ二十日　一城の人皆狂れたるが若し」によるもので、中国趣味で詠んでいるのです。これによって室町時代ころから牡丹をハツカグサと言うようになりました。

承平四年（九三四）ころに源順が編んだ辞書『倭名類聚抄』に牡丹にフカミグサと訓があるのがもとになって、

人知れず思ふ心はふかみ草花咲きてこそ色にいでけれ　賀茂重保（かものしげやす）（千載集・恋一・六八三）（人知れずにあなたを思う心は深く、その深いという名のフカミグサが咲いて、思いが顔色に出た。）

などと詠むようになります。フカミグサはこのように「深」と掛詞にするのが普通です。古典和歌では漢語は原則として用いないことになっていますから、ボ（ウ）タンという語は使えないので、歌人たちはこれに飛びついたのです。こういう語があるものの、牡丹を詠んだ和歌はさほど多くありません。豪華すぎて日本的ではないからでしょうか。

江戸時代に入ると、園芸が発達して、牡丹にもさまざまな品種が作られるようになります。貞享五年（一六八八）には、井原西鶴の弟子である北条団水の『牡丹名寄』という牡丹の専書が出ています。上冊に白牡丹の名を一五七種、下冊に紅牡丹を一四三種、掲げてあります。

江戸時代の俳人では、蕪村には最初に掲げた句をはじめ、

牡丹散りてうち重なりぬ二三片　（桃李）

閻王（えんわう）の舌や牡丹を吐かんとす　（自筆句帳）

金屏のかくやくとして牡丹かな　（新花摘）

山蟻のあからさまなり白牡丹　（自筆句帳）

など、豪華な牡丹を詠んだ名句があります。

近代になって、歌でも漢語を用いるようになり、牡丹という語で詠むことになりました。木下利玄の『一路』の、

牡丹と獅子（鳥獣人物戯画・乙）

牡丹花は咲き定まりて静かなり花の占めたる位置のたしかさ

に始まる連作「牡丹と芥子」が有名です。蕪村の句と比べることで、江戸時代の俳句と近代短歌との違いが理解できるでしょう。

牡丹と獅子との取り合わせは、牡丹は花王、獅子は獣の王だからでしょう。平安末期に作られた『鳥獣人物戯画』（乙巻）の中に、獅子の前後に牡丹を描いた部分があります。東大寺南大門の北面にある獅子は建久七年（一一九六）に作られたものですが、その台座に牡丹が浮き彫りになっています。能の『石橋』の後段では、獅子が牡丹に戯れて舞います。この取り合わせは中国からのものではないかと思いますが、その例を知りません。

牡丹と猫とを取り合わせることもあります。中国の辞書『韻府群玉』や作詩の参考書『円機活法』（書画門）などに、糸筋のような目をした猫と牡丹とを描いた古画を見た人が、これは正午の牡丹だと言ったという故事があります。猫の目は明るい昼間には細くなり、牡丹は正午ころがいちばん美しいのだそうです。南北朝時代の禅僧の鉄舟徳済の『閻浮集』の七言絶句「牡丹」の転句に「空庭に猫児の睡りを見ず」とあります。日光東照宮にある左甚五郎作という睡り猫の彫刻について、さまざまな解釈がありますが、これによるものではないでしょうか。

牡丹に蝶を取り合わせることもあります。これも中国から伝わったものです。先に記した『鳥獣人物戯画』の獅子と牡丹の絵には、蝶も添えてあります。歌舞伎舞踊「鏡獅子」では、牡丹の中で舞う獅子に蝶が戯れかかります。蕪村に次の句があります。

ぼうたんやしろがねの猫こがねの蝶 (新花摘)

富士の農男

田子の田植る忘るな不二の農男　馬琴

享和二年(一八〇二)に江戸から京阪への旅に出た三十六歳でまださほど有名な作家ではなかった滝沢馬琴は、五月に駿河の府中(現在の静岡市)で、土地の人から、四、五月ころに富士山の宝永山のあたりの残雪が人の形になることがあり、これを富士の農男と呼び、これの見える年には五穀が熟すると聞いて、右に記した句を詠み、旅行記『羇旅漫録』、旅中の見聞録『蓑笠雨談』に記し、翌年に刊行になる『俳諧歳時記』の春夏の部である上冊の巻末に埋め木をして「富士の農男」の一項を追加しました。

この農男が文献に現れたのはこれが最初ではありません。天明八年(一七八八)に出た甲斐(山梨県)の可都里

富士の農男(羇旅漫録)

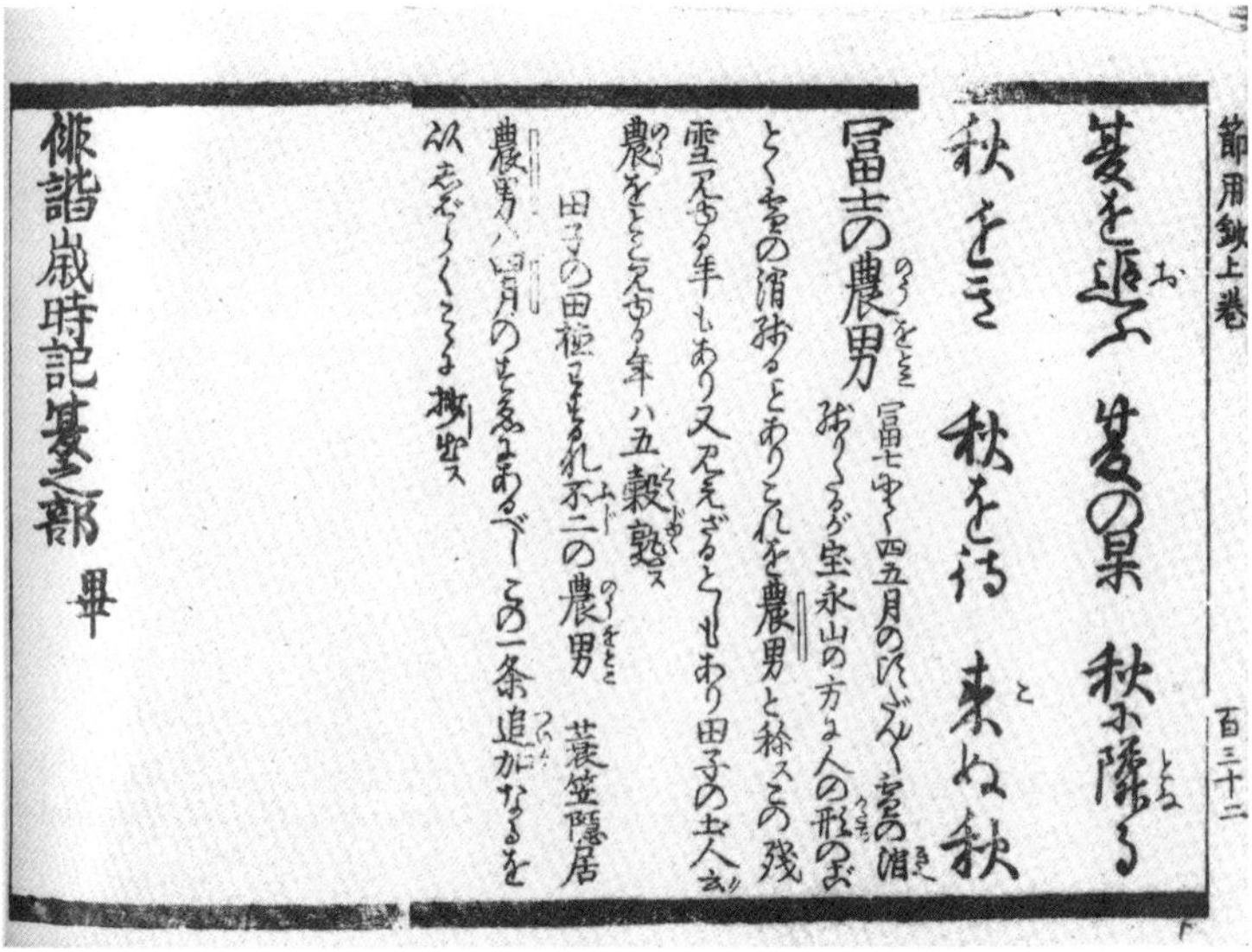

富士の農男『俳諧歳時記・上』の巻末への追加

の編んだ句集『農おとこ』（内題『俳諧農男集』）の最初に「のうをとこのことば」という文があり、麦刈りのころに、不二（富士）の残雪に小笠をかぶり手に鍬のようなものを持った人の形がほのかに顕れ、それが現れた時に田を植える、里では農男と古くから言っている、とあります。どこでのことなのかはっきりしませんが編者の住む甲斐でのことなのでしょう。

この『農おとこ』では人の姿に見えるとありますが、奇淵の編んだ『俳諧新季寄』（享和二年序）には、「富士野男」「甲斐野鳥」と並べて、「富士山雪解けの頃、野男の鍬をかたげなどしたる形顕るるなり。野民この時を考へて田を植うるなり。野鳥も事は同じ」と説明しています。

文化十一年（一八一四）成立の松平定能の

『甲斐国志』（三五）には、四、五月に山上の雪が消える時に、牛の形や鳥の形に残るのを農牛・農鳥と言い、農人はこれを見て農作業の時を決める。駿河の方では農馬と称すると言う、と述べています。

甲斐では男だったり牛だったり鳥だったり、駿河では男とも馬ともあり、別の物とも考えられますが、残雪の形などどうにでも見えるものですから、それぞれ同じ物でしょう。馬琴は豊年の兆しとしていますが、『農おとこ』以下にあるように農事の開始を促すしると見るのが、他の山の例から考えると妥当でしょう。

富士山以外にもそういう言い伝えのある山があり、それが山の名になっていることがあります。

山梨県の南アルプスの農鳥岳（のうとりだけ）は、白鳥が首を伸ばした形に雪が解け、里人はそれを見て苗代作りを始めると言います。

長野県の北アルプスの爺ケ岳（じいがたけ）では、中峰と南峰の間の白雪の中に黒く笊（ざる）を持った種蒔き爺が現れて種蒔きの時期を知らせるそうです。

長野県北部の白馬岳では、田の代（しろ）掻きのころに雪の中に馬の形に山肌が現れ、里では代馬（しろうま）と言ったが、代が字面の良い白に変わり、音読してハクバ岳になったと言われています。だから白い馬ではありません。

各地にある駒ケ岳は、例外もあるが、たいていは残雪が馬の形に見え、農作業を進める目安になるので名づけられたと言います、秋田県と山形県との間の秋田駒ケ岳、秋田・岩手・山形の三県にまたがり岩手県栗原郡の駒ケ岳の意味と言う栗駒山、新潟県魚沼三山の内の駒ケ岳、福島県の会津駒ケ岳、山梨県の甲斐駒ケ岳、このいずれにも名の付いた理由に同じような言い伝えがあります。

農業は気象条件に大きく左右される産業です。太陽暦はある程度までは気象条件と合致しています。しかし例えば桜の開花する時期は年によって数日、あるいは十数日のずれがあります。それに比べると、雪解けは上空の気温に左右されるのでしょうから、これによって農作業の日取りを決めるのは、暦日によるよりも、自然条件を反映した決め方と言えましょう。

雪解けだけではなく、山梨県の農鳥岳や新潟県の魚沼三山では秋以後の冠雪の進行で農作業の時期を決めるそうです。同様の伝承は各地にあることでしょう。

以上の事例はすべて東日本でのことです。雪を頂く山の少ない西日本には、こういうことは少ないかもしれません。馬に見立てるのも、農耕に馬を用いることが多い東日本だからでしょう。もし西日本に同じようなことがあれば、牛に見立てるのではないかと思います。

時鳥（ほととぎす）　ほととぎす平安城を筋違（すぢかひ）に　蕪村（蕪村句集）

時鳥が鋭い声で鳴いて、碁盤の目なりの京都の空を斜めに飛び去った。「平安城」という語に王朝趣味が感じられます。

【語源】 ホトトギスの語源について、寛文二年（一六六二）刊の松永貞徳『和句解（わくげ）』以下に、鳴き声の聞きなしからとしています。「スはモズ、ウグヒス、カケス、カラス、キギスの如く群鳥の共有の呼称である」（松岡静雄『日本古語大辞典』）ということだそうです。『万葉集』では、

暁（あかとき）に名乗り過ぐなるほととぎすいや珍しく思ほゆるかも　大伴家持（おおとものやかもち）（一八・四〇八四）

など二首にホトトギスが「名乗る」と詠んでいます。自分からホトトギスと名乗るのです。古人は鳴き声をホトトギスと聞いたのです。

【漢語】 漢語ではホトトギスにさまざまな名があります。

「子規・子鵑（しけん）」というのは、「規・鵑」がキ・ケンという鳴き声で、呼びやすいように「子」を加えたものだそうです（青木正児『中華名物考』）。「不如帰」は、その声が不如帰去と聞こえるのだそうです。「催帰」はこれから派生したものでしょうか。「杜宇・杜鵑・蜀魂・蜀魄」というのは、戦国時代の蜀の望帝（名は杜宇）の魂が化してこの鳥になったという伝説によるものです。

「郭公」はカッコウなのですが（カッコウについては後に述べます）、日本ではホトトギスに用いていて、平安時代の古筆以下に多く見られます。『万葉集』では、万葉仮名表記の例以外はすべて「霍公鳥」と記しています。「霍」と「郭」とは同音です。「霍公鳥」は現存する漢籍に見えないが、中国の通俗書に「霍公」と書いたものがあったのであろうとするのが通説ですが、木村正辞（まさこと）は、「霍」は鳥が速く飛び行くことを表す字であり、「霍公鳥」は日本で作った語で、後に郭公と同音なので誤ったものとしています（万葉集訓義弁証）。

「時鳥」は、本来は時節に応じて鳴く鳥の意です。本居宣長は、その鳴くころに時鳥と言ったのがそのまま名となったのであろうと言っています（玉勝間・四）。室町末期成立の『雑和集』（中）にも、「時鳥といふは、鳴くべき時を知りて、卯月五月に来て鳴けば言ふなり」とあります。ホトトギスに用いるのは和製漢語でしょう。これを訓読して「時つ鳥」（永久百首・五〇一、源俊頼）、「時の鳥」（民部卿家歌合・

九一、藤原俊成）と言う例も平安後期から見えます。

インドのカッコウという梵語 kokila（拘耆羅・倶均羅などと音訳。好音鳥・美音鳥と漢訳する）も、源俊頼の『散木奇歌集』に、「雨中郭公」の題で、

これ聞かむこせのさ山の杉が上に雨もしののにくきら鳴くなり（二四五）

とあるなど、例は少ないが、ホトトギスの異名とすることがあります。

【和歌】『万葉集』（一五三例）、『古今集』（四十二例）、『新古今集』（四十六例）とも、最も多く詠まれている動物はホトトギスです。多いだけに、その扱いもさまざまです。

◉初音を待つ　『万葉集』でのホトトギスの扱いは、

神奈備（神ノイル場所）の磐瀬の森のほととぎす毛無の岡にいつか来鳴かむ　志貴皇子（八・一四六六）

のように、鳴くのを待ち焦がれ、

我がここだ偲はく知らに（私ガコンナニ待チ焦ガレテイルノヲ知ラズニ）ほととぎすいづへ（ドコラ）の山を鳴きか越ゆらむ　大伴家持（一九・四一九五）

などと、早く来て鳴けと待ち、

…さ夜中に　鳴くほととぎす　初声を　聞けばなつかし…　大伴家持（一九・四一八〇）

のように、その初音を愛でています。

江戸中期の国学者の石原正明は、『年々随筆』（二）（享和元年）に、ホトトギスを愛でるのは、京都では稀に聞くからであろう。江戸では初音はめずらしく思うが、月日を経るとうるさく感じる。しかし、

毎年四月の初めには、いまは鳴くだろうかと心待ちするようになると述べています。

◉**時期**　『万葉集』では「ほととぎす来鳴く五月」（一〇・一九八一など四例）という表現が固定しているように、陰暦五月に来る鳥としています。平安時代以後も「ほととぎす鳴くや五月のあやめ草」（古今集・恋一・四六九、詠み人知らず）などと、受け継がれています。

大伴家持は「霍公鳥は立夏の日に来鳴くこと必定なり」（万葉集・一七・三九八四・左注、原漢文）と記しています。これは『漢書』（楊雄伝）に付けた唐の顔師古の注に、「一名は子規、一名は杜鵑、常に立夏を以て鳴く」とあるの（あるいはこれと同じ系統の説）を踏まえるものです。

なお中国の古典では、暮春に鳴き始めるとするものが多く見られます。

五月ですから、

…ほととぎす　鳴く五月には　あやめぐさ　花橘を　玉に貫き　かづらにせむと…（万葉集・三・四二三、山前王）

のように、その時期の景物である、橘（二十八例。他に「五月の玉」などもある）・菖蒲（十一例）・藤（一〇・一九四四など九例）・卯の花（八・一四七二など八例）・樗（一七・三九一〇など二例）などを取り合わせます。これらは平安時代以後も受け継がれます。また梅雨の時期でもあるから、

かき霧らし雨の降る夜をほととぎす鳴きて行くなりあはれその鳥　高橋虫麻呂（九・一七五六）

など、雨を取り合わせることもあります。これも平安時代以後に、

五月雨に物思ひをればほととぎす夜深く鳴きていづち行くらむ　紀友則（古今集・夏・一五三）

などとあります。

◉夜　ホトトギスは昼も夜も鳴くが、

我が宿に月おし照れりほととぎす心あらば今夜来鳴き響もせ　大伴書持（万葉集・八・一四八〇）

など、歌では多く夜のものとして、月と取り合わせたり、寝覚めに聞くとしたりします。

◉田植え　ホトトギスは田植えのころに鳴くので、農作業を促す鳥でもあります。

信濃なる須我の荒野にほととぎす鳴く声聞けば時過ぎにけり（万葉集・一四・三八五二）

には諸説があるが、農耕を詠んだものとも言います。『枕草子』（二二六段）に、

ほととぎす、おれ、かやつよ（オマエ、コイツメ）、おれ鳴きてこそ、我は田植うれ

という田植え歌が見えます。

『古今集』の、

いくばくの田を作ればかほととぎすしでのたをさを朝な朝な呼ぶ　藤原敏行（誹諧・一〇一三）

のタヲサは「田長」で、田植えの時期なので農作業を促すというのが本来の意味なのでしょう。

◉沓手鳥　寛平四年（八九二）ころに行われた『寛平御時后宮歌合』に、

ほととぎす鳴きつる夏の山辺には沓手（沓ノ代金）出ださぬ人や住むらむ（六九）

の歌があり、この歌について、源俊頼は、モズをホトトギスと言うべきで、ホトトギス（つまりモズ）が沓縫いであった時に、モズ（つまりホトトギス）は沓の料金を与えず、あと四、五ケ月の内に差し上げようと約束して去り、その後見えなかったので、沓は取り返せまい、料金を取り返そうと、約束した四、

五月に来てホトトギスを呼び歩き、モズはその時には、秋のように梢で声高く鳴かずに、垣根を伝って時々「ことごとしく（オオゲサニ）」とつぶやくのである、と説明しています（俊頼髄脳）。この説話は、『江談抄』（三）、『顕注密勘』（一九）などにも見え、室町時代の一条兼良の作かという『鴉鷺物語』には、これを踏まえて、ホトトギスを沓手鳥とも言うとあります。

西日本の各地に同様の民話が散在しています。昔、ホトトギスは馬の沓作り、モズは馬方で、モズは沓を作ってもらうばかりで、代金を払わず、ホトトギスから催促されるので、モズはホトトギスのいる間は姿を見せず、小虫などを木の枝に串刺しにしておいて、ホトトギスの機嫌を取るとか借りを返すとか言います。

◉言伝て　『万葉集』には、

暇無み来まさぬ君にほととぎす我かく恋ふと行きて告げこそ（告ゲテホシイ）　大伴坂上郎女（八・一四九八）

のように、ホトトギスに言伝てを頼む歌があります。音信を届けるのは普通は雁ですが、ホトトギスも秋の雁のように来る季節が決まっているので、同じような扱いをしたのでしょう。

◉物思い

ほととぎす無かる国にも行きてしか（行キタイモノダ）その鳴く声を聞けば苦しも　弓削皇子（万葉集・八・一四五七）

では、ホトトギスを物思いさせる鳥としています。その物思いは、懐古の情であったり、人を恋うる心であったり、死者への追憶であったり、いろいろです。

◉托卵　『万葉集』の高橋虫麻呂の長歌では、

…鶯の　卵の中に　ほととぎす　ひとり生まれて…（九・一七五五）

と、托卵のことを詠んでいます。源俊頼は、父の経信に時助という舞楽の舞人が語ったこととして、弟子の家の傍らに鶯が巣を作り、子を産んだが、巣立ちのころに、一羽が目立って大きくなり、母鶯が虫を口に含ませると大きな口を開けて食っている。時助が見に行ったところ、ホトトギスと二声鳴いて去ったと申したので、古い文献は嘘は書かないものだから、さもあろうと父は思ったという。残りの子どもは鶯で、その辺りを鳴きまわったという、と記しています（俊頼髄脳）。大江匡房の談話を藤原実兼が筆録した『江談抄』（三）にも類似の話が見えます。江戸幕府の命で編集した百科全書『古今要覧稿』の編集の中心である屋代弘賢は、自分の旧宅の庭で見たと記しています。

◉不如帰　中国での聞きなしの「不如帰」を訓読して、「帰るに如かず」と詠むことがあります。室町時代の連歌に、

我が里疎き山ほととぎす　専順／帰るにはしかん陰なき花散りて　宗砌（年次不明何人百韻）

帰るなよ鳴くにはしかじほととぎす　宗祇（萱草・夏）

おぼつかなしや行く末の道／帰るにはしかじと鳥も鳴くものを　宗祇（下草・夏）

などとあり、歌では江戸初期から見えます。

◉冥土に通う　『万葉集』には、

大和には鳴きてか来らむほととぎす汝が鳴くごとに亡き人思ほゆ（一〇・一九五六）

という、ホトトギスで死者を偲ぶ歌があります。

平安時代以後になると、先に引いた、

いくばくの田を作ればかほととぎすしでのたをさを朝な朝な呼ぶ　藤原敏行（古今集・誹諧・一〇一三）

など、ホトトギスをシデノタヲサと言うようになります。これはホトトギスの鳴き声の聞きなしで、「して（諸説あり不明）の田長」と懸けたものですが、「しで」を死出と解して、

死出の山越えて来つらむほととぎす恋しき人の上語らなむ（語ッテホシイ）　伊勢（拾遺集・哀傷・一三〇七）

のように、冥土に通って死者のことを知っている鳥と考えるようになります。

神谷養勇軒の随筆『新著聞集』（一八）（寛延二年〈一七四九〉刊）に、冬に節が空洞になって朽ちた木の中にホトトギスの死骸を見つけて、箱に入れておいたのを、三月の末ころに箱を開いたら、ホトトギスが飛び去った。冥土の鳥というのも、ふたたび蘇ってくるのであろうと思ったとあります。

冥土に通うというのには、中国の「蜀魂」の説話も関わるのかもしれません。ホトトギスには、無常鳥の異名もあります。

【不吉な鳥】『帝王編年記』（一七）に、長徳元年（九九五）にホトトギスの声が絶えない、これは不吉な事であるという記事があります。

『古事談』（一）には、二条天皇の時代に、ホトトギスが京都中に満ち満ちて、二羽が喰い合って殿上に落ちたので、これを取って獄舎に遣わした。この怪異によって、月の内に天皇は位を去り、翌月に亡くなったとあります。二条天皇の崩御は長寛三年（一一六五）七月二十八日です。江戸時代にも似たことがあり、宮中にホトトギスがいるのは好ましくないのに、安永六年（一七七七）に、後桃園天皇が木にいるのを間近くご覧になったのは、御代が久しくないしるしかとしました（柳原紀光『閑窓自語』一）。天皇は安永八年十月に崩御しました。

文永・弘安（一二六四―八八）ころ成立の『塵袋』（三）に、

カハヤ（厠）ニテ郭公ヲキクハ忌ムコトト云フハ、大国（中国）ニモアル事也。カハヤニテ是ヲキク時ハ、犬ノホユルマネヲシテマジナフト云フ事、本草ノ中ニ見エタリ。コノ辺ニハ、着物ヲ脱ギテハラヒナドヲバスレドモ、犬ホユル事ハナキニヤ。

とあります。「本草ノ中ニ見エタリ」というのは、宋の唐慎微の薬物書『証類本草』（一九）に見えるのを指します。このことは梁の宗懍（そうりん）の『荊楚歳時記』にも見え、中国ではかなり古くから言われていました。花園天皇が元亨二年（一三二二）四月二十六日に、隠所（便所）で郭公を聞いたのを、世俗では忌んでいるから、祈祷するべきだと女房が諫めました（花園天皇宸記）。『蜻蛉日記』（下）の天禄二年（九七一）五月の箇所に、ほととぎすの群鳥（むらとり）が厠（くそふく）に下りていると騒ぐとあるのも、あるいは不吉だからでしょうか。江戸時代の文献でも、明暦二年（一六五六）の『玉海集』（夏）に、

厠でも初音聞きたしほととぎす　徳窓

の句が見え、黒川道祐の『日次紀事』（貞享二年序）には、厠で杜鵑を聞くと凶事があるので、犬の吠えるまねをすると、禍を変じて福とするとあり、平直方の『夏山雑談』（四）（寛保元年序）には、厠で聞けば禍があり、芋畑で聞けば福があるので、ホトトギスの鳴くころには、高貴の御厠に芋を鉢に植えて入れて置くという記しています（ホトトギスと芋との関わりは、後の「弟恋し」の箇所に記します）。『日次紀事』には、床に臥して初音を聞くと、その年に病気になるので、そういう時にはすぐに起きて呪文を唱えるともあります。元禄時代の僧契沖は、『万葉集』の、

常人も起きつつ聞くそほととぎすこの暁に来鳴く初声（一九・四一七一）

などを例として、「臥して聞けば悪しとて、起きて待つなるべし」（河社・三）と述べています。『万葉集』の歌はともかく、元禄ころにはこの俗信が普通に行われていたことになります。民間伝承でも、ホトトギスの声（特に初音）を便所・寝室・蚊帳の中で聞くのは不吉とすることが多く見られます。『本朝食鑑』（六）には、正月元日に厠で杜鵑を思うのは凶であるとし、太田全斎の『諺苑』（寛政十年序）には、大晦日に厠で「がんばり入道ほととぎす」という諺を思い浮かべるのは不祥であると言うとしています。兵庫県姫路地方には、雪隠でこの言葉を三唱したら、人間の生首が落ち、これを左の袖に包み、部屋に持ち帰って灯火で見ると黄金であったという伝説があります（綜合日本民俗語彙）。この場合は幸運を得ていますが、これらに類似するホトトギスを不吉なものとする伝承は各地に見られます。

【血を吐く】 ホトトギスは口の中が真っ赤なので、鳴いて血を吐くと言います。杜甫の詩「杜鵑」に「其の声は哀痛にして口に血を流す」とあるなど、中国から伝わったもので、『荊楚歳時記』には、人がその

声をまねると血を吐くとあり、唐の段成式（七七三―八六三）の『酉陽雑俎』には、先に鳴く者は血を吐いて死ぬ、ある人が山中で一群の杜鵑が鳴かないのでまねをしたら死んだとあります。

正岡子規は学生時代に肺結核で吐血したので、これにちなんで子規と号しました。俳句雑誌『ホトトギス』の誌名は、明治三十年に正岡子規を指導者として創刊したことによるものです。徳富蘆花の『不如帰』（明治三十三年刊）も、ヒロインの浪子が肺結核の患者であることによる題名です。

【民話】 これまでにホトトギスの関する民話をいくつか記しましたが、小鳥の前生を語る民話には、ホトトギスに関するものが多く見られます。

◉**弟恋し** 病人または盲人の兄に山芋のよいところを食べさせ、弟はまずいところを食べていたが、兄は、自分が食べるのがこんなにうまいのだから、弟はどんなにうまいところを食べたのだろうと、弟を殺して腹を割いて見ると芋の筋ばかりだったので、兄は後悔し、悲しみのあまり、ホトトギスになってオトトコイシ（弟恋し）と鳴くようになった。この民話は全国的に語られています。山芋であることについて、南方熊楠は、その発芽期だからと推定しています（「時鳥の伝説」全集・二）。山芋は端午の節句に供する食物だからとも言います。モズに弟を食われたホトトギスが、オトトコイシと鳴き歩くので、ホトトギスのいる間はモズは出ないとも言います。類似の伝説は、中国やマケドニアにも見られるそうです。

◉**小鍋** 菅江真澄は『はしわの若葉』に、天明六年（一七八六）四月に岩手県水沢で、ホトトギスを小鍋焼きという村があると、昔話を記録しています。後妻の子である弟が先妻の子の兄がいない間に、小鍋焼き（個人的な炊事）をしていたところ、兄が帰ってきたので、隠れて大いに食ったところ、背中が裂けて死に、その亡魂が、アッチャトテタ、コッチャトテタ、ボットサケタと泣き叫ぶというのです。東北地方には、継母が娘の遊びに出ている間に飯を炊き、娘が帰って飯を食べたいと言うと、アッチャトテタ、コッチャトテタと言いながら鳥になって飛んで行ったという民話もあります。

◉**継子**（ままこ） 菅江真澄は『はしわの若葉』の同じ所で、子供が「町さ往（い）ったけとか」とホトトギスの鳴き声をまねることを記しています。岩手県気仙郡には、継娘が父を迎えに町に行き、会わずに帰って叱られ、泣きながら鳥になって、マッチャイッタケドと鳴くようになった、という民話があります（日本放送協会『日本昔話名彙』）。

◉**庖丁**（ほうちょう） 岩手県岩手郡の民話では、継母が庖丁を隠して、父親に継子が無くしたと告げ口した。父親は探して来いと言い付け、娘は探したが見つけられず、泣きながら出て行って「俺の庖丁はどこへ失せたか。どっちへやったか。こっちへやったか。」と言って探す内に鳥になった。今も「俺の庖丁は…」と鳴くと、その日は曇ると言うそうです。秋田県角館（かくのだて）では、姑（しゅうとめ）が庖丁を隠して嫁をいじめ、姑が年老いてから、嫁が庖丁を隠したので、「庖丁どっちゃやった」と騒いでいるうちに鳥になって日に八千八声鳴く、と言うそうです（関敬吾『日本昔話集成』第一部）。

【聞きなし】 これまでに記した外にもいろいろな声の聞きなしがあります。

ホ（ン）ゾンカケタカは、『犬筑波集』（古活字版中本）に、

仏壇に本尊かけたかほととぎす

の句があるなど、初期俳諧にかなり多くの例が見えます。『古今要覧稿』（四九五）には「その声を今江戸にては「天辺かけたか」といひ、京都にては「本尊かけたか」といふ」とあり、『増補俚言集覧』には「関東にてはホゾンカケタカといふ」とあり、対立しますが、上方中心の文化の時代の初期俳諧にホンゾンカケタカがあるのだから、前者が妥当でしょう。これは冥途に通うということと関わるものでしょうか。

広く行われているテッペンカケタカは江戸中期ころから見えます。

トッキョキョカキョク（特許許可局）は近代になってからのものでしょう。早口言葉のトウキョウ（東京）トッキョキョカキョクが先に作られたものかもしれません。

【用途】 ホトトギスの黒焼きを、『本朝食鑑』（六）、『大和本草』などに痘瘡の薬に用いるとしています。『古今要覧稿』には、酒造家ではその羽毛を酒の桶に挿しておくか、そばに置くかすると酒が変質しない、味が変わった酒に羽毛の黒焼きを入れると元の味に返るとして、田舎の人は、ホトトギスを得ると、酒造家に売ると言うと記してあります。

郭公（かっこう）——うき我をさびしがらせよかんこどり　芭蕉（嵯峨日記）

心の晴れないわたくしに寂しい思いをさせよと、カンコドリに呼び掛けています。

ホトトギスと関連して、日本では「郭公」をホトトギスと読んでいることもあるので、カッコウについても触れます。

【語源説】「郭公」は漢語です。この名の文献初出は、唐の陳臓器が開元年間（七一三―七四一）に編んだ『本草拾遺』（『本草綱目』所引）のようです。中国の文献には、「鳲鳩(しきゅう)・鴶鵴(かっきく)・布穀・撥穀(はっこく)・穫穀」などの異名が見えます。「郭公」をはじめ、K音の語を用いているのは、鳴き声の聞きなしでしょう。外国語でも、英語では cuckoo、フランス語 coucou、ドイツ語 Kuckuck、スペイン語 cuco、イタリア語 cucu、ロシア語 kukushka、ハンガリー語 kakukk、現代ギリシア語 kóukos と、皆同じように聞きなしています。

【閑古鳥(かんこどり)】 日本語でカンコドリ（閑古鳥）と言うのも聞きなしです。

『日葡辞書』に「Cancodori（カンコドリ）」、または、Canpodori（カンポドリ）」と見えるのが文献初出でしょうか。『俚言集覧』などでは「郭公鳥」からとし、賀茂真淵『万葉考別記』に、カンコドリは喚子鳥(よぶこどり)の訛りとしています。後者は別名ヨブコドリに漢字を当てたと考えたのでしょう。漢語を考える必要は無いように思います。

【よぶこどり】「よぶこどり」という語が『万葉集』から見えます。鳴き声が子を呼ぶように聞こえるので付いた名で、現在ではカッコウであろうとするのが通説ですが、中世には、『古今集』の中で「ももちどり・いなおほせどり」と合わせて、難解な三鳥として秘伝となり、ハコドリ・スズメ・ハト・小鳥などの他に、猿・人などの説もありました（雑和集・中）。ツツドリであるとも言います。

【寂しさ】 カンコドリが鳴くのは人里離れた場所であるので、寂しさを言うのに用います。

近松の浄瑠璃『博多小女郎波枕』（中）では、わびしい住まいを「畳もあげてかんこ鳥、泣くに泣かれず興さめはて」と描いています。小野蘭山『本草綱目啓蒙』（四五）には、「此ノ鳥深山ナラデハ居ラズ。

故ニ俗諺ニ幽閑ナルコトヲカンコドリ鳴クト云フ」とあります。

このように、ホトトギスの雌であるという説が広く行われていたようです。元政（一六二三—一六八）の漢詩集『艸山集』（二二）の注に、「郭公は鳥の名、音を以て鳥に名づく。俗に曰く、杜鵑の雌也」（原漢文）とあり、貝原益軒『大和本草』、小野蘭山『本草記聞』などにも見え、柳田国男『野鳥雑記』（昭和十五年）にも「今でも多くの田舎でカッコウを時鳥の雌だと思って居るのは、斯ういふ昔話によって誤られたものであらうと思ふ。」とあります。なお『本朝食鑑』（六）には、虫食い鳥（ジュウイチの異名）を世俗では杜鵑の雌と言うと記しています。

菖蒲（あやめ）

あやめ草足に結ばん草鞋（わらぢ）の緒（を）　芭蕉（おくのほそ道）

『おくのほそ道』の旅の途中で、五月四日に宮城県仙台市で画工の加右衛門（かえもん）から紺に染めた緒を付けた草鞋二足を餞別に送られて詠んだ句。折からの端午の節句にふさわしいあやめ草を思わせる紺色の緒を付けた草鞋、このあやめ草の草鞋を足に結んで邪気を払い、旅を続けよう。

古典に見えるアヤメ（グサ）というのは、サトイモ科のショウブです。

さうぶ取れるところ、またかざせるもあり

あやめぐさ根長き取れば沢水の深き心は知りぬべらなり（貫之集・二二七）

のように、歌にはアヤメ（グサ）と詠み、詞書にはシャウブ（サウブ）と記してあって区別がありません。

鎌倉時代の慈円に、

野沢がた雨やや晴れて露重み軒によそなるはなあやめかな（拾玉集・二三二三）

というハヤアヤメを詠んだ歌があり、これが今のアヤメのようです。

『万葉集』にはアヤメグサを詠んだ歌は十二首あります。すべて五月五日に「玉に貫き蘰に」（三・四二三）など、緒に通して髪飾りにすることを歌っているものばかりです。ショウブの芳香が邪気を払うと考えてのことです。『枕草子』にも五月五日に、「万の人ども、さうぶかづらして」（二二一段・行幸に並ぶものは）とあります。

中国にもその風習はあったようですが、漢詩集『懐風藻』『凌雲集』『文華秀麗集』『経国集』などに「菖蒲」という語を詠んだ詩は見られません。古代の官人たちは、中国からの風習とは考えていなかったようです。

軒に挿した菖蒲（案内者）

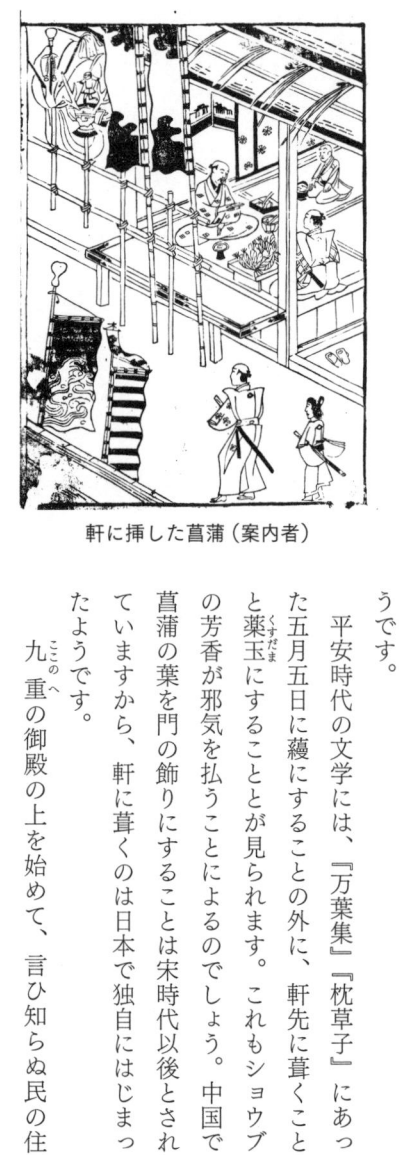

平安時代の文学には、『万葉集』『枕草子』にあった五月五日に蘰にすることの外に、軒先に葺くことと薬玉にすることとが見られます。これもショウブの芳香が邪気を払うことによるのでしょう。中国で菖蒲の葉を門の飾りにすることは宋時代以後とされていますから、軒に葺くのは日本で独自にはじまったようです。

九重の御殿の上を始めて、言ひ知らぬ民の住

みかまで、いかで我が許にしげく葺かむと葺きわたしたる、なほいとめづらし。（枕草子・三九段・節は五月にしく月はなし）

とあるとおり、宮中をはじめ一般庶民の家でも行っていました。今では見掛けることがほとんどありませんが、端午の節句に行っている家もありましょう。平安時代から江戸時代までは四日のうちに葺くことにしていました。『おくのほそ道』に、「名取川を渡って仙台に入る。あやめ葺く日なり。」とあるのは四日のことです。

薬玉は中国の長命縷という風習が輸入されたと言われています。『延喜式』（四五・左右近衛府）に、薬玉は菖蒲・艾・雑花で三日に作るとあります。嘉祥二年（八四九）五月六日に、この日に薬玉を身に付けて酒を飲むと長命で幸福になるからと、朝廷から薬玉と酒を賜った記録があります（続日本後紀・一九）。宮中では殿舎の御帳台に掛けて後まで付けて置き、また肘に掛けることもありました。中国では薬物学の原典の『神農本草経』の昌蒲（菖蒲）の項に、五月十二日に根を采って陰乾しにするとあるなど、菖蒲の根に薬効があるとしています。

平安時代には、五月五日に根合わせと言って、水辺から引き抜いたアヤメの根の長さを競いあうことが行われました。これも根の薬効によるものでしょう。

ほととぎす鳴くや五月のあやめぐさあやめも知らぬ恋もするかな　詠み人知らず（古今集・恋一・四六九）

歌に詠む場合には、アヤメを「文目」に掛けて「あやめも知らず（道理も分からない）」と詠んだり、生える水辺の「泥土」を「憂き」に掛け、「小泥」を「恋路」に掛け、「水沼」を「見ぬ間」に掛け、「根」を「音」に掛け、「淀野（京都市伏見区）」を「夜殿」に掛けたりして、恋の歌に用いることがあります。

今日こそは君を見ぬ間のあやめぐさ夜殿を恋ふる程のはかなさ（兼澄集・五五）

「水沼」「淀野」を掛けた歌です。

中国では五月を悪月としていました（荊楚歳時記）。それまで陽気が増えてきていたが、夏至以後には陰気が勝ってくるからでしょうか。特に五日には、蘭の葉を入れた湯を浴びたり、艾で作った人形を門戸に掛けたり、菖蒲を浮かべた酒を飲んだり、百草を闘わせたりして、邪気を払う日になっていました。

端午というのは端めの午の日の意味ですが、漢時代ころから五日にいろいろの行事を行うようになりました。三月三日の雛の節句を上巳と言って、本来は上の巳の日ということですが、どちらも同じ数字が並ぶほうが記憶しやすかったのでしょう。

日本の宮中でも、中国の影響を受けて、五日の節会としてさまざまな行事がありました。薬草を採ることが『日本書紀』推古天皇十九年（六一一）の条に、菖蒲を蘰とすることが『続日本紀』天平十九年（七四七）の条に、騎射をすることが『続日本後紀』承和六年（八三九）の条に、それぞれ見えます。それらが始まりということでしょう。

菖蒲湯や菖蒲寄り来る乳のあたり　白雄（しら雄句集）

菖蒲湯は中国の蘭湯の影響と言われ、室町時代から文献に見えます。

粽結ふ片手にはさむ額髪　芭蕉（猿蓑）

額髪は前髪を左右の頬に垂らして肩の辺りで切りそろえた平安時代の女性の髪形。うつむいて粽を結って居ると額髪が垂れ下がるので、片手で耳にはさむのです。句集『猿蓑』の編集にあたって、物語の姿も句集にあるべきだと師の芭蕉が詠んだ句です。

粽は、中国戦国時代の政治家で詩人の屈原が五月五日に汨羅の淵に身を投げて死んだのを土地の人々が哀れみ、その日に竹の筒に入れた米を水中に投じて祭っていたが、後漢の時代に区曲という者の前に屈原が現れ、蛟龍（水に住む龍の一種、みずち）が捧げ物を奪うので、今後は蛟龍が恐れるように、楝の葉で包み、綵糸（色糸）で巻いてほしいと頼んだことに始まると言われています（続斉諧記）。チマキは茅巻きで、本来はチガヤの葉で巻いたものです。『伊勢物語』（五二段）に五月五日のこととして「飾り粽」が見え、平安時代には行われていました。

柏餅は初めは五月五日に限ったものではありませんでした。粽に比べて江戸時代の俳句の例はあまりありません。

木隠れて名誉の家の幟かな　蕪村（新花摘）

先祖の武勲を表すかのような幟。木の間から屋敷の豪壮さが見えるのです。

幟や武者人形を飾るようになったのは、江戸時代になってからと言われています。平安時代以後に宮中で行われた騎射や走馬の行事が、武家社会で武を尊ぶ意味を強め、幟旗や吹流しを立て、鎧甲を飾るようになったものです。

鯉幟は吹流しから変わったもので、江戸中期に江戸で始まりました。

五月雨（さみだれ）

湖の水まさりけり五月雨（さつきあめ）　去来（阿羅野（あらの））

毎日降り続く五月雨にさしもの琵琶湖の水量も増えた。「水もまさるや」ではなく、「水まさりけり」となだらかに言い切ったことで、おおらかな句になっています。

『万葉集』にはサミダレという語はありません。『古今集』に、短歌に二例、長歌に一例あります。

五月雨にもの思ひをれば時鳥夜深く鳴きていづち行くらむ　紀友則（夏・一五三）

など三首とも時鳥と取り合わせ、この歌では「もの思ふ」と言い、紀貫之の歌（夏・一六〇）では時鳥は「何を憂（う）し」と夜に鳴くのかと言ってます。五月雨は心の晴れずもの思いする気分にさせるものなのです。同時代の凡河内躬恒（おおしこうちのみつね）には、

五月雨に乱れそめにし我なれば人を恋路（こひぢ）に濡れぬ日ぞなき（古今六帖・一・九〇）

と、サミダレに乱れを掛けて、恋する心の乱れに用いて、雨の降り続く空の下での晴れやらぬ思い、心の乱れを詠んでいます。雨を涙に見立てて、晴れない心に涙が落ちるとすることもあります。陰暦五月の景物として、時鳥の他に卯の花、花橘、樗（おうち）、早苗（さなえ）、菖蒲（あやめ）などを取り合わせることがあります。早苗、菖蒲は水辺のものですから、そこの水量が増えたともします。

五月雨に玉江の水やまさるらむ蘆（あし）の下葉の隠れ行くかな　源道時（金葉集・夏・一四六）

五月雨に水まさるらし沢田川真木（まき）の継ぎ橋浮きぬばかりに　藤原顕仲（あきなか）（金葉集・夏・一四七）

など、水辺の草が隠れるとか、橋が浮き上がるとか詠みます。俳諧でもその伝統を受け継いで、

五月雨の空吹き落とせ大井川　芭蕉（有磯海）

五月雨や滄海を衝く濁り水　蕪村（新花摘）

や、最初にあげた去来の句など、歌の場合よりももっと豪壮なものにしています。

長雨が物を朽ちさせることを、古く「卯の花を腐たす長雨の」（万葉集・一九・四二一七）などと詠んでいます。

五月雨の降り残してや光堂　芭蕉（おくのほそ道）

中尊寺の金色堂が長年の風雨に耐えて歴史的な輝きを保っていることを詠んだ句です。

剃刀や一夜に金精て五月雨　凡兆（猿蓑）

五月雨のせいで一夜に剃刀が錆びた。不気味さを感じさせます。

ひたひたと着物身につく五月雨　闌更（半化坊発句集）

顔につく蚊帳の湿りや五月雨　召波（春泥句集）

など、湿度が高くて衣服がべたつくことを詠んだのは、庶民生活を扱う俳諧の新しさです。

梅雨と言うのは、本来は中国南部の三月から五月にかけての梅の実が黄色に熟するころの長雨のことで、黄梅雨とも言い、多湿で黴が生じやすいので黴雨とも言います。五月雨と同じものですが、バイウという字音語はもちろん、ツユという和語も、江戸時代までの和歌には用いていません。

紫陽花（あじさい）——紫陽花や帷子時（かたびらどき）の薄浅黄　芭蕉（陸奥鵆（むつちどり））

紫陽花が薄浅黄色（薄い水色）に咲いている。人々が帷子（麻の単衣物（ひとえもの））を着る時期、花も人もすがすがしい浅黄色で、涼やかなことだ、という江戸趣味の句。

アジサイを詠んだ歌は、『万葉集』には二首、勅撰和歌集には一首も見えず、平安時代の歌集にもほとんど見えません。鎌倉時代の順徳天皇の歌論『八雲御抄』（三）には、アジサイは歌に詠みにくいものであるとあります。『枕草子』の「木の花は」「草の花は」などの段にもアジサイは見えませんし、『源氏物語』にも出てきません。

『万葉集』の二首を見ることにします。

言問はぬ木すらあぢさゐ諸弟（もろと）らが練りのむらとに詐（あざむ）かれけり（四・七七三）

大伴家持が坂上大嬢（さかのうえのおおおとめ）に贈ったもの。難解ですが、「物を言わない木にさえ、あじさいのように七重八重咲くものがある。諸弟（使いの男の名か）めの大ぼら吹きにだまされてしまった。」（日本古典文学全集の訳による）ということだそうです。「紫陽花のやうな移りやすいものがあります。」（沢瀉久孝『万葉集注釈』）と解する説もありますが、以後アジサイの色の変わることを詠んだ歌は、大隈言道（一七九八―一八六八）の、

移り行く日数を見せて片方（かたへ）より濃く薄くなるあぢさゐの花（草径集・一七二）

など、江戸末期のものしか見つかりません。俳諧では、安永三年（一七七四）刊の『類題発句集』に、

紫陽花の下行く水や飛鳥川（あすかがは）　蘆丸（飛鳥川は変わりやすいことの譬えに言います。）

紫陽花や朝紫に暮れは何　呉一

などの句があります。寛政六年（一七九四）に出た季寄せ『俳諧小筌（はいかいしょうせん）』に、アジサイの異名として「七化けの花」を挙げてあります。

『万葉集』のもう一首は、左大臣の橘諸兄（たちばなのもろえ）が宴会で詠んだ歌です。

あぢさゐの八重咲くごとく八つ代にをいませ我が背子見つつ偲はむ（二〇・四四四八）

そこにあったアジサイを用いて、主人に挨拶した歌。「あじさいが八重に咲くように八代も長くお元気であれ君よ。見ては懐かしもう。」（日本古典文学全集）。ここではアジサイを八重に咲くとしています。アジサイの花は八重ではありませんが、球状に密集して咲く花を八重と言ったようです。

この歌は以後の歌論書などによく引用してあります。アジサイの歌は少ないので、これが代表的な歌になるのでしょう。

以後の歌では「八重」と詠むことがかなり多く見られます。

あぢさゐのよひらの八重に見えつるは葉越しの月の影にやあるらむ　崇徳院（久安百首・二九）（アジサイの四片が八重に見えたのは葉越しの月の影なのだろうか。）

ここには「よひら」ともあります。花びらが四片であることを言うのですが、多くはこの歌のように、「よひら」を夜（あるいは宵）と懸詞に用いています。そのせいか、鎌倉初期になると、

夏もなほ心はつきぬあぢさゐのよひらの露に月も澄みけり　釈阿〈藤原俊成〉（千五百番歌合・

六八七）（夏にもやはり気がもめる。アジサイの四片の上の露に月も澄んでいる。）

あぢさえの下葉にすだく蛍をばよひらの数の添ふかとぞ見る（拾遺愚草〈藤原定家の家集〉・二二二二）（アジサイの下葉に集まる蛍を四片の数が加わったかと見る。）

のように、懸詞ではなくても、アジサイを月や蛍などと取り合わせて、夜の景色に詠んだものが多く見られます。昼の景として詠んだ歌も、

夏の野は咲きすさびたるあぢさゐの花に心を慰めよとや（林葉集・三一七）（夏の野では盛りと咲いているアジサイの花に心を慰めよというのか。）

という平安末期の俊恵の作などがありますが、例は多くありません。

アジサイの球状に花を付けることを詠んだ歌も、江戸末期の加納諸平（一八〇九―五七）の、

夕月夜ほの見えそめしあぢさゐの花もまどかに咲き満ちにけり（柿園詠草・二〇八）

くらいしか見いだせませんでした。俳諧ではこれより古く、

紫陽花の大一輪となりにけり　嘯山（俳諧新選）

という江戸中期の句があります。

アジサイは「紫陽花」と書きます。承平四年（九三四）ころに成立した源順の辞書『倭名類聚抄』に、「紫陽花」は白居易の詩にあるとして、アヅサヰと訓を付けています。白居易の「紫陽花」の詩は『白氏文集』（二〇）に出ています。招賢寺に名の分からない山花一樹があり、紫の花は香しくて、仙人の世界の物のようであるので、「紫陽花」と名付けたというのです。

紫陽花や香山居士を名付け親　嘯山（俳諧新選）

という句があります。香山居士は白居易の自称です。

唐時代の詩を全て集めた『全唐詩』で「紫陽花」という語のある作は、この白居易のものだけです。明の張鼎思の考証随筆『琅邪代酔編』（四〇）には、紫陽花を桂であるとしています。妥当かどうか分かりませんが、アジサイは日本原産の植物ですから、いずれにせよ紫陽花はアジサイではないのですが、以後日本ではこの表記を採っています。

平安時代の漢詩をほとんど収録する『日本詩紀』には、「紫陽花」を詠んだ作品は見当たりません。『白氏文集』は平安時代に最も愛好された詩集であるのに、「紫陽花」を詠んでいないのは、日本の詩人たちの好みに合わなかったのでしょう。

文政六年（一八二三）に長崎のオランダ商館付きの医師として来日したドイツ人シーボルトは、アジサイに Hydrangeo otakusa という学名を与えました。このオタクサというのは、シーボルトがなじんだ長崎丸山の遊女「お滝さん」の名を取ったものと言われています（動植物の学名は、発見者がラテン語で好きなように付けるのです）。

鮎

石垢になほ食ひ入るや淵の鮎　去来（雑談集）

澄んだ淵で鮎が水苔に何度も食い付いてゆく。鮎の習性を鮮やかにとらえています。

鮎という字は中国ではナマズのことです。日本でアユに用いるのは、神功皇后が、肥前国の松浦（佐賀県東松浦郡）の玉島川で、三韓出兵の成否を占うために釣りをした時にアユを獲たことから（古事記・中、日本書紀・神功皇后摂政前紀）、占いに用いた魚ということで出来た国字であるとされています（『倭訓栞』など）。

『古事記』『万葉集』などには「年魚」と表記してあります。平安時代の辞書『倭名類聚抄』には、「春に生まれ夏に長じ秋に衰へ冬に死ぬる故に年魚と名付づくるなり」（原漢文）と説明してあります。しかし『倭名類聚抄』では「鮎」をアユと読んでいますから、平安初期にはアユは鮎であったことになります。『日本書紀』では「細鱗魚・年魚」の両様です。鮎と年と音が近いので、年魚に鮎の字を借用したのであろういう説があります（白川静『字通』）。

【季節】「年魚」と書くのは、右に記したように、アユの寿命が普通は一年といわれているからです。春のものは、鮎子（万葉集・三・四七五）、若鮎（万葉集・五・八五七、ワカアユは『林葉集』三〇四）、小鮎（新撰字鏡）、上り鮎（四条流包丁書）などと呼び、秋のは錆び鮎（名語記）、落ち鮎（連珠合壁集）と言います。

【産地】アユは今でも清流ならどこの川にもいます。現存する五国の『風土記』のすべてに、アユは見えます。常陸国（茨城県）の久慈郡の箇所には、あらゆる清い川でアユを取るが、その太さは腕のようであるとあります。『延喜式』には各地からアユの鮨を献ずることが見えます。

しかし文学などに見える地名は限られています。

神功皇后がアユを釣ったのは肥前の玉島川です。『日本書紀』には、その国の女が四月上旬に年魚を釣ることは今も絶えず、男が釣っても得られないと記してあります。江戸中期の菊岡沾涼も同じことを記しています（諸国里人談・五）。後まで言い伝えていたのでしょう。『万葉集』（五・八五五）にも、松浦川（玉島川かと言う）でアユを釣るとあります。

『日本書紀』に、応神天皇十九年（二八八）十月に、吉野に行幸した天皇のもとに、吉野川の上流に住む国樔人が来て、酒を献じ、以後、「栗・菌（きのこ）及び年魚の類」を献ずる、とあります。江戸時代の記録ですが、菊岡沾涼は、吉野川のアユの頭の頂に桜の花の形があり、花鱗と言うと記しています（本朝俗諺志・二）。

平安時代には、京都が生活の場所になりますから、賀茂川（大和物語・七〇段など）、西川（桂川）（源氏物語・常夏）、宇治川（蜻蛉日記・中）、淀川（梁塵秘抄・四七五）など、都の周辺の川のアユが見られます。桂川のものは、

いざ上れ嵯峨の鮎食ひに都鳥　貞室（一本草）

の句があるなど、江戸初期にも有名でした。

江戸後期のものですが、江戸の人である武井周作は、武蔵の多摩川のものを上とするとしています（魚鑑・天保二年《一八三一》刊）。

【漁法】 神功皇后は、裳の糸を抜き取り、飯粒を餌にしてアユを釣りました。平安時代以後も、釣るという歌がいくつかあります。蚊鉤・縄頭などの擬餌鉤が文献に見えるのは、江戸後期からのことです。

鵜飼は、中国の歴史書である『隋書』倭国伝に、小さい環を鵜の項にかけ、水に入って魚を捕らえさせ、日に百余頭を得るという記事があります。中国人には珍しいことだったのでしょう。七世紀の初め

にはすでに行われていたことになります。『万葉集』の大伴家持の長歌に、

鮎走る　夏の盛りと　島つ鳥（枕詞）　鵜飼が伴は　行く川の　清き瀬ごとに　篝さし　なづさひ上る（水ニヒタッテサカノボル）（一七・四〇一一）

とあります。古くは漁師が川に入ったようです。『蜻蛉日記』（中）の天禄二年（九七一）七月に、作者が宇治川で「暗うなりゆけば、鵜舟ども、篝火さし灯しつつ、一川さし行きたり」と見る場面がありま す。このころには舟を用いていました。西行の、

白縄に小鮎引かれて下る瀬に持ち設けたる小目の敷き網（山家集・一三九四）

からは、平安末期には、アユが逃げないように川に白い網を引き回し、川底にはすくい上げる目の細かい網を敷いたことが知られます。鵜飼は残酷な方法と考えていて、平安末期には、

淀川の底の深きに、鮎の子の鵜といふ鳥に背中食はれてきりきりめく、いとほしや（梁塵秘抄・二・四七五）

という歌謡がありました。

他のアユの捕り方としては、梁（古今六帖・三・一五二二）、小網（新撰六帖・九八二）、蓼流し（新撰六帖・九八三）なども見えます。小網は今でもそうですが、かかった魚を掬うためのものでしょう。

友釣りは江戸中期に始まったと言われ、武士だけに許されたという説もあります。天保年間に、静岡県の狩野川で梁を用いてアユを捕って収めていたが、友釣りで収穫が減ったので、近在の各村の代表が韮山代官所に連判で友釣りの禁止を訴えた文書があります。

【調理】『大和物語』（七〇段）、『蜻蛉日記』（中）などに、アユを贈答に用いることが見えます。『源氏物語』（常夏）に、「西川（桂川）より奉れる鮎、…御前にて調じて参らす」とあり、貴人の前で調理したことが知られます。貞治元年（一三六二）ころに四辻善成（よつつじよしなり）が著した『源氏物語』の注釈『河海抄』には、夏には皮引きにするとあります。皮を剥いたのなら、洗いのようなものでしょうか。

『延喜式』（内膳司）には、伊賀・伊勢・丹波・但馬・播磨・美作・紀伊・太宰府の各地からアユの鮨を献ずることが見えています。『今昔物語集』（三一・三二）に、酒に酔った販女（ひさきめ）（物売り女）が、鮎鮨の桶に嘔吐し、それを掻き混ぜてしまったという話があります。汚い話ですが、その形状が分かります。

『土佐日記』に見える「押し鮎」は、塩漬けにして重しで押したものといわれています。『延喜式』には土佐（高知県）から献ずるとあります。

『拾遺集』の物名（隠し題）の部の題に「ひぼしのあゆ」とあり、『延喜式』には美濃（岐阜県）から「火干年魚」を奉るとあります。燻製でしょうか。

『延喜式』には、他に煮塩鮎・塩漬鮎・塩塗鮎・脂年魚・煮乾鮎が見えます。

『徒然草』（一八一段）に、天皇の食事にアユの白干しを献ずることを記しています。素干しにしたものでしょう。生臭いものを食べてはいけない僧侶の隠語で、アユの白干しを剃刀（かみそり）と言ったことが、無住が嘉元三年（一三〇五）に著した『雑談集（ぞうたんしゅう）』（二）に見えます。

寛永二十年（一六四三）で出た『料理物語』には、膾（なます）・汁・刺し身・鮨・焼きて・蒲鉾（かまぼこ）・白干し・塩引き・酒浸（びて）などが記してあります。膾は刺し身で、蓼酢（たですを）用いて食べます。芭蕉に、

又やたぐひ長良の川の鮎なます（笈日記）

の句があります。

『拾遺集』物名に「うるかいり」という題があります。ウルカは、今はアユの内臓の塩漬けを言いますが、本来は腸のことで、ウルカイリは腸を取り出さずに煮ることだそうです（顕昭『拾遺抄注』）。

氷魚 ── 霰せば網代の氷魚を煮て出さん　芭蕉（花摘）

「膳所草庵を人々訪ひけるに」という詞書があります。元禄二年（一六八九）の冬に滋賀県大津市膳所に滞在していた芭蕉のもとに訪ねて来た知人たちを迎えての即興の句。こんな寒い日だからその内に霰が降るかもしれない、そうしたら網代で捕った氷魚を煮て馳走しよう。

冬に捕れるアユの稚魚をヒオ（歴史仮名　ヒヲ）と言います（現在琵琶湖のあたりでは、ヒウオと呼んでいます）。半透明であるのを氷に見立てたのでしょう。

アユに比べると、こちらのほうが文学に多く見えていて、八代集だけでも十首あります。歌では「日を」と懸詞にする例が多く見られます。

平安時代の歌などでは、ヒオは、宇治川・田上川・瀬田川のものとしています。この三つは、琵琶湖から流れ出る川の本流と支流です。

ヒオは梁のような網代で捕ります（石山寺縁起絵巻）。この網代は、西大寺の叡尊が後宇多天皇に願い出て禁止することになりました（本朝高僧伝・五九）。その記念として弘安九年（一二八六）に建てた約

網代（石山寺縁起絵巻）

浮島十三重塔

十五メートルの高さの十三重の石塔が、宇治の平等院の前の浮島に現存しています（重要文化財）。以後、網代は行われなくなって実態が分からなくなり、江戸時代の随筆などには、いろいろとその考証がされています。

『延喜式』（内膳司）には、山城国（京都府）・近江国（滋賀県）の網代では九月から十二月三十日まで氷魚を献ずるとあります。朝廷からこれを受け取る「ひをの使」（拾遺集・雑秋・一一三四・詞書など）が派遣され、九月九日の重陽の節句や十月一日の孟冬の旬に、臣下に賜りました（公事根源）。

ヒオは、季節にふさわしく、紅葉に付けて贈答しました（後撰集・秋下・四四〇・詞書など）。

網代木に紅葉こきまぜ寄る氷魚は錦を洗ふ心地こそすれ

橘義通（後拾遺集・冬・三八五）

は、贈答のことではありませんが、ヒオと紅葉の取り合わせの美しさを詠んでいます。

『宇治拾遺物語』（五・一〇）に、食事に招待された僧が、主人の席を外したすきに盗み食いをして、ヒオが鼻から出たのを不思議がられ、「この頃のひをは目鼻よりふり候ふなるぞ」と言って、一座の人々から笑われたという話があります。鼻から出てそれと分かるのですから、原形を留めていたことになります。あるいはシラウオなどのように生で躍り食いをしたのでしょうか。

蝙蝠（こうもり）

かはほりや向かひの女房こちを見る　蕪村（自筆句帳）

夕暮れに蝙蝠の飛ぶのを目で追っていて、向かいの家の女房とふと目が合った。

コウモリは古語カハホリ（平安後期の辞書『類聚名義抄』などに「カハボリ」とあり、ホは濁音であったか）から変化した語です。室町時代の辞書の類には、カウホリ（亀田本下学集など）・カウブリ（文明本節用集など）・カウムリ（明応五年本節用集など）・カウモリ（枳園本節用集など）の語形があり、イエズス会の『羅葡日辞書』（一五九五）・『日葡辞書』（一六〇三）ではカウムリ、『天草本伊曾保物語』（一五九二）ではカウモリとなっています。室町末期ころからコウモリになったようです。

俳句では、蝙蝠を夏の季語としています。正保二年（一六四五）刊『毛吹草』では七月（つまり秋）の季語としていますが、寛文七年（一六六七）刊『増山井』に四月の季語とし、以後それが踏襲されます。句集では、寛文七年刊『続山井』の夏の部に、蝙蝠を題として、

かはほりのすむ岩穴や扇箱　如帆

を載せるのが最古のものでしょうか。夏の夕暮れに群れをなして飛んでいるのが印象的なのでしょう。漢字では虫偏であって鳥偏ではないから、中国では昔から鳥ではないと見ていたことになります。

僧の無住が弘安六年（一二八三）に完成した『沙石集』（四・一）に、『仏蔵経』を引用して、「蝙蝠の、鳥の数に入れむとすれば、『我は土に住むなり』とて穴に入り、土中の役を逃れむとては、『我は空にこそ住め』とて飛び出づ。誠には、鳥にもあらず、獣にもあらず、その身臭くして、暗闇を願ふ」とあります。経典を引いているのだから、インドでそのように感じていたのでしょうか。『天草本伊曾保物語』には、鳥と獣が戦った時に、鳥が不利だったのでコウモリは獣に降参したが、やがて鳥が優勢になり、和睦した時に、コウモリは鳥類から破門されて衣装を剥ぎ取られ、白昼に徘徊することを許されなくなった、とあります。これはイソップ寓話の翻訳ですから、西洋でもどっちつかずのものとしていたことが分かります。

優れた者がいない所ではつまらない者が幅を利かせるたとえの「鳥無き里（島）の蝙蝠」という諺は、平安中期の藤原道信（みちのぶ）に、

いともげに鳥なき島にあらねどもかはほりにこそ思ひ付きぬれ（道信集・二七）

の歌があり、平安時代には行われていました。

日本のコウモリの多くは、蚊や蛾などの昆虫を食うので、「蚊食い鳥」とも言います。安永四年（一七七五）刊の越谷吾山（こしがやござん）の方言辞書『物類称呼』に、蝙蝠を「畿内にて蚊くひ鳥とも云ふ。近江にて蚊鳥とも呼ぶ」とあります。

『大和物語』（一七三段）に、荒れ果てた家を、「簾（すだれ）も縁（へり）は蝙蝠（かはほり）に食はれて所々無し」と描いています。井原西鶴の『日本永代蔵』（三・三）にも、荒れ果てた伏見（京都市伏見区）を「つねは昼も蝙蝠（かうぶり）飛んで、

蛍も出づべき風情なり」としています。蝙蝠を荒廃した場所にふさわしいものとしていました。

鎌倉幕府の記録『吾妻鏡』に、建仁三年（一二〇三）六月四日に、新田四郎忠常が富士の人穴から出て来て、この洞窟は狭くて、数千の蝙蝠が遮って顔のあたりを飛んだと語ったとあります。蝙蝠を洞窟にいるものとしています。室町時代の三条西実隆の歌に、

露漏らぬ岩屋の奥も尋ねばや身はかはほりの何ならぬ世に（雪玉集・四二三六）

があり、先に引いた「かはほりのすむ岩穴や」の句もこれを詠んだものです。

『日本書紀』持統天皇八年（六九四）十月に、白い蝙蝠を得た人が位を授けられたとあります。白い蝙蝠を祥瑞としたのです。古代の貴族たちの中国知識の参考書という『芸文類聚』に、千歳の伏翼（コウモリの異名）は色が白く、食うと寿命が万歳になるという『玄中記』という本の記事が引用してあるから、そういう中国からの知識によるものなのでしょう。変わった色の動物を祥瑞とするのはコウモリに限ることではありませんが、芥川龍之介の『支那游記』に、「何、蝠と福とは同音ですから、支那人は蝙蝠を喜ぶものです。」とあります。藤堂明保『漢字の話 I』に、「ヘンプクという発音が「遍ねき福」と通じるので、おめでたい模様とする」とあるように、蝙蝠は幸福をもたらすものでした。わたくしの家では、お正月の屠蘇を入れる銚子は、江戸後期ころの磁器を使っています。それには、蝙蝠を丸く描いた模様が付いています。これもそういう図柄なのでしょう。

今では、蝙蝠は、吸血鬼とか悪魔とかいうイメージが強くなっています。夏目漱石『ケーベル先生』に、「余は蝙蝠の翼が好だと云った。先生はあれは悪魔の翼だと云った」という一節があります。ドイツ人

ケーベルの意見は、ダンテの『神曲』から続く西洋人の感じ方です。今日の日本人の感じ方は、明治以後、西洋から伝わったものなのです。漱石は英文学者ですから、西洋の考え方も知っていたでしょうが、それとは違う感じ方をしています。

平安時代以後、扇子のことをカハホリと言いました。先に引いた藤原道信の歌の「かはほり」は、蝙蝠と扇との懸詞です。鎌倉時代の藤原家良の、

日暮るれば軒に飛び交ふかはほりの扇の風も涼しかりけり（新撰六帖・一八四二）

は、前半では動物であるのを、後半は扇にしています。開いた形が蝙蝠の翼を広げた形に似ているのでそう言うとされています。近代に、西洋の傘が入ってきて、それが蝙蝠の姿に似ているのでコウモリ傘と名付けたと同じ感じ方です。

漢字の「扁」は薄く平らなものを表し、「コウモリが飛ぶときには、足の飛膜を開いて、薄く平らな葉がひらひらと舞っているように見える。そこで「虫」（動物のこと）と「扁」を合わせて蝙と書いた。…フクということばは、「ぴたりとへばりつく」との意味を含んでいる。…コウモリが壁に止まっている時には、まさにへばりついた姿を呈するので蝠という」（藤堂明保『漢字の話 I』）ということだそうです。別に「伏翼」と言うのも、これによるものでしょう。

蚊（か）

赤むまで人を刺してや蚊の弱り　五明（故人五百題）

人の血を吸って赤くなった蚊はそれで重いのか動きが鈍い。

『枕草子』（二八・にくきもの）に、「蚊の細声にわびしげに名のりて」とあります。自分からカですと名のっているのです。蚊の声をカと聞きなしていたのです。これをカの語源とする説が、谷川士清『倭訓栞』、鈴木朖『雅語音声考』、大槻文彦『言海』などにあり、それは妥当でありましょう。

漢字「蚊」について、後漢の許慎の『説文解字』に、「蟁」に「人を齧む飛ぶ虫」とし、「蚊」はその俗字としています。白川静『字通』では、「その羽音を写した擬声語である」と解しています。羽音がブンだというのです。

先に引いた『枕草子』にあったように、蚊の声は「細声にわびし」いものです。鎌倉初期の藤原良経の、

夏の夜は枕を渡る蚊の声のわづかにだにも寝こそ寝られね（秋篠月清集・二七三）

は、その声のわずかであることを詠んでいます。空海の「綜芸種智院式」（性霊集・一〇）に、「霹靂の下には蚊響何の益かあらむ」（原漢文）とあるのも、些細なことの例えです。東宮妃である藤原嬉子の臨終を「すべてただ蚊の声ばかりに弱らせたまふに」（栄花物語・楚王の夢）と描いているのは、人のかぼそい声を例えたものです。『十訓抄』（七・二）にも、「遥かに高き木の上に、蚊の鳴くやうにて、人のうめく声聞こえけるを」とあります。

『枕草子』（二七五段・大蔵卿ばかり）に、「大蔵卿ばかり耳とき人は無し。まことに蚊の睫の落つるをも聞き付けたまひつべうこそありしか」とあります。このように蚊を微細なものの例えに用いることがあります。

目に見えぬ鳥も世に経る身の程は蚊の睫にも巣は作るなり　寂蓮（正治初度百首・一六九五）

の歌は、『列子』（湯問）に、焦螟という虫は群れ飛んで蚊の睫に集まるとあるのを踏まえています。藤原定家の歌に、

生殖のために雄と雌の蚊が柱のように群れをなして飛ぶのを「蚊柱」と言います。藤原定家の歌に、

草深き賤の伏せ屋の蚊柱に厭ふ煙を立て添ふるかな（拾遺愚草・七七七）

とあり、鎌倉時代には用いられていました。江戸時代の本には、蚊柱が火事のように見えたという例がありります（西村白鳥の随筆『烟霞綺談』（二）、谷川士清の辞書『倭訓栞』など）。

右の藤原定家の歌にもある、煙で蚊を駆除することは古くから行われていました。

あしひきの山田守る翁置く蚊火の下焦がれのみ我が恋ひをらく（万葉集・一一・二六四九）

夏なれば宿にふすぶる蚊遣り火のいつまで我が身下燃えをせむ　詠み人知らず（古今集・恋一・五〇〇）

はそれを詠んだ歌です。歌ではこれらのように、蚊遣り火は恋い焦がれることの例えに用いることが多く見られます。貝原益軒『大和本草』では、蚊は煙を嫌うので、鰻の干したのを焚けば水になる、骨を焚くのも良い、また榧の木・楠の木の屑を焚くのが良いとしています。同じ益軒の『日本歳時記』では、漢籍に見えるものを列挙し、鼈の骨、鰻の骨、すべて川魚の骨を焚けば蚊を避ける、和俗には榧の木を焚くとしています。寺島良安の百科事典『和漢三才図会』（五三）には、榧の鋸屑を燻べるのが良い、五月五日の午の時に「儀方」の二字を家の柱に貼れば蚊を避ける、酒を篠の葉にそそいで片隅に置けば蚊はそれに集まる、と記してあります。根岸鎮衛の随筆『耳嚢』（九）には、五月の節句に棗を焚くと蚊が出ないとあります。歌舞伎「助六」に、「蚊遣りに伽羅でも焚かうか」という台詞がありますが、

これは贅沢なことを誇示するものでしょう。

除虫菊は、明治十八年にオーストリア公使のギョールクが、日光で野菊を見て、自国の除虫菊の説明をし、同氏の帰国に際して、外務省に依頼して農商務省が種子を取り寄せ、明治二十年に和歌山・群馬・埼玉などの県に分与したのが日本での始まりです（石井研堂『明治事物起源』）。昭和十年ころには世界第一位の生産量があり、その九割を輸出していたと言います。

火で蚊を焼き殺す例は、

蚊を焼くや褒似が閨の私語　其角（虚栗）

など、江戸時代から見られます。この句は中国古代の美女を詠んだものです。

一条兼良が天文十三年（一五四四）に著した年中行事書『世諺問答』に、正月に胡鬼の子をつくのは蚊に食われないまじないである、蚊を食うトンボに似せたもので、蚊を恐れさせるためであるとあります。羽子突きのことです。大田南畝は、正月に宝引（福引）や歌留多をするのが蚊のまじないになるとしているのは、これを誤解したのであろうと述べています（半日閑話・一）。芭蕉門の許六の俳文「四季の辞」（本朝文選・一）に「春、宝引をせぬ人は、六月の蚊に食はるるとて」とあるから、元禄ころには言われていたことになります。

『播磨国風土記』に、飾磨郡賀屋里は、応神天皇がここで蚊屋を張ったことから起こった地名とあります。蚊帳は奈良時代には用いられていました。古くは右のように「蚊屋」と書くことが多く、室町時代ころから、カチョウ（蚊帳）という語も行われました。

蚊の幼虫であるボウフラは、江戸前期から見られる「棒振り虫」の転じた形です。『言海』には、「ぼうふら」の見出しは無く、「ぼうふりむし」に「訛シテ、ボウフラ」とあります。『西鶴置土産』（二・二）に、金魚の餌にする棒振り虫を集めて二十五文で売ってわびしい生活している男の話があります。

太宰治の「葉」（『晩年』所収）に、「秋まで生き残されてゐる蚊を哀蚊と言ふのぢや。蚊燻しは焚かぬもの。不憫の故にな。」とあります。嘉永元年（一八四八）刊の千艸園の季寄せ『季寄新題集』に、八月の季語として「あはれ蚊」「おくれ蚊」が並んで出ています。同じ千艸園が天保十二年（一八四一）に編んだ句集『発句千葉集』に、「遅れ蚊」の題の下に、

遅れ蚊のふっと来る夜や小糠雨　七角

など十句が出ています。

ごきぶり

ゴキブリを扱った詩歌などあまり無いのですが、その語源が面白いので、ここに入れます。

今はゴキブリは季節を問わずいつも見られますが、本来は夏のものです。かつては東日本にはあまりいませんでした。昭和二十年以後、密閉した暖かな家屋が多くなったこと、物資の輸送が盛んになったことなどが原因で、増加しました。それにつれて、ゴキブリの名も広く行われるようになりました。

北杜夫『高みの見物』はゴキブリが人間世界を観察する小説で、その一節に、「なるほど、われわれの仲間のゴキブリ（つまり台所にいるアブラムシ）は、評判のわるいことに関してはヒケをとらない。」と

あります。この小説が書かれた昭和三十九年ころには、ゴキブリをアブラムシと説明する必要があったのでしょう。

ゴキブリは、古くはアブラムシと言うのが普通でした。イエズス会が一六〇三年に出した『日葡辞書』に、「Aburamuxi(アブラムシ)。Barata bubo(ごきぶり)」とあるのが最古の例でしょうか。正徳五年(一七一五)に出た寺島良安の図入り百科事典『和漢三才図会』(五三)の「蜚蠊(あぶらむし)」の箇所に、「其の気(かざ)や色や油の如し。故に俗に油虫と名づく」(原漢文)と、語源を説明しています。同書には、「五器噛(コキカブリ)」は油虫の老いたもので、あまり多くないとしています。ゴキ…の語形の最古のものでしょう。井原西鶴の『西鶴織留』(元禄七年《一六九四》刊)に「また麹屋(かうじや)から蝉の大きさしたる油虫数千疋わたりきて、五器箱をかぶり…」(四・二)とあります。ゴキ(五(御)器)は椀、カブリはかじること、椀をかじる虫の意です。『西鶴織留』には、右に続けて、「茶の水に飛び入り、衣類を食ひ割(さ)き、米俵に穴をあけ、屏風・扇をばらばらになし、肴(さかな)掛けを荒し、醤油の徳利に入り、塩籠(しほかご)にむさき事どもして、人の知らぬ費(つひえ)なり。」と、アブラムシの害を細かく描いています。

江戸時代には、遊郭などを見歩くだけの者をあざけって、アブラムシと言うことがありました。アリマキもアブラムシと言いますが、これはゴキブリにたとえたのでしょう。

安永四年(一七七五)刊の越谷吾山(こしがやござん)の全国方言辞書『物類称呼』(二)には、「蛩虫　あぶらむし　○伊勢にて、ごきくらひむし(イ)と云ふ、…肥州にて、ごきかぶらうと云ふ」とあります。享和三年(一八〇三)から文化三年(一八〇六)にかけて刊行された小野蘭山『本草綱目啓蒙』(三七)には、ゴキカブリを筑前・筑後・伯耆・出雲の語とし、他にゴキアラヒムシ（丹後）・ママクヒムシ（越前）などをあげています。ママクヒは「飯食い」でしょう。

深根輔仁（すけひと）が延喜十八年（九一八）ころに完成した薬物辞書『本草和名』では、蜚蠊にツノムシの訓を付けていて、以後の辞書に受け継がれます。ゴキブリの大きい触角を角と見たのでしょう。鎌倉時代の『伊呂波字類抄』には、アクタムシ・ツキムシ（異本にはアキムシ）の訓が出ています。アクタムシ（芥虫）は、ごみの中にいるということでしょう。ツキムシ（アキムシ）は分かりません。

ゴキブリの文献初出は、明治十七年に出た岩川友太郎編『生物学語彙』に、「Cockroach 蜚蠊（ゴキブリ）」とあるものです。同書には、別に「Blatta 蜚蠊（ゴキカブリ）属」とあります。ゴキブリはゴキカブリのカを誤って脱したものと見られます。ゴキブリは松村松年『日本昆虫学』（明治三十年刊）にも踏襲され、生物学の世界では、ゴキブリを和名とするようになりました。ゴキブリという語は、活字の誤脱から生まれたのです。

かつての国語辞典では、アブラムシを本位の語としていました。大槻文彦『言海』（明治二十三年）では「あぶらむし」のみであり、落合直文『ことばの泉』（コの部のある第二巻は明治三十一年）には、「あぶらむし」の他に「ごきあらひむし」に「動物。虫の名。㊀あぶらむしにおなじ。」「ごきかぶらう」に「動物。虫の名。あぶらむしをいふ。肥後国の方言。」を載せています。上田万年・松井簡治『大日本国語辞典』（第二巻は大正五年）には「ごきぶり」を載せるが、「あぶらむし（油虫）の異名。」とし、『ことばの泉』を芳賀矢一が増補改訂した『言泉』（第二巻は大正十年）では、「ごきぶり　「ごきかぶり」の略。「あぶらむし」に同じ。」であり、大槻文彦『大言海』（第二巻は昭和八年）には「ごきぶり」は無く、「ごきかぶり」の説明の末に、「中略シテ、ごきぶり。」と記しています。昭和八年に出た改造社版『俳諧歳時記　夏』では、「油虫　五器かぶり」です。現在では、昭和三十年刊の『広辞苑』第一版に、「ごきぶり」の項に説明があり、「あぶらむし」の項には「②ごきぶり。」とあり、逆転しています。生物学の用語が普通に用いられるようになったのです。

ゴキブリはヴィルス・バクテリア・寄生虫などを媒介する害虫ですが、民間療法では、霜焼け・驚風(子供の脳膜炎)・風邪・胃腸病・夜尿症の薬にすることがあります。アブラムシを殺すと神助があると言う地方があるいっぽうで、多くいると財産が出来るという言い伝えのある地方もあります(鈴木棠三『日本俗信辞典　動植物篇』)。

百合(ゆり)

百合咲くや汗もこぼさぬ身嗜び(みだしなみ)　諸九(しょきゅう)(諸九尼句集)

作者は江戸中期の女流。百合の咲くかたわらで、少しも汗を見せないように身嗜みしている女性の姿です。あるいは作者自身かもしれません。

明治三十八年に出た明星派の山川登美子・増田雅子・与謝野晶子の歌詩集『恋衣』の巻頭に、

髪ながき少女とうまれしろ百合に額(ぬか)は伏せつつ君をこそ思へ

という、白百合の君と呼ばれた山川登美子の歌が載っています(この本には晶子の「君死にたまふことなかれ」も載っています)。このころには、百合は処女の純潔あるいは清楚な女性のシンボルになっていたのでしょう。この感じ方は西欧からの影響と思われます。キリスト教では、百合は清純、無垢、聖母マリアの象徴で、マリアの受胎告知の絵画では、そのしるしとして天使が百合の花を持っています。フランスのブルボン王朝の紋章が百合をかたどったものであるのも、そういうキリスト教の伝統を踏まえるのでしょう。

『万葉集』に、百合を女性にたとえた歌があります。

道の辺の草深百合の花笑みに笑ましがからに妻と言ふべしや（七・一二五七）（道端の草深い中の百合の花がほほえむように、あなたがほほえんだだけで、妻と言ってよいものか。）

女性の笑顔の美しさを称える男の歌。現代の感覚では、これも清純と考えたくなります。でも他の例から考えると、そうではないようです。

『万葉集』の、大伴家持が庭中の花を詠んだ歌の中に、「夏の野の　さ百合引き植ゑて」（一八・四一一三）という一節があります。ここでは百合を庭に植えています。鎌倉時代の、

庭の面の土さへ裂くる夏の日にひとり露けき姫百合の花（土御門院御集・一一二）

という歌もあります。庭に百合を植えることもあったのでしょう。また『万葉集』には、越中国での宴会での大伴家持の歌、

油火の光に見ゆる我が縵さ百合の花の笑まはしきかも（一八・四〇八六）（油火の光に見える私の髪飾りの百合の花の見るからにほほえましいよ。）

という、百合を髪飾りにした例があります。しかし以後そういう例は希になります。現在、百合は屋敷に植えるものではないという言い伝えが各地に見られます（鈴木棠三『日本俗信辞典　動・植物編』）。匂いが強すぎること、花粉が衣服に付くこと、萎れた花が汚いことなどが嫌われる理由でしょうか。

百合は、歌では草の中などに隠れるように咲いているとするものがほとんどです。先に引いた『万葉集』の歌に「草深百合」という語がありました。大伴坂上郎女に、

夏の野の茂みに咲ける姫百合の知らえぬ恋は苦しきものそ（八・一五〇〇）（夏の野の茂みに咲いている姫百合、そのようにあなたに知られない恋は苦しいものだ。）

という、百合を知られないものの例えにした歌もあります。

新古今集時代の式子内親王の、

涼しやと風の便りを尋ぬれば茂みになびく野辺のさ百合葉（式子内親王集・二三二）

は、吹いてくる風の涼しさによって茂みにあって気づかなかった百合を見つけたのです。

草暗しともし火なれやさ百合花　藤原伊尹（菟玖波集）

という南北朝時代の連歌の発句も、暗い草の中に百合が灯火のように見えるのです。百合を灯火に見立てているのは新鮮ですが、先の大伴家持の「油火の」の歌を踏まえたものです。

これまでの例のように、中世までの歌では「さゆり」「さゆりば」「さゆりばな」「ひめゆり」「くさふかゆり」と言っていて、「ゆり」という語形は、調べた範囲では見当たりませんでした。イエズス会が一六〇三年に刊行した『日葡辞書』（日本語をポルトガル語で説明した辞書）には、ユリには「玉葱のように球根のある植物」、サユリには「この名で呼ばれる、ある草の花。また、その草そのもの」と説明があります。あるいはそんな区別があり、歌では花を対象とするから「さゆり」を用いるのかもしれません。ただし室町後期の連歌の発句、

こぼるなよ折る手に百合の花の露　宗養（発句帳）

など、「ゆり」の例もあります。

江戸時代に園芸が盛んになり、百合にもいろいろな品種が作られ、庭にも植えるようになったようです。元禄七年（一六九四）刊の貝原益軒の『花譜』に「およそ昔は百合の品多からず。近年やうやく多し。ほとんど百種に及ぶ。近年は百合の花を世にははなはだ賞玩す」とあります。百はありませんが、元禄八年刊の園芸書『花壇地錦抄』には三十七の品種があげてあります。元禄十年に出た宮崎安貞の『農業全書』（四）にも、百合は暑い月に咲いて美しいもので、飢饉の時の備荒食料となるから植えるべきであると、役立つ面を中心にするものの、美しさについても述べています。

江戸時代の俳諧では、百合の花を「うつむく」と表現する例がいくつかあります。次の句は江戸中期の作です。

祇園ゆりに寄す　うつぶくは百合なればなり案じ顔　存義（俳諧新選）

この祇園百合子というのは、南画家の池大雅の姑（しゅうとめ）である女流歌人です。女性のユリという名は、近代に限ったことではありません。江戸の小説家山東京伝の妻も百合という名です。『絵本大閤記』（五）に見える羽柴秀吉の臣である佐々成政（さっさなりまさ）の愛妾の名も早百合です。もっと古く、康和四年（一一〇二）に宮中で催された歌合せに、百合花という名の女性が出た記録もあります。そう命名する心理は、現代では清純を祈ってのことでしょうが、江戸時代以前は、隠れがちでうつむく、控えめなくらいの気持ちでしょう。

蟬（せみ）

撞（つ）く鐘も響くやうなり蟬の声　芭蕉（笈日記（おいにっき））

全山を包むような蟬の声に、寺の鐘も共鳴して響き出すかと思われるほどだ。

『扶桑略記』（四）に、舒明天皇元年（六二九）五月、集まったセミの声が雷のようで、信濃国（長野県）から上野国（群馬県）にまで聞こえたとあります。あまりにもすさまじかったから記録したのでしょうが、セミは集まって鳴いているのが、いかにも夏らしいものでしょう。

石走（いは）る滝もとどろに鳴く蟬の声をし聞けば都し思ほゆ　大石蓑麻呂（みのまろ）（万葉集・一五・三六一七）

セミの声が集まって滝の響きと競い合っているのでしょう。

江戸幕府の漢学者である林羅山に、梁の王籍の詩「若耶渓（じゃくやけい）に入る」の一節「蟬噪（さわ）ぎて林逾（いよいよ）静かなり」をそのまま題にして作った漢詩があります。多くのセミの声が集まって単調な一つの音が感じられるから静かなのでしょう。芭蕉が山形県の立石寺（りゅうしゃくじ）で詠んだ、

閑（しづか）さや岩にしみいる蟬の声（おくのほそ道）

の句のセミについて、昭和の初めころ、斎藤茂吉はアブラゼミであると言い、小宮豊隆はニイニイゼミであるとする論争がありました。論争はそれなりに意味があるのでしょうが、芭蕉の念頭には、右のような漢詩文の知識があったと考えるほうが、この句の理解には大切でしょう。

明けたてば蟬のをりはへなき暮らし夜は蛍の燃えこそわたれ　詠み人知らず（古今集・恋一・五四三）

セミの声は秋の虫には無い激しさです。それを「セミが一日中鳴くように、わたくしは泣いて暮らし」

と、自分の恋心のたとえにしています。このように、セミとホタルを並べて恋の心を詠んだ歌もあり、江戸時代になると、

恋に焦がれてなく蝉よりもなかぬ蛍が身を焦がす（山家鳥虫歌）

という歌謡になります。

セミの声はどのように聞こえるのでしょうか。平安後期の源俊頼（としより）の歌に、

女郎花（をみなべし）なまめき立てる姿をやうつくしよしと蝉の鳴くらむ（散木奇歌集・三二四）

とあります。動物の声をどのように聞きなしているかを詠んだ和歌は少ないのですが、ここではセミがウツクシヨシと鳴いています。江戸中期の俳人で方言学者の越谷吾山（こしがや）は、これはツクツクボウシであろうと言っています（物類称呼・二）。

『蜻蛉日記』に、セミの声をヨイゾヨイゾ、シカシカと聞いているところがあります（下・天禄三年《九七二》六月）。ヨイゾはウツクシヨシに通うのでしょう。シカシカのほうは他に例を見ませんが、室町時代の漢詩の注釈『山谷抄（さんこく）』（四）にシイシイとあり、江戸初期の俳諧に、セセとかセンセンとしたものがあり、室生犀星の詩「蝉頃」（抒情小曲集）に「しいいとせみの鳴きけり」とあったりしますから、セミの声は、シとかセとか聞こえるのでしょう。

セミの語源は、その鳴き声によるとする説があります（谷川士清（ことすが）『倭訓栞後編』、鈴木朖（あきら）『雅語音声考』など）。これは妥当でしょう。蝉の漢字音センによるとする説もありますが（貝原益軒『日本釈名』、新井白石『東雅』など）、蝉の隋唐時代の漢字音の末尾はｎであってｍではありませんから、字音からならセニにはなっ

てもセミにはならないはずです。

『源氏物語』に、「いと暑き日、…風はよく吹けども、日のどかに曇りなき空の、西日になるほど、蝉の声などもいと苦しげに聞こゆれば」（常夏）という一節があります。セミの声はいっそう暑さを感じさせます。

鳴く蝉の声も涼しき夕暮れに秋をかけたる森の下露　二条院讃岐（新古今集・夏・二七一）

のように、涼しいと感じている歌も新古今集のころから見られますが、多くはありません。

セミは成虫になってからは、きわめて短命です。

常もなき夏の草葉におく露を命と頼む蝉のはかなさ　詠み人知らず（後撰集・夏・一九三）

はそのことを詠んだ歌です。中国の古典に、「蟪蛄（けいこ）は春秋を知らず」（荘子・逍遥遊）、「飲みて食らはぬ者は蝉なり」（荀子・大略）などと、セミは短命で露しか飲まないものとしていました。たしかにセミの成虫は樹液を吸うだけです。『徒然草』（七段）の「夏の蝉の春秋を知らぬもあるぞかし」は、右の『荘子』を踏まえたものです。セミの短命であることを、日本人は、経験からも知っていたかもしれませんが、中国文学からも教えられたのです。

やがて死ぬけしきは見えず蝉の声　芭蕉（猿蓑）

観念的な句ですが、このような伝統による感じ方なのです。

短命と関連して、イソップ寓話の「アリとキリギリス」に触れておきます。この寓話は、本来は、「アリとセミ」でした。ギリシア語原文からの翻訳（山本光雄訳『イソップ寓話集』岩波文庫）には、「蝉と蟻たち」とあります。一五九二年にイエズス会が出版した『天草本伊曾保物語』にも「セミト、アリトノコト」という題で出るのを初めとして、天保十五年（一八四四）に出た為永春水の『絵入教訓近道』に「蟻とせみのはなし」とあるなど、江戸時代にはセミでした。それが、明治五年刊の福沢諭吉訳『童蒙教草』でイナゴとし、明治五年の渡辺温訳『通俗伊蘇普物語』でキリギリスと訳し、以後、教科書などにこれが取り入れられて、キリギリスで定着したのです。セミがキリギリスになったのは、一四八〇年ころに出たシュタインヘーヴェルのドイツ語訳で、セミを知らないドイツ語文化圏の読者のために、キリギリスに改めたのが最初だそうです（小泉桂一郎『イソップ寓話』）。それが英訳にも踏襲され、明治以後の日本語訳は英訳からなので、キリギリスになったのです。

平安時代以後の歌では、「うつせみ」という語を、セミの抜け殻の意味に用いることもありますが、「夏はうつせみ鳴き暮らし」（古今集・雑体・一〇〇三、壬生忠岑）のように、多くはセミと同じ意味に用いて、鳴くなどと詠んでいます。こちらはいっそう短命という気持ちを籠めることが多くなっています。

ヒグラシもセミですが、こちらは、初秋の季語となっています。

今よりは秋づきぬらしあしひきの山松陰にひぐらし鳴きぬ（万葉集・一五・三六五五）

この歌は秋ですが、『万葉集』には夏の歌に詠んでいる例もあります。平安時代は、次第に秋のものに固定してきますが、夏とする例もあります。普通のセミとは違って、

秋風の草葉そよぎて吹くなへにほのかにしつるひぐらしの声　詠み人知らず（後撰集・秋上・二五三）

のように、秋の夕暮れに、涼しさを感じさせ、秋の到来を知らせて鳴くとしています。

ツクツクボウシも秋です。平安時代にも「屋のつまに、つくつくぼうしの鳴くを聞きて」（大弐高遠集・一一八・詞書）という例もありますが、辞書『倭名類聚抄』に「蛁蟟」をクツクツホウシと読んで、「八月に鳴く者也」としているなど、古くはクツクツボウシだったようです。歌にはあまり見られません。

行く秋の杉につくつくぼうしかな　素丸（素丸発句集）
苫の娑婆（さば）をつくつく法師法師かな　一茶（文化五六年句日記）

夕顔（ゆうがお）

夕顔の白ク夜ルの後架に帋燭（しそく）とりて　芭蕉（武蔵曲（むさしぶり））

芭蕉がまだ自己の風を確立する以前の漢詩文調の句。夜に後架（トイレ）へ行くために紙燭（しそく）（急用の灯火にする、油をしみこませた紙縒（こより））を手に外に出ると、闇の中に夕顔が白く浮かび上がっている。

『源氏物語』の第四帖は「夕顔」という題です。

情人のいる六条へ行くために宮中を退出した光源氏は、小家の多い五条で、一軒の家の塀に白く咲いている蔓草の花を見かけ、名を尋ねると、随身が、「夕顔と申して、花の名は人めいて、こういう賤しい垣根に咲くものです。」と答えます。

光源氏が「一房折りて参れ。」と命ずると、出て来た少女が、「これに乗せて差し上げよ。枝も風情の無いような花を。」と言って、香をたきしめた白い扇を差し出します。風情が無いというのは、蔓草でしっかりした枝が無いからです。

扇には、その家の女主人の、

心あてにそれかとぞ見る白露の光添へたる夕顔の花

という歌が書いてありました。それなのかと当て推量で見る、白露の光を添えた夕顔の花を。表面は花のことですが、真意は、「夕顔」に人の顔の意味を持たせ、白露が輝きを増す光源氏の君かとお見受けするということです。

源氏は返事に、

寄りてこそそれかとも見めたそがれにほのぼの見つる花の夕顔

という歌を送ります。近寄ってそれだと確かめて見るのがよかろう、夕暮れ時にほのかに見た花の夕顔を。これも表面は花のことですが、近寄らなくてはだれの顔かはっきり分からないだろうという気持ちが裏にあります。

やがて源氏はこの女主人と親しくなり、八月十五夜にその家に泊まって、明くる日、二人は人気の無い荒れ果てた屋敷に出掛けます。そこにいて、歌のやりとりがあり、女は、

光ありと見し夕顔の上露はたそがれ時の空目なりけり

と詠みます。光があると見た夕顔の上におく露は夕暮れ時の見誤りであった、――源氏を美男と見たのは、夕暮れだったからで、実物はさほど美しくなかったと言うのです。女は、わざと逆のことを言って戯れているのです。それだけ馴れたということでしょう。

その夜、二人が寝ていると、宵を過ぎるころ、物の怪（け）が現れ、取り付かれた女は頓死してしまいます。「夕顔」を詠んだ歌は、『源氏物語』には右の三首がありますが、平安時代には、それ以外はほとんど

見当たりません。『源氏物語』以前のものはわずかに一首、『人丸集』（柿本人麻呂の集という書名ですが、平安初期までの作者不明の歌を多く含む）の、

朝顔の朝露おきて咲くと言へど夕顔にこそ匂ひ増しけれ（九七）（朝顔が朝露が置いて咲くと言うが、夕顔に美しさが勝る。）

という一首を見つけただけです。『源氏』以後の歌でも、平安時代の歌は、十首前後です。

建久四年（一一九三）に、藤原良経の家で催された『六百番歌合』には、「夕顔」が夏の題の中にあります。歌の会での題としては最初であろうと思われます。そこに提出された十二人の歌の中で、藤原家房の、

折りてこそ見るべかりけれ夕露に紐とく花の光ありとは（折って見るべきであった、夕霧に開花する花に光があるということは。）

には、相手方から、『源氏物語』に寄り掛かりすぎているという批判が出されました。これ以外にも『源氏』を意識した歌が二首あります。

『新古今集』には、勅撰和歌集では初めて「夕顔」を詠んだ歌が載っています。

白露の情けおきける言の葉やほのぼの見えし夕顔の花　藤原頼実（夏・二七六）

白露が情趣を添え、人が情愛をこめた、夕顔の歌の言葉よ、ほのかに見えた、その夕顔の花が咲いている。『源氏物語』の和歌の贈答を踏まえた歌です。

これ以後、「夕顔」を詠んだ歌は、藤原定家の家集『拾遺愚草』に五首、藤原家隆の『壬二集』に三首など、多く見られるようになります。定家の連歌にも、

結ぶ契りの先の世も憂し／夕顔の花なき宿の露の間に（菟玖波集・夏）（契りを結んだ前世からの因縁も悲しい。——夕顔の花の無くなった（夕顔の君も亡くなった）家に置いた露、その露ほどのはかない間に。）

という、『源氏』を踏まえた付け合いがあります。

春の部に「朧月」が新古今集の時代に『源氏物語』の影響で歌の題となったと記しましたが、「夕顔」についても同じことが言えます。以後は、夕顔については、夏のたそがれ時に、賤（しず）の屋の垣根に光を添えるかと見える白い花が咲いている、と詠むようになります。

『枕草子』（六八段）の「草の花は」にも「夕顔」が見えます。「夕顔は、花の形も朝顔に似て、二つを言ひ続けているのは、面白そうな花の姿なのに、実のありさまは無恰好で残念だ。……でも夕顔という名だけは面白い。」

清少納言は花の美しさを認めていたようです。貴族たちに好まれなかったのは、大きく不格好な実のせいもあるかもしれません。

夕顔に干瓢（かんぺう）剥（む）いて遊びけり　芭蕉（有磯海）

夕顔の花の下で自分も干瓢を剥くのを面白がったもの、この句からも分かるとおり、夕顔の実を剥いて干瓢にします。

なお、いまユウガオと称している園芸用に栽培する朝顔形の大きな白い花の咲くヒルガオ科の蔓草は、厳密にはヨルガオと言い、干瓢にできるほんとうのユウガオは、ウリ科に属する別の品種だそうです。

夕焼け（ゆうやけ）

夕焼けの百姓赤し秋の風　許六（きょりく）（藁人形）

「夕焼け」がいつの季語かご存じでしょうか。

その前に、「夕焼け」という語そのものが、それほど古い言葉ではないようです。もちろん、その現象は古くからあったはずで、『万葉集』の天智天皇の、

わたつみの豊旗雲に入り日さし今夜（こよひ）の月夜（つくよ）さやけかりこそ（一・一五）（この歌の読み方については、第三句を「入り日見し」とする説があり、第五句は「清明己曾」となっているので、諸説があります。ここでは新日本古典文学大系本に従いました。）

は、夕焼けの景色でしょうし、『枕草子』（一段、春は）の、

秋は夕暮れ。夕日のさして、山の端いと近うなりたるに…

というのも、夕焼けの美しさを言っているのでしょう。しかし、用例が見られるのは元禄ころからのようで、最初にあげた松尾芭蕉の弟子の森川許六の句や、新井白石の語源研究書『東雅』の「霞（中国での本来の意味は、赤みを帯びた水蒸気のことです）」の項に、「今俗にはアサヤケ・ユフヤケなども言ふ也。」とあるのが古い例であるようです。

さて、最初に戻って、夕焼けはいつの季語か。結論を先に申しますと、現在は夏の語となっています。

わたくしは、童謡の「夕焼、小焼の／あかとんぼ…」（三木露風作「赤蜻蛉（とんぼ）」大正十年発表）や、「夕焼小焼で日が暮れて…」（中村雨紅作「夕焼小焼」大正十二年発表）、あるいは島木赤彦の諏訪湖を詠んだ、

夕焼け空焦げきはまれる下にして氷らんとする湖(うみ)の静けさ　（切火）

などから、夕焼けは、空気の澄んでいる晩秋から冬にかけてのものと思っていました。先に引いた許六の句は、「秋の風」とあるとおり、秋の句です。もっとも、昭和四十一年に、ザ・スパイダーズが歌った「夕焼け。海の夕焼け…」と歌い出す「夕陽が泣いている」（作詞・作曲　浜口庫之助）という曲には、夏を感じました。あるいは山の夕焼けには秋を、海の夕焼けには夏を感じていたのかもしれません。わたくしは海の無い栃木県に住んでいますから、秋か冬と思うのでしょう。友人数人に尋ねてみたところでは、東京の人や海辺に住んでいる人は夏と思っているようですが、それ以外の人は、わたくしと同じように感じていました。

芭蕉や蕪村には、夕焼けを詠んだ句はありません。一茶の詠んだ夕焼けの句は四季にわたっています。

夕焼けや夕山雉(きぎす)赤鳥居　（七番日記）

夕焼けや唐紅の露時雨　（八番日記）

夕焼けや唐紅の初氷　（八番日記）

第一は「雉」で春、第二は「露」で秋、第三は「初氷」で冬です（余談ですが、一茶には、後の二句のようにほとんど同じである句がかなりあります。）

現在の歳時記などでは、夕焼けは夏の季語となっています。これは昭和十年ころからのことのようです。

俳誌『曲水』の主宰者であった渡辺水巴(わたなべすいは)氏が、昭和八年に次のようなことを書いています。『主婦の友』

の選句をしていたころ、「夕焼け」について無季であると言ったら、我々の仲間では秋の季語として扱っていると言ってきた人があるが、俳壇一般に是認されていない間は、季題としての存在は確立していない、と（改造社版『俳句講座』地方俳史篇の月報）。この文から、夕焼けを秋季のものとしていた結社があったが、それは一般に認められていなかったことが分かります。

「夕焼け」を夏の題とした句集は、昭和十三年から出た高浜虚子編『ホトトギス雑詠選集　夏の部』が最初ではないかと思います。この本には、昭和七年作の一句と昭和十二年作の三句とが出ています。昭和十四年に出た、明治以後の句を広く集めた『俳句三代集　第三巻』（夏上）には、「朝焼け」の題の下に、朝焼けの句が十六句。夕焼けの句が三十七句、載っています。歳時記では、昭和九年刊の里見禾水編『簡明歳時記』の「夏之部」に、「朝焼」の下に「夕焼」をあげ、一句を載せているのが最初でしょうか。

「夕焼け」は、昭和十年ころから、夏の季語として一般に認められるようになりました。認められるようになったのには、高浜虚子という当時の俳壇の最高権威が主宰する『ホトトギス』誌で季語としたからでしょう。

俳句のような短詩型の文学には、そういう権威主義が存在するのは否定できないようです。

雷（かみなり）

暁の神鳴晴れて今朝の秋　几董（きとう）（井華集（せいかしゅう））

立秋の朝の雷です。現代では雷は夏の季語になっていますが、江戸時代の歳時記では、夏とするものもありますが、無季と特記しているものもあります。冬でも雷は鳴りますから、それは妥当でしょうが、やはり雷は夏にいちばんふさわしいものでしょう。

『万葉集』では、ナルカミが七例、イカヅチが地名を合わせて三例あります。イカヅチは「厳つ霊（いかつち）」、恐ろしい神の意で、それを雷の意味に限定して用いるようになったようです。しかし以後の歌などでは、イカヅチの例は少なく、たいていはナルカミを用いています。ナルカミは「鳴る神」です。古代の人は雷に神を感じていたのです。

『伊勢物語』（六段）に「神鳴る」という語があります。カミナリはこれの名詞形です。カミナリの語の最古の例は、承平四年（九三四）ころに源順が著した辞書『倭名類聚抄』に、雷鳴の時に天皇が臨御する宮中の殿舎「襲芳舎」にカミナリノツボと訓を付けてあるもののようです。しかしカミナリも江戸時代までの歌にはほとんど見えません。

柿本人麻呂の壬申の乱のことを詠んだ長歌に、

整ふる　鼓の音は　いかづちの　声と聞くまで　吹き鳴（な）せる　小角（くだ）の音も　敵見（あだみ）たる　虎か吼（ほ）ゆる

と　諸人の　おびゆるまでに（万葉集・二・一九九）

という一節があります。雷鳴は虎の吼える声と同じようにすさまじく恐ろしいのです。

太宰府に流されて恨みを呑んで亡くなった菅原道真が、雷になって内裏の清涼殿に落ちかかったことが『大鏡』（時平）などに見えています。雷には超自然の恐ろしさがあるのです。

天の原踏み轟かし鳴る神も思ふ仲をばさくるものかは　詠み人知らず（古今集・恋四・七〇一）

大空を踏み轟かして鳴る雷でも愛し合う二人の仲を引き離せるものか。恐ろしい雷でもというのです。

しかし、必ずしも雷は恐ろしいだけではなかったようです。

奈良時代とそれ以前の説話を集めた『日本霊異記』の巻頭に次の話があります。小子部栖軽（ちいさこべのすがる）が雄略天皇の命を受けて雷を捕らえ、宮殿に運んだところ、光を放って輝いたので、天皇は恐れて落ちた所に返させ、そこを雷の岡（いかづち）と呼んだ。栖軽の死後、天皇はその岡に墓を作り、碑文を刻んだ柱に「雷を捕らえた栖軽の墓」と記したところ、雷は恨んで鳴り落ち、柱の避けた間に挟まって捕らえられたので、勅使は碑の柱に「生きても死んでも雷を捕らえた栖軽の墓」と記した。これは栖軽の強さ、誠実さを物語る説話ですが、雷は人間の栖軽よりも弱いのです。

雷（日本永代蔵）

狂言『かみなり』では、雷が落ちて腰を打ち、藪医者に鍼（はり）で治療してもらいます。雷はかなり人間的です。

この狂言に「桑原桑原」という雷を避ける呪文があります。菅原氏の領地に桑原があり、そこには落雷がなかったのでこのように唱えると、雷（つまり菅原道真）が自分の領地と思って落ちないのだという言い伝えがありますが、養蚕とともに発達した桑の木を神聖なものとする信仰にもとづくもので、その起源は中国にあるということです（青木正児『中華名物考』）。

かみなりをまねて腹掛けやっとさせ（柳多留・初）

子供が臍を出していると雷に取られるという俗信は、腹を冷やさないようにという教訓なのでしょうが、この雷も身近なものという感じです。日本人は雷に親しみも感じていたのではないでしょうか。

京都の三十三間堂に、運慶一門の作った、太鼓をいくつも頭上にかざしている雷神の像があります。鎌倉初期のものですが、平安時代の扇面古写経にも描いてあります。この姿については、後漢の王充の『論衡』に記述があります。中国から伝わった姿です。

稲妻（いなづま）――稲妻や顔のところが薄（すすき）の穂　芭蕉（続猿蓑）

骸骨の絵に賛した句。芭蕉にはこんな怪奇趣味の句もあります。

雷は夏の季語ですが、稲妻は秋の季語となっています。

古代人は、電光によって稲が霊的なものと結合して穂を実らせると信じて、稲の夫（つま）と呼んだのです。稲妻は天地の間に強力な電界ができて発生するもので、それが生物に影響を及ぼすことを考えると、古代人の素朴な信仰も現代科学で説明できるのかもしれません。それで稲妻が秋の季語なのです。なお、イナビカリという語形も平安時代から見られますが、歌ではイナヅマしか用いていません。

秋の田の穂の上を照らす稲妻の光の間にも我や忘るる　詠み人知らず（古今集・恋一・五四八）

秋の田の稲穂を照らす稲妻の光ほどの短い間であってもわたしは忘れるものか。歌で稲妻を詠む場合には、このように一瞬の意味に多く用います。これは、仏教で、「是の身無常にして念念住せざること電光のごとし」（涅槃経）など、光ってすぐに消える稲妻をはかないことの例えに用いることの影響によるものと見られます。

　いかづちの光のごときこれの身は死にの大君常に偶(たぐ)へり畏(お)づべからずや

電光のようにはかないこの身は死に神がいつも連れ立っている、恐るべきでないか。奈良の薬師寺に天平勝宝五年（七五三）に作られた日本最古の釈迦の足跡を刻んだ石（仏足石）があり、その傍らに、仏の徳をたたえる五七五七七七の形式の歌二十一首を記した碑があり、仏足石歌碑と呼んでいます（現在は金堂の隅にある）。その中の一首です。

稲妻（訓蒙図彙）

　世の中を何にたとへむ秋の田をほのかに照らす宵の稲妻　源順(したがう)
（後拾遺集・雑三・一〇一四）

「世の中を何にたとへむ」に続けて世の無常を詠んだ十首の中の一首（順集・一二五）。やはり世のはかなさの例えです。

　風渡る浅茅が末の露にだに宿りも果てぬ宵の稲妻　藤原有家（新古今集・秋上・三七七）

風が吹き過ぎる低い茅の葉の先のこぼれやすい露にだって光を留めない宵の稲妻よ。稲妻をはかないものとする伝統を踏まえながら、瞬間の電光の美しさを詠んでいます。

稲妻に悟らぬ人の貴さよ　芭蕉（己が光）

右の経典などを意識した句でしょう。芭蕉にはこういう観念的な句が少なくありません。稲妻の豪快さは俳諧のものでしょう。

稲妻の割れて落つるや山の上　丈草（初蝉）

稲妻のかきまぜて行く闇夜かな　去来（菊の香）

蕪村にはさらに壮大な句があります。

稲妻や浪もて結へる秋津島　蕪村（自筆句帳）

一瞬の稲妻によって、四囲に波が打ち寄せる秋津島（日本列島）の全体が照らし出されるのを俯瞰しているのです。

鰻（うなぎ）

横丁のうなきやの日のさかりかな　久保田万太郎

作者が安藤鶴夫『落語鑑賞』（昭和二十七年）に「序に代へて」として、収める落語の一話ずつを題にして詠んだ中の一句。落語は「鰻の幇間」。

土用の丑の日は、鰻屋のいちばん忙しい日です。ウナギが土用の丑の日のものになったのは、平賀源内が鰻屋の看板を頼まれ、「今日は丑」と書いたのが評判になったのに始まるという話があります。安永・天明（一七七二―八九）ころに始まったと白峰庵の回想録『明和誌』に見えています。時代は合致します。そんなわけで、これは江戸で始まったことです。それが全国に広まったのでしょう。

縄文遺跡からウナギが出土していますから、日本人は昔からウナギを食べていたことが分かります。古くはムナギと言いました。語源について、大槻文彦の辞書『言海』に「胸黄ノ義ト云」とあります。

『万葉集』の大伴家持の歌に、

石麻呂に我もの申す夏痩せに良しといふ物ぞ鰻捕り契せ（一六・三八五三）

とあります。奈良時代からウナギは滋養物としていたことが分かります。右の歌は「痩せたる人を嗤笑ふ歌」という題があるとおり、相手をからかう歌で、気持ちの悪いウナギをと冷やかす気持ちが感ぜられます。さほど美味な物としていなかったのかもしれません。

江戸時代の歳時記では、寛永十八年（一六三九）刊の『誹諧初学抄』に「鰻梁」を中秋の語とするのを初めとして、秋の季語としています。「鰻」だけでは季語としていません。しかし『和漢三才図会』には、「冬春は泥の穴に蟄し、五月に至りて游ぎ出づ。此の時味勝れり」とありますから、やはり夏に賞味したようです。それに土用の丑の日のこともあるので、「鰻」を夏の部に入れておきます。

寛永二十年（一六四三）刊の『料理物語』には、ウナギの調理法として「なます　刺し身　すし　蒲焼き　濃漿（濃い味噌汁）　杉焼き（杉の箱に入れたり、杉板に挟んで焼いた料理）　山椒味噌焼き　この外いろいろ」をあげています。

鮓は、『御湯殿上日記』の享禄五年（一五三二）五月十一日の条に、「うぢまる（宇治丸）のすもじ（鮓）」とあります。なれ鮓です。和泉流の『狂言六義』の「末広がり」に、「こちへ来て、鰻のすしをほほばって、平野酒を飲みやれ」とあります（『狂言記』も「鰻のすし」であるが、大蔵流の虎明本などは「泥鰌のすし」

とする）。松江重頼編の句集『懐子』に、

宇治丸と人は言ふなりうなぎ鮨　貞盛

という句が夏の部に出ていますから、夏のものなのでしょう。「宇治丸」というのは、京都府宇治市で産するウナギのことです。江戸初期の京都では、滋賀県大津市瀬田とその下流の京都府宇治市が産地でした（雍州府志・六）。

蒲焼きは、室町時代の『大草家料理書』に、宇治丸の蒲焼きは、丸焼きにしてから切り、醤油と酒と交ぜて付けるか、山椒味噌を付けてもよいとあります。昔は裂かずに丸焼きにしたのです。「蒲焼き」の語源は、この丸焼きが蒲（かま・かば）の穂に似ていることによるとする斎藤彦麿『神代余波』（中）、喜多川守貞『守貞謾稿』（生業上）などの説が妥当でしょう。焼いた色が紅黒で樺の皮に似ているから（黒川道祐『雍州府志』六）、平安時代の『新猿楽記』に香疾大根と言う名が見え、香ばしい香りは疾く鼻に入るという意（山東京伝『骨董集』中、小山田与清『松屋筆記』（九六）など）、蒲鉾の形なので名付けた（喜多村信節『瓦礫雑考』二）などの説もあります。

ウナギの裂き方について、『守貞謾稿』の、「生業上」には、京阪では背から裂き、江戸では腹から裂くとし、「生業下」には、京阪では腹から裂き、江戸では背から裂くと、逆のことを書いていますが、現在は後者が行われています。江戸は武士の町なので、腹を切るのを嫌ったと言われています。関東人のわたくしは、慣れているせいか、背から裂いたほうが食べやすいような気がします。

大田南畝は、随筆『南畝莠言』（上）（文化十四年）に、山椒を付けることは、中国の『証類本草』にも見えると記し、また、随筆『奴師労之』（文化十五年）には、関東ではウナギに酢は毒であると言うが、長崎では酢味噌に和えて食うと記しています。曳尾庵の随筆『我衣』（七）には、ウナギを食って後に梅干しなどの物を食うと一命に及ぶ、米の酢は嫌わないと言うと記しています。津村淙庵の随筆『譚海』（一三）には、梅の実を入れた酒などはウナギの大敵であるとしています。わたくしも、ウナギと梅干しを食べ合わせるのは毒であると言われ、今でもそう思っています。

江戸前のウナギと言うのは、『物類称呼』には、浅草川・深川辺のものを呼ぶとあります。

ウナギは静岡県三島市の三島大社の使者とされていて、『東海道名所記』（二）に、「ここに明神の使者として、鰻多し。何ほどありとも限り無し。手をたたき石を鳴らせば、岸に集まる」とあります。二代将軍の徳川秀忠は、三島でウナギを捕って食った家来を磔にしたそうです（徳川実紀）。

民間信仰では、虚空蔵菩薩を、丑寅の守り本尊とし、ウナギを使わしめとすることから、虚空蔵菩薩をまつる村や家、丑寅の人などはウナギを食べないとします。寅年のわたくしは遠慮すべきなのかもしれません。

山の芋が変化して鰻になるという話があります。『塵袋』（四）に、「蛇ノウナギニナルトモ、ヤマノイモノウナギニナルトモ云フ事アリ。物ノ変化ハ定メ無キニヤ」とあるから、鎌倉時代には言われていたことになります。イエズス会の宣教師ジョアン・ロドリゲスが、日本ではヤマイモが「ある期間水の中にあって、一種の蛇に変換するのであって」（日本教会史・一・七・三）と記しているのもウナギのことでしょう。橘南谿の旅行記『東遊記』（一）には、近江の人が、長浜（滋賀県長浜市）で、山芋を掘って来て料理したら、中に釣り針があった、これはウナギが山芋に化したことに疑い無いと語ったと記しています。『譚海』（一）には、出羽の久保田の人が、山の芋の鰻に化したのを所持していて、半ばその形を残している、とあります。平戸藩主の松浦静山の『甲子夜話』（七二）には、岸の山芋の根の濁流に入った部分が半ばウナギになっていたという話を載せています。

土用（どよう）

二つなき笠盗まれし土用かな　一茶（文政句帖）

暑い盛りの土用に日除けの笠を盗まれたのです。

平成三十年には七月二十日が土用の入りでした。

土用の丑の日に鰻（うなぎ）を食うことは前の「鰻」のところに書きました。

江戸初期には、「水無月の土用、餅搗かせければ」（仁勢物語）、「夏も土用も一時に来る／今朝や人飲むにんにくの衣がへ」（鷹筑波集・三）などとあるように、土用には体力増強のために、あんころ餅やニンニクを食べることがありました。

中国に五行説という考え方があります。戦国時代の騶衍（すうえん）という人が言い出したもので、漢代になって、宇宙の間では、五行（木火土金水）に象徴される五つの気のはたらきによって万物が生じ変化するとして、あらゆる事物を次の表のように配当するようになりました。

[五行] 木　火　土　金　水

[五星] 木星　火星　土星　金星　水星

［五時］春　夏　土用　秋　冬
［五方］東　南　中央　西　北
［五色］青　赤　黄　白　黒
［五声］角　徴（ち）　宮　商　羽（中国音楽の音階。ミ・ソ・ド・レ・ラに当たる）
［五常］仁　礼　信　義　智
［五数］八　七　五　九　六
［五味］酸　苦　甘　辛　鹹（しおからい）
［五帝］青帝　赤帝　黄帝　白帝　黒帝
［五情］喜　楽　慾　怒　哀
［五臓］肝　心　脾　肺　腎

五行の内で五時は春夏秋冬の四つしかありません。そこで、それぞれの季の最後の十八日を土の支配する日として「土用」とします。だから、土用は四度あるのですが、普通は夏の土用を指します。

この五気が、木は火を生じ、火は土を生じ、土は金を生じ、金は水を生じ、水は木を生ずるという、順送りに相手を生み出す関係（五行相生）と、水は火に剋（か）ち、火は金に剋ち、金は水に剋ち、水は土に剋ち、土は水に剋つという、順送りに相手に勝つという関係（五行相剋）とによって、宇宙は穏当に循環して行くとします。

相生のほうは、木を擦り合わせて火を生じ、火が燃えた後には灰（土）が出来る……ということでしょうし、相剋のほうは、木は地中に根を伸ばして土を損ない、土は水を塞き止める……ということでしょうから、相生・相剋というのは初めは生活の中から導き出された考え方であったのでしょうが、いろいろなものが付け加わることで、次第に観念的になり、例えば病気の治療では、肺は金であるから、土の薬品を用いれば良いが、火の薬品は用いてはならないなどと言うようになります。

中国では、東に青龍、南に朱雀、西に白虎、北に玄武（玄は黒）の四神が天の四方をつかさどるということになっていて、軍陣にはこの旗を立てました（礼記・曲礼上）。これが輸入されて、『太平記』（二七・大嘗会事）に、貞和五年（一三四九）十二月二十六日に崇光天皇の即位の儀式に、四神の旗を立てたとあるように、元日や即位の礼などの時には、これを立てていました。

高松塚古墳やキトラ塚古墳の壁画や、奈良薬師寺の本尊の薬師如来の台座の浮き彫りに、この四神が見られます。

『平家物語』に、延暦十年（七九一）正月に、「この地の体を見るに、左青龍、右白虎、前朱雀、後玄武、四神相応の地なり。もっとも帝都を定むるに足れり」（五・都遷）という報告があって、平安京を定めたとあります。青龍は流水、朱雀は汚地（くぼんだ土地）、白虎は大道、玄武は丘陵とされています。これは最近流行している風水の説で言われているから、ご存じかと思います。

このように、あまり気づいていませんが、いろいろなところにこの五行説は見られます。

近代的な感じのする「青春」という語は、この説によるものですし、北原白秋というスマートな雅号も、これに基づいています。

『万葉集』には、秋風を「白風」とか「金風」、秋山を「金山」と表記した例があり、「青山」をハルヤマと読むとする説もあります。芭蕉が石川県の那谷で詠んだ、

石山の石より白し秋の風（おくのほそ道）

で秋風を白いとするのも、これを踏まえての句です。

吹き来れば身にもしみける秋風を色無きものと思ひけるかな　紀友則（古今六帖・四二三）

の歌がもとになって、

吹き乱る柞が原を見渡せば色無き風も紅葉しにけり　賀茂成保（千載集・秋下・三七三）

などと、秋風を「色なき風」と言うことがあります。

土用干（年中重宝記）

鎌倉幕府の記録である『吾妻鏡』（二六）の貞応二年（一二二三）六月十二日の箇所に、伊豆の走湯山の常行堂の造営にあたり、十九日に棟上げをする計画であるが、占いをする陰陽師に聞いたところ、土用に棟上げをするのは憚るべきであると報告があり、七月十一日にするのが良いということになったとあります。時代が下りますが、文化三年（一八〇六）成立の『仮名暦略註』という本では、土用には建築や井戸掘り、壁塗りなど、土を動かすことは大いに悪いとしています。土用だから土を犯さないのでしょう。

夏の土用の時期は梅雨の後であり、日差しが強い時期でも

あります。この時期に衣服や道具の虫干しをするのが土用干しです。

平安時代の宮中では、中国の曝涼（ばくりょう）という行事にならって、七月七日に御物を払い拭う定めになっていました。それが次第に民間にも広まったものでしょう。

なき人の小袖も今や土用干　芭蕉（猿蓑）

妹の千子（ちね）をなくした弟子の去来に送った句です。その去来は、武士の出であることを誇りに思って、

鎧（よろひ）着て疲れためさん土用干　（続虚栗）

と詠んでいます。

秋

鈴木春信画『絵本千代松・下巻』

七夕（たなばた）

七夕の仲人なれや宵の月　貞徳（犬子集）

諺の「仲人は宵の程」（仲人が世話を焼くのは宵の口で、あとは新夫婦の邪魔をしないが良い）を踏まえて、早く沈む七日の月を牽牛と織女の年に一度の出会いの仲人に見立てた句。作者は江戸初期の貞門俳諧の総帥です。

陰暦七月七日は陽暦では八月上旬が多いから、まだ暑い時期ですが、立秋とか七夕とか聞くと、そろそろ秋の訪れを感じるようになります。現在は陽暦の七月七日に七夕の行事を行うところもありますが、そのころはこれから暑くなる時期ですから、そういう気持ちにはなりにくいのではないでしょうか。

天の川はいつも空にありますが、秋には天頂にあって鮮やかに見えます。それをはさんで、織女（琴座のヴェガ）と牽牛（鷲座のアルタイル）の二星が目立ちます。七夕の伝説が生まれた第一の条件です。

この伝説は中国で生まれたものです。孔子が編んだと言う中国最古の詩集『詩経』の「大東」という詩に、織女・牽牛という星の名が見えています。この詩は伝説を詠んだものではなく、星を見て農業や養蚕の時期を知る風習があったものと言われています。しかしこういう星の名があるのは、ある程度は伝説が成立していたからではないでしょうか。

漢代ころには、男女の二星が七月七日に夜の天の川で出会う（琅邪代酔編に引く霊憲経）。その時に鵲が橋になって渡す（白孔六帖に引く淮南子の佚文）、あるいは織女が槎で天の川を渡る（博物誌）という伝説ができていました。五世紀には、結婚した二人が愛に溺れて仕事をしないので、天帝が怒って会うの

七夕（年中重宝記）

を一年に一度とした（琅邪代酔編に引く述異記）というようになりました（主として近藤春雄「七夕の詩と説話」（『詩経から陶渕明まで』所収）による）。

そういう伝説が日本に伝えられました。古く日本には、神聖な乙女が、人里離れた水辺に設けた棚（水辺などに張り出した建物）の機に倚って、来臨する神のために機を織って一夜を過ごす「棚機つ女」（ツはノの意）という信仰があり、これと中国からの伝説が結び付いたと言われています（折口信夫「たなばたと盆祭りと」『古代研究（民俗学篇2）』など）。

天平六年（七三四）七月七日の夕べに、宮中の南苑で文人たちに七夕の詩を作らせたと『続日本紀』にあるのが、宮中での七夕の行事の初見ですが、奈良時代とそれ以前の漢詩を集めた『懐風藻』に藤原不比等たちの詩が六首載り、『万葉集』にも七夕のことを詠んだ歌が百三十首ほどありますから、貴族たちの間で行われていた七夕の会が朝廷に及んだのがこの時だったのでしょう。以後宮中での年中行事となります。

天の川あひ向き立ちて吾が恋ひし君来ますなり紐解き設けな　山上憶良（万葉集・八・一五二八）

天の川に向かい合って立って私が恋しく思っていたあのかたがいらっしゃるようだ、紐を解いて準備しよう。山上憶良の養老八年（七二四。正しくは六年か）の作です。憶良は遣唐使に従って中国に渡ったことがあり、中国趣味の濃い人です。この歌は織女の立場で詠んだものです。中国では織女が川を渡って牽牛の所へ行くことになっていて、『懐風藻』にある漢詩でもそのように詠んでいますし、『万葉集』にもそう扱った歌が見られますが、このように牽牛が織女のところへ行くと詠んだ歌のほうが多くなっています。これは、男が女のもとへ通って行く古代日本の婚姻の風俗を反映したものと言われています。

天の川紅葉を橋に渡せばやたなばたつめの秋をしも待つ　詠み人知らず（古今集・秋上・一七五）

天の川に紅葉を橋に渡すから、織女が秋を待つのか。日本でも中国のように鵲が橋になって渡すと詠んだ歌もありますが、紅葉を橋にするというのは、日本人が思いついたことのようです。このように、少しずつ日本的な見方が加わってきます。

荒海や佐渡に横たふ天の川　芭蕉

は、『おくのほそ道』には「文月や六日も常の夜には似ず」と並んでいるだけですが、「銀河の序」（『本朝文選』所収）という芭蕉の俳文には、佐渡は金が出てめでたい島であるが、「大罪朝敵のたぐひ、遠流せらるるによりて、ただ恐ろしき名の聞こえ」があるのも不本意なことであると述べています。この大きな景色を前に、天上の伝説を思い、順徳天皇・日蓮・日野資朝などが流された悲しい歴史を省みて、流人の望郷の思いをさえぎる荒海に人間の運命を感じ、漂泊する自分の旅愁を託した句なのです。単なる叙景の句ではなく、七夕の伝説が念頭にあるのです。

七夕や賀茂川渡る牛車　嵐雪（杜撰集）

天上で二星が会う夜、地上では公家が、愛人のもとへ通ってゆくのか、牛車に乗って賀茂川を渡って行く。王朝時代を想像した句です。作者は芭蕉の高弟です。

七夕や髪ぬれしまま人に逢ふ　橋本多佳子（信濃）

など、近代俳句にまで、七夕の伝説は響いています。

織女という名にちなんで、中国では裁縫など女子の技芸の上達を祈る行事が行われました。乞巧奠（きっこうでん）と言います。六世紀の宗懍（そうりん）の『荊楚歳時記（けいそさいじき）』に、婦女子が色の付いた糸を結んで七つの孔（あな）のある針に通し、台と筵（むしろ）に酒や果物などをのせて庭に並べ、技の上達を祈るとあります。正倉院にある七本の針と七条の色糸は、この行事のためのものと考えられています。奈良時代の朝廷では行われていたのです。『古今集』に「たなばたに貸しつる糸」（秋上・一八〇）とあるのはこれに供える糸のことです。

この行事は、時代を経るうちにいろいろと変化しました。短冊に願いを書くのは、上達を乞う技芸の中心が手習いになったからで、江戸時代に広まったことです。そこには日本の民間信仰が付け加わっているでしょう。しかし、その根源は中国にあるのです。

それにしても、西洋人が夜空を八十八の星座に区分して、英雄や動物などに見立てているのに比べると、日本には諸外国よりも星に関する伝説は多くないと言えましょう。漁村などに、北極星で方位を知るようになった伝説があるくらいではないでしょうか。砂漠などでは、星を見て季節の推移を知るのでしょうが、日本では空を見上げなくても身の回りに季節を知らせるものがいろいろとあるので、星の伝説が少ないのでしょう。

なお、現在は北極星が天の中心にありますが、何万年かすると、織女星が中心になるそうです。

萩（はぎ）

起き返る枝やこぼるる萩の露　紹巴（じょうは）（発句帳）

萩の枝が上へ起き返ったのは、たまっていた露がこぼれたから。作者は桃山時代の連歌師。

『万葉集』でいちばん多く詠まれている植物は萩で、百四十一首に見え、百十九首の梅、八十首の松を上回っています。

秋風は涼しくなりぬ馬並（な）めていざ野に行かな萩の花見に（万葉集・一〇・二一〇三）

秋の到来を感じるために、わざわざ萩を見に出掛けています。平城京の郊外の高円（たかまと）（万葉集・二・二三二など）、春日野（万葉集・七・一三六三）、佐紀野（万葉集・一〇・二一〇七）などの他に、栗栖（くるす）（所在不明。万葉集・六・九七〇）、宇陀（うだ）（奈良県宇陀郡、万葉集・八・一六〇九）、阿太（奈良県五条市、万葉集・一〇・二〇九六）、額田（ぬかた）（奈良県大和郡山市）などの地名に萩を詠んでいます。

さ額田の野辺（のへ）の秋萩時なれば今盛りなり折りてかざさむ（万葉集・一〇・二一〇六）

のように髪に挿したり、

我が衣摺（す）れるにはあらず高松（高円と同じか）の野辺（のへ）行きしかば萩の摺れるそ（万葉集・一〇・二一〇一）

萩（鳥獣人物戯画・甲巻）

のように花に触れて衣が染まるのを楽しむこともありました。

平安中期以後には、

更衣せむや　さきむだちや　我が衣は　野原篠原　萩の花摺りや　さきむだちや（催馬楽・更衣）

という歌謡が元になって、

今朝来つる野原の露に我濡れぬ移りやしぬる萩が花摺り
藤原範永（後拾遺集・秋上・三〇四）

のように「萩が花摺り」という歌語が用いられるようになります。

『万葉集』には、「我が宿の萩花咲けり」（万葉集・八・一六二二）などと「我が宿」の萩を詠んだ歌も多くあります。

貴族たちは好んで自宅の庭園に萩を植えたのです。

平安時代になると、一面に咲いた萩を「萩の錦」と言うようになりました。

秋の野の萩の錦は女郎花立ち交りつつ織れるなりけり（貫之集・四・四六四）

花だけでなく、萩の葉の紅葉することも歌に詠みました。

雲の上に鳴きつる雁の寒きなへ萩の下葉はもみちぬるかも

（万葉集・八・一五七五）

平安時代には、この下葉の色付くのを、

秋風に乱れてものは思へども萩の下葉の色は変はらず（高光集・二、新古今集・恋一・一〇二六）

など、心変わりの例えに言うようになります。

萩には同じ季節の雁・鹿・露と取り合わせた歌が多く見られます。

雁は右の「雲の上に」にもありました。平安時代になると、

鳴きわたる雁の涙や落ちつらむもの思ふ宿の萩の上の露　詠み人知らず（古今集・秋上・二二一）

のように、萩の上の露を雁の涙に見立てるようにもなります。

萩を鹿の妻と見なすことが万葉の時代には好まれました。

我が岡にさ雄鹿来鳴く初萩の花妻問ひに来鳴くさ雄鹿　大伴旅人（万葉集・八・一五四一）

では鹿の花妻としています。なお、

奥山に紅葉踏み分け鳴く鹿の声聞く時ぞ秋は悲しき　詠み人知らず（古今集・秋上・二一五）

の紅葉は、これをデザインにした花札にはカエデの紅葉が描いてありますが、『古今集』では萩の歌の続く所にあるので、萩の下葉の紅葉と言われています。

露は、

高円の野辺の秋萩このころの暁露に咲きにけむかも　大伴家持（万葉集・八・一六〇五）

では萩の花を咲かせるとしていて、

このころの秋風寒し萩の花散らす白露置きにけらしも（万葉集・一〇・二二二五）

では萩を散らせるものとしています。

白露もこぼさぬ萩のうねりかな　芭蕉（真蹟）

もその伝統を受け継いでいると言えます。

平安時代になっても『枕草子』（六七段・草の花は）に、

萩、いと心深う、枝たをやかに咲きたるが、朝露に濡れてなよなよと広ごり伏したる、さ雄鹿の立ち馴らすらむも、心ことなり。

とあるように、『万葉集』での感じ方を受け継いでいます。萩の名所としては、

宮城野のもとあらの小萩露を重み風を待つごと君をこそ待て　詠み人知らず（古今集・恋四・六九四）

が元になって、「宮城野（宮城県仙台市）」が多く詠まれます。『源氏物語』（桐壺）では、帝が母親である更衣の家に退出している幼い光源氏を思いやって、

宮城野の露吹き結ぶ風の音に小萩がもとを思ひこそやれ

と詠んでいます。

『万葉集』ではハギは音仮名で「波義」「波疑」と書いたもの以外は、「芽」「芽子」と表記してあります。「芽」はメですが、どういうことなのでしょうか。いろいろと考証されていますが、納得できる説は無いようです。

「萩」という漢字は、中国ではカワラヨモギ、ヒサギだそうです（大漢和辞典）。日本では、秋を代表

する草ということで「萩」と書くようになったのでしょう。『播磨国風土記』の揖保郡に「萩原の里」（兵庫県たつの市揖保町萩原）があり、神功皇后の三韓征討の帰りに御船がこの村に宿り、一夜の間に高さ一丈ほどの萩が生えたので萩原と名付けた、とあり、現代の注釈書ではこれをハギハラと読んでいます。奈良時代から「萩」と書いていたことになります。

相撲　やはらかに人分け行くや勝ち角力　几董（井華集）

勝った力士が、余裕ある態度で「やはらかに」観衆をかき分けて退いて行く。これはプロの力士でしょう。作者は蕪村の門弟です。「角力」とも書くのは、「角」にくらべる、きそうという意味があるからです。相撲の起こりは、第十一代垂仁天皇の七年七月七日に、当麻蹶速と野見宿禰とが争力をして、足をあげて蹶りあい、野見宿禰が相手の肋骨を蹶折り、腰を蹈み折って殺したことと『日本書紀』（六）にあります。これは宮中で行う相撲の節会を七月七日に行うことの起源説明と思われます。七月七日に天皇が相撲を御覧になったことは、『続日本紀』の聖武天皇の天平六年（七三四）が初見ですが、それ以前に『日本書紀』（二四）に皇極天皇元年（六四二）七月に百済からの使者の前で相撲を取らせたことが見えます。天長三年（八二六）からは節会は七月十六日になり、その後も日の変更はありましたが、七月の行事であることは変わりませんでした。この行事は平安後期には廃絶しました。

中世には、武家の楽しみとして相撲を取ることが行われました。『曾我物語』（一）には、源頼朝の前で河津三郎祐重（正しくは祐泰）が俣野五郎景久に相撲で勝ったことがあります。余談ですが、相撲の四十八手にカワヅガケという、片手で相手の首を巻き、同じ側の脚を内掛けにからめて前に蹴り上げながら、体を後ろへ反らせて相手を倒す技巧的な技があり、この技はこの時に起こったと言うのですが、『曾我物語』にその事は出ていません。

江戸時代になって世の中が平和になると、大名たちは抱え力士たちに屋敷の庭で相撲を取らせて見物するのを好むようになりました。民衆を対象にした辻相撲や勧進相撲も盛んになりました。職業力士の集団を幕府が容認するようになったのは江戸中期のことです。

相撲（本朝二十不孝）

江戸時代の記録類を見ても、勧進相撲などを行う時期は一定していませんでした。古典学者で俳諧師の北村季吟は歳時記『増山井』に、

相撲の秋になることは七月の公事なりければなるべし。今の世にはいつも相撲は侍れど、うち任せては辻相撲と言ひてもすべて秋に用ゐるなり。

と述べています。相撲は節会の伝統によって秋の季語となります。『久保田万太郎句集』（角川文庫）に「ことしより東京に〝秋場所〟といふものうまれたり」という詞書があるのは、相撲は秋の季語なのにという気持ちがこめられています。現在のように年に六場所の興行では、秋場所とか九月場所とか言わないと秋の気分にはなれないでしょう。

江戸時代の句をいくつか見ることにします。

投げられて坊主なりけり辻相撲　其角（花摘）

取り組んでいる間は気付かなかったが、一方が投げ飛ばされて緊張がとけ、敗者の頭を見たら坊主だった。まさかそんなことはと思いますが、なんとなくおかしみのある句です。

相撲取並ぶや秋の唐錦　嵐雪（炭俵）

色とりどりの華やかなまわしを付けての土俵入りです。

脱ぎ捨てて相撲になりぬ草の上　太祇（太祇句選後編）

秋晴れの空の下、村の若い衆が数人で、草原でぱっと裸になって相撲を取ることにしたのです。季節には関わらない草相撲ですが、相撲が秋の季語だから、秋空の下での情景ということになります。

負くまじき相撲を寝物語かな　蕪村（自筆句帳）

負けるはずでなかった相撲に負けたくやしさを、力士が秋の夜長の寝物語に妻と語り合っているのです。

角力老いて宿持つ京の夜月かな　大江丸（俳諧袋）

かつて活躍した力士が老いて引退し、京都の裏町あたりでささやかな一戸を構えて、妻子とひっそりと暮らしている。空には月が静かに照らしている。しんみりした哀感のある句です。

秋つい入り

はてもなく瀬のなる音や秋黴雨ｿ　史邦

右の句が元禄四年（一六九一）に出版された芭蕉一門の句集『猿蓑』に載っています。この「秋黴雨ｿ」は、江戸中期以来の注釈書ではアキシメリと読んでいましたが、京都大学の頴原退蔵博士が、元禄ころのいくつもの例をあげて、アキツイリと読むことを証明し、今ではそれが通説となっています。ツイリはツユイリ（梅雨入り）の詰まった語、頴原博士は「秋ついりは秋の霖雨、即ち秋の頃雨が長く降りつゞくのを言ふ事は説くまでもない。」と説明しています。このアキツイリという語はすでに死語になっていたから研究が必要だったのでしょう。

ところがこのアキツイリという語が横溝正史作『人形佐七捕物帳』の一編「稚児地蔵」に次のようにあるのを見つけました。

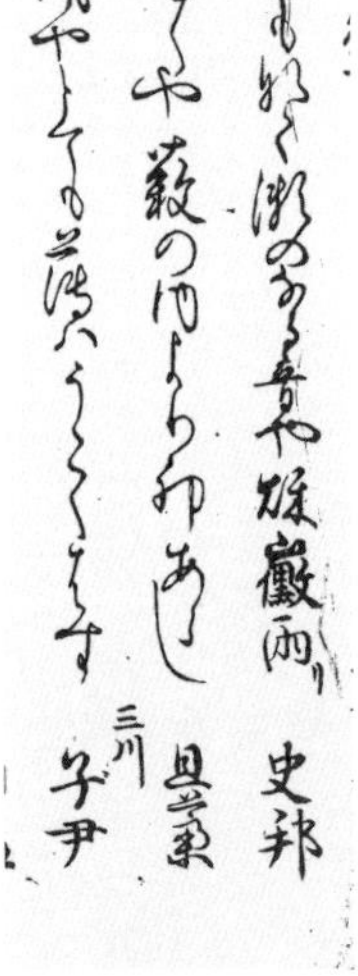

秋ついり
（猿蓑）

ましてや近頃みたいに、数日前に九月十三夜の月、いわゆる後の月を見たというのに、いっこう天気がさだまらず、言うところの秋黴雨、連日のごとくビショビショと降りつづく秋雨に、肌寒さをおぼえること初冬のごとしという不順な天候。

『人形佐七捕物帳』では「捕物三つ巴」にも「ちょうど秋入梅の頃である」とあります。

潁原博士の説は昭和二十二年刊の『江戸時代語の研究』の「七部集の用語」に出ています。この論文は昭和十二年一月に出た雑誌『連歌と俳諧』第二巻第一号に載ったものです。いっぽう横溝氏の「稚児地蔵」は昭和十四年十一月の『講談雑誌』が、「捕物三つ巴」は昭和十六年六月の『人形佐七捕物帳　三巻』が初出だそうです。

横溝氏は潁原博士の論文を読んでアキツイリという語を知ったのでしょうか。『連歌と俳諧』という雑誌は研究者向けの特殊な雑誌ですから、横溝氏がそんなものにまで目を通していたとはちょっと考えにくいところです。横溝氏はアキツイリという語をふだんから使っていて、自作の中に用いたのだろうと思います。横溝氏は兵庫県神戸市の出身です。神戸市あたりでは生きていた言葉だったのでしょうか。

厳密なことを言いますと、わたくしの読んだ『人形佐七捕物帳』は平成十七年に出た文庫本なので、表記は現代仮名遣いなどに改めてあります。振り仮名も今の編集者が辞典を参照して付けたものかもしれません。その内に初出の雑誌か戦前の単行本ではどうなっているか調べてみたいと考えています。しかしさしあたりはこれが横溝氏の意図したものとしておきたいと思います。

考えようによっては、潁原博士は横溝氏に尋ねるとか神戸市あたりで聞くとかすれば、苦労せずにアキツイリを知ることができたと言えます。懸命に調べたのが、思いがけないことから分かる、学問というものにはこんな空しさのようなものが付きまとうことがあります。

西瓜（すいか）

西瓜独り野分（のわき）を知らぬ朝（あした）かな　素堂（勧進牒）

野分（台風）で野の草は押し倒されているのに、西瓜だけがどっしりと動かずにいる。

スイカの原産地は熱帯アフリカで、日本に入ったのは、かつては寛永年間（一六二四—四四）とされていました。しかし南北朝時代の禅宗の僧侶である義堂周信の漢詩集『空華集』（一）の「西瓜の詩に和す」という詩に、「西瓜今見る東海に生ずるを。剖破して猶（な）ほ玉露の濃きを含む」とあり、室町時代の記録にもいくつか出てくることから、最近では南北朝時代には伝わっていたであろうと言われています。普及したのは江戸時代になってからでしょう。正保二年（一六四五）に出た『毛吹草』（四）の諸国の物産を記した箇所には、肥前（長崎県）・薩摩（鹿児島県）の名産としてあり、貝原益軒の『大和本草』には、京都では寛文・延宝（一六六一—八一）ころから栽培するようになり、今は多くなったとあります。芭蕉の弟子である長崎出身の向井去来が、義理の従兄弟の卯七の、

猪の鼻ぐずつかす西瓜かな（初蟬）

について、次のようなことを述べています。自分はこの句はたいしたものではないと言ったが、師の芭蕉は面白みがあると言い、芭蕉の門人の正秀（まさひで）は、猪だから鼻をぐずつかせたのであろうと喜んだ。反省してみると、この頃はまだ関西地方には西瓜は珍しい。正秀は珍しいと思う心から、猪が西瓜を怪しんでいると、風情を見いだしたのである。自分は長崎の生まれであるから、西瓜は瓜や茄子のように珍しくなくて、この句に感心しないのだ。他人の句を聞くのに、自分が知っていることか否かで違いが出来

る（去来抄）。

延宝四年（一五七六）に出た俳諧辞書『類船集』に、「水瓜は砂糖無くては味もなし」とありますから、今のものほどは甘くなかったのでしょう。ただし、飛喜百翁（ひきひゃくおう）という人が茶人の千利休を招いた時に、西瓜に砂糖をかけて出したところ、利休は砂糖のないところを食べて帰り、門人に、「百翁は人に饗応することを弁（わきま）へず、…西瓜は西瓜のうまみを持ちしものを」と言ったという逸話が、随筆『雲萍雑志（うんぴょうざつし）』（二）にあります。

享保年間（一七一五―三六）に八十歳であった財津種莢（ざいつしゅきょう）の随筆『むかしむかし物語』に、昔は立派な人が食うことはなく、道辻などで切り売りにするのを小者や中間が買って食っていた、女なども食うことは無い。寛文ころから低い武士が買って食うようになり、最近では大身・大名も食うようになった、「西瓜大立身なり」とあります。井原西鶴の『好色一代男』（六）に、「よし岡（遊女の名）に西瓜ふるまひ、出歯をあらはし」とあるなど、女が西瓜を食べるのははしたないこととされていました。先の利休の逸話とは矛盾するようですが、利休のころには珍しかったので茶席にも出したが、普及して卑しいものになったのでしょうか。芭蕉門の支考に、

出女の口紅惜しむ西瓜かな（東華集）

の句があります。出女は宿場で客引きをする女のこと、そんな下品な女だから西瓜を食べるのでしょうが、さすがに口紅が落ちるのを惜しんでいるのです。

西瓜が下品な食べ物であったことを、永井荷風が昭和十二年に次のように述べています。

明治十二、三年のころ、虎列拉(これら)病が両三度に渡って東京の町のすみずみまで蔓衍したことがあった。…然しわたくしが西瓜や真桑瓜を食ふことを禁じられてゐたのは、恐るべき伝染病のためばかりではない。わたくしの家では瓜類の中(うち)で、かの二種を下賤な食物として之を禁じてゐたのである（「西瓜」）。

窪田空穂(くぼたうつぼ)に、

紅き西瓜しづく垂るるにかぶりつき五人の童息をもつがぬ

という歌があります。窪田家は永井家のような上流ではなかったのでしょうか。

冷蔵庫の普及する以前に詠んだ土岐善麿の歌があります。

朝の井に深く吊せし西瓜だすいまはとあぐる綱のつめたさ

蜻蛉(とんぼ)

蜻蛉(とんばう)の尻でなぶるや角田川(すみだがは)　一茶（七番日記）

水の上で産卵しているトンボです。

トンボは、『古事記』『日本書紀』には、アキヅという語形で見えます。これは平安時代以後にアキツと清音になります。

平安時代にはカゲロフという語が多く用いられます。これは今日のカゲロウ（蜉蝣）であることのほうが多いのですが、平安時代前期の辞書『倭名類聚抄(わみょうるいじゅしょう)』では蜻蛉をカゲロフと読んでいるなど、トンボの意味にも用いています。平安前期の辞書『本草和名』には「蜻蛉」にカギロフの訓があり、『万葉集』には、カギロヒ（陽炎）を「蜻火」（二・二一〇）、「蜻蜒火」（九・一八〇四）、枕詞タマカギルを「玉蜻」

（二・二〇七）、「珠蜻」（二・二一〇）、「玉蜻蜓」（八・一五二六）と表記していますから、奈良時代にトンボの意のカギル・カギロの語が存在したのかもしれません。

『倭名類聚抄』には、小さくて黄色の蜻蛉の「胡黎」にキヱムバとあり、ヱムバという語もあったことになります。鎌倉時代の仙覚の『万葉集注釈』（六）に、「アキツトイフハ、アヅマコトバニハ、エハトイフナリ」とあるのもヱムバの変化したものでしょう。

平安後期の『袖中抄』（一七）に、「あきつはとは、とばうといふ虫の薄き羽といふなり」、『梁塵秘抄』（四三八）に、「居よゐよ、とうばうよ」とあり、仙覚の『万葉集注釈』（三）に、「アキツハト云フハ、トムハウノ羽也」とあるなど、トム（ウ・ン）バウが見られます。室町時代にはトンバウが多く、江戸時代になって、安原貞室の『かた言』（四）に、「蜓（とんばう）を、とんぼ（と言うのは片言である）」と、トンボが見えるようになります。トンボはトンバウの変化したものです。

ヤンマという語は、江戸時代から見られます。

柳田国男「赤とんぼの話」（『少年と国語』所収）に、「古いことばが、国のはしに行って方言になってゐるのは、新しいことばが中央に生まれて、いまゝであったものを押しだしたからだといふことが、少し気をつけてゐるとだれにもわかる」としてアキズ・アケス・アゲズなどのアキヅから変化した語が、岩手県・宮城県・山形県などに見られ、エンバ・ヘンボなどヱムバから変化した語が、福岡県・佐賀県・長崎県などに見られることを述べています。これは柳田が『蝸牛考』で全国のカタツムリの方言を、Aナメクジ系、Bツブリ系、Cカタツムリ系、Dマイマイ系、Eデデムシ系に分類して、北から南へA

ＢＣＤＥＤＣＢＡの順に並んでいると判断して、京都でＡＢＣＤＥの順にことばが誕生し地方に伝播していったと推定し、方言周圏論を提唱したのと同じ方法です。

神戸市灘区の桜ヶ丘遺跡から出土した銅鐸に、トンボの絵が見られます。これには呪術的な意味があるのでしょう。秋に見られるトンボは、穀物の実りと関わるのかもしれません。新井白石の『東雅』に、「和語の心によらば、アキは黄なり。ツは赤なり」とも記しながら、「秋津虫なり。…アキは秋なり、津は詞助（ノの意の助詞）なり。秋に出でその類の衆多なるが故なり」とするのをはじめとして、アキヅのアキは秋であろうとする説が見えるのは、米の収穫期である秋と関連させたもので、妥当なのかもしれません。

『日本書紀』（三）に、神武天皇三十一年四月に、天皇が国内を巡幸され、腋上（わきがみ）の嗛間丘（ほほまのおか）（奈良県御所（ごせ）市の旧秋津村大学室のあたり）で、国状を眺めて、蜻蛉が臀呫（となめ）（交尾）しているようだと言われ、これによって「秋津州（あきづしま）」の名が生じた、とあります。トンボが交尾して輪になって飛ぶさまを言ったもので、秋津州は、初めは御所市の地名で、山に囲まれた奈良盆地ということなのでしょう。それが大和国（奈良県）、さらに日本を言うようになり、ヤマトの枕詞にもなりました。

鴨長明の説話『発心集』（五）に、ある人の言うには、「かげろふといふ虫あり。夫婦（めをと）の契り深きこと、諸々の有情（うじゃう）（生物）に勝れたり」、雌雄の虫を別々に銭に干し付けて別の人に渡しても、夕方には行き合う、とあります。これもトンボが交尾して飛んでいることから起こった考えでしょうか。

雄略天皇が四年（四六〇）八月に吉野の離宮に行幸し、狩りをなさった時に、虻（あぶ）が天皇の腕に食いついたところ、蜻蛉が飛んで来てその虻を食って飛び去り、そのことを天皇が詠まれた歌に「倭(やまと)の国を蜻蛉島(あきづしま)とふ(ト言ウ)」とあります(古事記・下、日本書紀・一四)。芭蕉門の丈草に、

蜻蛉の来ては蝿とる笠の中(鳥の道)

の句があります。トンボは虫を食うのです。

トンボの透明な羽を、「あきづ羽の袖」(万葉集・三・三七六)、「あきづ領巾(ひれ)(スカーフ)」(一三・三三一四)など、薄く透き通ったものに例えています。

カゲロフは、平安時代以後はかないものの例えとしますが、陽炎と区別しにくい例が多い。『源氏物語』(蜻蛉)に、

かげろふのものはかなげに飛びちがふを、

ありと見て手には取られず見ればまた行く方も知らず消えしかげろふ

とあるのは虫です。

夕暮れに命かけたるかげろふのありやあらずや問ふもはかなし　詠み人知らず(新古今集・恋三・一一九五)

かげろふの夕べを待ち、夏の蝉の春夏を知らぬもあるぞかし(徒然草・七段)

などは、『詩経』(曹風)の「蜉蝣」の注釈の「蜉蝣は…朝に生まれ夕に死す」、『淮南子(えなんじ)』(説林訓)の「蜉蝣は…朝に生まれ暮れに死し、其の楽を尽くす」などを踏まえたものです。

『狭衣物語(さごろも)』(一)に、

いづれにも訪れたまふことは、かげろふにも劣らぬ折々もあるに

とあるのは、主人公の貴公子が女性を訪れることを、トンボが飛びまわることにたとえたものです。

桐

梧の葉に夜の雨聞く朝かな　心敬（芝草句内発句）

朝に桐の葉を見て昨夜の雨を思っているのです。

植物図鑑などによれば、桐は中国原産の帰化植物だそうです。『万葉集』（五・八一〇）の題詞に、「梧桐の日本琴一面（対馬の結石山の孫枝なり）」（原漢文）とありますが、歌に詠んだ例はありません。奈良時代には対馬まで届いていたが、さほど広く知られていなかったのでしょう。平安時代になると、宮中の淑景舎の中庭に桐が植えてあったので、そこを桐壺と呼ぶようになりました。そのころには日本人にとって身近なものになっていたことになります。

『枕草子』の「木の花は」（三七段）の段には、桐について、花・葉・とまる鳥・材の四つの点から述べています。これに合わせて見ることにします。

夏に咲く花について、清少納言は「紫に咲きたるはなほをかしきに」と評価していますが、和歌では桐の花を詠むことはきわめて稀で、室町時代の飛鳥井雅親の、

春の風に開けし花もとどまらで桐の葉かかる袖の夕露（亜槐集・五八三）

という葉を中心に詠んだものと、江戸後期の香川景樹の、

桐の花落つる五月の雨ごもり一葉散るだにさびしきものを（桂園一枝拾遺・上・夏・一四三）

などのわずかな例を見つけただけです。

大江維時（おおえのこれとき）が唐詩から好みの句を選んだ『千載佳句』に、唐の元稹（げんしん）の「雨は桐花を折り緑莎を蓋（おほ）ふ」が引いてあるなど、中国文学には花を詠んだものがあるのですが、平安時代の漢詩を集めた『日本詩紀』の牽引には桐の花を扱ったものは見えません。

元禄の俳諧では、

この里に后（きさき）ますべし桐の花　露丸（花摘）

誰のぞく奈良の都の閨（ねや）の桐　千那（猿蓑）

雷の鳴らで曇りし桐の花　史邦（芭蕉庵小文庫）

など、ゆかしいもの、おぼつかないものとして詠んでいるのが目立ちます。

清少納言は「葉の広ごりざまぞ、うたてこちたけれど」と否定していますが、詩歌に多く詠まれているのは葉です。ただし、和歌で桐の葉を詠んだものは、式子内親王の、

桐の葉も踏み分けがたくなりにけり必ず人を待つとなけれど（新古今集・秋下・五三四）

など、新古今集の時代からしか見られません。

『和漢朗詠集』には、白居易の、

桐葉風涼し夜になんなんとする天（早秋・二〇九）

秋の露に梧桐の葉の落つる時（恋・七八一）

が載っています。桐の葉は中国文学で秋の風物になっていました。それを受けて、平安時代の漢詩で、

桐蕉秋露の色　藤原常嗣（経国集・一〇・七二・秋日登叡山謁澄上人）

葉の落つる梧桐は雨の打つ時　菅原道真（菅家後集・四七三・九日後朝同賦秋思）

など、秋の桐の葉を扱うようになりました。その影響が和歌に及んだのが、新古今集の時代ということになります。白居易の詩の「桐葉風涼し」などによって、

秋を浅みまだ色づかぬ桐の葉に風ぞ涼しき暮れかかるほど　藤原俊成（御室五十首・二七一）

夕まぐれ風吹きすさぶ桐の葉にそよ今更の秋にはあらねど　藤原定家（拾遺愚草・七四八）

など桐の葉と風とを配合することもあり、同じ白居易の「秋の露に梧桐の葉の落つる時」や「雨は梧桐に滴る山館の秋」（千載佳句・五七九）などによって、

人も来ず払はぬ庭の桐の葉におとなふ雨の音の寂しさ　藤原通具（建保二年内裏歌合・二四）

のように雨や露と取り合わせることもあり、唐の許渾の「月転じて碧梧に鵲影移る」（千載佳句・一九六）などの影響で、

山陰や秋は払はぬ庭の面の桐の落ち葉に澄める月影　後鳥羽天皇（後鳥羽院御集・一一七三）

など月を配して詠むこともあります。日本人は桐の葉に秋の寂しさを感じることを中国文学から教えられたのです。ただし「桐一葉」が人の運命の凋落を表すようになったのは、片桐且元を主人公として豊臣家の衰退を描いた坪内逍遥の戯曲『桐一葉』（明治二十七年）あたりからのようです。

それにしても、中国文学の知識をひけらかす清少納言が、桐の葉を評価していないのはどういうことなのでしょうか。

桐の紋章は、『蒙古襲来絵巻』に天草の豪族の大矢野十郎種保の端に描いてあるのが最古だそうです。皇室では鎌倉時代の末には用いていて、足利尊氏が後醍醐天皇から下賜されてから足利氏とその一門も用い、勲功のある将士にも与え、豊臣秀吉も朝廷から賜って功績のある部下にも与えたのだそうです（沼田頼輔『日本紋章学』）。

清少納言は、「唐土にことごとしき（オオゲサナ）名付きたる鳥の選りてこれにのみゐるらむ、いみじう心異なり」と言っています。「ことごとしき名付きたる鳥」というのは鳳凰です。鳳凰は梧（厳密にはアオギリ）にだけ棲むということになっています。もちろんこれも中国からの知識です。日本では、菅原道真の漢詩「葉落ちて庭の柯空しを賦す」に「詎ぞ見む桐の鳳を棲ましむることを」（菅家文草・五・三七三）とあるのが最初でしょうか。和歌では、

ももしきや桐の梢に棲む鳥の千年は竹の色も変はらず　寂蓮（正治初度百首・一六九八）

など、やはり新古今集の時代から見られます。この歌に祝賀の心のあるのは、鳳凰は聖人が世に出るとそれに応じて現れる瑞鳥だからです。桐と鳳凰とを取り合わせた文様は帝王の象徴として用いられます。今では賞状の周囲にありますし、花札の桐の二十点の札にも描かれています。

清少納言は「琴に作りて、さまざまなる音の出でくるなどは」と、琴の材料であることを付け加えています。これは最初に記した『万葉集』にもあり、現在も続いています。

月（つき）

月はやし梢（こずゑ）は雨を持ちながら　芭蕉（鹿島紀行）

さっき降った雨の後で、雲行きはまだ早く月が見え隠れする。梢にはまだ雨が残っていて、時々雫（しずく）が落ちる。貞享（じょうきょう）四年（一六八七）八月に茨城県の鹿島神宮の近くの根本寺で詠んだ句です。

明るく澄んだ月の意の「明月」という語は中国では漢代からありますが、陰暦八月十五夜や九月十三夜の月を言う「名月」は、中国の辞典類には見えません。唐時代の詩を全て集めた『全唐詩』を検索しても見つかりません。日本の漢詩でも、奈良・平安時代の漢詩のほとんどを収める『日本詩紀』にはありません。鎌倉時代以後に日本で作った熟語のようです。

中国で十五夜の月をめでる例が文献の上で確認できるのは、唐代以後のことと言われています。日本では、島田忠臣（しまだのただおみ）の漢詩集『田代家集』にある「八月十五夜、月に宴す」（二〇）という詩が最古のもののようです。この詩は九世紀末に作ったものです。宮中では、延喜九年（九〇九）に、宇多法皇が文人たちを召して、「月影秋の池に浮かぶ」という題で詩を作らせたという記録（日本紀略・一）が最古のようです。

和歌では、源公忠（きんただ）の、

古へもあらじとぞ思ふ秋の夜の月のためしは今宵なりけり（新勅撰集・秋上・二五五）

という策が最古のものでしょうか。この歌の詞書に「延喜（九〇一―九二三）御時、八月十五夜月宴歌」とあります。日本では八月十五夜の月をめでる行事は、中国の風習が伝わり、西暦九〇〇年前後から行われるようになったのでしょう。そういう詩歌には、月に照らされた場面の美しさなどは詠んでいますが、何をしたかは描いていないので、平安時代の十五夜の行事がどんなものであったかのかは分かりません。

中国には月の中に桂の木があるという伝説があります。『酉陽雑俎』（一）には、五百丈の桂の木を、過失があって月に移された呉剛という仙人がこれを伐っているが、木を傷つけるごとに合わさってしまうとあります。

目には見て手には取らえぬ月の内の桂のごとき妹をいかにせむ　湯原王（万葉集・四・六三二）

を初めとして、日本でもこれを踏まえる作品があります。

『万葉集』に「月読の持てる変水」（一三・三二四五）という語句があります。月には「変水」という若返りの水があるという信仰がありました。これは、月は欠けてもまた満ちて再生を繰り返すことから考えたものと言われています。『竹取物語』で、かぐや姫が月へ帰る前に不死の薬を飲むのも、これと関わるでしょう。

その『竹取物語』に、かぐや姫が月を眺めていると、「月の顔を見るは忌むこと」と制するところがあります。『源氏物語』にも、「月見るは忌みはべるものを」（宿木）とあり、少し違う形ですが、『後撰集』には、「月をあはれと言ふは忌むなりと言ふ人のありければ」（恋二・六八五）という詞書のある歌があります。月を見ることは不吉であったのです。白居易の詩に、「月明に対して往事を思ふこと勿れ。君の顔色を損じ君の年を減ぜむ」（白氏文集・一四・贈内）とあります。平安時代の文学としては、これを意識したものでしょう。これはアジア北部に広く分布している俗信と言われています。

月の中には兎がいるということになっています。中国戦国時代の屈原の「天問」(『楚辞』所収)に月の腹に兎を入れているとあるなど、中国でも古くから言われていました。日本の弘仁九年(八一八)成立かという漢詩集『文華秀麗集』に「月兎」という語があるのは、これによるものです。

月(訓蒙図彙)

兎がいる理由については、次の説話があります。

インドで、兎・狐・猿が、畜生の身を受けたことを嘆き、真理を求めて仏道の修行に励んでいた。帝釈天はこれを見て、獣たちの求道心を試そうと、無力な老人の姿になって現れ、養ってくれるように求めた。猿は木の実や野菜を取って来、狐は飯や魚類を取って来て、老人に食べさせた。兎は発奮して、あちこち食物を求めたが、何一つ手に入らない。そこで老人のもとへ行き、「いま美味な物を持って来るから、火を焚いて待っていてほしい。」と言った。猿と狐が火を焚いて待っていると、兎は何も持たずに帰って来て、「我は食物を持って来る力が無い。我が身を焼いて食べてくれ。」と言って火の中に飛び込んだ。その時、帝釈天は本の姿に戻り、兎が火に飛び込んだ形を月の中に移して、衆生に見せるようにした。

以上は、『今昔物語集』巻五の第十三話のあらすじで、月の中の兎の説話の我が国の文献に見える最古のものです。

この説話は、古代インドで紀元前三世紀ころから民間に伝えられていた伝説を集めて釈迦の前世の善行功徳に託してまとめた仏教説話集ジャータカ（三一六）に、その源があります。そこには兎・猿・狐以外にカワウソも登場します。

中国の文献では、唐の玄奘三蔵（『西遊記』に出てくる三蔵法師です）の旅行記『大唐西域記』巻七の、現在の地名ではベナレスの箇所に見え、『今昔』の説話の原拠とされています。

ただし、『今昔』のものと『西域記』のものとでは、「本話は同話ではあるが本文は全く異なり、内容も遥かに秀逸で、西域記に取材して日本化した創作説話の感がある。」（今野達、新日本古典文学大系『今昔物語集一』の「出典考証」）と言われるほどの隔たりがあります。例えば、兎が食物を求めて走り回るさまを『西域記』では、「唯菟空還勇躍左右」（ただ兎は空しく帰って、あたりを飛びはねていた）とするだけですが、『今昔』では、「菟ハ励ノ心ヲ発シテ、灯ヲ取リ、香ヲ取テ、耳ハ高ク、瘂セニシテ（背を丸くして）、目ハ大キニ、前ノ足短カク、尻ノ穴ハ大キニ開テ、東西南北求メ行ルケドモ、更ニ求メ得タル物無シ。」と描写しています。

芥川龍之介は、昭和二年に発表した『今昔物語に就いて』に右の文などを引用し、『今昔』の芸術的生命は「生まなましさ」にあり、「それは紅毛人の言葉を借りれば、brutality（野生）の美しさである。

或いは優美とか華奢とかには最も縁の遠い美しさである。」と評価しています。芥川によって『今昔』の文学的な価値は初めて発見されたのです。

十三夜は別項に書きます。春の朧月は春の部に入れました。夏の月と冬の月について触れておきます。

夏の夜は短くて、月の出ている時間も少ないから、

夏の夜はまだ宵ながら明けぬるを雲のいづこに月宿るらむ　清原深養父（古今集・夏・一六六）

というように月を惜しむ心を詠みます。

蛸壺やはかなき夢を夏の月　芭蕉（猿蓑）

河童の恋する宿や夏の月　蕪村（蕪村句集）

いずれも明けやすい夜のはかない淡い月です。

夏の夜も涼しかりけり月影は庭白妙の霜と見えつつ　藤原長家（後拾遺集・夏・二二四）

この歌のように夏の月を涼しいものとすることもあります。現実には蒸し暑い夏の夜の月を、霜・氷・霰などに見立てることで涼しく感じようとしているのでしょう。

市中はもののにほひや夏の月　凡兆（猿蓑）

市中には昼の暑苦しい匂いが立ちこめているけれど、空には月が涼しげに照らしている。俳諧でも「夕べの影の涼しさをめで、入ることの早きを惜しみて」（山之井）と、夏の月は涼しさを感じさせるものとしています。

初夏であれば、

我が宿に月おし照れりほととぎす心あらば今夜来鳴き響もせ　大伴書持（万葉集・八・一四八〇）

ほととぎす鳴きつる方を眺むればただ有明の月ぞ残れる　藤原実定（千載集・夏・一六一）

など、夜に鳴くホトトギスと取り合わせる歌が多くあります。

さてはあの月が鳴いたかほととぎす　一三子（新百人一句）

右の実定の歌を踏まえて、初期の俳諧としては言葉遊びでなくておもしろい句です。

冬の月については、

大空の月の光し清ければ影見し水ぞまづ凍りける　詠み人知らず（古今集・冬・三一六）

のような冬の月の冴えた美しさを詠んだ歌もありますが、平安時代には、興ざめだ、荒涼としているという意味の「すさまじ」で評価することが多く見られます。

光源氏が次のように言っています。

時々につけても、人の心を移すめる花紅葉の盛りよりも、冬の夜の澄める月に雪の光りあひたる空こそ、あやしう色無きものの、身に沁みて、この世の外のことまで思ひ流され、おもしろさもあはれさも残らぬ折なれ。すさまじき例に言ひおきけむ人の心浅さよ。

（四季折々につけても、人が心を移すという花や紅葉の盛りよりも、冬の夜の澄んだ月に雪の光りあっている空が、妙に色は無いけれど身に沁みて、来世のことまで思いやられ、おもしろさもあわれさも残らず感じる折だ。興ざめな例に言い置いた人の心の浅いことよ。鎌倉時代の素寂による『源氏』の注釈『紫明抄』に「清少納言枕草子云、すさまじき物。しはすの月、媼の化粧」とあるが、現在の『枕草子』には見えない。）

源氏のこの嗜好について、「冬の夜の月は、人に違ひてめでたまふ御心なれば」（若菜・下）とありますから、特異なこととしているのでしょう。

志賀の浦や遠ざかり行く波間より凍りて出づる有明の月　藤原家隆（新古今集・冬・六三九）

琵琶湖西岸の志賀の浦で夜が更けるにつれて水際から凍って行くので波は沖へと遠ざかり、その波間から有明の月が上って来る。平安末期になると、冬の月を詠んだ歌が増えてきます。冷たく冴え冴えとした風情を好むようになったのです。それは俳諧にも引き継がれます。

この木戸や錠のさされて冬の月　其角（猿蓑）

木戸（城門）は厳しく閉ざされ、冬の月が照らしている。緊張した空気が感ぜられます。

寒の月川風岩を削るかな　樗良（樗良発句集）

両岸は切り立った崖、岩を削るように激しく風が吹き、冴えた月が照らしているのです。

露　野の露に汚れし足を洗ひけり　杉風（角田川紀行）

秋の野を歩き回って家に帰り、泥など付いた足を洗っている。快い冷たさです。

我が背子を大和へ遣るとさ夜更けて暁露に我が立ち濡れし　大伯皇女（万葉集・二・一〇五）

伊勢神宮に奉仕する大伯皇女が、謀叛を起こして後に処刑される同母弟の大津皇子が訪れたのを見送る別れの歌。大和へ行く弟を見送った後も立ち尽くして、夜明け方の露に濡れたのです。九月三十日の月の無い夜明け前と推定されています。この露は皇女には冷え冷えとしたものだったでしょう。

このころの秋風寒し萩の花散らす白露置きにけらしも（万葉集・一〇・二一七五）

雁が音の寒き朝明の露ならし春日の山を黄葉すものは（万葉集・一〇・二一八一）

冷たい露は、萩の花を散らしたり、木の葉をもみじさせたりします。余談ですが、『万葉集』では「紅葉」でなく「黄葉」と書いています。

さ雄鹿の朝立つ野辺の秋萩に玉と見るまで置ける白露　大伴家持（万葉集・八・一五九八）

露を玉に見立てるのは輝く美しさを感じているからで、万葉時代からのことです。『万葉集』には「露の白玉」（八・一五四七）ともあります。

『伊勢物語』（六段）に、男が貴族の姫君を誘い出して芥川という川まで来ると、「草の上に置きたりける露を『かれは何ぞ』となむ男に問ひける。」ということがあります。深窓の令嬢は露を知らなかったので、初めて見た美しい玉に心惹かれて何かと尋ねたのでしょう。

露を詠んだ近代俳句の名作を二句。

芋の露連山影を正しうす　飯田蛇笏（山廬集）

金剛の露ひとつぶや石の上　川端茅舎（川端茅舎句集）

露をはかない命の例えに言うこともあります。

秋づけば尾花が上に置く露の消ぬべくも我は思ほゆるかも　日置長枝娘子（万葉集・八・一五六四）

『万葉集』には「露の命」（一七・三九三三）とあり、以後「露の間」（古今集・秋下・二七三）、「露の身」（後撰集・恋五・九二三)、「露の世」(源氏物語・御法)などと言うようになります。秋のもの悲しさも、消えやすくはかない露にふさわしいのでしょう。それに、

人生は朝露の如し。何ぞ久しく自ら苦しむこと此の如くならん(漢書・蘇武伝)

などの中国文学や仏教の影響が加わって、露は人生の無常のシンボルになります。

露と落ち露と消えにし我が身かな浪速のことも夢のまた夢

豊臣秀吉の辞世の歌。権勢を誇った秀吉も最後にははかなさを悟ったのでしょう。

露の世は露の世ながらさりながら　一茶(おらが春)

五十二歳で初めて妻を迎え、生まれた長女が一年余りで亡くなったのを悲しんでの句です。

平安時代以後には、涙を露に見立てて、恋や悲しみの心に詠むこともあります。

夕さればいとど干がたき我が袖に秋の露さへ置き添はりつつ　詠み人知らず(古今集・恋一・五四五)

涙で乾かない袖に本物の秋の露までが加わるのです。

白妙の袖の別れに露落ちて身にしむ色の秋風ぞ吹く　藤原定家(新古今集・恋五・一三三六)

この歌では、恋人との別れの朝の袖の涙と庭で秋風にこぼれる草木の露が一体になっています。

霧 ── 後ろ影を見んとすれば、霧がなう、朝霧が(閑吟集・一六七)

ここだけは俳句でなく、わたくしの好きな室町時代の歌謡にしました。恋人は朝霧の中へ消えて行くのです。

『閑吟集』より少し後の歌謡集では、

帰る後ろ影を見んとしたれば、霧がの、朝霧が（宗安小歌集）

帰る姿を見んと思へば、霧がの、朝霧が（隆達小歌集）

となっています。「帰る」と説明するのは余計でしょう。明和九年（一七七二）の跋のある『山家鳥虫歌』には、

情けないぞや今朝立つ霧は、帰る姿を見せもせで

と「情けない」と気持ちを言い、「帰る姿を見せもせで」と説明して、『閑吟集』の余情のある表現から、卑俗なものになっています。同じことを扱っても、僅かの違いで作品の良さが変わります。

朝霧のおほにあひ見し人ゆゑに命死ぬべく恋ひわたるかも　笠女郎（万葉集・四・五九九）

ほのかに会った人なのに激しく恋し続けると詠んでいます。「朝霧の」は「おほ（ボンヤリ）」の枕詞ですが、恋人を隠して見えなくするものなのです。霧は見たいと思うものを隠すのです。

秋霧の晴れぬ朝の大空を見るがごとくも見えぬ君かな　詠み人知らず（拾遺集・恋二・七四八）

恋人が訪ねて来ないのですが、それも霧のせいで見えないとしています。

このころの秋の朝明に霧隠り妻呼ぶ雄鹿の声のさやけさ（万葉集・一〇・二一四一）

叙景の歌では、霧の中に景物が隠れて見えないことを詠みます。『万葉集』では、「明け晩れの朝霧隠り鳴く鶴の」（四・五〇九）、「明け暗の朝霧隠り鳴きて行く雁は」（一〇・二一二九）などと動物がいることを知らせて鳴くと言っています。「川千鳥住む沢の上に立つ霧の」（一一・二六八〇）には「鳴く」とあり

ませんが、、これも鳴いているのでしょう。

朝霧や杭打つ音丁々たり　蕪村（自筆句帳）

深い朝霧の中から杭を打つトントンという音が聞こえて来る。動物ではありませんが、霧の中から音が聞こえるのです。

平安時代以後には、霧が物を隠すことを、「霧の籬」（忠岑集・三五）、「霧の幕」（いほぬし・四七）、「霧の帳」などと言うようになります。

川霧の麓をこめて立ちぬれば空にぞ秋の山は見えける　清原深養父（拾遺集・秋・二〇二）

麓に霧が立ち込めているので、山は空に浮かんでいるように見える。霧のせいで隠れたり見えたりする美しさを楽しみ、「霧の絶え間」（後拾遺集・賀・四二七）と言うようになります。

有明や浅間の霧が膳を這ふ　一茶（七番日記）

軽井沢の旅籠でまだ有明月の残るころに朝食の膳につくと、浅間山から流れて来た霧が膳の上を流れる。こんな近くの霧を詠んでいるのは、高原の涼しく爽やかな朝だからでしょう。霧の快い冷ややかさも感じられます。

秋の田の穂の上に霧らふ朝霞いつへの方に我が恋やまむ（万葉集・二・八八）

仁徳天皇の皇后である磐姫皇后の作と伝える歌。稲穂の上の朝霞のように、我が恋心はいつ晴れるのだろう。胸のふさがって晴れない思いを霧にたとえています。「朝霞」とありますが、春のものを霞、秋のを霧と言うようになったのは平安時代以後のことです。『万葉集』には「春山の霧に惑へる鶯」

（一〇・一八九二）という春の霧の例もあります。

雁の来る峰の朝霧晴れずのみ思ひ尽きせぬ世の中の憂さ　詠み人知らず（古今集・雑下・九三五）

恋ではありませんが、心の晴れない譬えに霧を用いています。

『万葉集』の時代には、霧について以後とはかなり違う感じ方をしていることがあります。柿本人麻呂の吉備津采女が死んだ時の挽歌の一節に、

…長き命を　露こそば　朝に置きて　夕べには　消ゆと言へ　霧こそば　夕べに立ちて　朝には失すと言へ…（万葉集・二・二一七）

とあります。霧を露と同じようにはかなく消えるものの象徴としています。人麻呂には、出雲娘子の火葬を詠んだ、

山の際ゆ（枕詞）出雲の児らは霧なれや吉野の山の嶺にたなびく（万葉集・三・四二九）

では、火葬の煙を霧に見立てています。

君が行く海辺の宿に霧立たば我が立ち嘆く息と知りませ（万葉集・一五・三五八〇）

朝鮮半島の新羅へ派遣される使者を送る妻の歌。海辺の宿に霧が立ったら、わたくしの嘆く息と思ってください。恋しい人を思う嘆息が霧になったと見立てています。『古事記』（上）には、天照大神の呼吸を「吹き棄つる気吹之狭霧」とし、『日本書紀』（景行天皇四〇年）には「是の野に、麋鹿甚だ多し。気は朝霧の如く、足は茂林の如し」とあります。古代人は霧を自然の吐く息と考えていたようです。

薄（すすき）

山は暮れて野は黄昏（たそがれ）の薄かな　蕪村（自筆句帳）

遠くの山は暮れはてて、近くの野にはたそがれのかすかな光の中に一面の薄がなびいている。ススキに「薄」の字を書くのは日本でのことで、中国では「芒」がススキです。ここでは広く行われている「薄」にします。

めづらしき君が家なる花すすき穂に出づる秋の過ぐらく惜しも　石川広成（万葉集・八・一六〇一）

薄は穂の出る草ですから、多く穂に出ると詠みます。

はだすすき穂にはな出でと思ひたる心は知らゆ我も寄りなむ（万葉集・一六・三八〇〇）

では、穂に出ることに表面化する意味を持たせ、「はだすすき（穂の出た薄か）」を枕詞として用いています。

ススキの穂は動物の尾のようなので、「尾花」とも言います。

我が宿の尾花が上の白露を消たずて玉に貫（ぬ）くものにもが　大伴家持（おおとものやかもち）（万葉集・八・一五七二）

尾花の上の白露を消さずに玉として貫きたい。露と取り合わせて秋の情緒を詠んでいます。『万葉集』では露と取り合わせるのは尾花で、薄は一首もありません。この歌から庭園に植えてあったことが知られます。薄は「野辺」と共に詠まれるのが多いのですが、尾花は「野」「野辺」以外に「我が宿」にあるとする歌が少なくありません。庭に植えたのは尾花だったようです。

薄は風に靡（なび）くのが好まれました。

秋の野の尾花が末（うれ）の生（お）ひ靡き心は妹（いも）に寄りにけるかも（万葉集・一〇・二二四二）

尾花の穂先が風に靡くように、心は彼女に寄り添っている。上三句は比喩で下二句の序詞です。

秋の野の草の袂か花薄穂に出でて招く袖と見ゆらむ　在原棟梁（古今集・秋上・二四三）

平安時代になると、風に揺れるのを「招く」と詠み、その縁で人を招く衣の袖として、女性を連想させることが多くなります。また女性の心が靡く意味をこめることもあります。

鶉鳴く真野の入江の浜風に尾花波寄る秋の夕暮　源俊頼（金葉集・秋・二三九）

この「尾花波寄る」は、藤原為家の歌論『詠歌一体』に、優れた言葉だから人がまねてはいけないという語句の中にあります。

清少納言は『枕草子』の六七段「草の花は」の最後に、

秋の野のおしなべたるをかしさは薄こそあれ。穂先の蘇枋（黒みがかった紅色）にいと濃きが、朝露に濡れてうち靡きたるは、さばかりの物やはある（それほどの物があろうか）。

と絶賛しています。穂の色を言っているのが新鮮です。

婦負の野のすすき押しなべ降る雪に宿借る今日し悲しく思ほゆ　高市黒人（万葉集・一七・四〇一六）

婦負は富山市の付近。枯れ野に降る雪に押しひしがれるすすきを詠んでいます。こんな所に宿るのは悲しいのです。

清少納言は、先の文に続けて、「秋の果てぞいと見所無き。」と言い、擬人化して、

冬の末まで、頭のいと白くおぼとれたるも（乱れ広がっているのも）知らず、昔思ひ出で顔に風になびきてかひろぎ（揺れ動き）立てる、人にこそいみじう似たれ。

と酷評しています。冬の荒涼とした枯れすすきは、平安時代までの人たちの好みではなかったのでしょう。

霜冴ゆる山田の畔の群薄刈る人無しに残るころかな　慈円（新古今集・冬・六一八）

枯れ薄の寂しさに美を感じるようになったのは『新古今集』の時代以後のようです。

なきがらを笠に隠すや枯れ尾花　其角（枯尾華）

元禄七年（一六九四）十月十二日に亡くなった芭蕉の初七日に、葬った膳所（滋賀県大津市）の義仲寺で弟子たちが催した追善の百韻の連句の発句。枯れ尾花の中で、弟子たちは師匠の愛用した旅笠で亡きがらを隠すようにして弔っているのです。「枯れ尾花」は旅に倒れた師の生涯の象徴でもありましょう。

曼珠沙華

燃ゆるかと立ち寄る塚のまんじゅしゃげ　涼菟（梁普請）

真っ赤なマンジュシャゲは燃えるように感じられるのです。マンジュシャゲはヒガンバナ（彼岸花）とも言いますが、詩歌では、与謝野晶子の短歌、

岬にて三原の山と向ひつつ哀れなる火となる彼岸花（白桜集）

とか、北原白秋の詩「曼珠沙華」（『思ひ出』所収）に、

GONSHAN. GONSHAN. 何処へゆく、
赤い、御墓の曼珠沙華
曼珠沙華

けふも手折りに来たわいな。

などがありますが、教科書によく載っている木下利玄の、

曼珠沙華一むら燃えて秋陽つよしそこ過ぎてゐるしづかなる径

など、マンジュシャ（サ）ゲのほうが多いようです。日本語らしくないところが好まれてのことでしょうか。

『和漢三才図会』（八二末）では、「石蒜」に「しびとばな」「まんしゅしゃけ」の訓を付け、山野の墳墓の辺にあるので俗に死人花と言って人家で忌んで植えない、秋分に盛んに咲くので彼岸花と名づける、と説明しています。最初の涼菟の句もそれを詠んだものでしょう。

右の木下利玄の歌を最初とする連作「曼珠沙華の歌」の第四首の詞書に、「わが故郷にては曼珠沙華を狐ばなと呼ぶ。われ幼き頃は曼珠沙華の名は知らざりき」とあります。地方によりさまざまな名があります。越谷吾山の方言辞書『物類称呼』に各地での名を掲げた中に「出雲（島根県）にて。きつねばな」とあり、小野蘭山の薬物事典『本草綱目啓蒙』には四十八の方言を上げる中に「キツネバナ 備前（岡山県）」とあります。木下氏は岡山県の出身です。

マンジュシャゲは『法華経』（序品）に、

天より曼陀羅華・摩訶曼陀羅華・曼珠沙華・摩訶曼珠沙華雨りて、仏の上及び諸の大衆の上に散じ、普く仏の世界、六種に震動す。（妙一本仮名書き法華経の読み方による）

とあるなど、本来は仏教の経典に出て来る植物で、梵語マンジューシャカに漢字を当てたもの。宋の法

雲の紹興十三年（一一四三）成立の仏教辞書『翻訳名義集』（三）には「曼珠沙　此に柔輭（「輭」は「軟」の正字）と云ひ、又赤華と云ふ」とあります。和久博隆『仏教植物辞典』によれば、柔軟・白円・如意・檻華・赤図花などと漢語に訳すそうです。こんなに色々の説があるのは、中国の仏教学者たちの知らないインド独自の植物なのでしょう。日本では「赤華」としているのを見て、ヒガンバナをマンジュシャゲと言うようになったのでしょう。なおマンダラゲは天上の花で「天妙華・適意華」などと漢訳するもの、マカは「大きい・偉大な」の意味です。

昭和五十八年に山口百恵さんが歌った「曼珠沙華（マンジュシャカ）」（作詞・阿木燿子、作曲・宇崎竜童）では元の梵語に近い語を用いています。

マンジューシャカ　恋する女は
マンジューシャカ　罪作り
白い花さえ　真紅に染める

とか、

机の花が揺れた時
ほのかに花が匂う時

などとあり、ヒガンバナではないようです。作詞者や歌手はどんなものを考えていたのでしょうか。

わたくしは小学三年生の時に、赤い花がたくさん咲いているので、摘んで帰ったら、父から毒だから捨てるように言われて、その時にこれがマンジュシャゲであることを知りました。『牧野新日本植物図鑑』

には、「有毒植物であるが、この鱗茎をさらしてでん粉をとり食用にすることがある」とあります。

葛(くず)　葛の葉のうらみ顔なる細雨(こさめ)かな　蕪村（蕪村句集）

葛の葉が軒端を覆って昼も暗いのを詠んだ句。雨に濡れて葛は翻ることもならず恨めしげ、うっとうしい棚の陰で私はもっと恨めしい。

釈迢空に、

葛の花　踏みしだかれて、色あたらし。この山道を行きし人あり（海やまのあひだ）

という鮮烈な葛の花を詠んだ歌があります。田中冬二の詩「くずの花」（『青い夜道』所収）では、

ぢぢいと　ばばあが
だまつて　湯にはひつてゐる
山の湯のくずの花
山の湯のくずの花

という鄙びた葛の花を歌っています。葛の花は特に目立つものではありませんが、詩歌に詠むとすれば、やはり花に目が行きそうなものです。

ところが、『万葉集』には、葛の花を詠んだ歌は、山上憶良(やまのうえのおくら)の秋の七草の歌、

萩の花尾花葛花撫子(なでしこ)が花　をみなへしまた藤袴(ふぢばかま)朝顔が花（八・一五三八）

の一首だけです。列挙してあるのは、それぞれの花に美しさを認めているのでしょうが、それがどのよ

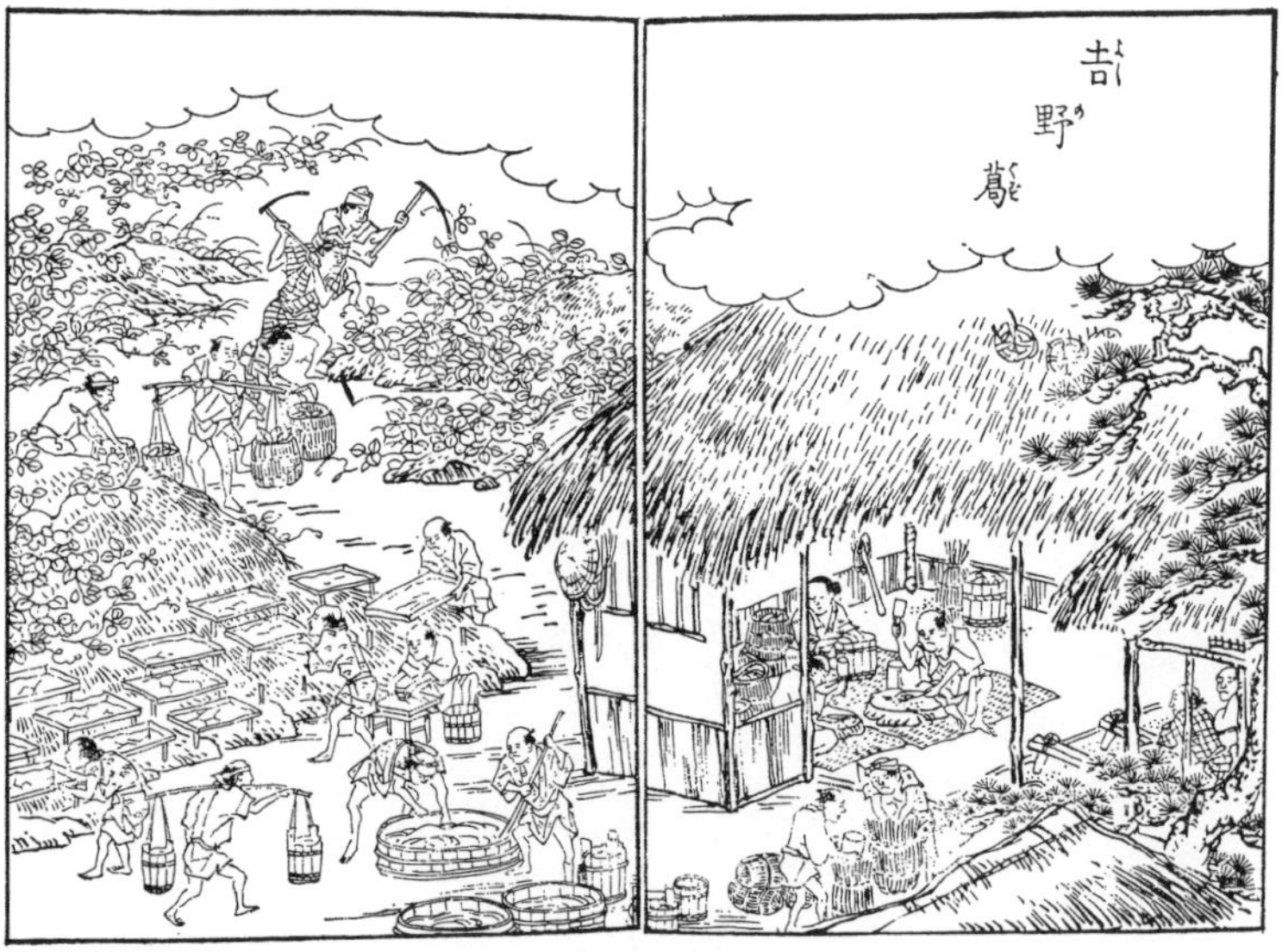

吉野葛（日本山海名産図会・二）

うに、あるいは、どうして美しいのかを言っていません。以後の歌でも花を扱ったものはほとんどありません。江戸時代の俳諧でも、花を扱っているものが無くはないのですが、多くはありません。

『万葉集』では、山前王の長歌の一節に、「這ふ葛の　いや遠長く　万代に　絶えじと思ひて」（三・四二三）とあったり、また、

大崎の荒磯の渡り這ふ葛の行く方も無くや恋ひ渡りなむ（一二・三〇七二）

とあったり、葛を這いまわって絶えることのないことの例えに用いています。葛を「這ふ」としているものは九首あります。

雁がねの寒く鳴きしゆ水茎の岡の葛葉は色づきにけり（一〇・二二〇八）

このように葛の紅葉を詠んだ歌もあります。葛の紅葉は、平安時代にも、

ちはやぶる神の斎垣（いがき）にはふ葛も秋にはあへず移ろひにけり　紀貫之（古今集・秋下・二六二）

のように引き継がれます。

平安時代以後の歌に多いのは、

秋風の吹き裏返す葛の葉のうらみてもなほ恨めしきかな　平貞文（さだふみ）（古今集・恋五・八二三）

のように、葉を風が吹き翻すことを「裏見」と言い、それを同音の「恨み」にとりなすものです。初めに上げた蕪村の句もこの伝統を踏まえるものです。

葛の風に吹かれることを詠んだ歌は、『万葉集』にも、

水茎の岡の葛葉を吹き返し面（おも）知る児らが見えぬころかも（一二・三〇六八）

という例があり、平安前期にも、『家持（やかもち）集』（大伴家持関係の歌だけでなく、平安前期以前の歌を多く含む）に、

神なびのみむろの山の葛かづら裏吹き返す秋は来にけり（八九）

があります。こういうものから、貞文の「秋風の」の歌のような把握に進んだのでしょう。清少納言が、

葛の風に吹きかへされて、裏のいと白く見ゆるもをかし。（枕草子〈能因本〉・六七段・草は）

と述べているように、平安時代の貴族たちは、風にひるがえって白い裏を見せる葛を愛でる伝統を作り出したのです。

恋の歌の場合には、

風早み秋果てがたの葛の葉と恨みつつのみ世をも経（ふ）るかな（元輔（もとすけ）集・二五一）

のように、葛の季節である秋を「飽き」にかけることもあります。

　秋だにも風にうらみし葛の葉のいとどかれぬる冬ぞわびしき（好忠集・三二四）

では、葉の枯れるのを「離れ」と懸詞にしています。

　我が恋は松を時雨の染めかねて真葛が原に風騒ぐなり　慈円（新古今集・恋一・一〇三〇）

上の句で恋人が思いどおりにならないことを言い、下の句で風に乱れる葛の葉を乱れ騒ぐ心の譬えとしています。ここには「うらみ」という語がありませんが、和歌の伝統を踏まえて恨みの気持ちをこめているのです。なお、「真葛が原」というのは葛の生えた原の意味であって、京都の円山公園の辺りの地名になるのは、江戸時代になってからのことです。

安倍保名に助けられた白狐が葛の葉姫に変身して保名と夫婦になり、子の晴明をもうけるが、本物の葛の葉姫が現れて正体を知られ、狐の姿に戻って、

　恋しくは来ても見よかし和泉なる信太の森のうらみ葛の葉

と詠んで去って行くという物語は、江戸初期にできた『簠簋抄』に初めて見え、竹田出雲の浄瑠璃『芦屋道満大内鑑』に大成されたのだそうです（滝沢馬琴『燕石雑志』）。葛と信太の森（大阪府和泉市）とを取り合わせた平安時代の歌は、二首しか見いだせなかったのですが、謡曲などには多く見え、室町時代には信太の森は葛の名所となっていたことが分かります。

　こういう伝統の中で見ると、

　　葛の葉の表見せけり今朝の霜　芭蕉（きさらぎ）

という句は、疎遠になっていた門人の嵐雪との和解という寓意があるにもせよ、俳諧としての新しさは

無いと言えます。

葛の這いかかっている場所は、人里離れたところです。

男鹿(をじか)鳴く茂みに這へる葛の葉のうら寂しげに見ゆる山里　大中臣能宣(おおなかとみのよしのぶ)（後拾遺集・雑五・一一五二）

のように葛を寂しい場所の景物とすることが多く見えます。

保元の乱に敗れて讃岐(さぬき)（香川県）に流され、そこで亡くなった崇徳上皇の御陵を、『保元物語（金刀毘羅本）』（下）では、

荒廃の後、修造(しゆざう)の功もいたさず、かがまり破れて、蔦(つた)・葛の這ひかかれるばかりなり。

と描いています。鎌倉初期の藤原良経(よしつね)の、

見し人の帰らぬ宿は跡も無しただ朝夕の葛の裏風（秋篠月清集・四七三）

では、寂しいことからさらに進んで、荒れ果てた場所を表すのに用いています。「葛屋」で粗末な家を言うこともあります。

『出雲風土記』には六つの郡で葛根が採れることが記してあります。古くから薬にしていました。吉野の葛が文献に現れるのは、江戸時代からです。江戸時代の料理書には、葛索麺(そうめん)（葛切りのようなものか）、葛餅、葛鯛（煮た鯛のあんかけのようなもの）などが見えます。

鈴虫(すずむし)・松虫(まつむし)

松虫やともし火青き西の対　弄我（続明烏）

寝殿造の西の対はたいていは女性の住む所。松虫の声が聞こえ、西の対には青い灯火がともり、恋人

の訪れを待つ趣です。王朝趣味の句です。

文部省唱歌「虫のこゑ」（初出は明治四十三年の『尋常小学読本』唱歌　巻五）にあるように、現在ではマツムシはチンチロリン、スズムシはリンリンと鳴くということになっています。江戸後期にも、「夜は松虫ちんちんちろり」という俚謡があったそうです（藤井高尚『松の落葉』一）。

古くはマツムシとスズムシとは、現在の指すものとは逆であったと言われています。わたくしの見た現在の古語辞典には、すべてこのことを記しています。これについては、江戸中期以後の学者たちもいろいろと述べています。

江戸前期の文献に見える例は古い区別と現在の区別とが混在しているようです。一例として、寛文五年（一六六五）跋の句集『小町踊』では、

虫の音やちんちろりんの鈴鹿山　器水

松虫の音やりんりんと羽の先　垂言

鈴虫の声やりんしの神楽岡　昌房

があります。第一例は鈴虫がチンチロリンですが、第二第三の例では松虫も鈴虫もリンということになります。百科事典『和漢三才図会』（正徳三年〈一七一五〉刊）には、松虫は褐色でチロリンコロリンと鳴き、金鐘虫は真黒でリリリンリリリンと鳴くとしています。これは現在のものと同じです。ところが、享保元年（一七一六）歿の安藤為章の随筆『年山紀聞』（一）には、「色をもて言はば、黒は松虫、飴色なるは鈴虫、…関東にては取り違へて覚えたり」とあります。関西人で水戸藩に雇われて関東に来た安藤為章

の見解では、関西では古い区別、関東では現在の区別であるということになります。ところが芭蕉門で江戸の人の服部嵐雪の、

松虫のりんとも言はず黒茶碗　(本朝文選・茶碗銘)

の句では、リンと鳴いて黒いのですから、現在の区別とは逆です。

室町時代の謡曲には、「別きてわが忍ぶ松虫の声、りんりんりん、りんとして夜の声　冥々たり」(松虫)、「たれまつ虫の音は、りんりんとして風茫々たる野宮の夜すがら、懐かしや」(野宮)とあります。古い区別です。

平安時代の例では、延喜七年(九〇七)の壬生忠岑の「大井川行幸和歌序」(『忠岑集』所収)に、「しづめる時には、山の端に月まつ虫うかがひては、琴の声に過たせ、ある時には、野辺の鈴虫を聞きては、滝の水にあらがはれ」とあります。江戸時代の入江昌喜(幽遠随筆・上)・山崎美成(三養雑記・三)・斎藤彦麿(傍廂)は、これを古い区別の証としていますが、屋代弘賢(古今要覧稿)は、これによって、延喜のころには現在と同じチンチロリンと鳴くのが松虫、リンリンと鳴くのが松虫で『源氏物語』以後に逆になったとしています。

喜多川信節は『嬉遊笑覧』(一二)に、諸説をあげた後に、「和歌には鳴き声など分かち詠むものも無ければ、いかほど引きても証としがたし」と批判しています。これが妥当なようです。ただ『拾遺集』(賀・二九五)の、

千年とぞ草むらごとに聞こゆなるこや松虫の声にやあるらむ　平兼盛(兼盛集・七九にも)

という歌は、千年→松→松虫という連想によるものですが、「聞こゆなる」という表現から、松虫の声を、現在と同じようにチと聞いたと考えるのは、こじつけに過ぎるでしょうか。

松虫も鈴虫も、文献には延喜（九〇一―九二三）から見えます。『万葉集』には、松虫も鈴虫も見えません。古くはキリギリスと読み、今はコオロギとしている「蟋蟀」があるだけです。（これについては別に書きます）。奈良時代には、虫の名が分化していなかったのでしょうか。

昔の人はこれらの虫をどのように感じていたのでしょうか。

越中国（富山県）で重病になり、死に臨んだ藤原惟規（紫式部の兄。寛弘八年〈一〇一一〉歿）は、念仏を唱えることを勧める僧に、「その中有（死後の次に生を受けるまでの間）の旅の空には、風にたぐふ紅葉、風に従ふ尾花などのもとに、松虫・鈴虫の声など聞こえぬにや」と尋ねたそうです（俊頼髄脳）。松虫・鈴虫は秋の野の代表的な景物ということなのでしょう。

虫ですから、歌などでは、人里離れた野辺や山里のものとする例が多くみられます。

君偲ぶ草にやつるる古里は松虫の音ぞ悲しかりける　詠み人知らず（古今集・秋上・二〇〇）

山深み人にも見えぬ鈴虫は秋わびらしらに今ぞ鳴くなる（躬恒集・三九）

自然を模倣する庭園には、捕らえてきて放ったり（天禄三年〈九七二〉八月二十八日規子内親王前栽歌合）、籠に入れて置くこともあり（貞元二年〈九七七〉八月十六日三条左大臣頼忠前栽歌合）、贈答に用いることもありました（元輔集・九四・詞書）。

『源氏物語』（鈴虫）で、光源氏が松虫と鈴虫とについて語ることがあります。

秋の虫の声いづれとなき中に（ドレト言エナイ中デ）、松虫なむ優れたるとて、中宮の遥けき野辺を分けて、いとわざわざと尋ね取りつつ（庭ニ）放たせたまへる、しるく鳴き伝ふるこそ少なかなれ（ハッキリト鳴キ続ケルノハ少ナカッタソウダ）。…心に任せて、人聞かぬ奥山、遥けき野の松原に声惜しまぬも、（ココデ鳴カナイノハ）いと隔て心ある虫になむありける。鈴虫は、心安く今めいたるこそらうたけれ（親シミガアリ、華ヤカニ鳴クノガカワイイ）。

松虫よりも鈴虫のほうが、人に馴れて華やかだというのです。これは紫式部の好みかもしれないし、あるいはそのころの好みなのかもしれません。

八代集では松虫と鈴虫の用例数は、次のとおりです（括弧内の上が松虫）。

古今集（四―〇）	後撰集（八―一）
拾遺集（四―一）	後拾遺集（一―四）
金葉集（ナシ）	詞花集（〇―一）
千載集（ナシ）	新古今集（四―〇）

平安時代の私家集でも、松虫のほうが多く、約二倍あります。これは平安時代人の好みであるかもしれないが、松虫のほうが歌の用語としていろいろに使えることもあるのでしょう。松虫は、「人待つ虫」（古今集・秋上・二〇二など）、「誰をまつ虫」（古今集・秋上・二〇三など）、「君まつ虫」（大和物語・一一七段など）、「月まつ虫」（永久百首・三二〇など）のように「待つ」と懸詞にして続けることがあり、また、長寿である松ということで、千年・千代・万代などと縁語に仕立てることもあります。また、正月初子の日に小

松を引く行事と関連させて、

山里は秋や千年のまさるらむ子の日せし野の松虫の声（壬二集・一九三七）

のように詠むこともあります。また、先の壬生忠岑の「大井川行幸和歌序」にあったように、松風と結びつけて、それを琴の音に通うとすることもあります。

江戸初期のことば遊びの要素が強い貞門俳諧では、

松虫のふぐり落とすや露の玉　長頭丸（崑山集）（「松ふぐり」は松毬。ふぐり（睾丸）にかける）

名に負うて飛ぶ松虫も二葉かな　喜之（抄金袋）（松―二葉）

松虫の声はやにこき夜寒かな　可郷（一本草）（松の脂）

など、松の属性と結び付けることがあります。

鈴虫のほうは、右に記したとおり、平安時代の歌では、松虫よりも少ないのですが、『古今集』『後撰集』の松虫の歌はいずれも詠み人知らずのものであるのに、『後撰集』『拾遺集』には一首ずつしかないものの、作者名のある歌です。鈴虫のほうが、いくぶんか雅なものだったのでしょうか。先に引いた『源氏物語』（鈴虫）には、鈴虫を華やかなものとしていましたし、「今宵は鈴虫の宴にて明かしてむ」という光源氏の言葉もあります。言葉の縁によるものとしては、

世の人の鈴虫とのみ言ふことは声ふりたてて鳴けばなりけり（忠岑集・一四〇）

のように「鈴―振る」とし、「ふる」を「降る」（源氏物語・桐壺）、「経る」（公任集・一〇〇、後拾遺集・秋上・二六六にも）としたり、鷹に付ける鈴ということで、鷹狩に続ける（後拾遺集・秋上・二六七）ことがあり

ます。貞門俳諧では、

鈴虫の声にまじらぬなまりかな　貞徳（犬子集）

のように、鈴を錫として、鉛（訛り）が交らないとすることがあり、そこから錫の酒器とすることもあります。

語源については、『年山紀聞』に、「松虫・鈴虫、おのおの声によりて名付けたり」とするのが一般的です。松には声はありませんが、服部宜の語源辞典『名言通』（天保六年〈一八三五〉）には、「マツムシハ、ソノ声サビシ。故ニ松林ノ中、閑居ニヨセテ云フ」とし、大槻文彦『大言海』には、「其声、松吹ク風ノ如クナレバ云フカ」としています。

なお、『名言通』に、蟬について、「山陽諸国ナドニハ、コレヲ松虫トスル処アリ。…ソノ物多ク松ノ木ニ取リツキ鳴クユヱ也」とあります。

蟋蟀（きりぎりす）

灰汁桶（あくをけ）の雫（しづく）やみけりきりぎりす　凡兆（猿蓑）

灰汁桶は、洗濯に用いる灰汁を取るために、灰を水につけて別の桶に滴り落ちるようにした桶。夜も更けて、灰汁桶の滴りも止み、そのあたりでキリギリスが鳴いている。

古典文学に見えるキリギリスは、現在のコオロギであると言われています。

初めに概念規定しておきます。今のキリギリスは、四センチくらいの緑色の褐色の斑点のあるもので、昼間から夕方にかけてチョン、ギースと鳴くもの、今のコオロギは、いくつもの種類があるが、たいていは黒褐色で二センチくらい、夜などに、リ、リと連続あるいは断続して鳴くものです。

古典文学に見えるキリギリスは、

きりぎりすいたくな鳴き秋の夜の長き思ひは我ぞまされる　藤原忠房（古今集・秋上・一九六）

では夜に鳴いているとし、

茨小木の下には、…きりぎりすは鉦鼓打つ（風俗歌。うばらこぎ）

では金属製の音ということになります。古典文学のキリギリスは今のコオロギであるという通説は妥当なのでしょう。

元禄ころには、キリギリスは今と同じものを言うようになっていたようです。貝原益軒の『大和本草』に、「促織」は立秋以後の夜に鳴き、俗にツヅレサセと鳴くと言い、古歌にキリギリスとするもの、「莎鶏」は、夏の昼間に草の中で羽を鳴らして鳴き、その声は機を織るようで、今俗にキリギリスと言う、小児が籠に入れて飼って鳴かせるとあり、新井白石の『東雅』に、「古へハタオリメと言ひしものは、今俗にキリギリスと言ふこれなり。古へにコホロギと言ひしものは、今俗にイトドと言ふこれなり。古へにキリギリスと言ひしものは、今俗にコホロギと言ふこれなり」と述べています。しかし、詩歌では、最初の「灰汁桶」の句のようにコオロギであるのが普通です。近代短歌でも、

白銀の鍼うつごときりぎりす幾夜はへなば涼しかるらむ　長塚節

のキリギリスはコオロギでしょう。

元禄ころの句、

秋もはやちょんと句を切る蟋蟀　千那（鎌倉街道）

はチョンという声から、

草の葉の色に育つやきりぎりす　都十（靫随筆）

はその色から、今のキリギリスでしょう。

江戸前期の句集に、

おのが名をおのれと呼ぶや蛬（きりぎりず）　常久（毛吹草）

という句があります。キリギリスの語源は、谷川士清の辞書『倭訓栞後編』に、「鳴き声をもて名付けしなるべし」とあるなど、その鳴き声の擬声語とする説が妥当でしょう。大槻文彦『大言海』では、「きりきりハ、鳴ク声ノ聞キナシナリト云フ、すハ、虫、鳥ニツクル語、ほととぎす、みみず」としています。

キリギリスの語源が擬声語であるということは、古人はその声をキリギリスと聞きなしていたことになりますが、キリギリスは、

秋風に綻びぬらし藤袴つづりさせてふきりぎりす鳴く　在原棟梁（むねやな）（古今集・俳諧・一〇二〇）

を初めとして、ツヅリサセとも聞きなすことになっています。そしてこの歌のように、多くは「綴り刺せ（綻びを縫え）」の意味を持たせ、衣服と取り合わせます。

秋萩の色づきぬればきりぎりす我が寝ぬごとや夜は悲しき　詠み人知らず（古今集・秋上・一九八）

を初めとして、キリギリスは、寂しさ、悲しさを感じさせるものとしています。

秋風や蓬（よもぎ）の宿に吹きぬらむ声懐かしく鳴くきりぎりす（古今六帖・三九五八）

のように、荒れ果てた場所の景物である、蓬・葎（風情集（藤原公重）・二五八など）・浅茅（久安百首・五四七など）などと取り合わせて詠むこともあります。そして秋の深まりとともに、声が弱って行くとします。

イソップ寓話に、勤倹貯蓄の教訓を説く「アリとキリギリス」があります。明治最初のイソップの翻訳である渡辺温『通俗伊蘇普物語』（明治六年刊）に、「蟻と蟋蟀の話」の題で載っています。福沢諭吉の『童蒙教草』（明治五年刊）には「蟻と阜螽の事」とあります。

この寓話をギリシャ語から訳した山本光雄訳の岩波文庫本では「蝉と蟻たち」となっています。一五九三年にイエズス会が天草で出版した『天草本伊曾保物語』は、ギリシャ語からラテン語にした本によって日本語に訳してローマ字で綴ったものですが、それにも「セミト、アリトノ　コト」となっています。キリギリスにしたのは、一四八〇年にころに出たシュタインヘーヴェルのドイツ語訳で、セミを知らないドイツ語文化圏の読者のためにキリギリスに改めたのが最初で、それが英訳に取り入れられ、近代の日本語訳に及んでいるのだそうです（小堀桂一郎『イソップ寓話』）。キリギリスは秋の深まりとともに弱って行くものとしていた日本人には、容易に受け入れられるものであったのでしょう。

『源氏物語』には、「壁の中のきりぎりす」とキリギリスと壁とを取り合わせて用いた例が二つあります（夕顔、総角）。これは中国漢代の『礼記』の年中行事を記す「月令」の「季夏之月（六月）」の条に、「蟋蟀壁に居る」とあるのを踏まえたものです。日本漢詩文には、『経国集』（一）以下に見えますが、仮名文に和らげて用いたのは、紫式部の独創です。

同じように漢文からの知識によるものに、

秋深くなりにけらしなきりぎりす床のあたりに声聞こゆなり　花山院（千載集・秋下・三三一）

など、床と取り合わせることがあります。これは『詩経』（七月）に「十月蟋蟀床に入る」によるものです。

南北朝時代の頓阿の連歌に、

古き筆きりぎりすとやなりぬらむ／壁の内にぞ書は納めし（続草庵集・六一九）

とあります。鎌倉時代の、順徳院の歌論『八雲御抄』（三）にも、「蛬　壁中に有り。又、筆化して之と為る」とあります。古い筆がキリギリスになるというのです。「筆つ虫」というキリギリスの異名が、南北朝時代の『古今秘注抄』以後に見えます。なお、『靫随筆』という俳書には、

ふし折れの芦やそのまゝきりぎりす　米仲

の句の左注に、「朽ちたる芦はきりぎりすになると言ふなり」とあります。江戸時代にはこういう言い伝えもあったのでしょう。

先に引いた『東雅』にあったように、現在のキリギリスは古くはハタオリ（メ）あるいはハタオルムシと言ったと言われてます。

秋来ればはたおるむしの鳴くなへに唐錦にも見ゆる野辺かな（貫之集・三六七）

たなばたの宿りなるべしはたおりめ草むらごとに鳴く声のする（順集・九七）

後の歌の作者である源順の辞書『倭名類聚抄』には、「促織」にハタオリメの訓を付け、「鳴く声の急ぎて機を織る如し。故に名づく」（原漢文）と注しています。

『万葉集』には「蟋蟀」が六例、「蟋」が一例あり、現在はいずれもコホロギと読んでいます。それは「蟋蟀鳴くも」（八・一五五二など）、「鳴く蟋蟀は」（一〇・二一五九）、「蟋蟀の」（一〇・二一六〇など）、「蟋多に」（一〇・二二七一）と、すべて四音に読むべきものです。平安中期以後、これをキリギリスと読んでいましたが、『倭名類聚抄』に「蜻蛚」にコホロギの訓があるのによって、荷田信名『万葉集童蒙抄』以後、コホロギとすることになりました。本居宣長が『字音仮字用格』で、平安中期までの歌の字余りには、句の中にア・イ・ウ・オのいずれかの音節があるということを発見したので、キリギリスは適当でなくなったのです。このコホロギをイトドであるとする説（新井白石『東雅』など）、現在のコオロギ（平安時代以後のキリギリス）とする説（橘千蔭『万葉集略解』など）もあったが、現在の注釈書では、秋に鳴く虫の総称とするものが多くなっています。

『万葉集』では、「蟋蟀」を、「夕月夜・白露」（八・一五五二）、「秋風」（一〇・二一五八）、「夕影」（一〇・二一五九）、「村雨」（一〇・二一六〇）、「萩」（一〇・二二七一）、そして「枕」（一〇・二二六四）、「床」（一〇・二三一〇）と取り合わせて詠んでいます。ほとんど平安以後のキリギリスと同じです。字余りの問題さえなければ、キリギリスが最も妥当な訓であったと言えます。

以後、コホロギという語が和歌に見られるようになるのは、江戸時代からです。辞書には『倭名類聚抄』の記載を継承するコホロギが見られますが、それ以外の文学作品などの例は、室町時代ころから「こうろぎ」として見られるだけです。『万葉集』の「蟋蟀」は、別の訓を考えてもよいのかもしれません。

鹿（しか）

びいと鳴く尻声悲し夜の鹿　芭蕉（笈日記）

奈良に泊まった夜の作。鹿の声は静かな夜に聞こえるのが心を打つのでしょう、和歌でもたいていは夕方から夜にかけての声を詠んでいます。この句について弟子の許六（きょりく）が、鹿は歌の題で俳諧らしさは難しいのに、びいと鳴く尻声の悲しさは歌も及びがたいと評しています（篇突）。

鹿は普通はシカと言いますが、古くはカ（鹿児島のカです）とも言い、またカセギとも言います。カノシシと言うこともあります。シシは肉で、イノシシ（猪）と同様に、食用にすることに重きを置く語です。

【秋季】 シカはいつもいますが、

このころの秋の朝明（あさけ）に霧隠（きりごも）り妻呼ぶ鹿の声のさやけさ（万葉集・一〇・二一四一）

のように、交尾期である秋の季語としています。その声は、

山近く家や居（を）るべきさ牡鹿（をじか）の声を聞きつつ寝（い）ねかてぬかも（眠レナイコトダ）（万葉集・一〇・二一四六）

のように、眠れないほど哀切なものとします。

秋の野のものですから、萩と取り合わせることが多く見られます。

我が岡にさ牡鹿（をじか）来鳴く初萩の花妻問ひに来鳴くさ牡鹿　大伴旅人（おおとものたびと）（万葉集・八・一五四一）

のように、萩を鹿の妻とすることもあります。後には「鹿の妻は萩なり」（八雲御抄・三）と記すものもあります。

奥山に紅葉踏み分け鳴く鹿の声聞く時ぞ秋は悲しき　詠み人知らず（古今集・秋上・二一五）

は、歌の配列からは萩の紅葉と言われています。

下紅葉かつ散る山の夕時雨濡れてやひとり鹿の鳴くらむ　藤原家隆（新古今集・秋下・四三七）

はカエデなどの紅葉でしょう。

『源氏物語』（若紫）に、三月の末に光源氏が病気治療のために北山の寺に籠もる場面に、「鹿のたたずみ歩くも珍しく見たまふに」とあるのは、春の景色に鹿を描いている珍しい例です。

鹿の子は、夏に生まれるから、

灌仏の日に生まれあふ鹿の子かな　芭蕉（曠野）

のように夏の季語とします。しかし和歌にはあまり詠まれていないようです。

【鳴き声】『播磨国風土記』に、加古郡の日岡（兵庫県加古川市）は、応神天皇が狩りをした時に鹿が比々と鳴いたこと、託賀郡の比也山（兵庫県西脇市）も鹿が比々と鳴いたことによる地名とあります。鳴き声をヒと聞きなしたのです。最初に記した芭蕉の「びいと鳴く」の句もこれにつながるものです。しかし『古今集』の、

秋の野に妻なき鹿の年を経てなぞ我が恋のかひよとぞ鳴く　紀淑人（誹諧・一〇三四）

以後、和歌では鹿はカヒヨと鳴くとしています。

なお、明治十六年に落成した鹿鳴館は、『詩経』小雅「鹿鳴」に「鹿鳴は群臣嘉賓燕（宴）するなり」とあるのによって漢学者の中井弘（桜州）が命名したと言われています。

【小倉山】『万葉集』の、

夕されば小倉の山に鳴く鹿は今宵は鳴かず寝ねにけらしも　舒明天皇（八・一五一一）

の小倉山は奈良県桜井市にあるかと言われています。それが平安時代になって、小倉山と言えば嵐山の対岸の山になっても、

夕月夜（枕詞）小倉の山に鳴く鹿の声の内にや秋は暮るらむ　紀貫之（古今集・秋下・三一二）

以下、鹿は小倉山の景物となります。

【神の使い】『古事記』（中）に倭建命が相模国（神奈川県）足柄の坂本（『日本書紀』（景行）では信濃国（長野県）とする）で、坂の神が白い鹿になって来たのを、蒜で打って殺したとあります。『尾張国風土記』逸文（『万葉集注釈』（一）所引）に、聖武天皇の時に、岐阜県羽島郡にあった川嶋社の神が白い鹿になって時々現れるという報告があったとあります。古くからシカは神の使いでした。

奈良市の春日大社は、祭神の武甕槌命が神護景雲二年（七六八）に茨城県の鹿島から白鹿に乗って来たのに始まると伝えています（春日社記・類聚既験抄など）。江戸時代には奈良で鹿を殺すと処罰されました。荻生徂徠の『南留別志』には、カスガのカで鹿を使者とするのであろうとしています。

広島県宮島にも鹿がたくさんいます。厳島神社の神官から、神の使いとする伝承はないと聞いたことがありますが、『陰徳太平記』（二七）に、弘治元年（一五五五）十月に毛利元就が陶晴賢と戦うために宮島に渡った時に、鹿が道案内をしたのを、元就が「これ明神の道しるべしたまふなり」と言ったとあります。厳島神社にも神鹿とする言い伝えがあったのでしょう。

【太占】『古事記』（上）の伊邪那岐命と伊邪那美命の結婚の箇所にフトマニをしたとあり、天照大御神が

天石屋戸に隠れた箇所に、神々が、天香山の真男鹿の肩を全部抜き取り、天香山の天の波々迦（ウワミズザクラ）を取って、占いをしたとあります。鹿の肩の骨を焼いて行う占いを太占と言います。弥生時代後期の遺跡からその遺品が出土しています。この風習は北アジアの各地に見られると言うことです。神の使いとなるシカですから、こういう占いにも用いたのでしょう。

【姿を詠んだ詩歌】 鹿は妻を呼ぶ声を詠むのが一般的で、

ますらをの呼び立てしかばさ雄鹿の胸分け行かむ秋野萩原　大伴家持（万葉集・二〇・四三二〇）
明けぬとて野辺より山に入る鹿のあと吹き送る萩の下風　源通光（新古今集・秋上・三五一）

などは珍しく鹿の姿を詠んでいます。萩や風を中心にした歌だからでしょうか。

蕉門俳諧でも声を詠んだ句が多いのですが、

さ男鹿や岩に踏ん張る雲の透き　去来（白馬）
朝鹿の身ぶるひ高し堂の縁　許六（篇突）

のような鹿の姿を詠んだ佳句も見られます。俳諧の新しさでしょう。

【用途】『万葉集』に、鹿のために痛みを述べて作ったと左注にある歌があります（一六・三八八五）。そこに、「たちまちに我は死ぬべし　大君に　我は仕へむ」として、

我が角は　み笠のはやし（材料）…我が爪は　み弓の弓弭　我が毛らは　み筆はやし　我が皮は
み箱の皮に　我が肉は　み膾はやし　我が肝も　み膾はやし　我がみげ（胃）は　み塩のはやし

とあります。この順序でシカの利用を見ることにします。

【角】 鹿の角を舞踊の装飾に用いたのは、『日本書紀』顕宗天皇即位前の室寿(むろほき)（新築祝い）の言葉の中に、「牡鹿(さをしか)の角挙(ささ)げて吾(わ)が儛(ま)へば」とあります。鹿の角を付けた面をかぶって踊ることで、鹿が田を荒らさないことを人に誓うことを表すものとする説があります。岩手県、宮城県などで行われる鹿踊(ししおど)りは、獅子舞の一種とされていますが、この『書紀』のようなものも関わっているのかもしれません。

正倉院にある枕刀は口盖と尾に鹿角を用いてあると『正倉院財物実録帳』（平安遺文・四四七二）にあります。角を細工に用いることも古くからあったのです。

鹿の角から膠(にかわ)を作ります。平安前期の薬物辞書『本草和名』では、「白膠一名角膠」にカノツノニカハの訓があります。

『延喜式』（典薬寮）に、「鹿角・鹿茸」が見えます。薬に用いたのです。「鹿茸」は角の落ちた後に新しく生えた瘤(こぶ)のような袋角のことです。江戸後期の小野蘭山の膨大な薬物研究書『本草綱目啓蒙』（四七）に、一寸半から二寸ばかりの柔らかなのを薬用にするとあります。中国本草学（薬物学）の原典である『神農本草経』（中）に、「気を益し志を強くす」などとあり、強壮剤とされています。

【爪】 爪を弓の弭(はず)に用いたことは右の『万葉集』の歌から知られるだけです。

【毛】「正倉院文書」（天平宝字二年〈七五七〉七月、紙背）に、「鹿毛筆二管（堺料）」とあり、『延喜式』（図書寮）にも、「鹿毛筆一管界六百帳」とあります。鹿の毛の筆は堅いので、罫線(けいせん)用でした。平安末期の藤原伊行(これゆき)の書道の伝書『夜鶴庭訓抄(やかくていきんしょう)』に、「鹿の毛の筆、小字書けるよし」とあるのも、堅いからでしょう。鹿の毛を採る時期により、夏毛と冬毛とがあり、延文元年（一三五六）成立の尊円親王の『入木抄』に、檀紙には冬毛、杉原紙には夏毛を用いるとあります。冬毛のほうが柔らかでした（万宝鄙事記・二）。『宇津保物語』（菊の宴）に「筆結ひの才なむ侍る。渡りがたきものは、冬毛なりや」、『枕草子』（一本一四）に「筆は冬毛。使ふも見目もよし」とあり、平安前期には言われていたことです。

江戸時代には、穂を鹿の毛で作り、色糸で軸を巻いた「鹿の巻き筆」が奈良の名産でした。

【皮】『延喜式』（民部省）に、各地から「鹿皮・鹿革」を献ずることが記してあります。鹿の皮は古くから衣類に用いられていました。『日本書紀』応神天皇十三年九月に、かつて朝廷に仕えていた日向の諸県君牛が、淡路島で角の付いた鹿の皮を着て天皇のところに来たことが記してあります。これは、角の場合と同じように、服従を示す行為なのかもしれません。

『拾遺集』に「か（鹿）のかは（革）のむかばき」（物名・四二六・詞書）が見えます。行縢は、騎馬や狩猟の時に、腰に付けて垂らし、腿から下をおおうもので、シカ・クマ・トラなどの毛皮で作りました。

僧侶が鹿の皮を着ることがあります。中村元『仏教語大辞典』に、「鹿皮衣　**ろくひえ**　鹿皮でつくった衣。現代に至るまでインドでは編歴行者がこれをまとっている。釈尊が入山苦行の時にもこれを着けたという。」とあるのによるのでしょう。『梁鹿秘抄』（二・三〇六）に「聖の好む物、木の節・鹿角・鹿の皮…」とあります。

寛弘元年（一〇〇四）十二月十一日に京都に行願寺（革堂）を創建した行円（日本紀略）は、「寒熱を論ぜず鹿皮を著る。之を皮聖人と号す」（原漢文）という姿でした（同書寛弘二年五月三日）。

空也（九〇三―九七二）が京都の北東の貴布禰に住んでいた時に、毎夜鹿が来て鳴く声を愛でていたが、鳴かなかった翌日、平定盛が来て鹿を殺したことを告げたので、空也は悲しんで、その皮を裘にし、角を杖の頭に挿したという逸話は、黒川道祐『雍州府志』（四・極楽院）など江戸時代から見えます。寺院に所属しない修行者である「ひじり（聖）」に見られる異様な姿なのでしょう。鎌倉時代の『新撰六帖』の「かはごろも」を題とする歌に、

鹿角を肩にかけたる皮聖今日のみあれを待ちわたりけり　藤原家良（一七五一）

山深く行ふ道の皮衣四方の鹿も来て馴れにけり　藤原為家（一七五二）

の二首があります。

中国の『列子』（天端）に「鹿袋」とあるのは粗末な衣服のたとえです。『日本書紀』（神代上）に真名鹿（りっぱな鹿）の皮を全剥ぎ（丸剥ぎ）にして天羽鞴（ふいご）を作ったとあり、そんな利用法もあったことが分かります。

【肉】各地の縄文・弥生時代の遺跡から鹿の骨などが出土していることから、古くから鹿の肉を食用していたことが知られます。古代人が食用にした肉は。イノシシ（猪）とカノシシ（鹿）でした。シシは肉の意です。大江匡房（一〇四一―一一一一）は、昔の人は鹿を食うことを忌み憚らなかったようで、天皇の膳に鹿肉を用いたり、大宴会にも用いている、元三（正月三が日）に天皇に鹿肉を供したが、今は雉になっていると述べています（江談抄・二）。平城宮遺跡から出土した木簡に「鹿宍（在五蔵）」とあり、『延喜式』（大膳上）の釈奠祭科に「鹿五蔵一升」とあり、内臓も食用にしていたようです。

『播磨国風土記』（讃容郡）に、出雲から来た大神が、川に筌を置いたところ、魚は入らず鹿がかかっ

たので、その鹿を鱠にしたとあります、生肉を食うこともあったのでしょう。

調理法として、『今昔物語集』（三〇・一二）には、煎り物にしても焼き物にしても美味であるとあり、寛永十九年（一六四二）に出た江戸時代最初の料理書『料理物語』には、「鹿　汁・貝焼き・干してよし」とあります。貝原益軒の『大和本草』（一六）には、春夏は味がよくない、後足は肉が多く美味であるが、前足は肉が少なく味もよくないと述べています。人見必大の『本朝食鑑』（一一）には、壮年に鹿を多く食した人は、五十歳に至らぬうちに歯が抜け落ちる、鹿は仙獣で陽獣なので、貪り食えばしきりに淫欲が起こり、腎気を消耗するので歯が脱落するのであるとしています。

【狩】 鹿は、田畑を荒らす害獣でもあり、肉は食用にしたから、狩猟の対象となっていました。平安時代以後、かがり火や松明を焚いて鹿をおびきよせて射る「照射」が行われました。紀貫之の歌に、

五月山木の下闇にともす火は鹿の立ちどのしるべなりけり（貫之集・九）

とあるように、夏の行事でした。

『源平盛衰記』（二〇・石橋合戦事）に、討ち取った相手が予想した者でなかったので、「鹿待つ所の狸とはこの事にや」と言うところがあります。室町時代の清原宣賢の『詩経』の注釈『毛詩抄』（二）には、「鹿まつ時の兎」とあります。鹿はタヌキ・ウサギにまさる獲物でした。中国の『淮南子』（説林訓）に「鹿を逐ふ者は兎を顧みず。千金の貨を決する者は銖両の価を争はず」とあるのは大きな利を得ようとするものは小利を顧みないことのたとえです。

【鹿を馬】 秦の始皇帝の死後に丞相の趙高が謀反をくわだて、自分に心を寄せる者を試すために、二世

皇帝に鹿を献じて馬であると言ったという話が『史記』（秦始皇本紀）にあります。日本では、『俊頼髄脳』、『今昔物語集』（一〇・一）などに載っています。

鹿をさして馬と言ふ人ありければ鴨をも鴛鴦と思ふなるべし　藤原仲文（拾遺集・雑下・五三五）

はこれを踏まえた歌です。バカを馬鹿と書くことがあります。バカは本来はこの故事とは関係ありませんが、この字をあてたのはこれを意識してのことでしょう。

【鹿を逐う】 謡曲「善知鳥」に「鹿を追ふ漁師は山を見ずといふことあり」とあります。これは、『淮南子』（説林訓）の「獣を逐ふ者は目に太山を見ず。嗜慾外に在れば則ち明蔽はる」とあり、一つのことに熱中して他をかえりみなくなることのたとえです。

帝位や政権をねらうことを「鹿を逐う」というのは、『史記』（淮陰侯列伝）の、「秦は其の鹿を失ひ、天下共に之を逐ふ」によるものです。

【鹿の苑】 釈迦が悟りを開いた後に初めて説法した鹿野苑を和語で「鹿の苑」と言います。

耳近く鹿の苑にて説く法にかつがつ仮の世をば出でにき　崇徳院（続詞花集・釈教・四六三）

など平安末期から例が見られます。

無花果

無花果や垣は野分にうち倒れ　史邦（己が光）

垣根は野分（台風）に倒されて、中のイチジクが大きく見えている。

イチジクは外来植物です。貝原益軒は、寛永年中（一六二四—四四）に長崎に伝わったとしています

(大和本草)。辞典類では、林羅山の『多識編』(寛永八年刊)に、「無花果」の和訓を「ハナナシクダモノ、今案ずるに一熟(イチジュク)」と掲げるのが最古の例のようです。一五九〇年にローマに派遣された少年使節一行が帰国の時に持ち帰って、長崎の修道院か教会に移植したものかとする説もあります(海老沢有道『地方切支丹の発掘』)。一六〇三年にイエズス会で刊行した、日本語をポルトガル語で説明した『日葡辞書』では、イチジクは知られていなかったから、このような説明になったのでしょう。このころの日本では、イチジクCaqi(柿)を「リンゴのような日本のイチジク(figos)」と説明しています。この時代には日本語にジ・ヂの違いが無くなっているので、第三音節はジかヂか不明ですが、一熟が語源とすればジとなります。

イチジクの原産地は小アジアまたはアラビア南部とされ、紀元前二〇〇〇年ころにはイスラエルをはじめ地中海沿岸地方では栽培していたと言われています。旧約聖書に、アダムとイヴがイチジクの葉を綴り合わせて腰巻にした(創世記・三―七)のを初めとして、あちこちにイチジクが見えるのは、身近に見かける葉の大きい植物であったからでしょう。聖書に見えるものですから、キリシタンにはイチジクを説明する必要があったのでしょう。

中国の本草学(薬用動植物学)の本では、一五九〇年ころに成立した李時珍の『本草綱目』(三一)に「無花果」は初めて見えます。中国に伝わったのは明代ころでしょうか。

『本草綱目』ではその異名として「映日果・優曇鉢」などを上げています。「映日果」は、中世ペルシア語のanjirを音訳したものと言われています。江戸後期に編集された百科全書『古今要覧稿』(三九五)に「イチジクは映日果の上下略にして転音なり」という一説が出ています。この「映日果」の中国の近世音が日本語のイチジクになったとする説もあります（安藤正次「無花果考」全集第三巻）。なお現代中国語では、映日果は yeng ri guo です。（無花果は wu hua guo）。

先に引いた林羅山の『多識編』の「ハナナシクダモノ」は、「無花果」に対して羅山が作った訓なのでしょう。「一熟」は『本草綱目』の「一月にして熟す」という記述から考えたか、それともすでにイチジュクという語が行われていたのか、分かりません。北原白秋の詩「角を吹け」（『邪宗門』所収）に「無花果（いちじゅく）の乳（ち）をすすり」という一節があります。近代にもイチジュクの語形もあることになります。

『大和本草』『和漢三才図会』など、江戸前期の本では、無花果にトウガキという異名を掲げています。林芙美子『放浪記』（第三部）にも、「尾道では、いちじくの事をとうがきと云ふなり。」とあり、西日本各地に広く行われている語であるようです。東条操編『分類方言辞典』でイチジクの方言を…カキとするものに、「あまがき・からがき・こーらいがき・しながき・ちちかき・とーがき・まんまんがき」が出ています。カキは柿で、カラ・トウは唐、シナは支那、コウライは高麗で、いずれも外来の柿ということです。（アマは甘いこと、チチは乳で乳液が出ることによるものでしょう。）

イエズス会のロドリゲスは柿を figo（イチジク）と説明しているし（日本教会史・一・七・二）、先に引いた『日葡辞書』でも柿を figos と説明していました。ヴァチカン図書館所蔵のマノエル・バレトの一五九一年の写本には、現在の聖書では「いちじくの木を、またすべての木を見なさい。はや芽を出せば、あなたがたはそれを見て、夏がすでに近いと、自分で気づくのである。」（ルカによる福音書二一29・30）とある箇所を、「譬へば柿の樹と諸木に実なるを以て夏近くなるを知るごとく…」と訳してあります。ドミニコ会のコリヤードの『羅西日辞書』（一六三二年）には Nanbangaqi（南蛮柿）としています（ちなみに『分類方言辞典』にいちじくの異名にナンバ・キナンバという語が見えるのは南蛮の変化したものかと思われます）。キリシタンは、柿をイチジクに似ていると考えたのです。ロドリゲスは、干した柿が無花果のようになると述べています（日本教会史）。いっぽう、『本草綱目』にも「甘味は柿の如くして核無きなり」とあり、中国でもイチジクは柿のようであると考えていたことになります。

イチジクが文学に見えるようになるのは、元禄ころからで、芭蕉の門人たちの句に、最初にあげた史邦の句や、

無花果や広葉にむかふ夕涼み　惟然（続猿簑）

などがあります。

果実と称しているのは、植物学的には、卵形に湾入した花托とその内面に密生する多数の小果から成るものだそうです。「無花果」と書きますが、花が無いのではありません。

茎などの切り口から分泌する乳液には、フィシンという蛋白質分解酵素があり、痔に効能があるとされています。『本草綱目』にも葉を煎じた湯で洗えば五痔・腫痛を治するとあります。李時珍はこのことを経験的に知っていたのでしょう。わたくしの幼年のころ、イボが治るというのでつけていたらウオノメになってしまった記憶があります。

雁（かり）

病む雁の夜寒に落ちて旅寝かな　芭蕉（猿蓑）

秋の夜寒に、病気になったのか弱った雁が近くに落ちて来る声がする。作者の芭蕉自身も孤独で病身で、その声を聞きながら旅寝している。この句の詞書に「堅田にて」とあります。堅田は滋賀県大津市の琵琶湖西岸の地。近江八景の一つに「堅田の落雁」があり、芭蕉のこの句はこれを意識してのものでしょう。

『万葉集』に、

ぬばたまの夜渡る雁のおほほしく（オボロゲニ）幾夜を経てか己（おの）が名を告（の）る（一〇・二一四五）

という歌があります。カリは自分の名を告げているのです。『後撰集』には、

行き帰りここもかしこも旅なれや来る秋ごとにかりかりと鳴く　詠み人知らず（秋下・二六二）

とあります。古代人は雁の鳴き声をカリカリと聞きなしていました。これがカリの語源でしょう。なおカリガネというのは「雁が音（ね）」で、鳴き声のことですが、雁そのものを言うこともあります。

『万葉集』には雁を詠んだ歌が六十七首あり、動物では時鳥（ほととぎす）に次いで二番目の多さです。来て帰る時期がはっきりしているので、季節の推移を強く感じさせる景物だったのでしょう。平安時代以後に見られる雁についての感じ方の類型は、『万葉集』にほとんど見られます。

九月（ながつき）のその初雁の使ひにも思ふ心は聞こえ来ぬかも　桜井王（さくらいのおおきみ）（万葉集・八・一六一四）

九月のあの初雁の使いでも私を思ってくださるお気持ちは聞こえてこないのか。「初雁」という語は『万

葉集』ではこの一例だけですが、平安時代以後には多く見られます。雁の到来を待ち望んでいたのでしょう。雁は晩秋に飛来します。そのころには、

雁は来ぬ萩は散りぬとさ雄鹿の鳴くなる声もうらぶれにけり（万葉集・一〇・二一四四）

萩は散り、鹿の声もうらぶれます。

堅田落雁（万民調宝記）

夕されば雁の越え行く竜田山時雨に競ひ色付きにけり（万葉集・一〇・二二一四）

時雨が降って紅葉する時期です。霧が立ちこめたり（万葉集・九・一七〇二）、霜が降ったり（万葉集・一〇・二一三二）します。

さ夜中と夜は更けぬらし雁が音の聞こゆる空を月渡る見ゆ（万葉集・九・一七〇一）

のように月と取り合わせることも多い。これは実景でもありましょうが、中国にも梁の蕭子繁の詩「夜雁を聴く」（『芸文類聚』所引）に、「天月広夜に輝り、遊雁霜を犯して飛ぶ」などとありますから、そういうものの影響があるかもしれません。

この歌は『古今集』（秋上・一九二）に第四句「聞こゆる空に」として載っています。その前には、

白雲に羽うち交はし飛ぶ雁の数さへ見ゆる秋の夜の月　詠み

人知らず（古今集・秋上・一九一）

があります。「さ夜中と」では動く月を見ながら雁の声を聞いているのですが、「白雲に」では動かない月の前を飛ぶ雁の姿を詠んでいます。

天飛ぶや雁を使ひに得てしがな奈良の都に言告げやらむ（万葉集・一五・三六七六）

「天飛ぶや」は枕詞。雁を使いに得たいものだ、奈良の都に言伝てをしよう。前の「九月の」にもありましたが、雁を使いとしています。雁は手紙を運ぶのです。これは中国の漢の武帝の時代に、匈奴（北方の異民族）に使者として行って捕らえられ、十九年間抑留されていた蘇武が、雁に手紙を託して送り、その雁を武帝が射たので、蘇武は故国へ帰ることができたという『漢書』（李広蘇建伝）の故事によるものです。これを雁書、雁信、雁使などと言います。

雁は渡り鳥で、北と南を往復するからこういうことが出来るのでしょう。中国の文献では、春に来て（『礼記』月令）、秋に帰る（漢の武帝「秋風辞」）とするものもあり、春に北へ行き（『淮南子』時則訓）、秋に来る（『礼記』月令）とするものもあります。その著者の住んでいる場所の違いでしょう。日本では、これまでいくつも引いたように秋に来て、春に去って行きます。

燕来る時になりぬと雁がねは本郷偲ひつつ雲隠り鳴く　大伴家持（一九・四一四四）

『万葉集』には春に去って行くことを詠んだ歌はあまりありません。天平二年（七三〇）正月十三日に太宰府の帥（長官）である大伴旅人の邸で行われた梅花の宴の歌の序に、「庭に新蝶舞ひ、空に故雁帰る」（原漢文）とあります（万葉集・五）。中国趣味の貴族たちが初めて扱った題材でした。

『古今集』になると、

春霞立つを見捨てて行く雁は花無き里に住みやならへる　伊勢（春上・三一）

雁は楽しい春を見捨てて去って行くとしています。これが江戸初期の俳諧では、

花よりも団子やありて帰る雁　貞徳（犬子集(えのこしゅう)）

となります。

霜迷ふ空にしをれし雁がねの帰る翼に春雨ぞ降る　藤原定家（新古今集・春上・六三）

霜が降り乱れる冬の空の下で弱りしおれた雁の帰って行く翼に、いたわるように暖かい春雨が降りそそぐ。『新古今集』になると、こんな哀艶な風情になります。

北へ行く雁ぞ鳴くなる連れて来(こ)し数は足らでぞ帰るべらなる　詠み人知らず（古今集・羇旅・四一二）

帰って行く雁の数は日本で射られたり死んだりしたから、渡って来た時よりも少ないようだというのです。

これを踏まえたような季語があります。

昭和四十九年だったか、ウィスキーのCMに次のようなものがあり、何となく心に残るものでした。画面には、満月、波の寄せる夜の海、焚火の前の漁師、作家の山口瞳氏が順に現れます。ナレーションは次のとおりです。

「月の夜、雁は木の枝を口にくわえて北の国から渡ってくる。

飛び疲れると波間に枝を浮かべ、その上に止まって羽を休めるという。

そうやって津軽の浜までたどりつくと、いらなくなった枝を浜辺に落として、さらに南の空へと飛んでいく。

日本で冬を過ごした雁は、早春の頃再び津軽に戻ってきて、自分の枝を拾って北国へ去っていく。

あとには生きて帰れなかった雁の数だけ枝が残る。

浜の人たちはその枝を集めて風呂をたき、不運な雁たちの供養をしたのだという。」

最後に山口瞳氏が言います。「あわれな話だなぁ。日本人て不思議だなぁ。」

これは「雁風呂（がんぶろ）」とか「雁供養」とか言う俳句の季語です。歳時記の類での初出は、正徳三年（一七一三）成立の『滑稽雑談（こっけいぞうたん）』に、雁風呂を越の国（越前、越中、越後）の海島でのことで、秋の語とすべきであるが、春としてもよいと記すものです。嘉永四年（一八五一）刊の『俳諧歳時記栞草（しおりぐさ）』の春の部に、右のCMと同じような説明が載っています。CMに無いのは、場所が南部外ヶ浜であることと風呂を焚いて「諸人に浴（ゆあみ）せしむ」ということです。

寛政六年（一七九四）には、呂蛤という俳人が『雁風呂』という句集を出しています。こちらは序文に、足が悪くて「しらぬひの筑紫、外が浜の雁風呂を見ざれば」、居ながらにして名所を知る便りに、各地の作者の句を集めたと記しています。ただしこの句集に雁風呂の句はありません。正岡子規編明治三十四年刊『春夏秋冬』（春之部）には、

雁風呂に薪の残る哀れかな　虚子
雁風呂の砂堀（ママ）り起す浜辺かな　秋竹

の二句が載っています。

ほんとうにこんなことがあるのでしょうか。動物学専門の友人に尋ねたところ、雁は巣を営む時以外には物を銜えて飛ぶことはないし、体重を支える大きさの木片を銜えたら、飛ぶことなどできないそうです。この行事があるという奥州外ヶ浜は、古典文学では最北端のよく分からない場所というニュアンスで用いられることの多い地名です。残念ながらこれは空想の産物であるようです。

中国の文献に雁が芦を銜えて飛ぶことを記したものがあります。『古今注』という本に、雁は、河北から江南へ渡る時には痩せているので空高く飛ぶが、江南では餌が豊かなので、河北へ渡る時には太って高く飛べないので射落とされる虞れがあり、矢を避けるために芦を銜えて飛ぶと記してあります。海辺の村では流木でも拾って来て風呂を焚くことがあったかもしれません。この二つが結び付くと、雁風呂という話が出来るように思います。

理屈を付ければこんなことになるのでしょう。でも、こういうしんみりした優しい季語を考え出した日本人は、山口氏の言葉のように、「不思議だなぁ」と言えるのではないでしょうか。

菊（きく）

菊の香や奈良には古き仏たち　芭蕉（笈日記）

典雅な菊の花の香りの漂う古都奈良には蒼古な仏たちがいらっしゃる。

ここには菊の香りが詠まれています。

延暦十六年（七九七）十月十一日の宮中の曲水の宴での桓武天皇の、

この頃の時雨の雨に菊の花散りぞしぬべきあたらその香を（類聚国史）

という御製が菊を詠んだ最古の歌で、香りを言っていますが、以後の和歌に香りを詠むことはありません。菊の香りが強すぎて、貴族たちの好みに合わなかったのでしょうか。

キクという語は漢字「菊」の字音 kiuk によるものです。平安前期の辞書『本草和名』や『倭名類聚抄』にカハラオハギという訓があり、後者にはカハラヨモギともありますが、これらの語は、右の辞書を引用しているものにしか見られません。

音詠みの語ということは外来語ということです。チョウ（蝶）やガ（蛾）は古くから日本にいたと思いますが、漢字音で呼んでいるから、音読みのものがすべて外来とは言えませんが、外来語というものは、日本に無かった物が輸入され、その名が定着したのが普通です。菊も中国から輸入した植物と言われています。日本にも野生種はあったかもしれませんが、観賞し詩歌に詠んだのは中国からのものです。

『万葉集』に菊を詠んだ作品はありません。奈良時代とそれ以前の漢詩を集めた『懐風藻』には菊を詠んだ詩が五首あります。その全てが邸宅の宴会での作で、その内の四首は天武天皇の孫で左大臣にまでなった長屋王（ながやのおおきみ）（神亀六年〈七二九〉歿）の邸での作です。貴族の邸には外来の最新の菊が植えてあったのでしょう。

そこには「菊酒」が二首に見られます（五一、七一）。「蘭」と取り合わせた作もあります（九〇）。前者は、古代の貴族たちの中国文化についての知識の源泉になったと言われる、欧陽詢（おうようじゅん）らが編集して武徳七年（六二四）に完成した『芸文類聚』の歳時部の「九月九日」の箇所に引く『続斉諧記』という本の「今の世の人、九日に至る毎に山に登りて菊酒を飲む」などとあるのによったものです。後者は、貴族たちの読むべき中国文学の詞華集『文選』（四五）に載る漢の武帝の「秋風辞」に「蘭に秀有り菊に芳有り」とあるのなどを踏まえたのでしょう。今日なら英文の百科事典やアンソロジーを参照して英詩を作るようなことです。なお、長屋王たちは菊の実物を知らず、中国詩文の知識で菊の詩を作っているのだとする説もあります（斎藤正二『日本的自然観の研究・下』）。

京都に都が移って、初めの内は国風文学が振るわず、漢詩文が盛んでした。嵯峨天皇は弘仁五年（八一四）に『凌雲集』、同九年に『文華秀麗集』という漢詩集を、次の淳和天皇は天長四年（八二七）に『経国集』という漢詩文集を編集させて勅撰集としています。

『凌雲集』（五）に載る嵯峨天皇の「九月九日に神泉苑にして群臣を宴す。各一物を賦し秋菊を得たり」という詩に、当時の菊の見方が詠みこまれているので、これを説明します。

題について。九月九日は陽の数の九が重なるので「重陽」と言います。先に引いた『芸文類聚』（歳時中）に九日に菊の酒を飲むとあったのを、日本でも倣って宴を催したのです。「神泉苑」は朝廷の庭園で、その遺跡が二条城の南に現存します。

旻商（秋）の季序　重陽の節
菊の花を開くが為に千官を宴す
蘂は朝風に耐へて今日し笑む
栄は夕露に霑ひて此の時し寒し

把りて玉手に盈てては香を流ふること遠し（把って手に満たすと香りは遠くまで流れる）
摘みて金杯に入るれば色を弁くこと難し（花が金杯と同じ色だ）
聞道く仙人好みて服する所ぞと
之に向かひて寿を延べむと心を動かして看る

菊が九月九日のものであり、香りが高く金色で、仙人の服用するもので寿命が延びるというのです。最後の二行については、『芸文類聚』の「菊」の箇所に、菊の花を服して仙人になった（神仙伝）とか、南陽酈県の菊のある山から流れる谷の水を飲んでいる里人は、上寿で百二〜三十、中で百余、下で七〜八十である（風俗通）などとあるのによっています。天皇はそういう中国知識を駆使して作詩しているのです。

九世紀の後半に和風文化が復活して、延喜五年（九〇五）に最初の勅撰和歌集の『古今集』が編まれます。『古今集』に菊の歌が秋下に十三首（二六八—二八〇）、恋一に一首（四七〇）、恋二に一首（五六四）あります。

心あてに折らばや折らむ初霜の置き惑はせる白菊の花　凡河内躬恒（秋下・二七七）

白い菊に白い霜が置いて区別できないから、折るなら当て推量で折ろうか。菊の白さを一ひねりして詠んだ歌です。

菊には黄菊と白菊とがありますが、歌に菊を詠む場合はたいてい白菊です。中国では、漢時代成立の『礼記』の年中行事を書いた「月令」の季秋之月（九月）の箇所に「鞠（菊）に黄花有り」とあるなど黄菊が普通で、先の嵯峨天皇の詩にも花が金色であるとありました。

白菊は唐の白居易（七七二―八四六）の「重陽の席上に白菊を賦す」という詩があり、

満園の花菊は鬱金のごとく黄なり　中に孤叢有りて色は霜に似たり（庭一面の黄菊の中に白菊が一むら有る）

が白菊を扱った最初の作品のようです。「心あてに」の歌に「初霜」とあるのはこの詩の影響です。なお、日本での白菊は『経国集』（一）に載る嵯峨上皇の「重陽節菊花賦」という文章に「或いは素く或いは黄なり」とあるのが最古のようです。菅原道真の元慶七年（八八三）作「白菊の花に題す」（菅家文草・二・一二五）とあるのが「白菊」の最古の例です。この題には「去春、天台の明上人、種苗を分かち寄す」という注記があります。天台宗の比叡山は当時の新仏教の本山ですから、かなり中国風だったはずで、贈られた白菊は黄菊よりも新しいエキゾティックなものだったでしょう。『古今集』では、白菊を、寄せる波のようだ（二七二）とか、「白たへの袖」と見まがう（二七四）とか詠んでいます。

盛りを過ぎた菊は色が変わります。それを残念に思う（二七一）と詠むこともありますが、多くは、

色変はる秋の菊をば一年にふたたび匂ふ花とこそ見れ　詠み人しらず（古今集・秋下・二七八）

のように、変わるのを「移ろふ」と言って愛でています。これは中国にはあまり見られないようです。『古今集』の撰者の一人の紀貫之の家集『貫之集』の歌（三二二）の詞書に「九月九日、老いたる女、菊して面拭ひたる」とあります。菊の花で顔を拭ったのです。菊は不老長寿をもたらすものだから、こういうことをしたのです。八日の内に菊を綿でおおっておいて（「着せ綿」と言う）、九日にその綿で顔や体を拭うということがありました。『枕草子』（一〇段）を引きます。

九月九日は、暁がたより雨少し降りて、菊の露もこちたく（多ク）、移しの香も持てはやされて、雨が降れば露が多くなるから好ましいのです。

菊の紋章が皇室のものに定まったのは、慶応四年（一八六八）三月二十八日の太政官布告「菊御紋並禁裡御用等の文字濫用禁止の件」からですが、その起こりは鎌倉初期の後鳥羽上皇が好まれ、その後の上皇がたも引き継いで用いられて皇室の紋章になったそうです（沼田頼輔『日本紋章学』）。平安時代の文学にも菊の花の文様の衣服が見えていて、そこでは必ずしも皇室のものではありませんでした。菊を用いたのは、花が美しくもあり、延命長寿の象徴でもあるからでしょう。

　黄菊白菊その外の名は無くもがな　嵐雪（其袋）

とりどりに咲いてさまざまな名があるが、黄菊・白菊だけで外の名は無くてもよいと、菊の清楚さをたたえた句です。江戸時代になると、園芸が盛んになり、菊にもさまざまな変種が出来ました。歳時記には「百菊」の項目にさまざまな品種を記しています。元禄八年（一六九五）の演芸書『花壇地錦抄』には、夏菊二十種、秋菊二百三十種が載っています。

　白菊の目に立てて見る塵もなし　芭蕉（芭蕉翁追善之日記）

目に止まるような塵一つない清らかな白菊。門人である女性の園女（そのめ）の家での句です。典雅な女主人に対する挨拶（あいさつ）の意味もこめています。

　有る程の菊抛（な）げ入れよ棺の中　夏目漱石

明治四十四年十一月、胃病で入院していた漱石が、友人の夫人で閨秀作家の大塚楠緒子（くすおこ）の訃報に接して詠んだ句です。ありったけの菊を手向けとしてお棺の中へ入れてあげてくれ。命令の言い方で、強い愛惜の気持ちが伝わります。棺の中のかたがそれにふさわしい美しい人であったことも偲ばれます。この菊も清らかな白菊でしょう。

十三夜(じゅうさんや)

のちの月葡萄(ぶだう)に核(さね)のくもりかな　成美（成美家集）

棚に下がった葡萄を下から透かして見ると、粒ごとに中の種が曇ったように十三夜の月に透けて見えるという、繊細な感覚の句です。作者は近世後期の江戸の裕福な札差(ふださし)で、一茶の庇護者でもありました。

八月十五夜の月をめでることは中国にもありましたが、九月十三夜は中国には見られない、日本独自のもののようです。

『躬恒集(みつねしゅう)』に「清涼殿の南のつまに、御溝水(みかはみづ)流れ出でたり。その前栽(ぜんざい)に松浦沙あり。延喜九年（九〇九）九月十三日に賀せしめたまふ。題に、月に乗りてささら水をもてあそぶ。詩歌心にまかす」（一〇・詞書）という記載があり、これが十三夜の日本最古の例と言われています。平安前期に宮中で十三夜の月見が行われ、漢詩や和歌を詠んだのです。この時の歌は、

ももしきの大宮ながら八十島(やそしま)を見る心地する秋の夜の月（宮中でありながら、多数の島を見る心地がする、流れを照らしている秋の夜の月である。）

というもの。同じ歌が、『拾遺集』（雑秋・一一〇六）には、「延喜十九年九月十三日、御屏風に、月に乗りて潺湲(せんくわん)を翫(もてあそ)ぶ」という別の題で、詠み人知らずの歌として載っています。屏風に描いてある絵を見て、

それに歌を添えたことになります。なお、『躬恒集』の「延喜九年」は「十九年」の誤りかとされています。藤原宗忠（むねただ）の日記『中右記』の保延元年（一一三五）九月十三日の箇所に、宇多法皇が今夜の明月は比べるものがないと仰せられたのが始まりであるとあります。宇多天皇は寛平十年（八九八）まで在位しました。これも延喜年間のことでしょう。あるいは『躬恒集』か『拾遺集』のものかもしれません。

享和二年（一八〇二）に出た慈延の随筆『隣女晤言』（二）には、延喜の例は、ただ何となく十三夜に月が美しかったので興じたことから起こったのであろうと述べています。先例を重んじる宮中のことですから、一度行ったことは廃止できずに続いたのかもしれません。

わたくしは幼年時に、十四日、十五日の月のほうが大きいのに、なぜ十三夜を祭るのか不思議に思ったことがあります。

『徒然草』（二三九段）に、「八月十五日・九月十三日は婁宿（ろうしゅく）なり。この宿、清明なる故に、月をもてあそぶに良夜とす」とあります。「婁宿」とは中国の天文学で太陽や月の位置を示す二十八宿の一つ。兼好もなぜ十三夜なのか疑問を持ったのでしょう、それで十三夜の月見の理由を説明したのです。現在の研究では、「それが的を得たものであったか、否かは、本段の注釈・考証の現段階では何とも言えない。」（安良岡康作『徒然草全注釈』）というような評価です。

十三夜についていろいろな言い方があります。

「二夜の月」というのは、『国歌大観』を調べて、寿永元年（一一八二）成立という『月詣和歌集』に、

九月十三日夜に月曇りてはべりければ

天つ風雲吹き払へなほ年に二夜の月は今宵ばかりぞ　高松宮（九月・七四六）（空を吹く風よ、雲を吹き払え。やはり年に二度の月は今宵だけだ。）

とあるのを初め、十首見つけました。

「月の名残」という語もあります。足利末期から江戸初期まで活躍した大名である細川幽斎の『衆妙集』（三九〇）に、「九月十三夜」を題とする、

詠め来し秋の半ばも昔にて今宵や月の名残なるらむ（歌に詠んできた中秋の名月の名残であろうか。）

という歌を見いだしましたが、例は多くありません。芭蕉に、元禄四年（一六九一）の九月十三日に近江の瀬田の唐橋で詠んだ、

橋桁のしのぶは月の名残かな（よるひる）

という句があります。

「後の月」という語もあります。わたくしの調べた範囲では、明暦三年（一六五七）刊の西武編の句集『沙金袋』に、

三五より四七過ぎてや後の月　一有

など五句載っているのが最古の例です。芭蕉にも、元禄元年に『更科紀行』の旅から江戸に戻って詠んだ、

木曾の痩せもまだなほらぬに後の月（笈日記）

という句があるなど。俳諧には数多く見えます。

和歌で「後の月」と詠んだものは、江戸時代の宮廷歌人の歌を集めた『新明題和歌集』（宝永七年〈一七一〇〉

刊）の「十三夜月」の題の歌の中の、霊元上皇の、

見し秋の最中よりけに置く霜も白きを後の月のさやけさ（秋・二一九〇）（以前見た秋の最中の十五夜よりいっそう置いている霜も白いのを後の月のすがしさと見ることだ。）

という例を見つけただけです。江戸時代までの和歌はエレガンスを意図するものですから、用語にもきびしい制約がありました。「後の月」は、和歌に用いる語ではなかったのでしょう。

「栗名月」とか「豆名月」とかいう語が、江戸初期から見られます。寛永十年（一六三三）に出版された最古の句集である『犬子集（えのこしゅう）』に、

滋味なるは栗名月の光かな　貞徳

月こよひ出でて食ひけりまめ男　春可

などの句があります。初期の俳諧は言葉遊びです。前者は、搗栗（かちぐり）を滋味と言うのに掛けて栗名月の美しさを称えたもの、後者の「まめ男」は本来誠実な男のことなのですが、『伊勢物語』（二段）に在原業平を「まめ男」と言っていることから、好色な男の意味にも用います。豆名月なのでまめ男が出て豆を食っているというのです。

「栗名月」も「豆名月」も、十三夜の月に栗や豆を供えることによる名称です。ちなみに、十五夜は「芋名月」です。陰暦八月は芋の、九月は栗や大豆の収穫の時期です。月を祭ることには、民間では収穫感謝祭という意味があったようです。風習は地方によってさまざまですが、団子やススキなどを供えるのも、そういう理由からでしょう。古い文献にはあまり見えませんが、庶民の月の感じ方は、貴族社会の

風流韻事とは違う、生活と密着するものであったのです。

銀杏（いちょう）

北は黄に銀杏ぞ見ゆる大徳寺　召波（春泥句集）

イチョウの特色は葉の鮮やかな黄色でしょう。近代には、

金色のちひさき鳥のかたちして銀杏ちるなり夕日の岡に　与謝野晶子（恋衣）

のような名作があります。ところが、初期俳諧に、

銀杏（ぎんなん）も秋の露にやこがね色　勝興（続山井）

のような句があるものの、このことを詠んだ江戸時代の句はさほど多くありません。俳句は見立てや取り合わせの面白さをねらうものだからでしょうか。

銀杏踏んで静かに児の下山かな　蕪村（自筆句帳）

稚子（をさなご）の寺なつかしむ銀杏かな　同

最初の召波の句もそうですが、どちらも寺のイチョウを詠んでいます。イチョウは大きくなる木で植えるのにはかなり広い場所が必要ですから、寺社の境内にふさわしいのでしょう。イチョウを神木としている神社もあります。江戸初期には、奈良の興福寺のイチョウが有名でした。イチョウを、寺に植える木だからとか、神木だからとかいう理由で、宅地内に植えるのを忌む地方もあります（鈴木棠三『日本俗信辞典　動植物編』）。

ありし世の供奉（ぐぶ）の扇や散る銀杏　其角（五元集）

元禄四年（一六九一）に鎌倉の鶴岡（つるがおか）八幡宮のイチョウを詠んだ句です。イチョウの葉を、昔の貴人の供をする人たちの扇に見立てています。鶴岡八幡宮の石段の傍らに、大きなイチョウがありました。浄瑠璃『仮名手本忠臣蔵』は鶴岡八幡宮の社頭の場から始まりますが、現在の歌舞伎の舞台では、下手寄りにしめ縄を張ったイチョウが立っています。この木陰に公暁（くぎょう）が隠れていて源実朝（さねとも）を刺殺したと言われていますが、鎌倉幕府の記録である『吾妻鏡』などの古い資料には、このことは出ていません。右にあげた其角の句あたりが最古の所見のようです。この木は平成二十二年三月十日に風と雪で根元から折れてしまいました。

鶴岡八幡宮のイチョウについて年配のかたは、「七里が浜の磯伝ひ」で始まる小学唱歌「鎌倉」を思い出されるのではないでしょうか。明治四十三年から用いられた国定教科書『尋常小学読本　巻十二』を初出に、終戦までの六年生の国語教科書に載っていました。その第四連に、

上るや石のきざはしの
左に高き大銀杏
問はばや、遠き世々の跡

とあります。この「銀杏」には「いてふ」と振り仮名が施してあります。大正十二年刊『尋常小学国語読本　巻十二』（「ハナ　ハト　マメ　マス」の系列）、昭和十三年刊『小学国語読本』（「サイタ　サイタ」の系列）でも「大いてふ」ですが、昭和十八年刊『初等科国語　八』（「アカイ　アカイ」の系列）では「大いちゃう」となっています。それに伴って、音楽の教科書での表記も変化しています。

イチョウは、室町時代の国語資料には、たいていはイチャウと記してあります。ところが、江戸中期ころからイテフとするものが多くなりました。「一葉(イチエフ)」のチエが詰まってテになったと推定して、歴史的仮名遣いはイテフであると言うのです。

それをイチャウであると訂正したのは、大槻文彦博士です。大槻博士は、明治二十二年から刊行した国語辞典『言海』では、通説に従って「いてふ」としましたが、「一葉」を語源とする説に疑問を抱いて調査を進め、中国から帰った人から、中国人に尋ねたら「やちゃお」と答えたという話を聞き、イチョウは鎌倉時代に往来した禅僧などがもたらしたもので、「鴨脚」の中国音であることに思い至りました(『大言海』「本書編纂に当りて」)。それに基づいて、『言海』の大増補版の『大言海』(大槻博士の歿後の昭和七年から刊行)では、「いちゃう」を見出しとしました。歴史的仮名遣いは、現在の辞典では補足的に付けてあるだけですが、戦前はそれが標準の表記でしたから、イテフとイチャウとでは、辞典で配列する位置が異なることになります。なお、わたくしも北京からの留学生に尋ねたら、ya-jiao と教えてくれました。

大槻博士は、「この樹、我が邦に野生なし、巨大なるものもあれど、樹齢七百年程なるを限りとす」と述べています。各地に樹齢千年以上と称するイチョウがあり、これと矛盾するようですが、イチョウを言う他の語が思い当たらないので、大槻説に従っておきます。

十六世紀末に李時珍が著した『本草綱目』という漢方の薬学の本には、中国江南地方の原産で、葉が鴨の掌に似ているので「鴨脚」と呼んだが、宋時代に都に伝わり、実の形が小さい杏のようで核が白いので「銀杏」と言うようになったとあります。葉から実に関心が移ったようです。室町後期の禅僧である惟高妙安（いこうみょうあん）が、「鴨脚。イチャウノコトゾ。実ヲ銀杏トイフゾ。…葉ガカモノ足ノヤウナゾ。」（玉塵抄・四五）と言っているように、我が国でも、木についてはイチョウ、実についてはギンナンと言うのが普通でしょう。「公孫樹」とも言うのは、公が植えて孫の時代になって実を食うことができるようになるということだそうです。結実するまでに長い年月がかかるということでしょう。

裂けたかと見る葉も交じる銀杏かな　蕪村（落日庵句集）

イチョウには実のなる雌木とならない雄木があります。葉の裂けているのが雌木であるということを聞いたことがあります。東京小石川の東京大学の植物園に、このことを研究したイチョウの大木があったと記憶しています。

古い和本に、イチョウの葉が挟んであることがあります。虫食いを避けると言われています。このことは先に引用した『玉塵抄』（二二）にすでに出ていて、室町時代から行われていたことが分かります。江戸時代の笑話の本に、娘の着物の模様をイチョウにした、虫が付かないからというのがあります（『口合恵宝袋』など）。しかしこの虫よけの効能には確たる証拠はないようです。

冬

鈴木春信画『絵本千代松・下巻』

神無月（かんなづき）

禅寺の松の落ち葉や神無月　凡兆（猿蓑）

陰暦十月の乾いた穏やかな日射しの中、閑静な禅寺の境内に松の葉が散り落ちている。

今では、むつき・きさらぎ…という月の異名を太陽暦にも言いますが、本来は陰暦のものです。神無月は陰暦十月です。ついでに申しますと、「さつき晴れ」というのは、本来は梅雨の晴れ間を言うのですが、晴れ渡る陽暦五月の空と理解しているかたもかなりあるようです。

カミ（ム）ナヅキの語源について、『日本国語大辞典』の「かみなづき」の項には、

「な」は「の」の意で「神の月」すなわち、神祭りの月の意か。俗説には、全国の神々が出雲大社に集まって、諸国が「神無しになる月」だからという。

とあります。前者の説は新井白石の『東雅』（一）などに見え、白石はノの意味であるナの例に水上（みなかみ）、田上（たなかみ）をあげています。眼（まなこ）（目ナ子）、掌（たなごころ）（手ナ心）などのナもそうです。

右の「俗説」は、平安時代にはあったようで、平安中期の曾根好忠（そねのよしただ）の『好忠集』に、次の歌がありま す（『詞花集』（冬・一三八）にも載る）。

何事も行きて祈らむと思ひしを神無月にもなりにけるかな（二七九）

何事でも神社に参って祈ろうと思ったのに、神無月にもなってしまった。下の句を「社（やしろ）はありて神無月かな」とする本もあります。神がいない月と認識しているからこのように詠んだのです。平安後期の藤原清輔（きよすけ）の歌論『奥義抄（おうぎしょう）』には、神無月は「天の下のもろもろの神、出雲に行きて、この国に神なき

神無月　出雲に集まる神々（世間胸算用）

ゆゑに」言うのだとあります。

『徒然草』（二〇二段）には、十月には諸社に祭りがないので神無月と言うかとあり、一条兼良（かねよし）の著に子の冬良（ふゆよし）が補筆して天文十三年（一五四四）に成立した『世諺問答（せげんもんどう）』には、伊弉冉尊（いざなみのみこと）（『古事記』『日本書紀』に見える女神）が亡くなった月なので言うとする説もあるとあり、他にも異説がありますが、神が出雲に集まる月というのが一般的でした。文安元年（一四四四）成立の辞書『下学集』には、出雲では十月を「神有月」と言うとあります。江戸時代には「神送り・神の留守・神迎へ」などの語も見られます。十月一日に出雲へ行く神を送る神事を行い、一ヶ月は神が不在、末日に戻ってくる神を迎える神事を行うのです。

『万葉集』にはカミナヅキを詠み込んだ歌は四首、すべて「十月」と表記してあります。

十月時雨にあへるもみち葉の吹かば散りなむ

風のまにまに　大伴池主（八・一五九〇）（十月の時雨に打たれた紅葉が吹けば散ってしまうだろう、風にまかせて。）

など、すべて時雨を詠んでいます。『古今集』には七首に見えますが、やはりすべて時雨を取り合わせています。以後の歌でも時雨を結び付けたものがほとんどです。そうでないものを探します。

『後撰集』には、

神無月限りとや思ふもみぢ葉の止む時もなく夜さへに降る　詠み人知らず（冬・四五七）（十月を終わりと思うのか、紅葉が止む時もなく夜にまで降っている。）

という歌があります。右に引いた『万葉集』の大伴池主と同じように、散る紅葉を詠んでいます。

『拾遺集』には、藤原兼家（かねいえ）が円融天皇に身の不遇を訴えた長歌（雑下・五七四）の一節に、「神無月薄き氷に閉ぢられて」とあります。平安時代の京都では、十月に薄氷が張ることがあったのでしょう。

『後拾遺集』の、

神無月寝覚めに聞けば山里の嵐の声は木の葉なりけり　能因法師（冬・三八四）（十月の夜に寝覚めて聞くと山里の嵐と思った音は木の葉が散るのであった。）

では、散る木の葉を詠んでいます。

『金葉集』（三奏本）には、別れた女に送った、

会ふことを何に祈らむ神無月折わびしくも別れぬるかな　藤原則長（恋下・四二九）（会うことを何に祈ろう、神無月というわびしい折に別れてしまった。）

という歌があります。神がいない月ということです。

個人の歌集などを探せば思いがけない取り合わせも見つかるかもしれませんが、以上からは、平安時代の歌人たちは、神無月は、時雨が降り、紅葉など木の葉が散り、薄氷が張る時期と考えていたことになりましょう。

小春（こはる）――村々は茶色に霞む小春かな　涼袋（六行会）

小春日和の今日、草木は枯れ、土ぼこりも少し立って、茶色に霞んでいる。

昭和五十二年に山口百恵さんの歌った「秋桜（コスモス）」（作詞・作曲　さだまさし）という歌謡曲に、「こんな小春日和の穏やかな日は」という一節がありました。作詞者は、「小春日和」をコスモスの咲く秋のことと思っていたのでしょう。『徒然草』（一五五段）に、「十月は小春の天気、草も青くなり、梅もつぼみぬ」とあり、大正三年に出た沼波瓊音（ぬなみけいおん）著『徒然草講話』に、「陰暦十月ふと暖く春の如き気候あるを、小春と名づく。今人この語を秋晴の頃に云とあれど誤なり」と注してあります。秋のものという理解は大正初めにすでにあったのです。

「さ霧消ゆる湊江の…」で始まる文部省唱歌（『尋常小学唱歌（五）』（大正二年）所収）に「げに小春日ののどけしや」とあります。この唱歌の題は「冬景色」ですから、冬のものになりますが、その前の行に「人は畑に麦を踏む」とあるのが気になります。麦踏みはもう少し寒くなってからの作業でしょう。

中国で六世紀中ごろに宗懍（そうりん）が著した『荊楚歳時記（けいそさいじき）』の十月の箇所に、「天気和煖にして春に似たり。

故に小春と言ふ」とあります。「小春」という語は中国で十月の異名でした。日本ではそれを訓読してコハルと言ったのです。

嘉吉三年（一四四三）に一条兼良が主催した『前摂政家歌合』で兼良が記した評語（百五十四番）に、十月を小春と言うことは、漢詩には作るが、和歌にはおぼつかないと言う人たちもあるとあります。「小春」という漢語が語源なので、和歌では用いないことになっていたのでしょう。『徒然草』の例もセウシュンと読むのかもしれません。江戸時代までの和歌では、

かへり咲く花もありやと訪ねみん小春のどけきさくら野の宮　熊谷直好（浦のしほ貝・三〇四）

など、江戸中期以後の四首を見付けただけです。

時雨（しぐれ）

初時雨猿も小蓑をほしげなり　芭蕉（猿蓑）

元禄四年（一六九一）に出版された、この句から書名を付けた芭蕉一門の句集『猿蓑』は、普通の句集や歌集と異なり、冬夏秋春の順に句を配列し、この句を巻頭にして時雨の句が十三句並んでいます。

この句については、初時雨に濡れて寒そうに猿も小蓑をほしがっているというのが普通の解釈ですが、「初」という語は、待っていたものにやっと巡り合った心の弾みを表すものですから（「初」の項を参照）、この句は、待っていた初時雨に猿も自分にふさわしい小さい蓑を着て楽しもうというのかという解釈（小西甚一『俳句―発生より現代まで―』）を採りたいと思います。芭蕉には、

旅人と我が名呼ばれん初時雨（笈の小文）

待っていた初時雨の中を出発して、我が名を旅人と呼ばれようという旅立つ心の弾みを詠んだ句もあります。

個人的なことを申しますと、関東平野に生まれ育ったわたくしは、時雨というものを知りませんでした。初冬の京都の詩仙堂で、日が照っていて向こうは晴れているのに、ここでは大粒の雨が降っているというのを初めて経験しました。時雨は盆地のもので、京都盆地に住む平安時代以来の歌人たちは、時雨によって秋から冬への季節の移り変わりを強く感じたのでしょう。

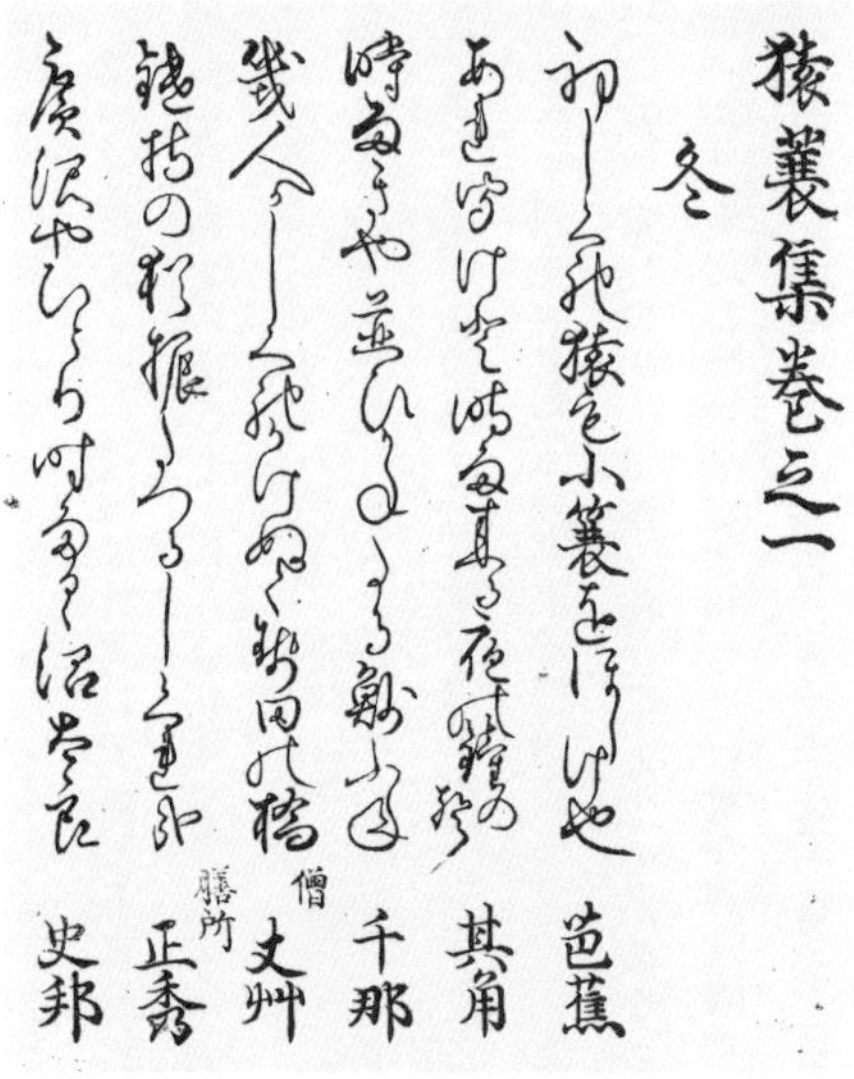

猿蓑の冬の部

『万葉集』では、

九月(ながつき)のしぐれの雨に濡れ通り春日の山は色付きにけり（一〇・二一八〇）

など時雨を晩秋のものとしている歌が多く、紅葉を染めるものとしています。

十月(かみなづき)しぐれにあへる黄葉(もみちば)の吹かば散りなむ風のまにまに　大伴池主（八・一五九〇）

「十月」とあるのだから冬のはずですが、秋雑歌に入っています。時雨は秋のものとしていたのでしょう。十月ということになると、散る紅葉を詠むことになります。これは平安時代以後にも受け継がれます。

『古今集』では、時雨は秋下に三首、冬に一首、離別に一首、恋に三首、哀傷に一首、雑下に一首、雑体の四首と、固定していません。ところが天暦五年（九五一）に編集を始めた第二番目の勅撰和歌集の『後撰集』では、

神無月降りみ降らずみ定めなき時雨ぞ冬の初めなりける　詠み人知らず（四四五）

など、冬の部の最初に十五首の時雨の歌が並んでいます。ここから時雨は初冬の景物に固定しました。「初時雨」という語も勅撰和歌集では始めて見えます。右の歌では降ったり降らなかったり（降りみ降らずみ）で「定めな」いのですが、後には人生の定めなさに言うことがあります。

ちはやぶる神無月こそ悲しけれ我が身時雨にふりぬと思へば　詠み人知らず（後撰集・冬・四七〇）

この歌では時雨が「降る」のを、我が身が「古る」、人が世に「経る」に掛けて、この世を過ごして老いて行く意味を持たせ、わびしい身の上を象徴するものにもなります。また、涙の時雨、袖の時雨、袂の時雨などと、涙を譬えることもあります。

寝覚めして誰か聞くらむこの頃の木の葉にかかる夜半の時雨を　馬内侍（千載集・冬・四〇一）

夜中に目覚めて誰が聞いているだろう、木の葉にかかる時雨の音を。作者は平安中期の女流歌人。時雨の音は寂しいのです。同時代の清少納言も、「時雨・霰は、板屋」（枕草子・二五一段・雪は）と板葺きの屋根に降る時雨の音を愛でています。時雨の降る夜のひとり寝を詠んだ歌は、『万葉集』にも、

黄葉を散らす時雨の降るなへに夜さへぞ寒きひとりし寝れば（一〇・二二三七）

とありますが、音で時雨に気付くと詠むのは平安中期以後に多くなります。

室町時代の連歌師の宗祇に、

世に経(ふ)るもさらに時雨の宿りかな（新撰菟玖波集・冬）

という、時雨の定めの無さをこの世の無常の象徴と詠んだ句があります。

世に経るは苦しきものを槇(まき)の屋に安くも過ぐる初時雨かな　二条院讃岐（新古今集・冬・五九〇）

を踏まえた句で、本歌は人生は苦しいのに時雨はやすやすと過ぎて行くというのですが、宗祇は時雨に人生のはかなさを感じたのです。宗祇を尊敬していた芭蕉は、

世に経るもさらに宗祇の宿りかな（虚栗(みなしぐり)）

と、共感してその伝統につながることを詠んでいます。

せめて時雨れよかし。ひとり板屋の寂しきに（閑吟集・一九六）

という室町小歌は、寂しさに耐えられないから、せめて板葺きの屋根に時雨が降ってほしいと、一人でいることの寂しさを歌っています。

ところが江戸時代の俳諧では、時雨の音、特に屋根に降る音を詠んだ句は少なくなり、時雨のさまざまな様子を描写した句が多くなります。最初に引いた芭蕉の「初時雨」に続く『猿蓑』の巻頭の数句を見ることにします。

あれ聞けと時雨来る夜の鐘の声　其角

幾人(いくたり)か時雨駆け抜く瀬田の橋　丈草

鑓(やり)持ちのなほ振り立つる時雨かな　正秀(まさひで)
広沢やひとり時雨るる沼太郎　史邦(ふみくに)
時雨るるや黒木積む屋の窓明かり　凡兆
新田に稗殻(ひえがら)煙る時雨かな　昌房(まさふさ)

其角の句は夜半に降ってきた時雨が遠くの寺の鐘の声を聞くように促し、丈草のはにわかに降り出した時雨に瀬田（琵琶湖の南端）の長橋を渡りかけた人々が駆け抜け、正秀のは大名行列の先頭を行く鑓持ちが降りかかる時雨と競うように鑓を高く振り立て、史邦のは京都嵯峨の枯野の中の広沢の池で沼太郎（カモ科のヒシクイ）がただ一羽で時雨に濡れ、凡兆のは時雨の降りかかる夜に黒木（生木を切って竈(かまど)でくすぶらせた薪）を積んだ家の窓から漏れる明かりを外から眺め、昌房のは収穫後の新田で燃やしている稗の殻に時雨が降りかかっている。いずれも時雨の新しい美しさを見出した句です。時雨は寂しくもあるが、軽やかでもあり、懐かしくもあり、蕉門の「さび」にふさわしい景物であったのです。芭蕉の指導のもとに凡兆と『猿蓑』の撰をした去来は、「猿蓑は新風の始め、時雨はこの集の眉目(びもく)」（去来抄）と言っています。

芭蕉は後に、

今日ばかり人も年寄れ初時雨（続猿蓑）

今日ばかりは席にいる若い人も年寄りの気持ちになって初時雨の寂びた趣を味わってほしい、と詠んでいます。

元禄七年十月十二日の芭蕉の命日を「時雨忌」とも言います。その日が時雨のころでもあるからですが、時雨は芭蕉の風雅を偲ぶのにふさわしい景物であるからでもありましょう。芭蕉と文学上の同伴者であった素堂は、芭蕉の崇拝した西行の『山家集』を読誦(どくじゅ)して、次の句を詠みました。

あはれさや時雨るるころの山家集（陸奥衢(むつちどり)）

枯野(かれの)

旅に病んで夢は枯野をかけめぐる　芭蕉（笈日記）

元禄七年（一六九四）十月八日、亡くなる四日前に大阪の宿で詠んだ芭蕉の最後の句。旅を続けてここで病に倒れたが、その病床での夢では、まだ枯野を駆けめぐっている。夢に見るのが、もし「花野」などであったら、心静かに極楽浄土を思い念じていることになるでしょうが、「枯野」であるので、生への執念が強く感ぜられます。芭蕉に「枯野」を詠んだ句はこの一句だけですが、芥川龍之介が、芭蕉の臨終に集まった門弟たちの心情を描いた小説『枯野抄』に、「師匠はやはり発句の中で、屢(しばしば)予想を逞(たくま)しくした通り、限りない人生の枯野の中で、野ざらしになったと云って差支へない。」と記しているように、この句が元になって、枯野は芭蕉の生涯の象徴になったとも言えましょう。

世の中を何にたとへむ草も木も枯れゆくころの野辺の虫の音（順集・一二七）

平安中期の源順(みなもとのしたがう)の歌。「世の中を何にたとへむ」を頭に置いて、世の中のはかなさを詠んだ十首の中の一首です。中心になっているのは「虫の音」ですが、枯野をはかない空しいものとしています。

「枯野」という語は、平安時代の文学にはほとんど見えません。『源氏物語』にはありませんし、『枕草子』に一例、『狭衣物語』に三例あるのは、いずれも襲の色目です。荒涼とか蕭条とかいう語で形容される生気を感じさせない枯野は、平安時代の貴族たちの美意識に適うものではなかったのでしょう。わたくしが見つけた最古の例は、平安中期の藤原高遠の、

狩りに来る人もこそあれ冬草の枯野の雉のありか苦しも（大弐高遠集・三七三）

でした。草が枯れてしまったので、見つけられやすくなっているのを、雉の立場で詠んだものです。

勅撰和歌集で「枯野」という語が出てくるのは、平安末期の『千載集』からです。

秋果つる枯野の虫の声絶えばありやなしやを人の問へかし　藤原基俊（千載集・秋下・一〇九〇）

詞書によると、陰暦九月の末に病気になった作者が、訪れてこない友に送った歌です。心もとない病状を虫の声に重ね、この声が絶えたら、無事かどうか尋ねてほしいと、相手の冷淡さを恨んでいます。これは秋の歌ですから、まだ虫がいますが、以後の歌では、枯野を見て、秋の鹿や虫を懐かしんだり、春や秋の花の面影を思い浮かべたりすることが多くなっています。自分の華やかだった昔を回想し、今の境遇を嘆くと詠むこともあります。

冬枯れのすさまじげなる山里に月の澄むこそあはれなりけれ　西行（山家集・五一七）

枯れ野は「すさまじげ（荒涼）」なのです。平安末期になると、枯野のすさまじさに美を感じるようになりました。

木の葉散りて後は寂しき外山より枯野の草に嵐落つなり　藤原良経（秋篠月清集・一二七二）

ここでは枯野に吹く風のすさまじさを詠んでいます。

室町時代の連歌師の心敬は、

昔の歌仙に、ある人の「歌をばいかやうに詠むべきものぞ」と尋ねはべれば、「枯野の薄（すすき）、有明の月」と答へはべり。これは言はぬ所に心をかけ、冷え寂びたるかたを悟り知れとなり。

と述べています。この歌仙は、先の「秋果つる」の歌の作者である平安後期の藤原基俊と言われています。心敬はその挿話を自分の理想の美とする「冷え・寂び」の象徴に用いたのです。

室町時代の連歌師の宗祇には、

月うすし曇る枯野の朝じめり（萱草）

という、珍しく乾燥していない枯野を詠んだ句があります。これも枯野の一つの姿です。

俳諧は和歌や連歌と違って題材の制限が無いので、さまざまな扱いをした作が見られます。

枯野かなつばなの時の女櫛　西鶴（渡し船）

春、野遊びに来てツバナ（チガヤ、芽を子供が食べる）を摘んだ時に落とした派手な女櫛が、枯野に落ちている。春の賑やかだった野が、今は枯れはてて寂しくなってしまっている。人は描いてありませんが、そこにいた華やかな人々を感じさせる、小説家である西鶴にふさわしい人事句です。

芭蕉の句は最初に記しました。

鷹の目の枯野にすわるあらしかな　丈草（菊の香）

作者は芭蕉の門人。獲物を狙う精悍な鷹の目の前に、烈風の吹く枯野が広がる、緊張感あふれる景を詠んでいます。

むささびの小鳥はみゐる枯野かな　蕪村（自筆句帳）

枯野に小鳥をかじるムササビを取り合わせて、無気味さを狙っています。

大徳（だいとこ）の屎（くそ）ひりおはす枯野かな　蕪村（自筆句帳）

「大徳」は高貴な僧。「おはす」という尊敬語がかえって滑稽味を増しています。

ざぶりざぶりざぶり雨降る枯野かな　一茶（享和句帳）

冬には珍しく乾いた枯野を洗い流すような大雨は、すさまじいが潤いも感ぜられます。

物しばし匂うてやみぬ枯野原　鳳朗（ほうろう）（鳳朗発句集）

作者は江戸末期の俳人。正岡子規が月並派と攻撃した俳人の一人ですが、こんな繊細な感覚で自然のかすかな生命を捉えた句を作っています。

遠山に日の当りたる枯れ野かな　高浜虚子

近代俳句の指導者である作者の代表作。明治三十六年の『春夏秋冬・冬之部』に見えます。夕方でしょうか、手前の枯野はすでにかげっていて、遠くの山にだけ日が当たっている。そこにはぬくもりがあり、手前の薄暗くなった枯野は不気味でもあります。

笹原も小松がはらも霜ふりて枯野まばゆく朝日さすなり

古典的な詠みぶりですが、冬の朝の輝きを捉えています。歌を好まれた明治天皇の御製です。

わが村の貧しき人のはてにける枯野の面を思ひ見るわれは　島木赤彦（太虚集）

中国東北部の奉天での作。日露戦争の激戦地であった枯野を前にして、自分の郷里の景に思いを馳せ、そこで死んでいった人たちを思っています。生気の感じられない枯野だから、死者に鎮魂の思いを抱くのでしょう。

鴨（かも）　海暮れて鴨の声ほのかに白し　芭蕉（野ざらし紀行）

名古屋市熱田での作。五五七という破調にして「ほのかに白し」を最後にしたことで、鴨の声を白いとしたことが際立ちます。

カモというのはガンカモ科の鳥のうちの比較的小形の水鳥の総称です。『新日本動物図鑑』には、雁鴨目ガンカモ科の鳥が四十四種載っています。その中には白鳥や雁などもいますが、半数以上はカモと言えるもののようです。オシドリもカモの類です。『万葉集』には、鴨鳥・水鴨（みかも）などのカモの複合語のほかに、アキサ一例、アヂ七例、タカベ二例が見えます。

カモの多くは渡り鳥ですが、留鳥もあります。文学では冬のものとしていることが多く、『万葉集』では、

葦辺（あしへ）行く鴨の羽交（はがひ）に霜降りて寒き夕べは大和し思はゆ　志貴皇子（しきのみこ）（一・六四）

など三首で霜と取り合わせて詠んでいます。『万葉集』には春の歌にカモを詠んだものもあり、平安時代前期の『宇津保物語』（春日詣）にも春の場面にカモを言う例がありますが、だいたいは冬のものとなっています。

渡り鳥であるなら、雁と同じように渡来する秋のものにしても良いのではないかと思いますが、小さ

い鳥ですから、飛来する姿は雁ほど印象的ではなく、冬に水に浮いているのを見ることが多いので、冬のものになったのでしょうか。

『万葉集』には、志貴皇子の歌のように葦と取り合わせた例が四首あり、「葦鴨」という語も三例あります。葦は難波江（大阪湾）の景物とされています。志貴皇子の歌も難波宮での詠です。これらは平安時代以後も受け継がれます。

『万葉集』には「葦鴨のすだく」という例が二つあります。カモは群棲します。平安末期からは、「鴨の群鳥（むらとり）」とも詠みます。

カモの脚を短いことの譬えに言うことがあります。これは『荘子』（駢拇）の、「鳧（かも）の脛（すね）は短しといへども、之（これ）を続（つ）がば則ち憂へん。鶴の脛は長しといへども、之を断たば則ち悲しまん」によるものです。

カモは水鳥ですから、歌などでは水面に浮いているのを扱うのが普通です。『万葉集』に「鴨じもの（鴨ノヨウニ）」という枕詞があり、「浮き（寝）」にかかります。「浮き寝」は同音の「憂き寝」に通わせます。水上に浮いているのは不安定に見えるので、

吾妹子（わぎもこ）に恋ふれにかあらむ沖に住む鴨の浮き寝の安けくもなし（万葉集・一一・二八〇六）

のように「鴨の浮き寝」を、不安なことの譬えに用いることもあります。鎌倉時代には、

世に経（ふ）れば鴨の水掻き安からず下の心は我ぞ苦しき　藤原知家（ともいえ）（新撰六帖・三・九三八）

カモが水を掻くことのように我が心は苦しいと、カモが水面に浮いているのは気楽げであるが、水面下ではせわしく動いて苦しかろうとしている歌もあります。

冬に水に浮いていれば、初めの志貴皇子の歌のように、羽根に霜がおりることもあります。その霜を自分で払う（万葉集・九・一七四四）とすることもありますが、

…鴨すらも　妻とたぐひて（寄リ添ッテ）　我が尾には　霜な降りそと　白たへの　羽根さし交へて　うち払ひ　さ寝とふものを…　丹比大夫（万葉集・一五・三六二五）

のように、夫婦で睦まじく寄り添って霜を払い合うとすることもあります（この長歌は妻が亡くなったのを悲しむ歌です）。ところが八代集では、カモを詠んだ歌が二十首あるのですが、睦まじいことを思わせる歌は、

起きながら明かしつるかな共寝せぬ鴨の上毛の霜ならなくに　和泉式部（後拾遺集・恋二・六八一）

の一首だけになり、仲が良いのはオシドリになります。

『今昔物語集』（一九・六）に、次の話があります。

京都の身分の低い侍が、産後の妻に肉食させるために、美々度呂池（京都市北区の深泥池）で番いの鴨の雄を射て持ち帰り、棹に懸けておいた。その夜、棹のところで羽ばたきするので、見ると雌が死んだ雄のそばに来ていた。夫婦は哀れに思ってこの鳥を食わず、夫は愛宕山の寺で法師になった。

この説話は、鎌倉時代の『古今著聞集』『沙石集』ではオシドリのこととなり、民話にも引き継がれます。日本ではカモが睦まじい鳥であったのが、中国から伝わった夫婦仲の良いものはオシドリという知識によって変わったのでしょう。これについてはオシドリのところで述べます。

オシドリほどではないが、カモは多彩で美しい鳥です。

水鳥の鴨の青羽の青馬を今日見る人は限りなしといふ　大伴家持（おおとものやかもち）（万葉集・二〇・四四九四）

など、歌ではその青色を取り立てて詠みます。オシドリに記すように、カモも極楽にいる鳥でした。極楽の鳥であるのは、その美しさによるのでしょう。

『播磨国風土記』の賀毛郡の上鴨の里・下鴨の里の箇所に、応神天皇が一本の矢で二羽の鴨を射させ、矢を負って飛び越えた所を鴨坂、落ちた所を鴨谷、煮た場所を煮坂と言うようになったという地名起源説話があります。先に記した『今昔物語集』の話でも、鴨を射たのは妻に肉食をさせるためでした。カモは古くから食用にされていました。しかし、鳥類の肉は、平安時代以後の貴族社会では、キジを最高のものとし、江戸時代の武家社会では、ツルを珍重していました。カモの肉を賞味したのは庶民で、井原西鶴の『日本永代蔵』（四・二）に「朝夕の鴨鱠（かもなます）・杉焼のいたり料理（凝ッタ料理）が胸につかへて迷惑」とあり、元禄ころの『古今料理集』（二）では、水鳥の中ではカモを一番に賞翫（しょうかん）するとしています。カモの料理は庶民にとっては珍重すべきものでした。江戸後期には「いとこ同士は鴨の味」という諺が行われていました。カモの味は甘美なのです。だましやすい相手をカモと言うのも、美味であることによるのでしょう。江戸中期ころから見えます。

鴛鴦（をしどり）

忍び音に鳴く夜もあらん離れ鴛（をし）　暁台（きょうたい）（暁台句集）

配偶者と離れた鴛鴦は夜に忍び音で鳴くこともあるかというのです。

『日本書紀』に、孝徳天皇の大化五年（六四九）三月に、皇太子の中大兄皇子の妃である造媛（みやつこひめ）の亡くなっ

た時に、野中川原史満が、

山川に鴛鴦二つゐてたぐひよくたぐへる妹をたれか率にけむ

という歌を奉りました。山川にオシドリが二羽連れ添っているように仲良くしていた妻をだれが連れ去ったのか。古くからはオシドリは夫婦仲の良いことの譬えになっていました。

しかし『万葉集』に鴛鴦を詠んだ歌が四首載っていますが、いずれも仲睦まじさを言っていません。中国最古の詩集『詩経』（小雅）に「鴛鴦」という詩があり、それに後漢の鄭玄が付けた注に、オシドリは匹鳥（つがいをなす鳥）とも言い、止まる時は連れ立ち、飛ぶ時は並ぶとあります。オシドリの雌雄が睦まじいとするのは、中国から入った感じ方でした。「山川に」の作者は中国からの帰化人の一族と言われています。

晋の崔豹の『古今注』に、雌雄が離れず、人がその一を得ると一は思って死に至るとあります。これは、平安前期の『本草和名』『倭名類聚抄』などの辞書に引用してあり、日本でも古くから知られていました。これを詳しくしたような説話が、『古今著聞集』（魚虫禽獣）や『沙石集』（七）にあります。

陸奥国の馬の允が赤沼（『沙石集』では下野国阿曾沼）でつがいのオシドリの雄を射た。その夜、枕元に上品な女が現れ、夫を殺されたので、自分も生き長らえられないと言って泣き、

日暮るれば誘ひしものを赤沼の真菰隠れのひとり寝ぞ憂き

と詠んで去った。翌朝見ると、雌のオシドリが雄と嘴を噛み合わせて死んでいた。馬の允は、これを見て、出家した。

この説話は、ほぼ同じ内容で江戸時代の文献にいろいろと見え、近代にも各地に昔話として伝えられています。ラフカディオ・ハーンの“Kwaidan”にも出ていますから、それでご存じのかたもあると思います。

この説話は、『今昔物語集』では、カモのことになっています。日本ではカモを仲の良いものとしていたのに、中国からの知識で、オシドリが取って代わったのでしょう（カモについては別に記しました）。

仲の良いオシドリですが、和歌では、

互みにや上毛の霜を払ふらむ共寝の鴛鴦の両声に鳴く　源親房（千載集・冬・四二九）

のように、仲の良さを直接に詠む例は少なく、

夕されば寝に行く鴛鴦のひとりして妻恋すなる声の悲しさ　藤原冬嗣（後撰集・哀傷・一四〇一）

のように、たいていは睦まじかったがいなくなってしまった妻や恋人を慕うというように詠みます。「をしのひとり寝」（古今六帖・三・一四七五）としたり、「つがはぬをし」（永久百首・三九六）と打消にしたり、「つがひしをし」（紫式部日記）と過去のことにしたりして、孤独であることを強調します。成就する恋よりも破れた恋のほうが哀れですから、このような扱いをするのでしょう。

日本古代の漢詩では鴛鴦は春の景物となっています。『万葉集』にも、春の馬酔木と取り合わせた歌があります（二〇・四五一一）。これは中国文学の影響です。

平安時代の和歌では、オシドリを冬の夜のものとしています。冬の夜の池や沼は、冷たく凍り、上から霜も振ります。

このごろの鴛鴦の浮き寝ぞあはれなる上毛の霜よ下の氷よ　崇徳院（千載集・冬・四三二）

冬の冷たい池で浮き寝をするのを、同音の憂き寝にとりなすこともあります。その冷たさの中で、オシドリは羽根においた霜を互いに払いあうと言います（枕草子・四一段・鳥は、など）。前に引いた「互みにや」の歌もそれを詠んでいます。これは『万葉集』ではカモのこととしています。これも中国からの睦まじい鴛鴦という知識でオシドリになったのでしょう。

しかし、現実には、オシドリは毎年配偶する相手を変えているそうです。

『観無量寿経』には、仏・観世音菩薩・勢至菩薩を思念すると、「水流・光明及び諸の宝樹・鳧・雁・鴛鴦」が妙法を説くのを聞くとあり、源信の『往生要集』（上）には、極楽の描写に、「鳧・雁・鴛鴦、遠く近く群れ飛ぶ」としています。藤原道長が建立した法成寺の金堂供養の舞台は、「孔雀・鸚鵡・鴛鴦・迦陵頻伽など見えたり」（栄花物語・音楽）というものでした。オシドリは、架空の人面鳥である迦陵頻伽、異国の鳥であるクジャク・オウムと同列に扱われています。『男衾三郎絵詞』には、オシドリの遊ぶ海の上に観世音菩薩が現れる場面がありますし、『法然上人絵伝』（七）では、夢の中で極楽に向かって合掌する法然のそばにオシドリとカモが描いてあります。オシドリは極楽にいる鳥とされていたのです。それは羽色の美しさによるのでしょう。

江戸時代には、京都の龍安寺がオシドリの名所でした。

遊龍安寺　鴛鴦行くや夕日江に入る水のあや　几董（続明烏）

龍安寺　鴛鴦鳴くや夕月かかる寺の門　嘯山（俳諧新選）

などと俳句にも詠まれています（二人とも江戸中期の俳人です）。日本のオシドリは、厳密には中国でいう鴛鴦ではなく鸂鶒（けいちょく）であると、新井白石が、明の遺臣で帰化して徳川光圀に仕えた朱舜水の談話として記しています（東雅）。

千鳥（ちどり）

星崎（ほしざき）の闇を見よとや鳴く千鳥　芭蕉（野ざらし紀行）

鳴海（なるみ）（名古屋市緑区）に泊まっての句。星崎は名古屋市南区。このあたりは昔から千鳥の名所とされていました。星も見えない闇夜に千鳥の鳴き声が聞こえるのです。

しらじらと氷かがやき／千鳥なく／釧路（くしろ）の海の冬の月かな（一握の砂）

石川啄木の有名な歌です。チドリについて少し調べると、名歌であることについては、いささかためらいを感じます。「しらじらと」という鮮烈な副詞を用い、北国の釧路の荒涼たる氷の海を詠んだこと以外には、あまりにも伝統的なチドリの見方しかしていないからです。啄木でなくては詠めないというものではないと思います。

チドリは塩水にも淡水にもいますが、『万葉集』では、海のチドリは難波宮での一首（六・一〇六二）だけで、それ以外は淡水のものです。柿本人麻呂の有名な、

近江の海夕波千鳥汝（な）が鳴けば心もしのに古へ思ほゆ（万葉集・三・二六六）

は、琵琶湖のチドリです。その中で多いのは、奈良市の東を流れる佐保川のもので、九首に詠まれています。チドリと佐保との取り合わせは平安時代以後の歌にも、

千鳥鳴く佐保の川霧立ちぬらし山の木の葉も色まさりゆく　藤原満子（古今集・賀・三六一）

など、多く見られます。

天平勝宝五年（七五三）正月十二日に、大伴家持が、

河渚にも雪は降れれし宮の内に千鳥鳴くらし居む所無み（万葉集・一九・四二八八）

と詠みました。平城京の内裏でチドリが鳴くこともあったことになります。これも佐保川のものでしょう。『万葉集』では、佐保川に次いで多いのは吉野川のものです。これも有名な山部赤人の、

ぬばたまの夜の更け行けば楸生ふる清き河原に千鳥しば鳴く（万葉集・六・九二五）

は、歌の中に地名はありませんが、この前に載る同じ時の歌に「み吉野」とあります。

平安時代になると、都は平安京になりますから、

明けぬなり賀茂の川瀬に千鳥鳴く今日もはかなく暮れむとすらむ　円昭法師（後拾遺集・雑三・一〇一五）

など、賀茂川のチドリを詠むようになります。

平安時代には、海のチドリを詠むことが多くなります。これも有名な歌を引きましょう。

淡路島通ふ千鳥の鳴く声に幾夜寝覚めぬ須磨の関守　源兼昌（金葉集・冬・二八八）

これまで引いた歌でそうであったように、チドリは多く夜か夕方のものとしています。海のチドリは、

須磨の浦有明の空に鳴く千鳥傾く月は汝も悲しや　藤原俊成（千載集・冬・四二四）

のように月と取り合わせ、川のチドリは前に引いた『古今集』の「千鳥鳴く佐保の川霧」のように霧と

取り合わせることが多くあります。

チドリの季節は、現在では冬ということになっています。しかし、『万葉集』では一定していません。先に引いた大伴家持の「河渚にも」は正月の作で、他に三月、五月などの作もあります。これも先に引いた『古今集』の「千鳥鳴く」は紅葉が取り合わせてあるのだから秋です。

冬のものになるのは、『拾遺集』に、

思ひかね妹がり行けば冬の夜の川風寒み千鳥鳴くなり　紀貫之（冬・二二四）

夕されば佐保の河原の川霧に友まどはせる千鳥鳴くなり　紀友則（冬・二三八）

などを冬の部に載せたのが古いところです。この前者には「冬の夜の」とありますが、後者には冬を表す語はありません。それが冬の部にあるということは、このころには冬のものとするようになったのでしょう。散文でも、『宇津保物語』では三月の場面でチドリの声を聞き（吹上・上）、『蜻蛉日記』（中）では、七月の石山寺への参詣の途中で、瀬田の橋の辺りでチドリを聞いています。ところが『源氏物語』では、冬の夜（須磨）や十一月（総角）にチドリの歌を詠んでいます。十一世紀の初めのころにはチドリは冬のものになったようです。

図鑑などを見ると、チドリの類で冬に日本にいるものは少なく、わずかにタゲリが秋から春まで滞留するとあります。古人がチドリと言っているのはタゲリが主なのでしょうか。

日本人はチドリの鳴き声に興味を感じ、歌にも詠んできました。それではチドリはどのように鳴くのでしょうか。

『古今集』に、

しほの山さしでの磯に住む千鳥君が御代をばやちよとぞ鳴く　詠み人知らず（賀・三四五）

という歌があります。この歌では、チドリの声をヤチヨとして八千代と懸けています。ヤチヨとして祝いの心に用いることは後まで続きます。

江戸初期の文献には、チドリの鳴き声を、チリチリ（大蔵虎明本狂言「千鳥」）、チンチン（松の葉・三・ちんちん節）などとしています。そしてそれがチドリの鳴き声ヤチヨを含めて、チという音があります。チドリについては、多く群れ飛ぶことからとする説もありますが、群れ飛ぶのはチドリに限ったことではありませんから、鳴き声説に従いたいと思います。ただし『万葉集』には多くの鳥の意味の千鳥という例もあります（一一・二八〇七など）。

そのチドリの声に、古人はこのような感想を抱いたのでしょうか。先に引いた柿本人麻呂の「近江の海」の歌では、チドリが鳴くと「心もしのに（心モグッタリシテ）」昔を偲ぶことになるのです。『金葉集』の「淡路島」では、声を聞くと寝覚めしてしまうのです。チドリの声は物思いをさせるのです。『万葉集』には、「友呼ぶ千鳥」（四・六一八）。「千鳥妻呼び」（七・一一二五）とあります。チドリは友や妻を呼ぶのです。そのようなチドリに感情移入すれば、人が自分自身の恋心を歌うことにもなります。そんなこともチドリが物思いさせる理由なのでしょう。

鯨（くじら）

暁や鯨の吼（ほ）ゆる霜の海　暁台（暁台句集）

鯨は冬の季語です。日本近海には仲秋から仲春にかけて出没したからです。

鯨は世界一巨大な動物です。『日本書紀』敏達天皇二年（五七三）八月十四日の条に、高麗からの使者を送る使いの吉備海部直難波（きびのあまのあたいなにわ）が、海中に大きな鯨がいて船と楫櫂（かじさお）を止めて嚙みついたので、船を呑むのではないかと恐れて、漕（こ）ぎ出すことが出来なかったと語ったとあります。この報告は偽りでしたが、古代人が鯨をどう感じていたかが分かります。中国に「呑舟之魚」（荘子・庚桑楚）という語があるので、これを踏まえたのかもしれません。「鯨」の字の旁（つくり）の「京」は大きいという意味です。

鯨が魚でないことは、江戸時代には分かっていました。宝暦十年（一七六〇）に出た梶取屋（かんどりや）次右衛門の『鯨志（げいし）』には、①鯨の目には眶（まぶた）があって、まばたきをする。②魚は左右の頰骨の下、肩骨の上の間が開いて、口に溢れる水を通して呼吸を妨げないが、鯨は頭の上に一孔があり、口に溢れる水を噴出する。③鯨には腹の下や糞門の下に小翅が無い。④鯨には糞門の下に陰門があり、雄は陰茎を蔵する、と魚とは違うことを述べています。

『万葉集』に「いさなとり（鯨魚取・勇魚取）」という「海」などにかかる枕詞があり、イサナは鯨の異名と言われています。「取り」というのですから、古代から捕鯨をしていたことが分かりますが、広く行うようになったのは江戸時代になってからです。

井原西鶴の『日本永代蔵』（二・四）に和歌山県東牟婁郡太地町（ひがしむろぐんたいじちょう）での捕鯨の描写があります。

捕鯨（日本永代蔵）

ある時、沖に一むら夕立雲のごとく潮吹きけるを目がけ、一の銛を突きて、風車のしるし（風車ノ模様ノ旗）を上げしに、また天狗（人名）とは知りぬ。諸人浪の声をそろへ、笛・太鼓・鉦の拍子を取って、大綱付けて轆轤に巻きて磯に引き上げけるに、その丈三十三尋弐尺六寸、千美と言へる大鯨、前代の見はじめ（前代ニ例ノ無イ今ガ見始メ）、七郷の賑はひ、竈の煙立ち続き、油をしぼりて千樽の限りも無く、その身、その皮、鰭まで捨たる所無く、長者になるは是なり。切り重ねし有様は、山無き浦に珍しく、雪の富士、紅葉の高尾、ここに移しぬ。

網でかこいこんで銛で突く漁法が広く行われました。「七郷の賑はひ」というのは『本朝食鑑』にも「俚諺に所謂一浦一鯨を獲る則ば、七郷の賑はひ」（原漢文）とあり、広く言われていました。

室町後期の『四条流庖丁書』に、「鯉ニ上ヲスル魚ナシ。乍去鯨ハ鯉ヨリモ先ニ出テモ不苦」とあります。良い肴としていたようです。

雪　ながながと川一筋や雪の原　凡兆（猿蓑）

見渡す限り白一色の雪の原に一筋黒く川が画面を断ちきるように流れている。極端に単純化した写生の効果で印象深い句です。

　新しき年の初めの初春の今日降る雪のいやしけ吉事　大伴家持（万葉集・二〇・四五一六）

『万葉集』の巻末に載っている、言い換えれば『万葉集』で一番新しい歌です。天平宝字三年（七五九）正月一日の、因幡の国庁での宴会で、国守である家持が詠んだもの。元日の今日降っている雪が降り積もるように、いよいよ重なれ、良い事よ。

めでたいこの歌を巻末に掲げることで、編者とされる家持は、この『万葉集』が末代まで伝われという願いも込めたのでしょう。

雪は豊年の瑞兆とされています。事実そうでもあるのかもしれませんが、古代の貴族たちの必読書であった『文選』（一三）に載る謝恵連の「雪譜」に、「尺に盈つれば則ち瑞を豊年に呈す（一尺以上になれば豊年のしるしである）」とあるなど、中国からの知識でもありました。家持はそういう中国からの知識に拠って詠んだものと思われます。

雪は人それぞれの立場の違いによって、さまざまな思いを抱かせます。

み吉野の　耳我の嶺に　時なくそ（絶エ間無ク）　雪は降りける　間なくそ　雨は降りける　その雪

の　時なきがごと　その雨の　間なきがごとく　隈もおちず（曲ガリ角ゴトニ）　思ひつつぞ来し　その山道を（万葉集・一・二五）

即位前の天武天皇が壬申の乱の直前に、生命の危険を感じて、近江の京から吉野へ逃れた時の、絶え間無く降る雪や雨の中での不安な気持ちを、それから八年後の吉野行幸の時に回想して詠んだとされる歌です。逃亡者である天皇にとって、雪は厳しい試練でした。

その天武天皇が、飛鳥浄見原の宮から一キロメートルほど離れた大原にいる夫人の藤原五百重娘に、

我が里に大雪降れり大原の古りにし里に降らまくは後（万葉集・二・一〇三）

我が里には大雪が降った、あなたのいる大原の古ぼけた里に降るのはもっと後だろうと、戯れてからかう歌を送ったところ、

我が岡の龗に言ひて降らしめし雪の砕けしそこに散るらむ（万葉集・二・一〇四）

我が住む里の水神に言って降らせた雪のかけらがそこに降ったのでしょう、こちらはもっと大雪ですと、即興の応酬をしました。雪は美しく、心を弾ませるものです。以後、雪の日に雪見舞いの歌を取り交わすのは、貴族たちの風流な社交でした。鎌倉末期の兼好は、雪の朝に、雪について何も触れていない手紙を送ったら、そんな無風流な人の仰せは聞き入れられないと、返事でたしなめられたという思い出を記しています（徒然草・三一段）。

雪は昔を懐かしく思い起させるものでもあります。

沫雪のほどろほどろに降り敷けば奈良の都し思ほゆるかも　大伴旅人（万葉集・八・一六三九）

太宰府の長官として赴任していた作者は、うっすらと降り敷いた雪を見て、故郷である奈良の都を思いやっています。旅人はこの任地で妻を亡くしています。奈良の都は妻との思い出の多い所でした。

我が背子と二人見ませばいくばくかこの降る雪の嬉しからまし　光明皇后（万葉集・八・一六五八）

光明皇后から夫の聖武天皇に送った歌。天皇はたまたま不在だったのでしょう。背の君と二人で見たらどれほどこの降る雪が嬉しいだろう。雪は人を恋しく思わせるものでもあります。

忘れては夢かとぞ思ふ思ひきや雪踏み分けて君を見むとは　在原業平（伊勢物語・八三段）

業平が親しくしていた惟喬親王が、皇位につくのを諦めて出家し、比叡山の西の麓の小野に隠れ住んでいたのを、正月に深い雪の中を業平が訪れ、京都に帰ってから送った歌。この現実を忘れては、夢かと思う。親王に親しくお仕えしていた以前には思ったろうか、このように深い雪を踏み分けてお目にかかろうとは。雪は、出家した親王と俗世間に生きる業平とを隔てるものでした。

日本有数の豪雪地帯である新潟県南魚沼市塩沢に生まれ育った鈴木牧之は、『北越雪譜』（初編は天保八年〈一八七三〉刊）で、暖国の人は雪を絵に描いたり詩歌に詠んだりして賞翫するが、「我が越後のごとく年毎に幾丈の雪を視ば、何の楽しき事かあらん。雪の為に力を尽くし財を費やし、千辛万苦する事」として、雪国の雪のさまざまなすさまじさを語っています。

同じように雪国である信濃の人一茶は、遺産相続の問題で帰郷したが、話し合いがまとまらず、江戸へ舞い戻る時に、

心から信濃の雪に降られけり（文化句帳）

雪の結晶（雪花図説）

の句を詠みました。雪の冷たさは、周りの人々の冷淡さでもあります。こういう背景がなかったとしても、雪国の雪は、身も心も凍りつくような非情なものなのでしょう。その話し合いがまとまって、郷里に住み着くことを決めた時の句は、

これがまあつひの栖(すみか)か雪五尺（七番日記）

です。「これがまあ」に雪の深さにあきれ、諦め、居直る気持ちが表れています。

むまさうな雪がふうはりふはりかな（七番日記）

では、童心にかえって雪を楽しんでいます。東北地方には、

上見れば虫コ、中見れば綿コ、下見れば雪コ

という、童心で雪の状態を書写したわらべうたがあります。

雪の結晶が六角形であることは、中国では紀元前から知られていました。雪を「六花」とも言い

ます。花は陽のものであるから花弁は陽の奇数である五枚が多いが、雪は陰のものであるから、陰の偶数で六出しているのであると説明しています。日本ではこれを訓読して「六つの花」と言い、

風冴えて朝降る雪に待ちえたり五葉の松に六つの初花　正徹（草根集・五九一〇）

など、室町時代から例が見られます。茨城県古河の藩主であった土井利位（としつら）は、オランダ渡りの顕微鏡で雪の結晶を観察し、『雪花図説』（天保三年〈一八三二〉刊）に九十八図、続編（天保十一年刊）に九十七図を載せています。

近代の短歌や俳句にも雪を詠んだ名作も少なくないと思いますが、ここには三好達治の詩「雪」をあげます。

太郎を眠らせ、太郎の屋根に雪ふりつむ。
次郎を眠らせ、次郎の屋根に雪ふりつむ。（測量船）

人は皆ひっそりと寝静まった夜、藁屋根に音も無く雪が降り積もっています。民話のようなノスタルジーを感じさせる情景です。

杉（すぎ）

木枯しに岩吹きとがる杉間かな　芭蕉（笈日記）

多くの大きな杉の木の間から見える尖った岩に烈（はげ）しい木枯しが吹きつけ、岩が鋭く尖ったように感じられる。元禄四年（一六九一）に愛知県新城市の鳳来寺（ほうらいじ）で詠んだ句です。

杉は常緑樹ですから無季の語ですが、この句によって冬に入れることにします。

杉は日本独特の木と言われていましたが、近年では中国にも見られるという説もあります。現代中国語では、杉（杉木・沙木）というのははコウヨウサン（広葉杉）で、日本のスギは柳杉と言うそうです（中日大辞典）。日本で「杉」という字を用いるようになったころからそのくらいの違いはあったのでしょう。

日本では北海道を除く全国に見られます。

【語源】 スギという語の語源については、「直木、すぐきと言ふべきを略せるにや」（契沖『円珠庵雑記』。松永貞徳『和句解』、貝原益軒『日本釈名』（下一）、『大和本草』（一一）、天野信景『塩尻』（五四）なども同じ説とする説が古くは多かったのですが、本居宣長は、直をスグと言うことは古くは無いとして、上へ進み上る木なので進木とし（『古事記伝』九）、狩谷棭斎はこれらを否定して、スは痩清の義、キは木と言い（箋注倭名類聚抄）。大槻文彦は、「スクスクト生ヒ立ツ木ノ義」（『言海』）としました。どれが妥当であるかは分かりませんが、どれもまっすぐに伸びているところに注目しての説と言えます。

漢字の「杉」の旁は、「「三・サン」の字の変形したもので、「細かいものがいくつもちらちらしてみえる」という意味である。」（藤堂明保『漢字の話Ⅱ　植物篇』）ということだそうです。「椙」とも書きますが、こちらは木と昌（さかえる）とを合わせた国字です。

【植林】 現在の杉の林は、天然のものか植林によるものか、はっきりしないものが多いと言われます。『万葉集』に、

古への人の植ゑけむ杉が枝に霞たなびく春は来ぬらし（一〇・一八一四）

という、植林のことを思わせる歌があります。貞観八年（八六六）正月二十日に、鹿島神宮の修造のた

めに宮の近辺の閑地に栗と梠を植えることを許可した記録もあります（三代実録・一二）。

現在の日本の造林面積は杉が最も多いそうです。秋田杉・吉野杉が著名です。昭和になって各地に植えたので、これが花粉症の原因になっているとも言われています。

日本海側の杉は、太平洋側のものと異なり、雪の多い状況に適応して、太い枝が曲がって地につき、そこから先端が立ち上がり、地についた所から根を出すものが多く見られます。

杉は根が浅いので、台風などで根こそぎ倒れることがあります。平成十年九月二十二日の台風で杉が倒れかかって、室生寺の五重の塔が壊れたので、そうなることを予防して、法隆寺の金堂の前にあった松の木も切り倒してしまいました。

【用材】 杉はたやすく入手できるので、さまざまに用いられています。

【船】『日本書紀』（神代上）に、素戔嗚尊（すさのおのみこと）が、杉とクスノキを浮く宝（舟）とせよと言ったとあります。福井県鳥浜遺跡から杉の丸木舟が出土しています。弥生・古墳時代の出土遺物でも、舟はクスや杉で造ってあります。樹脂があることも船に適しているのでしょう。『古事記』（下・仁徳）には、杉の巨木で造った枯野（からの）という船は早く行く船で、朝夕に淡路島の寒水（しみず）を汲んで天皇の飲用水に奉ったとあります。大木を用いたことに特別の理由があるのかもしれません。中世には「すぎふね」（続古今集・神祇・七三九、義経記・四など）という語が見られます。江戸時代には、明和三年（一七六六）刊の『和漢船用集』に、川舟は真水なので朽ちやすいから、槇（まき）を最良とし、楠（くす）や草槇がこれに次ぎ、檜（ひのき）・杉がその次である、海舟は、塩水なので朽ちることがなく、楠・槻（つき）・杉・樅（もみ）などを使うとあります。杉は最良ではなかったものの、舟に用いていました。

【建材】静岡県の登呂・山木遺跡、佐渡の千種遺跡では、杉を住居や倉庫の主な構造材として用いています。杉は成長が早いので、建材としては柔らかくて処理しやすいが、膨張収縮が激しく、檜に比べると耐久性で劣るそうです。法隆寺金堂の野地板（屋根の下地材）に用いた杉の板は、触っただけで崩れたとのことです（西岡常一・小原二郎『法隆寺を支えた木』）。

平安時代以後の和歌には、杉板で葺いた屋根が詠まれていますが、「合はざらば」（拾遺集・恋二・七四六）、「まばら」（後拾遺集・冬・三九九）などとあり、良材とは言えないようです。和歌には、杉の葉（永久百首・六七）や樹皮（聞書集・二六一）で葺いた屋根という例も見られます。『平家物語』では、建礼門院が入られた寂光院を、

女院の御庵室を御覧ずれば、…杉の葺き目もまばらにて、時雨も霜もおく露も、漏る月影に争ひて、たまるべしとも見えざりけり（灌頂・大原御幸）

と描写しています。粗末な住まいということです。

杉の戸を詠んだ歌も平安末期から見えます。杉材は古くなると黒ずんできます。杉の一枚板の戸に描いた古画の多くは、はっきり見えなくなっています。

「杉柱」という語が鎌倉時代から歌などの見られますが、さほど立派な家の例ではありません。

【神木】『万葉集』には杉を詠んだ歌が十三首あり、三例が「神杉」、三例が「いはふ杉」、一例が「神依り杉」で、半分以上が神と関わります。杉はまっすぐに伸びて目立つ木なので、神の依り代となる神聖

なものとされたようです。

【石上】 奈良県天理市の石上神宮の杉を、『万葉集』では、「石上布留の神杉」（一〇・一九二七）と詠んでいます。現在の石上神宮には、何本かの杉の大木にしめ縄が張ってありますが、特定の神木というのはないとのことです。平安時代以後は、石上の神杉を詠んだ歌は少なくなります。

【三輪】 奈良県桜井市の三輪山の杉は、『万葉集』に「三輪の祝がいはふ杉」（四・七一二）などと詠まれています。平安時代以後には、「三輪山の宿のしるしの杉」（躬恒集・一五六）など、「しるしの杉」と言ったものが多く見られます。本来は神の降臨するしるしの意でしょうが、和歌では道標の意味に多く用いています。道標であるのは、『古今集』の、

我が庵は三輪の山本恋しくは訪ひ来ませ杉立てる門　詠み人知らず（雑下・九八二）

の歌で、杉を「訪ひ来る」しるべとしていることも影響しているのでしょう。

『枕草子』（二四三・社は）の「杉の御社」は、三輪のことかと言われています。スギは三輪のシンボルでした。現在の大神神社の手水舎の近くに、朽ちた「しるしの杉」の切り株があります。

杉の葉を球状に束ねた酒林を軒先に吊るして酒屋のしるしとするのは、三輪明神が酒の神で、杉を神木とするからとされています。杉には芳香があり、酒樽に作ることにもよるのでしょう。これは室町時代ころから見られます。

【初瀬川】 『古今集』の、

初瀬川布留川の辺に二本ある杉年を経てまたもあひ見む二本ある杉　詠み人知らず（旋頭歌・

一〇〇九）がもとになって、奈良県桜井市初瀬のあたりを流れる初瀬川の二本の杉には、会いたい人に会わせてくれるという信仰がありました。

【伏見稲荷】京都市伏見区の稲荷山にも「しるしの杉」を言うことがあり、平安中期から見られます。『蜻蛉日記』（上・康保三年九月）の、

稲荷山多くの年ぞ越えにける祈るしるしの杉を頼みて

の歌から考えると、神の宿るもので信仰の対象であったと考えられます。永久四年（一一一六）に七人の歌人が百首ずつ詠んだ『永久百首』には、春の題に「稲荷詣」があり、五首までが「しるしの杉」を扱い、木綿を掛ける、折る、挿頭す、差すなどと詠んでいます。平治の乱が起こった時に、平清盛は、熊野から戻って、稲荷社に詣でて、杉の枝を折って鎧の袖にかざしたと、『平治物語（陽明文庫本）』（上）にあります。これで戦勝を占ったのでしょう。伏見稲荷のスギの小枝や苗を「しるしの杉」として持ち帰り、それが根付けば神の加護があるという信仰があったが、江戸末期には廃れたそうです（江馬務『日本歳事史　京都の部』）。現在の伏見稲荷大社では、初詣や初午参りの参詣者に杉の小枝を授けています。

また十一月八日の火焚祭には、巫女は額の飾りにスギの葉を付けて舞います。

古典文学には、平野（京都の平野神社）、祇園（京都の八坂神社）、香椎（福岡市の香椎宮）、比叡山、伊勢、春日（奈良市の春日大社）などに杉が取り合わせてあります。

日本各地に、大杉神社、杉山神社、老杉神社などの神社があるのは、スギを神木として祭りをした名

残でしょう。歴史上有名な人物が、箸や杖を地面に差したものが成長したとか、境界を定めるために弓を射て立った矢が成長したとかの伝説がある大木があります。これもスギに神性を感じてのことでしょう。『万葉集』には「神依り板にする杉」（九・一七七三）と詠んだ歌があります。立ち木でなく板でも神の依り代でした。

平安以後の和歌には、逢坂山の杉を詠んだものが多く見られますが、これは信仰とは関わらなくて、景物として読みこんでいるもののようです。

杜甫の「古蹟に詠懐す（四）」という詩に、「古廟（蜀の劉備の廟）の杉松に水鶴巣くふ」とあります。他の詩人の作では、寺院で詠んだものに見えることがあります。中国でも、廟や寺院にある神聖な木であったのでしょうか。

翌檜（あすなろ）――さびしさや華のあたりのあすならう　芭蕉（笈日記）

わたくしがアスナロという植物の名を知ったのは、井上靖氏の『あすなろ物語』（昭和二十八年）という小説、いや、それの映画によってでした。

【語源】アスナロの語源は、『あすなろ物語』に、

鮎太はいつか冴子が家の庭にある翌檜の木のことを、「あすは檜になろう、あすは檜になろうと一生懸命考えている木よ。でも永久に檜にはなれないんだって！　それであすなろうと言うのよ」と、多少の軽蔑をこめて説明してくれたことが…

とあるのが、普通に言われているところです。ただし異説もあり、牧野富太郎は、大正十四年の『日本植物図鑑』では「明日ハひのきニナラウ」トノ意ニテ、あすなろトイフ。」としていましたが、昭和三十年の『牧野新日本植物図鑑』では、これは俗説で、アスヒが元の名と思われ、ヒは檜であるが、アスは意味がわからないとしています。アスハヒノキはアツハヒノキ（厚葉檜）の変化したものとする説もあるそうです（前川文夫『植物の名前の話』）。

【異名】 アスナロウでは何になろうとするのかはっきりしません。『枕草子』（四〇・木は）に「あすはひの木」とあり、これなら檜になろうということが分かります。北村季吟の注釈書『枕草子春曙抄』（延宝二年〈一六七四〉成立）には、「あすはひの木、明日檜（アスハヒノキ）にや。世俗にあすならうといふ木なり」とあります。平安時代にはアスハヒノキであったが、江戸初期にはアスナロウとなっていたことになります。

寺島良庵の絵入り百科事典『和漢三才図会』（八二）の「檜」の条には、「一種阿須檜（アスヒ）…又阿須奈呂と名づく。柏木（コノテカシハ）なり。」と異名をあげています。アテヒ・ヒバもアスナロウの異名です。

【連想】『あすなろ物語』に、「多少の軽蔑をこめて」とありましたが、この作品によって、才能などが無くても努力しようという教訓的なニュアンスを持つようになったようです。昭和三十年ころに、若い人たちの「あすなろ会」という団体があったと記憶しています。

江戸初期に成立した武田流の軍学書『甲陽軍艦』（四〇下）に、手柄のない武士を「あすなろう男」と名付けるとあることからすると、江戸時代には役に立たないものの例えであったことになります。松尾芭蕉も、アスナロウに触発されて、次のように自嘲しています。

明日は檜の木とかや、谷の老い木の言へることあり。昨日は夢と過ぎて、明日はいまだ来たらず。ただ一樽の楽しみの外に、明日は明日はと言ひ暮らして、つひに賢者のそしりを受けぬ。

さびしさや華のあたりのあすならう（笈日記）

葱（ねぎ）

僕等（しもべら）のよよと盛りけりねぶか汁　召波（春泥句集）

下男たちが食事の時に葱の汁をよそっている。湯気とともに葱や味噌の匂いが立ちこめている。「よよと」は、作者の師の蕪村の句に「入道のよよと参りぬ納豆汁」（自筆句帳）とありますから、汁が多く垂れるさまを言うのでしょう。

わたくしの住む栃木市の周辺にはミヤネギ（宮葱。宮は地名）という太くてズングリと短い葱があり、霜にあたってからが柔らかくなって美味だと言っています。こんな地方独自の葱は各地にあるのだろうと思います。

下仁田（しもにた）の葱は楽しも朝がれひ我が食ふ時に食み終るべし　齋藤茂吉

関東では群馬県下仁田町のものが有名です。関西では京都の九条葱でしょうか。

葱の原産地は、中国西部あるいはシベリア・アルタイと言われています。日本では、『日本書紀』（仁賢天皇六年九月）に、「秋葱（あきき）の転双納（いやふたごもり）、思惟（おも）ふべし（秋の葱が一本の中に二本の茎が包まれているように、二重の悲しみを思ってほしい）」とあり、平安初期の法令集『延喜式』（三九・内膳）には栽培についての規定があるなど、奈良時代以前から知られていたのですが、あまり文学作品には出て来ません。ただし俳諧では、

葱白く洗ひたてたる寒さかな　芭蕉（韻塞）
島原や根深の香もあり夜の雨　言水（続都曲）
葱買うて枯木の中を帰りけり　蕪村（自筆句帳）
葱の香の四五日保つ御居間かな　一茶（文政句帖）

など、さまざまに詠まれています。芥川龍之介の短編『葱』は、モダンボーイとカフェの女給がランデブーをするが、女が途中の八百屋で安い葱を見つけて買ったので、男は鼻白んでしまうという話です。葱は生活そのものを感じさせるのでしょう。俳諧ではその生活感を好んで扱っているのです。

葱を平安時代の辞書ではキと読んでいます。『日本書紀』や『延喜式』のものはキと読むのです。今でもワケギ（分け葱）・アサツキ（浅つ葱）・アサギイロ（浅葱色）などにキの語形が残っています。キの語源は、臭くて汚いからキタナシ（貝原益軒『日本釈名』）、韓国の方言か（新井白石『東雅』）、気の意味（谷川士清『倭訓栞』）、気から（太田全斎『俚言集覧』）など、いろいろな説がありますが、こんな一音の基本的な語の語源は分からないと言うしかありません。

葱をネギと言うのは室町時代ころからのようで、文献では一六〇三年にイエズス会で出版した『日葡辞書』にNegui（ネギ）とあるのが最古です。この語源は、新井白石の『東雅』に根を食用にするから根葱だと言っていて、それが以後の『倭訓栞』などに受け継がれています。荻生徂徠の『南留別志』では、根で植えるからネギだとしています。いずれにせよ根葱が妥当なところでしょう。

ふろしきに持ちおもり来る、根葱のたば、肉の包みも、あしからなくに　釈迢空国文学者の折口信夫でもある作者は、語源に合わせた漢字表記をしています。ネブカ（根深）とも言うのは土中に埋まった白い葉鞘の部分が多いからです。用例は室町前期から見えます。

関東ではネギと言うことが多く、関西ではネブカと言うことが多いのですが、関東では白い部分の多い根深葱が好まれ、関西では緑色の部分も食用にする葉葱を多く用いています。語源とは逆であることになります。

中世の女官などの隠語である女房言葉ではヒトモジと言います。キという一字だからと言われていますが、枝分かれしていない一本の草なので一の字のようだからという説もあります。韮をフタモジというそうです。これはヒトモジに対するものでしょうから、ヒトモジも形からと考えたくなります。

葱は匂いが強いので、仏教では五辛・五葷（葷は臭い菜。ニラ・ネギ・ニンニク・ラッキョウ・ハジカミ（ショウガまたはサンショウ）の五つ）の一つとして忌み嫌っています。禅宗の寺院には「不許葷酒入山門（葷酒山門に入るを許さず）」という碑が立っているところがあります。一茶の、

　葱法度の寺のぐるりや葱畠（文政句帖）

という句は、そういう寺の周りに葱があるとはと冷やかしたものです。そのためでしょう、葱は仏前に供えない、葱を食べたら神仏を拝まないなどという俗信のある地方もあります。葱を焼くと神様が怒るという地方もあります。

しかし『延喜式』（三二・大膳）には園韓神祭に葱を用いることが出ています。神輿の上や橋の欄干に

付いている擬宝珠(ぎぼし)は葱の花をかたどったものです。天皇の略式の乗り物である葱花輦(そうかれん)の上には葱坊主を表す玉が据えてあります。

葱は疫病除けになると言う地方があります。葱を風邪の薬にする地方がかなり多く、わたくしも風邪を引いた時には、葱を細かく刻んで味噌と合わせ、熱湯を注いだものを飲むことがあります。他にも、鼻にさしこんだり貼ったりして鼻詰まりの薬にしたり、葱を焼いて首に巻いて咽喉の痛みを止めたり、歯の痛みや火傷の薬にするなど、さまざまな俗信があります。これも強い匂いのせいでしょう。

最後に葱の料理を詠んだ近代短歌の例をいくつか。

牛を割き葱を煮あつきもてなしを喜び居ると妻の君にいへ　正岡子規
白川の葱をまじへし豆腐汁二碗を換へて足るこころかな　吉井　勇
葱のぬた食しつつふともこの葱は硬き葱ぞと父の宣らしつ　北原白秋
鯛ちりに葱を入れたる午食をふるまはれたる心のどけさ　斎藤茂吉
人埃いまは馴れたるうらやすさ葱鮪(ねぎま)の鍋の煮ゆる待ちつつ　吉植庄亮

海鼠(なまこ)

憂(う)きことを海月(くらげ)に語る海鼠かな　召波（春泥句集）

ナマコが生きているつらさをしみじみと語っている。クラゲはふらふらと揺れていて真面目に聞いているかどうか分かりません。作者は蕪村の弟子です。師匠の蕪村には、この召波への書簡に、

思ふこと言はぬさまなる生海鼠(なまこ)かな（落日庵句集）

という句を記しています。こちらはふてくされて不満を言わないでいるのです。

ナマコは古くはコと言いました。乾したもの、煎ったものに対して生のものがナマ（生）コです。生海鼠とも書くのはそれだからです。今でもコノワタ（腸）とかイリ（煎り）コなどに古語の形が残っています。

『古事記』（上）に、天上界から地上に降りた天宇受売命（あめのうずめのみこと）が、魚たちを集めて天つ神の御子に仕えるかと尋ねた時に、諸魚（もろうお）は皆「仕へ奉（まつ）らむ」と言ったのに、海鼠は何も云わなかったので、天宇受売命は紐小刀でその口を析（さ）いた、それで今も海鼠の口は析けている、とあります。

源順の辞書『倭名類聚抄』に中国の崔禹の『食経』に「蛭に似て大きなる者」とあるのを引いています。ナマコのグロテスクな姿は和歌などにはあまり詠まれませんが、俳人たちの好みに適ったものなのでしょう、さまざまに詠んでいます。

　尾頭（をかしら）の心もとなき海鼠かな　去来（猿蓑）

どこが尾でどこが頭か分からないのです。

　入れ物の形になりたる海鼠かな　嵐夕（皮籠摺）
　釣り針の智恵にかからぬ海鼠かな　也有（蘿葉集）
　俎板（まないた）に這ふかと見ゆる海鼠かな　太祇（太祇句選後編）
　そこここと見れど目のなき海鼠かな　太祇（新五子稿）

芭蕉の、

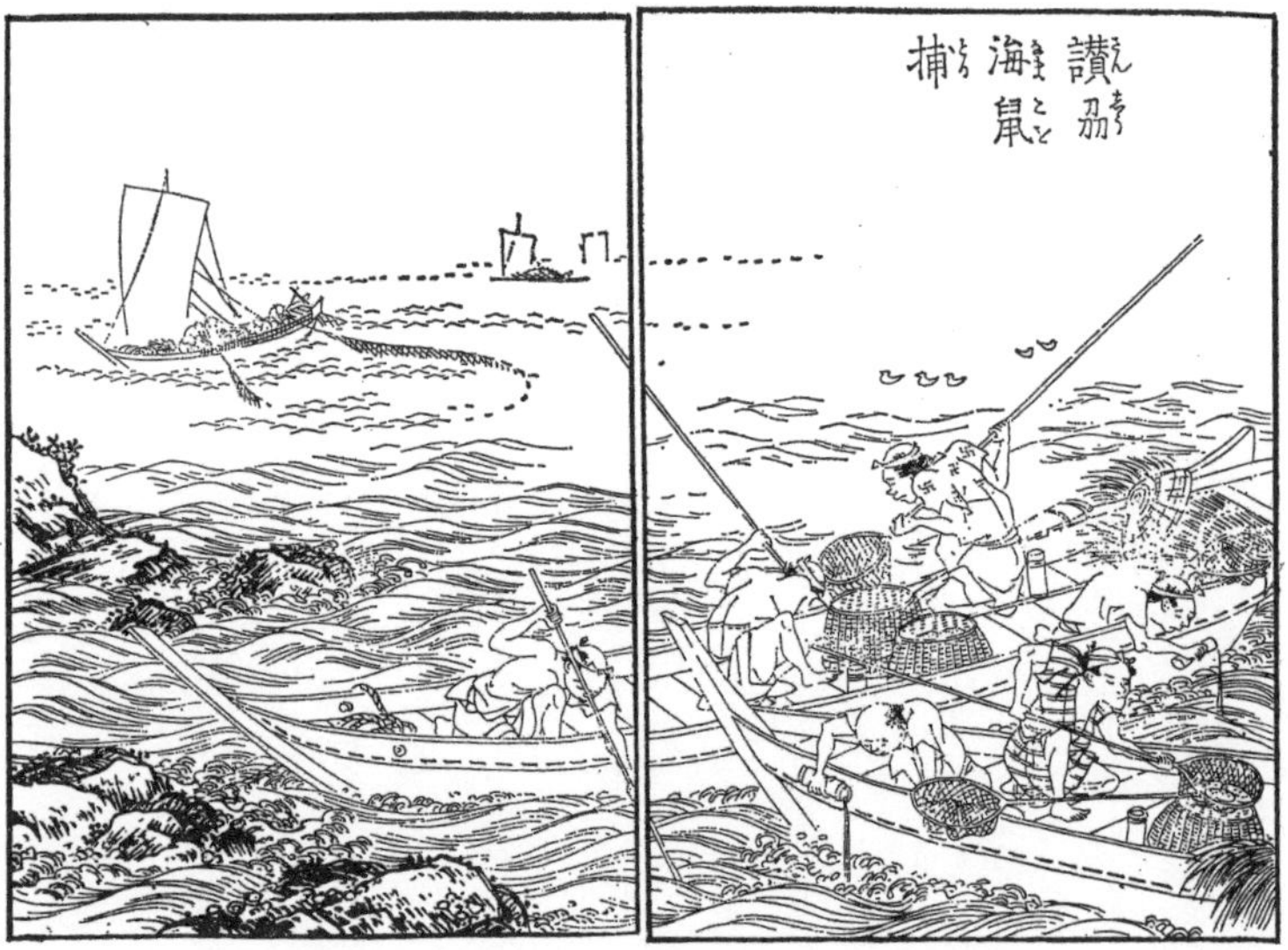

讃州（香川県）海鼠取（日本山海名産図会・四）

生きながら一つに氷る海鼠かな（続別座舗）

は魚屋の店先でのスケッチでしょうか。

ナマコの調理法について、寛永二十年（一六四三）に出た『料理物語』には、

生海鼠は　なます　ふくらいり　こだたみ
すこ　糸に作りて煎り酒掛け良し

としています。「鱠」は細く切った刺し身、「膨ら煎り」はふっくらと柔らかく煮た物、「こだたみ」は薄切りにして酒に浸け、塩と味醂で味を付けただし汁に浸け、山葵和えにした物、「すこ」は酢漬けか、「煎り酒」は煮詰めた酒のことです。この後には腸を吸い物にするなどとあり、その後に、

いりこは　汁　削り物　煮物　青和へ（茹でて擂り潰して味付けした青豆と和えた料理）
水和へ　色々

とあります。「煎り海鼠」は腸を抜き取って煮

て乾した保存用のもので、『養老律令』（二四・賦役令）に「熬海鼠二十六斤」とあるなど、奈良時代から行われていました。

腸の塩辛がコノワタで、『延喜式』（二四・主計上）に能登国（石川県）からの調（土地の物産を納める税）に「熬海鼠三百四十五斤、海鼠腸六十二斤八両」とあり、平安時代から用いていたのが分かります。

明和九年（一七七二）刊の笑話本『鹿の子餅』に「海鼠腸」という笑話があります。

御肴に今出すこのわた、料理人お風味をするとて、ずるずると飲むところ、「やれ、今お座敷へ出すのをみんなにしては済まぬ」と側から言はれ、引き出しながら、「こいつ出入りにうまいやつだ」

切らずに長いまま出したのでしょう。

永井荷風の『妾宅』（六）にコノワタの描写があります。

小な汚しい桶のまゝに海鼠腸が載ってゐる。（略）先生は汚らしい桶の蓋を静に取って、下痢した人糞のやうな色を呈した海鼠の腸をば、杉箸の先ですくひ上げると長く糸のやうにつながって、なか〱切れないのを、気長に幾度となくすくっては落し、落してはまたすくひ上げて、丁度好加減の長さになるのを待って、傍の小皿に移し、再び丁寧に蓋をした後、稍暫くの間は口をも付けずに唯恍惚として荒海の磯臭い薫りをのみかいでゐた。

ナマコは稲の藁で束ねると束ねた所から切れるそうです（津村淙庵『譚海』九）。

生海鼠売り藁屋の軒は合点か　幸順（江戸弁慶）

という句はそれを言っているのでしょうか。

大根（だいこん）

身にしみて大根からし秋の風　芭蕉（更科紀行）

室町時代の女官などの用いた隠語である女房詞では、大根を辛物（からもの）と言います。最近の大根はさほどではありませんが、かつては大根は辛いものでした。今でも、辛み大根という品種もあります。

つぎねふ　山城女（やましろめ）の　木鍬（こくは）持ち　打ちし大根（おほね）　根白の　白腕（しろただむき）　枕（ま）かずけばこそ　知らずとも言はめ

（古事記・下）

仁徳天皇が他の女を愛するのを嫉妬して、他人のような態度をとる皇后に、天皇が贈ったという歌です。「つぎねふ」は枕詞、山城（京都府）の女が木製の鍬で土を打って掘り起こした大根、その根が白いように、あなたの白い腕を私が枕にしなかったのなら、あなたは私を知らないとも言いなさい（共寝した仲なのに、知らないふりはひどい）。大根は女性の白い腕の例えです。

この歌にあるように、ダイコンを古くはオホネと言いました。それに「大根」と漢字をあて、それを音読してダイコンと言うようになったもので、カヘリゴト↓返事↓ヘンジと同じ成り立ちです。ダイコンという語は、日蓮の書簡に見えるのが最古の例だそうです。

中国では、「蘿蔔（らふく・らふ）・莱菔（らいふく）」などと言います。大根を細切りにしたものをセンロッポンというのは、「繊蘿蔔（せんらふ）」が変化したものと言われています。

『徒然草』（六八段）に次の話があります。筑紫の武士が「つちおほね（土大根）」を万病の薬として、朝ごとにに二つずつ焼いて食っていた。敵が襲ってきた時に、館の中から二人の武士が出て来て、命も惜しまずに戦って、敵を追い返した。誰かと尋ねると、「長年信頼して毎朝召し上がった土大根たちです」と答えた。ここには「朝ごとに焼きて食ひけるを」とあります。そんな食べ方もあったのでしょう。寛永二十年（一六四三）に出た江戸時代最初の料理書『料理物語』には、「汁、なます、煮物、和へ物、干していろいろに使ふ」とあり、現在と同じ調理法です。

わたくしの好きな近代の俳句を一句。

大根馬菩薩面にて目になみだ（川端茅舎句集）

大根を背に付けた馬の顔は菩薩のようで、目には涙をたたえている。この世を哀れむかのように。馬に菩薩を見ることができるのはこの作者くらいでしょう。

鮪（まぐろ）——カンテラに片身輝く真黒（まぐろ）かな　淵花（類柑子）

宝永四年（一七〇七）に出た句集に見える句です。切り取ったマグロの片身がカンテラに照らされている。やっと見付けたマグロを季語とする句です。カンテラもわたくしの知る最古の例です。

マグロという語は寛永二十年（一六四三）の『料理物語』に初めて見えます。今でも西日本ではシビと言うことがあります。シビは『古事記』以下に見えます。貝原益軒は、シビの小さいものをマグロ、最も小さいものをメジカと言うとしています（大和本草・一三）。マグロという語は古くは関東の語であったようです。石原正明の随筆『年々随筆』（三）（享和二年〈一八〇二〉）には、宮城県の金華山のあたりに泊まった時、春はシビ、秋はマグロと言うと聞いたとあります。

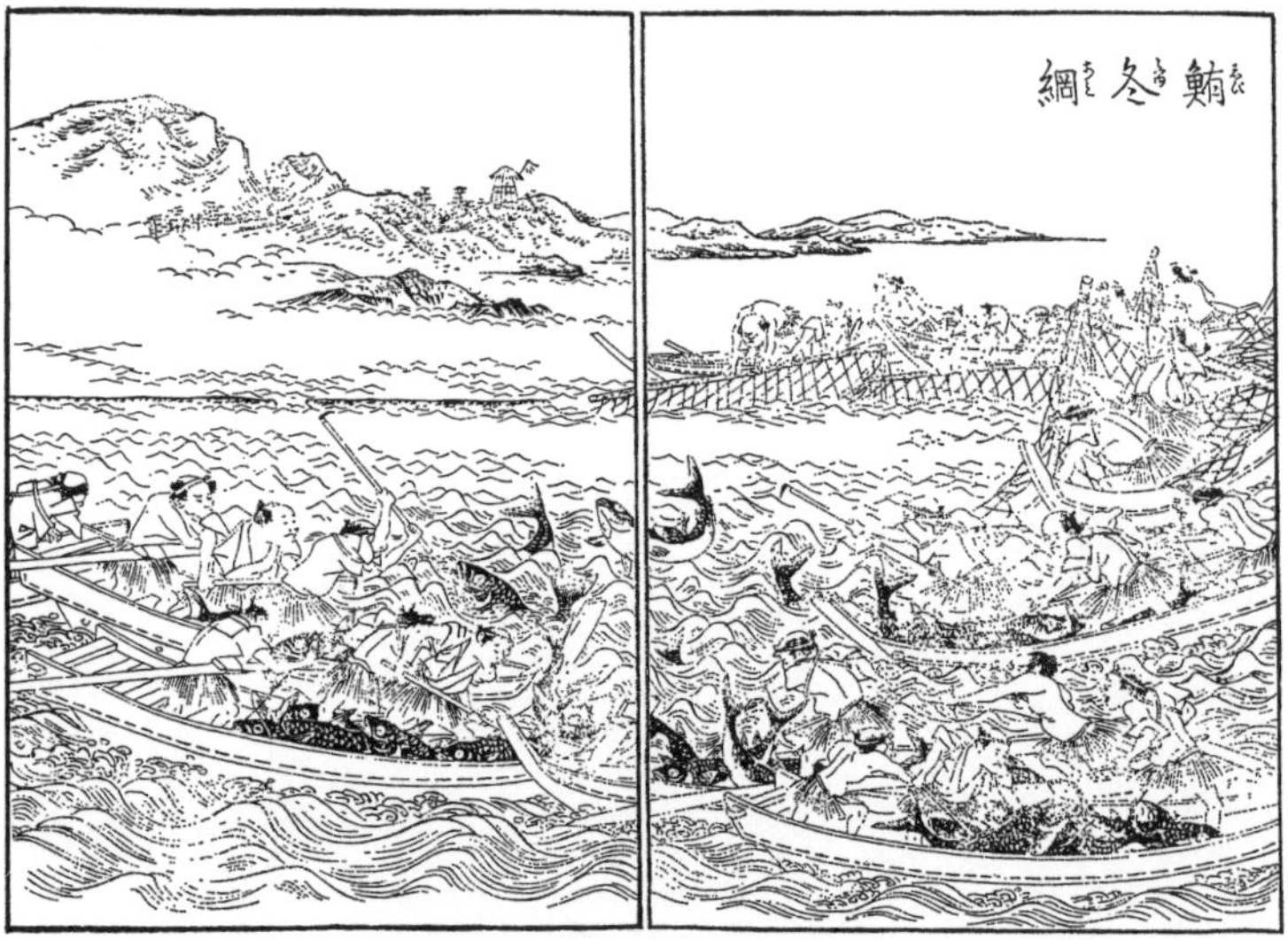

鮪冬網（日本山海名産図会・三）

三陸地方などの貝塚から、マグロ類の骨が出土しています。『出雲国風土記』には、嶋根郡の五箇所の浦で志毗魚を捕るとあります。昔から食用にしていたことが分かります。

『古事記』（下）には、「鮪突く海人よ」（歌謡一一〇）とあり、『万葉集』の大伴家持の歌にも、「鮪突くと海人の燭せるいざり火の」（一九・四二一八）とあります。『万葉集』には、「藤井の浦（兵庫県明石市カ）に鮪釣ると海人舟騒ぎ」（六・九三八、山部赤人）ともあります。江戸中期の国学者の賀茂真淵は、戸塚（神奈川県横浜市戸塚区）と藤沢（神奈川県藤沢市）の間で、シビを二つ三つずつ付けた馬が七十余頭来るのを見て、『古事記』に「突く」、『万葉集』に「釣る」とあるのはどういうことかと思い、土地の者に尋ねたところ、舟で魚のいるあたりまで行き、釣り針に小魚を付けた長い綱を入れ、食いついたらそのまま泳がせ、戻って来るのをたぐって舟に近寄せて、木の先に釘を出したもので頭を打ち、舟に引きずりこむ、銛で突くこともあると聞いて、昔の本に書いてあるのは事実であったと述べています（賀茂翁家集・五・後の岡部日記）。『万葉集』の時代には、夜に篝火をともして魚をおびき寄せ、銛で突いたり釣ったりして捕ったようです。『日本山海名産図会』（寛政十年〈一七九八〉刊）には、細い綱で作った二〇〇〇メートルほどの網を海底に沈めておき、魚が来たら小船で引き上げるという定置網漁法が見えます。明治になって帆船による流し網漁法が、大正になって動力化した漁船による延縄漁法が行われるようになりました。

マグロの語源について、大槻文彦『言海』に、「眼黒ノ義、或云真黒カト」とするように、二説があります。一六〇三年にイエズス会で作った『日葡辞書』に「Meguro　ある魚」とあり、人見必大『本朝食鑑』（元禄十年〈一六九七〉）には、二、三尺のものをメジカと言うが、京阪では目黒とか目付と称するとあります。寺島良安の正徳二年（一七一二）の百科事典『和漢三才図会』（五一）では、一尺以下のものをウヅワ、二尺以下のものをメジカ、三尺以下のものをメグロ、三、四尺以上のものをマグロ、四、五尺以上のものをハツと言うとしています。

室町前期の書簡例文集『庭訓往来』（五月状返）に、「塩肴は、…鮪の黒作り」とあるのが調理法を記す最古のもののようです。これは塩辛でしょう。寛永二十年（一六四三）の『料理物語』には、刺し身、酢煎り（酢を加えて煮たもの）にするとあります。『和漢三才図会』には、一尺以下のウヅワは刺し身にして芥子酢で食う、二尺以下のメジカも刺し身、三尺以下のメグロは塩漬けにし、三、四尺以上のマグロも塩漬けにして、冬に民間で賞する、四、五尺以上のハツも塩漬けにして、大和（奈良県）ではこれを好むと記しています。井原西鶴の『好色五人女』（一・二）には、「目黒（めぐろ）のせんば煮（塩漬けした魚に野菜などを取り合わせて煮た料理）」が見えます。塩漬けは保存のためでしょう。山田桂翁の随筆『宝暦現来集』（二一）には、文化から天保二年（一八〇四―三一）にかけて「塩まぐろを止めて、すき身（切り身）が売れる」とあります。

三浦浄心の『慶長見聞集』（一）（慶長十九年〈一六一四〉）に、「しびは味はひ良からずとして、地下（ちげ）の者も食らはず、侍衆は目にも見たまはず」とあり、江戸初期の作と言われる魚たちが合戦をする物語の『魚太平記』には、シビは「鮪大八味無」という名で登場します。大きいが美味ではないというのでしょう。美味とされる鯉は「鯉山城守源味吉」です。以後、江戸時代には下魚としていることが諸書に見えます。文化七年（一八一〇）の随筆『飛鳥川』には、昔はマグロを食ったことを人に話す場合にもこっそりしたのに、今はお歴々の御料理にも出るようになったとあり、江戸後期の『守貞謾稿』（食類）には、京阪では、「下卑の食にして、中以上および饗応にはこれを用ひず」、作り身（刺し身）にしない、江戸では、「平日はマグロを専らとす」、冬はタイ・ヒラメの白身とマグロの赤身を並べて盛った刺し身を「作り合はせ」と言う、と述べています。『慶長見聞集』は、先の文に続けて、「その上しびと呼ぶ声の響き、死日と聞こえて不吉なりとて、祝儀などには沙汰せず」と記しています。こんなことも好まれない一因だったのでしょう。

大田南畝は『一話一言』（補遺参考篇3）に、文化七年（一八一〇）の冬、マグロがおびただしく捕れ、下総・伊豆・相模で一日に一万本の漁があった、その前年も多かったが今年はことにはなはだしい、霜が薄い年のせいかとし、また、大阪でマグロの刺し身を食うのを見て驚いたが、江戸でも食うようになったのは最近のことだそうであると記録しています。滝沢馬琴は随筆『兎園小説余録』（二）に、天保三年（一八三二）の二月から三月にかけて、マグロが安価で、二十四文ばかり費やせば、二、三人の副食物に十分であると記しています。このような大漁が何度かあって、一般に用いられ好まれるようになりました。

脂身であるトロを好んで食べるようになったのは、昭和になって地方から東京に集まった学生たちが安価なので好んだのに始まるとされています。平成十八年十二月十四日の『朝日新聞』に、この十五年の間に、それまであまり食べなかった西日本での消費量が増えているという記事が出ていました。好みが変わったのは、冷凍法が進歩して、遠くまで運べるようになったせいでもありましょうが、脂肪のある牛肉や豚肉を多く食べるようになったこととも関わるのかもしれません。

歳時記の類でマグロを冬の季語とするようになったのは、江戸後期からです。享和二年（一八〇二）の『俳諧新季寄』の十一月の語の中に「鮪（シビ）」があり、文化五年の『改正月令博物筌』では三冬部に「鮪（しび）〇はつのみ。大なるを王鮪（しび）、中なるを叔鮪（めしび）、小なるを銘子（めしろ）、東国にてまぐろといふ」とあります。ただし文化十五年の『誹諧いつまで暦』では「雑」（無季）の語としています。

かいつぶり

隠れけり師走の海のかいつぶり　芭蕉（色杉原）

カイツブリは無季ですが、この句にこじつけて、カイツブリを冬のものとします。それに水鳥はたいてい冬季です。

今はカイツブリというのが普通になっていますが、古くはニオ（鳰。歴史仮名ニホ）と言いました。『古事記』（中）にはミホという語形も見えます。江戸中期の越谷吾山の方言辞書『物類称呼』には、上総国（千葉県）でミホと言うとあります。

語源についてはいろいろな説がありますが、ニホは、ニイボニイボと鳴く声によるという大石千引の『言元梯』の説にわたくしは引かれています。カイツブリは、カイは、たちまちの意の接頭語、ツブリは水に没する音という新井白石の『東雅』の説が妥当なのではないかと思います。「鳰」という漢字は、水に入る鳥ということで日本で作った字です。

カイツブリは潜水して魚を捕る鳥です。『古事記』（中）に、反乱を起こした忍熊王が追い詰められて、「にほ鳥の淡海の海に潜きせなわ（潜水してしまおう）」（歌謡・三八）と詠むことがあり、「みほ鳥の潜き息づき」（古事記歌謡・四二）ともあるなど、詩歌では、たいていその潜水のことを言います。潜水するので、地方によってムグッチョなどとも言います。

「鳰鳥の」を枕詞に用いることがあります。「鳰鳥の葛飾早稲を」（万葉集・一四・三三八六）はカヅク──カヅシカの同音によるもの、「鳰鳥の息長川は」（万葉集・二〇・四四五八、馬史国人）は、水中に長く潜る

ことから、「鳰鳥のなづさひ来しを」（万葉集・一一・二四九二）は、「なづさふ（水に阻まれながら進む）」こ

とから、用いたものです。最初の芭蕉の句も潜水のことを詠んでいます。

カイツブリは留鳥ですから、詩歌では鳰に特定の季節はありませんが、

冬の池に住む鳰鳥のつれもなくそこ（「其処」ト「底」トカケル）に通ふと人に知らすな　凡河内躬恒（古今集・恋三・六六二）

鳰鳥の氷の関に閉ぢられて玉藻の宿を離れやしぬらむ（好忠集・三六一、拾遺集・雑秋・一一四五）

など、冬のものに詠むことが多く見られます。ただし例外も少なくなく、

春の池の玉藻に遊ぶ鳰鳥の足のいとなき恋もするかな　宮道高風（後撰集・春中・七二）

は春、

鳰鳥のすだく水沼の杜若人隔つべき我が心かな　源俊頼（堀河百首・二六四）

は夏、

白波の打出の浜の秋霧に晴れずもの思ふ鳰鳥ぞ鳴く（大弐高遠集・二三七）

は秋です。

連歌俳諧では、慶長八年（一六〇三）の『無言抄』に「鳰（同じくうき巣）」を「非季詞」、正保二年（一六四五）の『毛吹草』に「かいつぶり」を「非季詞」とするなど、無季としていましたが、芭蕉門の各務支考は、鳰は鳴き声も寒げであるから、冬に用いてもよかろうと述べています（俳諧古今抄）。初期の俳諧でも、冬の部の「水鳥」の題の中に、

かいつぶりならぶや浪の磯枕　定親（小町踊）

かいつぶりこや水鳥のあたま数　述貞（洗濯物）

などの句が見えています。さきの芭蕉の句も師走のものとしていますし、芭蕉の追悼集『枯尾花』に、

一夜来て泣く友にせん鳰の床　風国

という句もあります。

カイツブリは水鳥ですから、カモやオシドリなど他の水鳥と同じような扱いをすることもあります。『万葉集』（五・七九四）の「日本挽歌」は山上憶良（やまのうえのおくら）が大伴旅人（おおとものたびと）の妻の死を弔う長歌で、その最後に、「鳰鳥の　二人並び居　語らひし　心背きて　家離（さか）りいます」とあります。繁殖期に雌雄が連れ立っていて、情愛の深いものとするのは、カモやオシドリについて言うことが多いが、鳰についても同じように言っています。

並びゐて遊びしものを鳰鳥の涙の池にひとり行くかな（宇津保物語・菊の宴）

など、平安時代以後にも見えます。

先の『後撰集』（七二）の「春の池の」や、

鳰鳥の下安からぬ思ひにはあたりの水の凍らざりけり（古今六帖・一五九七）

は、浮いているのに水の下では足を忙しく動かすことであり、

鳰鳥の同じ浮き寝をする時は夜深き声をともにこそ聞け（古今六帖・一五九七）

は、水上での浮き寝を憂き寝に懸けたもので、これらはカモやオシドリについて多く言うことです。

カイツブリの巣は、草などを束ねたものが水に浮いて漂っているので、「鳰の浮き巣」と呼ばれています。

冬の池の芦の枯れ葉の乱れこそ鳰の浮き巣の頼りなりけれ　藤原俊成（俊成五社百首・一六一）

などと詠まれています。和歌では、

はかなしや風に漂ふ波の上に鳰の浮き巣のさても世を経る　式子内親王（正治初度百首・二九七）

のように、浮いていて不安定であることの例えにしたり、「浮き」を「憂き」にかけたりすることがあります。芭蕉の俳文「幻住庵記」（『猿蓑（さるみの）』所収）に、「鳰の浮巣の流れとどまるべき芦の一本の陰たのもしく」とあるのも、不安定な漂泊の生活という気持ちです。

鳰の鳴き声を言うことは多くはないがいくつか見られます。『宇津保物語』（藤原の君）に、「夕暮れに雨うち降りたるころ、（寝殿造ノ前庭ノ池ノ）中島に水の溜まりに、鳰といふ鳥の心すごう鳴きたるを」とあります。鳰の声を「心すごし（荒涼とした）」と感じています。同書（祭の使）には、六月の場面に「鳰鳥のほのかに鳴く」ともあります。

琵琶湖の別名を「鳰の海」と言います。琵琶湖に鳰が多くいるからとも言われていますが、不明ということにしておきたいと思います。

水仙（すいせん）

水仙や門を出づれば江の月夜　支考（続猿蓑）

月下の水仙を詠んだ句。蕪村にも、

水仙に狐（きつね）遊ぶや宵月夜（自筆句帳）

という、さらに幻想的な月下の水仙の句があります。

水仙を英語では、narcissus と言います。これは次のギリシア神話がもとになっています。美少年のナルキッソス（Narkissos）は多くの乙女たちから求愛されたが、すべて斥けた。それを恨んだ一人の乙女が、復讐の女神ネメシスに祈ると、ナルキッソスは泉に映った自分の姿に恋い焦がれ、やつれ果てて水仙の花に化した。これがナルシシズム（narcissism 自己陶酔）の語源です。

この神話の生まれたギリシアなどの地中海地方が水仙の原産地とされています。

中国にはシルクロードを経て唐時代に伝わったと言われています。十六世紀の末にできた李時珍の『本草綱目』という薬物学書には、卑湿の所に宜しく、水を欠かせないので水仙と名付けるとあります。これでは「水」は分かりますが、「仙」のほうは理解できません。「水仙」は、古くから水中の仙人を言っていたのですから、新たに伝来した水辺に適する清らかな花に、その名を与えたのでしょうか。あるいはギリシアのナルキッソスの神話が中国まで伝わったことも考えられます。

唐時代の詩をすべて集めた『全唐詩』には、水中の仙人の意の「水仙」と楽曲の名の「水仙操」はありますが、植物の水仙は見えません。宋時代の作品をたくさん調べたわけではありませんが、黄庭堅（こうていけん）（山谷、一〇四五―一一〇五）の詩集に水仙の詩が八首あります。そのころから詩歌に詠まれるようになったようです。

日本に渡来した時期については、いろいろな説があります。文学では、臨済宗の僧である虎関師錬

（一二七八―一三四六）の漢詩集『済北集』（四）に「水仙花」と題する詩があるのが古いほうであろうと思います。

室町時代の禅僧たちの漢詩では、黄色の水仙を詠んだものが多く見られます。古く輸入されたものは、黄色だったのでしょうか。池坊専応の花道の伝書『専応口伝』（大永三年〈一五二三〉）には、正月に用いる花、御成や祝言の時に用いる花の中に見えます。金色の水仙はめでたい花だったのでしょう。

室町時代の漢詩では、一休宗純の『狂雲集』に「美人の陰に水仙の花の香り有り」というとんでもない題の詩があるなど、水仙の香りの高さを詠んだものがかなり多く見られます。これは、禅宗の僧侶たちに愛好された黄山谷の詩の影響と思います。山谷の詩では八首のうちの六首に「香」の字を用いています。

江戸時代の漢詩や俳諧では香りを詠んだものは少なくなります。江戸時代になって、山谷の詩があまり好まれなくなり、影響が薄れたのでしょう。また、元禄八年（一六九五）に出た伊藤伊兵衛三之丞の『花壇地錦抄』や元禄十一年に出た貝原益軒の『花譜』などの園芸書では、一重のものを良いとし八重のものを劣るとしています。芭蕉の、

水仙や白き障子のとも映り（笈日記）

は、障子の白さと映発する水仙を詠み、その座敷の主人の高雅な精神を称えた句、これも白い水仙です。江戸時代になって好みが変わったのでしょう。

水仙の早咲き、投げ入れ花のしをらしきことども（日本永代蔵・三）

我が身を横に投げ入れの、水仙清き姿なり（夕霧阿波鳴門・上）

期せずして西鶴と近松とが、形を矯めにくい水仙は立花でなく自由に活ける投げ入れに適していることを描いています。また二人とも「しをらしき」「清き」と評価しています。芭蕉を追悼した句、

その骸もかくやは雪の水仙花　石人（枯尾華）

も人柄を称えたものです。元禄ころには、水仙は清雅な花と意識されていたようです。

漢語ですから和歌には詠まれることはほとんどありません。「水仙」を題にしたものも、江戸後期の四首を見つけただけです。優れたものは見当たりません。その中で井上文雄（一八〇〇―七一）の『調鶴集』の一首。

黄金もて作れる坏を白銀の折敷に据うる花のさまかな（八五九）

銀の台に据えた金の杯というのは美しい見立てですが、中国で一重の水仙の異名を「金盞銀台」と言うのによったもので、作者の発見ではありません。なお八重のものは「玉玲瓏」と言います。

日本文学でいちばん印象的な水仙は、樋口一葉『たけくらべ』の最後に描かれたものではないでしょうか。

或る霜の朝水仙の作り花を格子門の外よりさし入れ置きし者の有けり、誰れの仕業と知るよし無けれど、美登利は何ゆゑとなく懐かしき思ひにて違ひ棚の一輪ざしに入れて淋しく清き姿をめでけるが、聞くともなしに伝へ聞く其明けの日は信如が何がしの学林に袖の色かへぬべき当日なりしとぞ

美登利は遊女屋の養女だから、いつかは遊女になる運命だけれど、永遠に無垢であってほしいという

信如の祈りの心を託したものが清らかな水仙であるから、読者の心を打つのでしょう。

狐火（きつねび）

狐火や髑髏（どくろ）に雨のたまる夜に　蕪村（蕪村句集）

蕪村の一周忌に出た『蕪村句集』の冬の部にある句です。蕪村には怪奇趣味がありますから、他にも狐火を詠んだ、

狐火やいづこ河内の麦畠（自筆句帳）
狐火や五郎新田の麦の雨（自筆句帳）
狐火の燃えつくばかり枯尾花（月並発句帖）
きつね火と人や見るらん小夜（さよ）しぐれ（画賛）

の四句もあります。前の二句は夏の麦と取り合わせていますし、後の二句は「枯尾花」「小夜時雨」と冬の語が入っていますが、「髑髏に雨の」の句には他の季語がありませんから、蕪村は狐火を冬の季語としていたことになります。あるいはこれが狐火を冬の季語とした最古の句かもしれません。少し後の一茶には

ついそこに狐火燃えて春の月（文化句帖）
狐火の行方見送る涼みかな（寛政句帖）

の二句がありますが、「春の月」「涼み」と別の季語があり、一茶は季語とはしていなかったことになります。

歳時記の類では、文政七年（一八二四）に出た『新題両面鑑』という季寄せの十月の中に「狐火」があるくらいで、明治以後の本でも、明治四十一年初版の今井柏浦『新撰歳時記』（手許の本は大正六年に増補したもの）、大正三年初版の上川井梨葉『（新撰袖珍）俳句季寄せ』などに見え始めます。『新撰歳時記』には、「狐の口より吐く気なりとして此名あり。燐化水素の空中に浮遊して燃ゆるをいふ。古へは狐火を独立して冬季とせず。王子の狐火を冬とせるより、唯狐火といふをも冬とせるものか。」と説明して、蕪村の「髑髏に雨の」の句が挙げてあります。

ここにはいろいろと参考になることが見られます。「狐の口より吐く」とありますが、『鳥獣戯画』（甲巻）に狐が尾に火を燃している箇所があります。元禄八年（一六九五）の序跋のある人見必大『本朝食鑑』（獣畜類）に、青く燃えるのは狐の尾が火を放っているのだとあります。宝永六年（一七〇九）に出た貝原益軒『大和本草』（獣類）には、「尾を撃ちて火を出だす」（原漢文）としながらも、「其ノ口気ヲ吐ケバ火ノ如シ。狐火ト云フ」とも記しています。谷川士清（ことすが）の辞書『倭訓栞（わくんのしおり）』にも、「狐火は、その口火を吐くと言へり。あるいは尾を撃ちて火を出すとも書せり。」とあります。江戸時代になって、口から吐くと言うようになったようです。鈴木牧之（明和七〈一七七〇〉―天保十三〈一八四二〉）は、自分が目前で

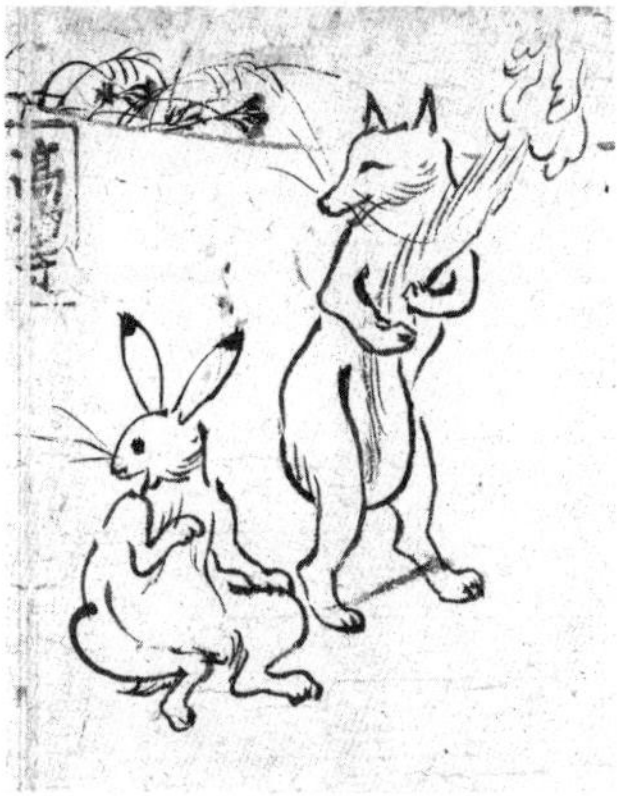

狐火（鳥獣人物戯画・甲）

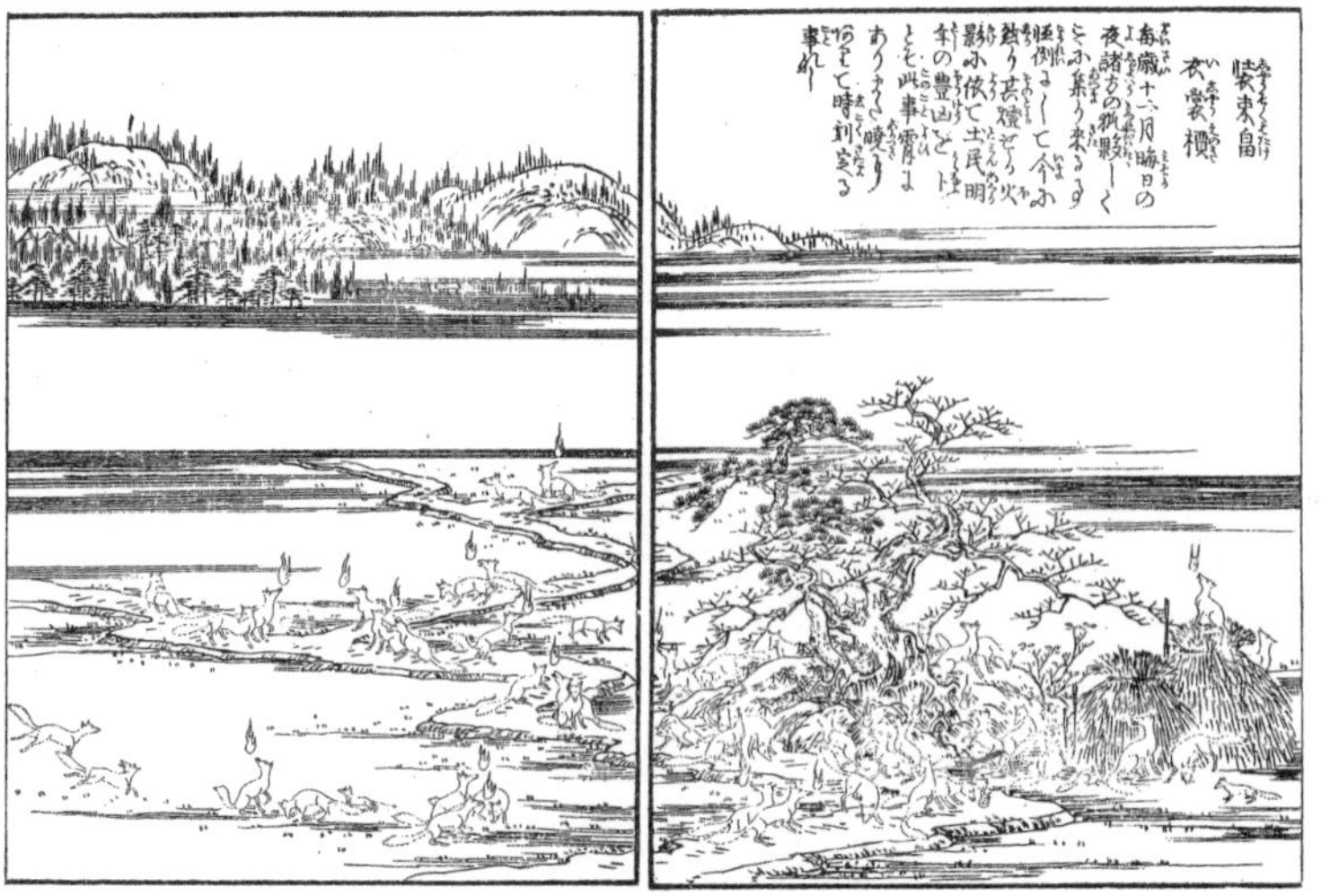

王子の狐火（江戸名所図会）

見たのは、狐が掘り上げた雪の上で口から火を出している、よく見ればつく息が燃えていて、口から少し上に燃えている、火を出す時と出さない時がある、と述べています（北越雪譜・初編・中）。唐の段成式の『酉陽雑俎』（一五）に、夜に尾を撃って火を出す、髑髏を載せて北斗を拝するとありますから、尾で火を出すというのは中国から伝わった考えでしょう。口からとするようになったのは、火を出すなら口だと考えてのことでしょうか。

実体は何であるかについては諸説ありますが、自然にある燐火水素（ホスフィン）が空気中で自然発火した火という説もあります。

「王子の狐火」というのは、滝沢馬琴の『俳諧歳時記』（下）に、「王子の鬼火」という項目に、十二月晦日に王子稲荷神社（東京都北区岸町）のほとりの装束榎という榎の下に狐が集まって火をともす、農民はその火で明年の豊凶を占う、と説明してあります。柳亭種彦の随筆『柳亭記』(下)に、今は明松(たいまつ)をともして狐火のまねをするということだとあります。王子稲荷神社では平成五年に大晦日から元日にかけて狐に仮装した人々の行列を行い、その後も続けています。『柳亭記』にあるのを復活したのでしょう。

烏(からす)　何にこの師走の市に行く烏　芭蕉（花摘）

世俗に心を引かれながらそれに紛れまいとする孤独な精神を詠んだ句。この句に頼って「烏」を冬に入れます。

『枕草子』(一段)には、

　秋は夕暮れ。夕日のさして山の端(は)いと近うなりたるに、烏の寝どころへ行くとて、三つ四つ、二つ三つなど飛び急ぐさへあはれなり。

と晩秋の景にふさわしいものとしています。

[語源] カラスの語源については、大槻文彦『言海』に、「鳴ク声ヲ名トス、或ハ黒(クロ)シト通ズトイフハイカガ」とし、幸田露伴『音幻論』に、「鴉(カラス)は黒(クロ)シと通ずるといふ誤解もあるが、やはり鳴く声であり、その徴には後人は鴉をカーカーとかカーとかいふのである。」とするのが妥当でしょう。露伴は、スはモズ・ホトトギス・ウグヒスのスと同じで、鳥の意であろうとしています。

「黒し」とする説は、松永貞徳『和句解(わくげ)』、貝原益軒『日本釈名』、新井白石『東雅』などに見えます。貞徳は、月に自分も浮かれ歩くのを浮かれ烏と言うから、人をウカラカスという意味かとも述べ、益軒は、「或いは曰く、梵語なり」ともしています。梵語説について、本居宣長は、「烏の梵語を迦迦迦と言ふ。鳴く声によれる名なり」（玉勝間・八）と述べています。

鳴き声説は、契沖の随筆『円珠庵雑記』への賀茂真淵の書き込みに見えるのを初めとして、松浦清『甲子夜話』（八七）、鈴木朖『雅語音声考』、狩谷棭斎『箋注倭名類聚抄』、斎藤彦麿『傍廂』（前）などにあります。

外国語でも、英語ではcrow、ドイツ語ではKrahe、フランス語ではcorbeau、ラテン語ではcorvus、古典ギリシア語ではkóraxなど、いずれも鳴き声の聞きなしが語源です。

【漢字】「烏」という漢字は、その形をかたどったもので、「鳥」より一画少ないのは、黒いので目がどこか分からないことによると言います（清の段玉裁の『説文解字注』）。字音ウ（呉音）・ヲ（漢音）は鳴き声を写したものとする説が普通ですが、白川静は、「死烏を懸けた形」（字通）で、字音は烏を追う声であろうとしています。

「鴉」とも書きますが、これは俗字で、正字は「鵶」（干禄字書）、亜がアの音を表し、アは鳴き声と言われています。

【鳴き声】カラスという語は鳴き声からと思いますが、古典には他のさまざまな聞きなしもあります。

『万葉集』東歌の、

烏とふ大をそ鳥（ソソッカシイ鳥）のまさでにも（ホントウニモ）来まさぬ君をころくとそ鳴く

（一四・三五二一）

では、カラスの声をコロクとして、自分から来るの意に懸けています。

『枕草子』（九七段・あさましき物）には、「烏のいと近くかかと鳴くに」とあります。

『赤染衛門集』の、

夕暮れは梢の床や紛ふらむこれかかれかと鳴く烏かな（二三四）

のコレカカレカは、カラスの鳴き声をもじったものです。

永万元年（一一六五）ころ成立の私撰集『続詞花集』の、

会ふことは片踊りする山烏今はかうとぞ音は鳴かれける　大僧正覚忠（戯咲・九六六）

では、「このように」の意のカウと鳴き声とを懸けています。

『吉野拾遺』（上）には、

還幸と鳴くや吉野の山烏頭も白しおもしろの世や

という歌があります。天皇が都に戻る意味の「還幸」に懸けています。「頭も白し」のことは、後で触れます。

文安三年（一四四六）成立の『壒嚢抄』（五）には、コカコカとあり、寛永十九年（一六四二）に大蔵虎明が書き写した狂言本「花子」にも、「はや烏がこかこかと鳴く」とあります。同じ狂言を寛政四年（一七九二）に大蔵虎寛が書き写した本では「烏がこかあこかあ」となっています。

応仁の乱（一四五七―七七）ころ成立という『鴉鷺物語』では、カラスが「やがて帰りこんこん、ことこと」と言います。「来ん」と鳴き声とを懸けています。

以上の諸例、いずれもカ行音に聞きなしています。

『枕草子』の「にくきもの」（二八段）の中に、「烏の集まりて飛びちがひ、さめき鳴きたる（騒ガシク鳴イテイル）」とあるなど、鳴き声は好ましいものとしていません。

【神の使い】『古事記』（中）に、神武天皇が熊野、吉野から大和へ進む時に、高木大神（『日本書紀』では天照大神）の使者として天から八咫烏（大きなカラス、『日本書紀』では「頭八咫烏」）が遣わされて先導したとあります。『新撰姓氏録』（逸文、鴨県主）には、鴨建耳津身命（文献により用字が異なり、現在は加茂建角身命と書く）が大鳥になって飛んで導き、八咫烏の号はこれに始まるとあります。京都の下鴨神社（加茂御祖神社）の祭神は、加茂建角身命とその娘の玉依媛です。『古語拾遺』にも、「加茂県主遠祖八咫烏」とあり、室町時代の『廿二社本縁』では八咫烏の苗裔がこの社に仕えるとしています。現在、下鴨神社では三足のヤタガラスをシンボルとしています。三足のことは後にも記します。

カラスを神の使者とする神社は他にも多くあります。

平安初期の比叡山の僧宗叡が、夢での日吉山王神社の導きにより加賀の白山に詣でる時に、カラスが一羽飛んで来て、日暮れになると身が白くなり、夜が明けると黒くなって導いた。帰路にもこのことがあり、山王に詣でると、夢に守護のために我が従者を付けたのだという告げがあった（日吉山王利生記・一）。ここでは日吉神社の使いです。

奈良県の大神神社は拝殿だけで本殿が無いことで知られています。里人が造ったが、百千のカラスが食い破ったので、神の誓いと知って造らなくなったと『奥義抄』（中）にあります。

平家に伝わって現在は宮内庁蔵の小烏という宝剣は、『源平盛衰記』（四〇）によれば、桓武天皇に伊勢神宮の使者であるカラスが伝えたものだそうです。

周防国（山口県）の島明神で、神主が困窮して訴訟があり、神田を刈り取ろうとしたところ、数万のカラスが神田の稲穂を食い抜いて、神殿の上に葺いた、という説話が、『古今著聞集』（神祇・一五）にあります。

和歌山県の熊野はヤタガラスが神武天皇を導いた所です。カラスを熊野三社の使者としています。熊野三社で発行する七十五羽のカラスを点綴して「熊野牛王宝印」と記す護符を、裏に起請文を記すのに用いました。『源平盛衰記』（二六）に、「熊野の牛王の裏に起請文を書進す」とあり、鎌倉時代には行われていました。各地の熊野神社には、カラスを配列して社名を記した額を掛けてあることがあります。

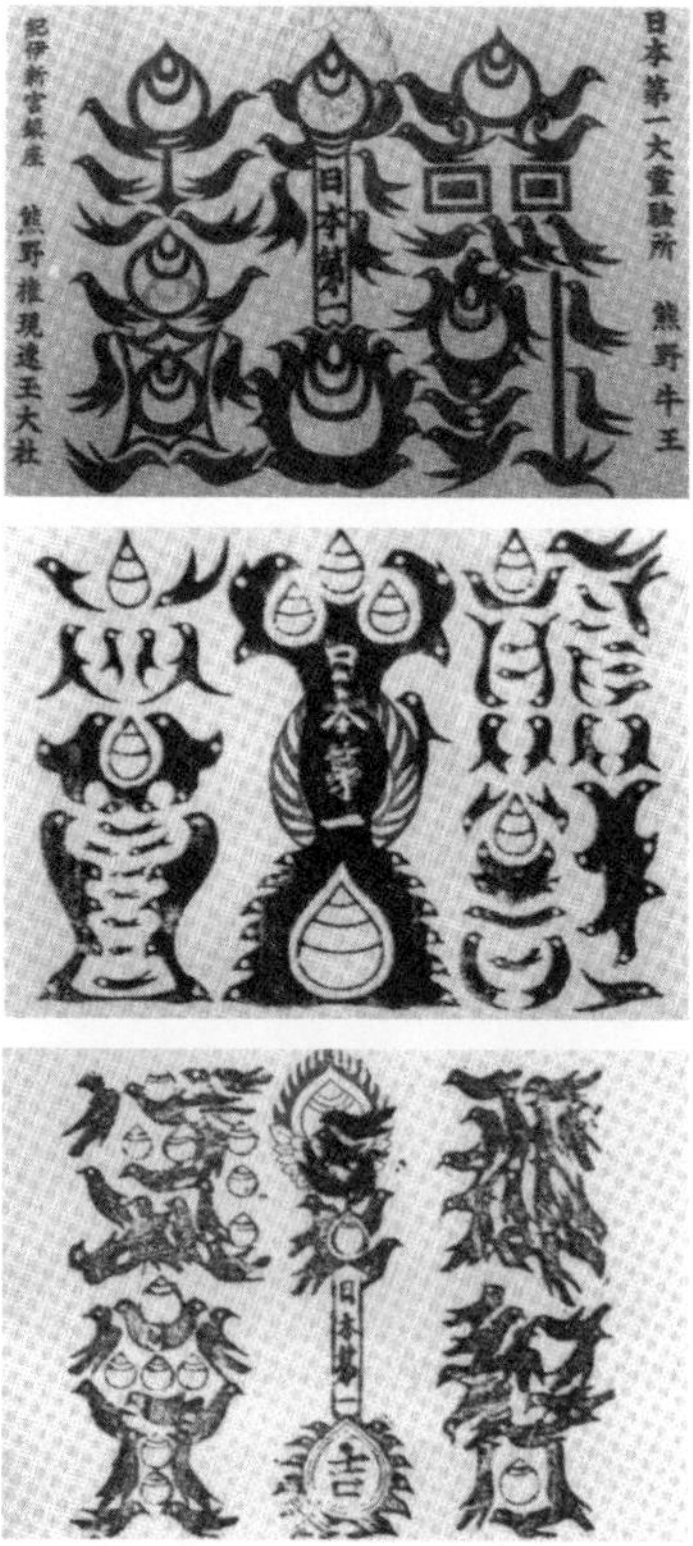

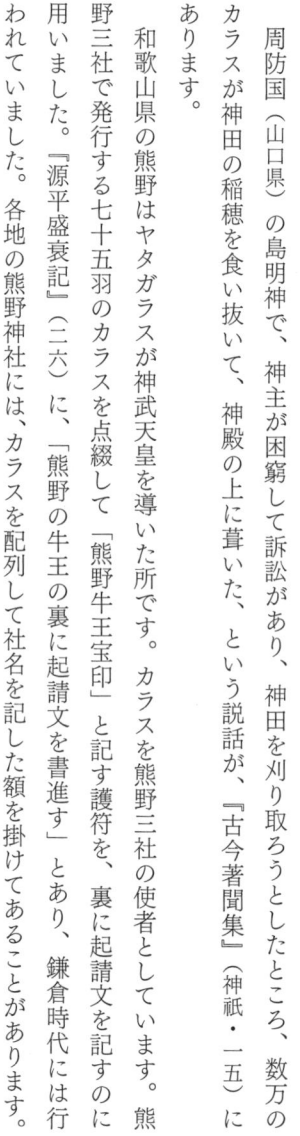

熊野牛王宝印

天和元年（一六八三）刊『熱田宮雀』は、名古屋市の熱田神宮に関する句集で、二月の題の中に、「御烏祭」があり、「二月初めの未の日と十一月初めの辰の日、両度あり。宮人、神前にして大空に向かひ招き呼ぶ時、烏一つがひ、御供へ物を取り、空に飛び行く」（上）と説明しています。

広島県の厳島神社について、津村淙庵の『譚海』（八）に、厳島神社の祭礼には、いつも神に仕える雌雄二羽の烏が供物をくわえて飛び去る、雛が育つと親は雛に譲って去る、とあります。『厳島図会』には、養父崎神社の祭神は霊烏で、船で近づいて粢（神前に供える餅）を海に浮かべ音楽を奏すると、霊烏は飛んで来て船に移り、まず雄が、ついで雌が拾いあげる鳥喰の式がある（巻三）、弥山（厳島神社の後ろの山）に、雌雄一双の神鴉がいて、他の凡鴉は近づけない（巻四）、速田大明神社の祭神は霊烏で、厳島の神を先導したのであろう（巻四）、大頭大明神社では、九月二十八日に鳥居の傍らに食物を供えて音楽を奏すると、神鴉一双が来て、拾い上げ、翌日からは子鴉一双が養父崎の鳥喰に出る（巻四）、などとあります。

栃木県日光市の東照宮の前に二羽のカラスがいて、茶店で売る団子を空高く投げると、宙でくわえ取っていたと、『嬉遊笑覧』（一二）にあります。これも神の使者なのでしょう。

松浦清は、随筆『甲子夜話』（一四）に、カラスは神を喜び寺院を喜ばない、日光では、東照宮の森にはいるが大猷院（徳川家光の廟）の森にはいない、江戸では、芝（増上寺）、上野（寛永寺）には少ないという話を記しています。

『発心集』（二）には、摂津国和田（兵庫県神戸市）の妙法寺の楽西が念珠を落としたのを、カラスがくわえて来て、それ以後、人が物を持ってくるのを知らせるようになり、仏教を守る護法善神の使者のようなありさまであったとあります。仏の使者とすることもあったようです。

大同三年（八〇八）四月に、二羽のカラスが大内裏の若犬養門（皇嘉門）の樹上で死んでいるのを人に打ち落とさせたが、これは藤原薬子が反乱を起こす前兆であるとしました（日本後紀・一七）。『古今著聞集』（草木・六六七）に、藤原時賢の家の鞠場の柳に住んでいたカラスが、桃の木に移ったのを人々が不思議がっていると、関白から柳を求められた、カラスはあらかじめ知っていたのだとあります。神の使者ではないが、カラスには予知能力があると考えていました。

杜甫の詩「洞庭湖を過ぐ」に「櫂を迎へて神鴉舞ふ」とあるなど、中国でもカラスを神の使いとしていました。明の謝肇淛の『五雑組』（九）に、洞庭湖に神鴉がいて、帆船の上から人が肉を投げてやるという記事があります。

カラスの気味の悪さは、神性につながると考えたのでしょう。

【不祥】 日蓮は、「烏は年中の吉凶を知れり、過去に陰陽師なりしゆゑ」（開目抄）と記していますが、各地の伝承では、カラスが鳴くと、死人が出る、火事になるなど、不吉なことが起こるとすることが多く見られます。ドミニコ会の宣教師コリャードの『懺悔録』（一六三二年ローマで刊行）に、キリシタンの信徒が、カラスの鳴くのを聞いて、「定めて我がことの上に、何か災難・災いがあらうぞ！」と気遣いしたと懺悔するところがあります。享保十二年刊の『田舎荘子』（上）では、カラスが「我は人家に凶事あれば、往いて未然に告げ知らしむ。然るに人々奇特なりと言はずして、かへって烏鳴きが悪しきというて、我を不祥のものとして忌み嫌ふ」と語っています。

元禄十二年（一六九九）に出た『咒詛調法記』に、「烏なくまじなひの事」として、金剛合掌して（手を合わせて）拝み、

ちはやふる神代の烏告げをしていつしかはらん本のウンケン

の歌を三度唱え、「七難即滅、七福即生、寿命長遠、唸急如律令」と唱うべしとあります。カラスの鳴き声は不吉なので、それを避けるまじないが行われたのです。

カラスを不祥なものとするのは、世界的な俗信のようです。中国では、宋の朱熹の『詩経集伝』（北風）に、キツネもカラスも不祥のものとしています。『五雑組』（九）に、カラスが鳴くのは俗に凶事があると言い、女子や小人は声を聞くと唾を吐くとあります。西洋では、シェイクスピアの『オセロー』（四・一）に、「疫病に取りつかれると、かならず大烏（raven）がやって来て、その家の軒先を離れず不吉を知らせて鳴き続ける」（福田恆存訳）とあります。

【死骸を食う】『日本書紀』に、垂仁天皇二十八年十月に天皇の弟の倭彦命が亡くなり、十一月に葬った時に、殉死者が死んで腐り、その肉を犬・烏が集まって食ったので、殉死を禁じ、埴輪を作るようにさせた、とあります。

空海の詩「九想詩」（性霊集・一〇）の「方塵相」の一節に、「禍烏鳴きて一たび提ぐ」とあり、これを絵にした鎌倉時代の『九相詩絵巻』に、犬と烏が死骸を食う場面があります。鴨長明の『発心集』（五）には、源国輔の愛人が一旦死んで蘇生したが、死んでいる間にカラスに両眼を食われたという説話があ

ります。落語「野ざらし」で、鳥の飛び出した芦の間に人骨があるのは、鳥が死骸をついばんでいたのでしょう。

【明け烏】 和歌では、カラスを早朝と夜に詠むことが多く見られます。早朝に鳴くカラスの声は、

朝烏早くな鳴きそ我が背子が朝明の姿見れば悲しも（万葉集・一二・三〇九五）

など、恋人たちを別れさせるものでした。高杉晋作作という「三千世界の烏を殺し、主と朝寝がしてみたい」という唄も同じ思いです。

唐の張文成の小説『遊仙窟』に、恋人と寝ていると、憎い病鵲（「鵲」は厳密にはカササギ）が夜半に人を驚かすという一節があります。日本文学でもこれを踏まえて、「やもめ烏の浮かれ声など思ふほどに、明け過ぎぬるもはしたなし」（とはずがたり・一）などと用いています。「明け烏」という語は、江戸中期から見えます。

【夜烏】 夜中のカラスを詠んだものに、

暁と夜烏鳴けどこのもりの木末が上はいまだ静けし（万葉集・七・一二六三）

などがあります。暁とは夜明け前のまだ暗い内の意味です。

吹く風に霜おきまよふみ山べに月夜烏の声も寒けし　藤原家良（新撰六帖・六・二六〇一）

のように「月夜烏」と言うこともあります。

【夕烏】 夕暮れのカラスの寂しさを述べたものは、最初に引いた『枕草子』（一段）のものが最古であり、有名です。歌では鎌倉初期の藤原良経の、

雲深きみ山の里の夕闇にねぐら求むる烏鳴くなり（秋篠月清集・一四九九）

が最古でしょうか。「夕烏」という語は、「鳴くや関路の夕烏」（謡曲・蝉丸）あたりが最古の例です。

【鵜のまねをする】 才能の無い者が人のまねをして失敗するたとえに鵜のまねをするカラスと言います。『愚管抄』（七）の「何事にも、さながら烏を鵜に使はるることにて侍るめれば」は、無能な者に重要な役割を与える例に用いたものです。『十訓抄』（七・序）に、無能・不忠の者が幸運にあうこともあるが、それをあてにするのは「鵜のまねする烏に似たり」とあります。僧公朝の歌に、

大井川堰杭（ゐぐひ）に来ゐる山烏鵜のまねすとも魚は捕らじな（夫木抄・二七・一二七二六）

があるなど、鎌倉時代には行われていました。『古今著聞集』（魚虫禽獣・六七九）には、僧の文覚が、京都高雄の神護寺で猿がカラスを水に入れて魚を捕らせようとしたのを見たと語ったという話があります。本来は、鵜飼のまねをすることでした。

【太陽】 中国の神話では、太陽の中に三足のカラスがいるとして、陽烏・金烏・赤鴉などと言います。三足であるのは、奇数が陽、偶数が陰だからで、太陽が陰では不都合だからです。ただし中国の古い絵には二足のものもあります。大津皇子の詩「臨終」（懐風藻・七）に、「金烏西舎に臨む」とあるなど、日本でも奈良時代以前から知られていました。

これについて南方熊楠は、「太陽に烏ありとは、日中の黒点をこれに似たりとせるに由ること無論なるべきが、その上に、烏が定まりて暁を告ぐる習性、また大いにこの想像を強めたるなるべし」と述べています（日月中の想像動物）。

三本足の烏（訓蒙図彙）

『倭名類聚抄』には、「陽烏」にヤタガラスの訓を付けています。下鴨神社では、祖先を三足のヤタガラスであると言い、三足は日の出・日中・日没を象徴すると言っています。熊野神社でもカラスを三足に描くことがあります。

【孝行】中国では、梁の武帝の「考思賦」に、「慈烏は反哺（はんぽ）して以て親に報ゆ」とあるなど、カラスは養育してくれた親に報いて食物を与えるとしています。生まれてから六十日は母が餌を与え、その後の六十日は子が母に餌を与えるといい（本草綱目）、それで慈烏（慈鳥）・孝烏（孝鳥）などと言います。日本でも、奈良時代の麻田陽春（あさだのやす）の詩に「孝鳥（「烏」とする本もある）朝夕に悲しむ」（懐風藻・一〇五）とあり、奈良時代から知られていました。貝原益軒は、慈烏は常のカラスで、烏鴉はハシブトであるとしています（大和本草）。

【頭の白いカラス】 平安中期の僧増基が熊野に参籠している時に、頭の白いカラスを見て、

山烏頭も白くなりにけり我が帰るべき時や来ぬらむ（増基法師集・一九）

と詠みました。これは、中国の戦国時代に、燕の国の太子である丹が秦の人質になっていた時に、烏の頭が白くなり、馬に角が生えたら、国に帰らせると言われ、天を仰いで歎くと、烏の頭が白くなり、馬に角が生えて、丹は帰国することができたという話が『燕丹子』という本にある（芸文類聚、史記正義（刺客列伝）などに引く）のを踏まえています。

【祥瑞】『日本書紀』天武天皇六年（六七八）十一月に太宰府から「赤烏」を献じたのを最初に、変わった色のカラスを祥瑞とする記事が史書に多く見えます。『延喜式』（治部省）には、青烏・赤烏・三足烏を上瑞、白烏・蒼烏・翠烏を中瑞としています。

『甲子夜話』（四）には、天明（一七八一―八九）の末ごろ、京都の近郊で白いカラスを得て朝廷に献じ、祥瑞と言ったが、翌年京都に大火があり、御所も焼けた。松平信濃守が、豊後国（大分県）中川では、白いカラスは、城枯らすの前兆として見たら殺す習慣がある言って笑ったという話を載せています。

【黒】 こういう話があるのは、カラスが真っ黒だからでしょう。平安中期の曾根好忠の、

年経れば烏羽の玉（カラスオウギの黒い実）さへ老いにけり烏の髪に年積もりつつ（好忠集・三五九）

は黒い髪が老いて白くなったことを詠んだ歌、カラスは黒髪の例えにも用います。今でも、美しい黒髪をカラスの濡れ羽色と言います。

『日本書紀』敏達天皇元年五月に、高麗からの文書が烏の羽に墨で書いてあって読めないのを、百済からの帰化人である王辰爾（おうしんに）が、飯を炊く湯気で蒸して絹に押し付け、その字を写して読んだという記事があります。延喜六年（九〇六）に宮中で行われた『日本書紀』の講義の後の宴会で、参加者が書紀の中の人を題に詠んだ歌の中に、

烏羽に墨を分かたぬ玉章（たまづき）は君が御代にぞ奉りける　藤原道明（日本紀竟宴和歌・二四）

とあります。

我が恋は烏羽に書く言の葉のうつさぬほどは知る人もなし　藤原顕季（あきすえ）（堀河百首・一一四一）

は、この故事を踏まえて恋の心を詠んだ歌です。

【雀をいじめる】『源氏物語』（若紫）には、飼っていたスズメが逃げたのを、カラスが見つけるかもしれないと心配することが描かれています。『宇治拾遺物語』（三・一六）の舌切り雀の原型の説話に、「隣の雀は、もと腰折れて、烏の命取りぬべかりしを」という一節があります。カラスはスズメをいじめるのです。そういうことがあるのかどうか知りませんが、大きさの違いや、カラスのふてぶてしさから考えたことなのでしょう。

柊（ひいらぎ）

一枝の梅は添へずや柊売り　也有（鶉衣）

作者の俳文集『鶉衣』に載る「節分賦」は、「今宵は鬼のすだく夜なりとて、家々に鰯の頭・柊さしわたす」と始まり、最後に三句記す中の一句です。節分の柊売りは、春を知らせる梅を一枝添えないか、という

のです。

最近はあまり見かけなくなりましたが、節分の夜には軒先に焼いたイワシの頭とヒイラギ（歴史仮名ヒヒラギ）の葉を挿したものでした。『土佐日記』の承平五年（九三五）元日の条に、船の中で京都の元日を思いやって。「小家の門のしりくべ縄（しめ縄）の鯔の頭、ひひらぎらいかにぞ」と言うところがあります。平安時代にはイワシでなくナヨシ（ボラ）でしたが、やはりヒイラギを挿していたことが分かります。

なぜヒイラギを用いるのか。狂言「節分」に、人間世界に来た鬼が、

さてもはったと失念いたいた。人間は利根で、節分の夜には、蓬萊の島より我らがやうなる者が渡って、物の透き間より覗くと申して、ひひらぎを挿すと聞いたものを、はったと忘れて目をしっくりと突いたよ。（大蔵虎明本による）

というところがあります。ヒイラギは鬼の目を突くと考えていたのです。

『古事記』（中）に、倭建命が、西日本の熊襲建と出雲建を征服して帰還し、東の方の荒ぶる神や服従しない人々を退治するために出掛ける時に、父の景行天皇から、「比々羅木の八尋矛（一尋は両手を広げた長さ）」を賜ることがあります。『続日本紀』（二）の大宝二年（七〇二）正月八日の条には、造宮職が杠谷樹の長さ八尋のものを献じたとあります。宮中の行事に用いたのでしょう。また同じ年の四月十日には、秦広庭の献じた杠谷樹の八尋の桙根を伊勢神宮に奉らせたという記事があります。延長五年（九二七）成立の法令集『延喜式』（一三）には、正月上卯日に邪鬼を払うために天皇などに差し上げる

卯杖はヒイラギなどで作るとあります。今でも地方によっては、ヒイラギを屋敷に植えると魔よけになるとか流行病にかからないとかいう言い伝えのあることがあります（鈴木棠三『日本俗信辞典　動植物編』）。ヒイラギには強い生命力と魔よけの呪力があるという信仰があったようです。

クリスマスのケーキには、作り物のヒイラギの葉が添えてあります。西洋でクリスマスに用いることについては、ヒイラギが神聖な木であるとか、とげがあるのがキリストのかぶった茨（いばら）の冠に通じるのだとか、赤い実がキリストの血を思わせるのだなどと言われています。西洋でも神秘的な木なのでしょう。

節分に軒に挿した柊（大和耕作絵抄）

厳密には、日本のヒイラギはモクセイ科、外国のセイヨウヒイラギはモチノキ科で、別の木です。セイヨウヒイラギは英語では holly と言います。アメリカの映画の都 Hollywood は、ヒイラギの林ということです。カリフォルニアでは holly は育たないのだけれど、一八八六年にカンザス・シテイの不動産業者のウイルコックス夫妻が、シカゴの友人の別荘の名を借りて、農場を holly wood と名づけたのが始まりだと言われています（世界大百科事典）。ハリウッドを「聖林」と書くことがあります。神聖のほうは

holyで綴りが違うのですが、同じようなので誤ったものです。

ヒイラギを詠んだ歌はあまりありません。鎌倉後期に成立した一万七三八七首を載せる膨大な和歌集『夫木和歌抄』に、ヒイラギの歌は、

世の中は数ならずともひひらぎの色に出でては言はじとぞ思ふ　藤原為家（二九・一四〇七四）

という一首だけ載っています。ヒイラギは「色に出」ない、目立たない花ということです。

あとは江戸後期の木下幸文（一七七九―一八二一）の『亮々遺稿』の、

今日と言へば門に挿したるひひらぎのあなかどかどし世の人の性（一五四〇）

と、井上文雄（一八〇〇―七一）の『調鶴集』の、

神無月まだ散りそめぬひひらぎの花をこぼして置ける霜かな（四〇八）

という二首が見つかっただけです。前者は節分のものを尖っていることの譬えにしたものです。後者は初冬に咲く白い小さい花を扱っています。花については、元禄十年（一六九七）刊の『韻塞』に、

柊の花に明け行く霜夜かな　汶村

明治四十二年に出た句集『日本俳句鈔』に、

柊や冬の木犀咲きにけり　子吟

という句があります。斎藤茂吉の昭和十一年の作に、

ひひらぎの白き小花の咲くときにいつとしもなき冬は来むかふ（暁紅）

があります。しかし初冬の花という扱いをするのは詩歌くらいで、まじないとしての使い方のほうが知

られていると思います。

ヒヒラギの語源について、僧契沖が元禄八年（一六九五）に出した仮名遣の研究書『和字正濫抄』で、「葉のとがりて人を刺せば、疼木の意か」と述べています。ずきずき痛むことをヒヒラクと言い、触ると刺さって痛むからだというのです。以後の諸説もこれと同じものが多く、これが妥当だろうとされています。

日本の古い文献ではヒイラギを巴戟天・杠谷樹・黄芩などと書いています。「柊」と書くようになったのは室町時代ころからのようです。「柊」という漢字は、中国では、『南越筆記』（『大漢和辞典』所引）という本に柊の葉は芭蕉に似ているとありますから、まったく別の木です。大槻文彦『大言海』では「柊ハ木疼ノ略合字」としています。中国のとは無関係な日本製の字ということです。

年の暮

いざや寝ん元日はまた明日の事　蕪村（自筆句帳）

大晦日、いろいろあるが、くよくよしても始まらない、もう寝よう、元日はまた明日のこと、どうにかなる。

一条天皇の中宮である彰子に仕えていた紫式部は、寛弘五年（一〇〇八）十二月中旬から自宅に下がっていたが、二十九日に宮中に参り、初めて参内した時のことを思い浮かべて、次の歌を詠みました。

年暮れて我が夜更け行く風の音に心の内のすさまじきかな　（紫式部日記）

年が暮れて我が身も老いてゆき、夜も更けていく（世と夜と懸ける）、吹く風の音に、心は荒涼としていることである。一年を振り返って内省する気持ちになる歳末に、宮中にいることに慣れてしまった自分を厭わしく思い、暗い孤独感に陥って行くのです。

平安時代の和歌では、年の暮はどのように詠んでいるのか、『古今集』の冬部の最後にある四首の歳暮の歌を見ることにします（三三九以下）。

あらたまの年の終はりになるごとに雪も我が身もふりまさりつつ　在原元方（歳末になるごとに雪もますます降りつのり我が身も古びてゆく。「ふり」は「降り」と「古り」を懸ける。）

雪降りて年の暮れぬる時にこそつひにもみぢぬ松も見えけれ　詠み人知らず（雪が降って年が暮れた時に、最後まで紅葉しない松も見えることである。『論語』の「歳寒くして然る後に松柏の凋むに後るるを知る」による。）

昨日と言ひ今日と暮らして飛鳥川流れて速き月日なりけり　春道列樹（昨日と言い今日と言って暮らして明日は年が改まる、飛鳥川の速い流れのように流れて速い月日であった。「昨日—今日—明日」から「あすか川」と続け、それを枕詞のように用いている。）

行く年の惜しくもあるかなます鏡見る影さへに暮れぬと思へば　紀貫之（行く年が惜しいことである、澄んだ鏡の中に見る我が姿まで老い衰え、年も暮れると思うと。「暮れ」に、自分が老いると年が暮れるとの意味を持たせる。）

月日が速く過ぎ、今年の暮れるのを惜しみ、自分が年を重ねることを嘆いています（松の歌は例外的です）。調べれば他にもさまざまな捉えかたがあるでしょうが、こんなところが年の暮の歌の常識的な扱いでしょう。

これらに比べると、紫式部の歌の自己を凝視し批判する眼は、異常なほどに激しいものです。この真実を模索する心の厳しさが、『源氏物語』という名作を生み出しているのでしょう。

江戸時代の代表的な三人の歌人の歌を見ることにします。

春を待ち年を惜しみていづかたによるとしもなき夜ぞ更けにける　賀茂真淵（賀茂翁家集・二五三）

春を待ち、年を惜しむ、心はそのどちらにもつかず、夜は更けてゆくのです。

かきおこし思ひ返せば埋み火の消えしに似たる一年のあと　小沢蘆庵（六帖詠草・一一六七）

囲炉裏の火をかきおこしながら一年を省みると、埋み火の消えたあとのようだ。老後の心境でしょう。

慣れ慣れて年の暮とも驚かぬ老いの果てこそあはれなりけれ　香川景樹（桂園一枝・四四五）

老いて、歳末にも慣れてしまって驚かなくなったのを嘆いています。

それぞれ穏やかに自分の境遇を詠嘆しています。いずれも優れた歌ですが、穏やかで、悪く言えば、通りいっぺんとも言えないこともなく、紫式部の激しさは見られません。

芭蕉の句を見ることにします。

暮れ暮れて餅を木魂のわび寝かな（天和二年歳旦発句牒）

一日一日と歳末が迫り、あちこちから餅を搗く音がこだまとなって聞こえるが、自分は、餅を搗くこともなく、侘しく一人で寝ている。

この句は、天和二年（一六八二）の歳旦発句牒の巻頭に載っています。歳旦牒（帳）というのは、俳諧の宗匠が年頭の配り物として作る小冊子で、新年のめでたさを詠んだ句を載せるのが普通です。それな

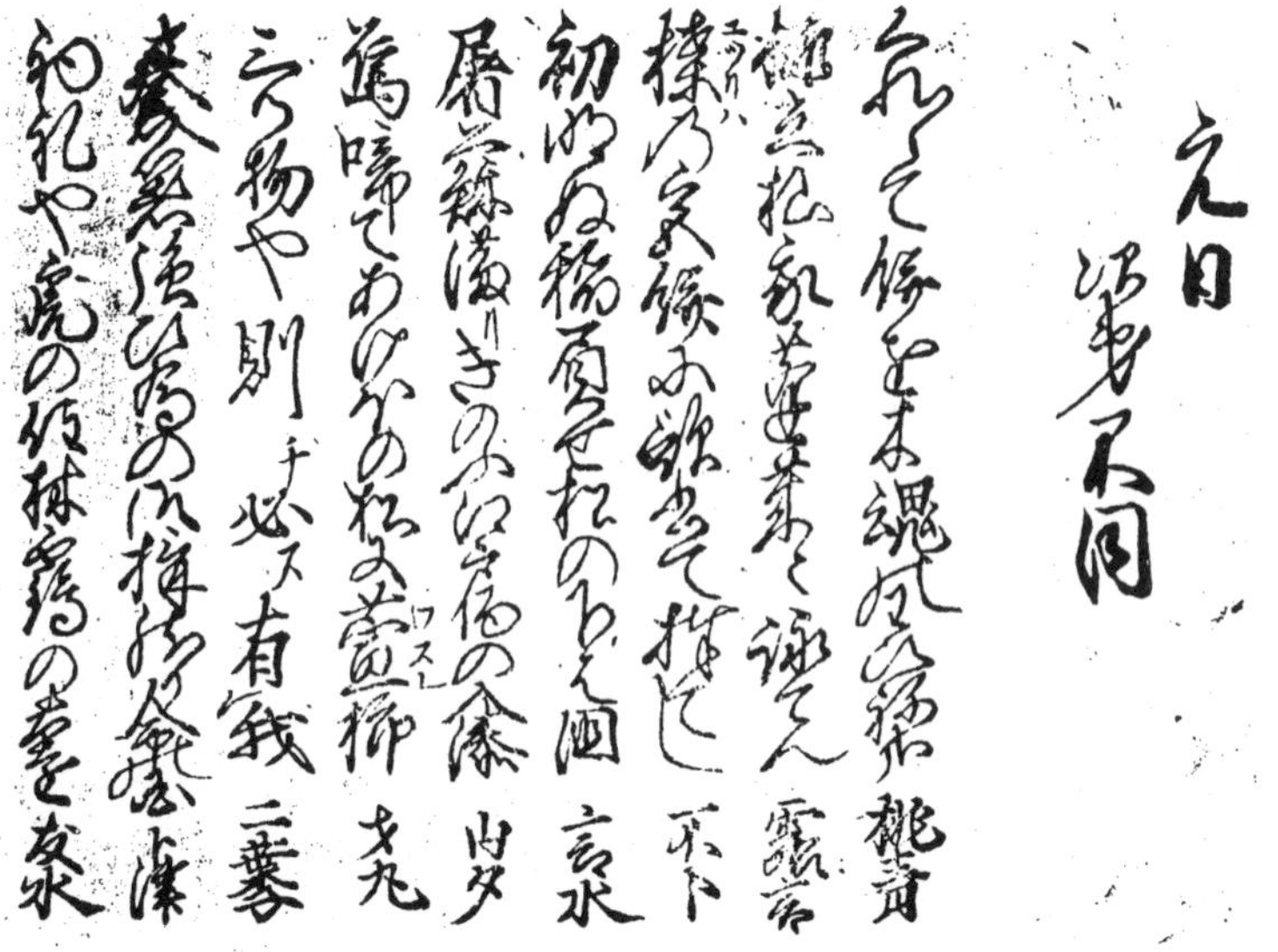

天和二年歳旦発句牒

のに貧しい自分の生活を詠んだ句をあえて巻頭に掲げています。

延宝八年（一六八〇）の冬、芭蕉は江戸の都心から隅田川を隔てた深川に転居し、門人たちの喜捨に頼る最低の生活に入ります。そして、それまでのことば遊びから、生活を直視する実感に根ざす俳諧を切り拓いて行きます。この句は、貧しい生活の中から新しい詩歌を創造して行く決意を表明しています。一般の生活と自分の貧しい侘寝とを対比し、忙しい時間を傍観する生活を風雅なものと自負する覇気が窺われます。

月雪とのさばりけらし年の暮（続虚栗）

貞享三年（一六八六）の作。歳末に一年を振り返ると、世の人々はそれぞれに苦労しているのに、俳諧師の自分は、月がどうの雪がどうのと気ままにふるまっているだけで、世の中の役に立つようなことは何もしていない。

芭蕉の文学は、身は俗世間にありながら、それを精神的に脱却して生活を芸術化することで成り立っています。しかし、それを正当なことと思うのは自己満足・現実逃避に過ぎない。世間の人たちが、慌ただしい年の暮に懸命に生きているのを見ると、生産的なことをしているわけではない自分は負い目を感じてしまう。「のさばる」という語で、いい気になって風流がっている自分の生活を批判しています。そこにはえせ風流人とは異なる厳しさがあります。そういう真摯な態度が芭蕉の文学を重厚なものにしています。

連歌・俳諧・発句・俳句

連歌の起こりは一首の歌を二人で分けて作ることです。すでに『万葉集』に一例があります（八・一六三五）。

歌というものは、個人の心に感じたことを歌い上げるものです。だから二人で作るのは言わば遊びであり、平安時代の歌集や歌論書などに載っている連歌は、頓知問答のようなものが多いのです。一例を『俊頼髄脳（としよりずいのう）』から引きます。

奥山に船漕（こ）ぐ音の聞こゆるは　凡河内躬恒（おおしこうちのみつね）

なれる木の実やうみわたるらむ　紀貫之

船などあるはずのない奥山で船を漕ぐ音が聞こえるのはという難問に、木の実が一面に熟している、熟（う）みわたって、海渡っているからだと答えたのです。

初めの内は二句だけのものでしたが、平安後期になると、もっと長い連歌が作られるようになります。付けた句に更に別の句を付けることも出来るだろう、それならまたそれに別の句をという興味で、どんどん長くなりました。鎌倉時代になると百句続ける形式が完成します。二句だけのものを短連歌、平安後期のものを鎖連歌、百句など固定したものを長連歌と区別しています。

百句の長連歌を百韻と言い、これが正式な形式ですが、五十韻（五十句）、歌仙（三十六句）などの略式のものもあります。五七五の形の第一句を発句、七七の第二句を脇・脇句、次の五七五は第三と言い、以下は特に名称はありませんが、言うなら第四、第五……で、最後の句、百韻なら百句目の七七の句を揚句（挙句）と言います。脇以下はすべて付け句です。

百韻の連歌は、美濃版（B4）の用紙（懐紙と言う）四枚を横長に折り、折り目を下にして、一枚目（初折）の表に八句（表八句と言う）、裏に十四句、二枚目（二の折）、三枚目（三の折）は表裏とも十四句、四枚目（名残の折）には表に十四句、裏に八句書くことになっています。書き終わったら右を水引で綴じます。

連歌には式目と言って、どういう場合にはどういう句を作るという規定があります。煩わしいようですが、これによって全体に変化のある流れを作り出しのです。

発句にはその季節の景物を詠み込むことになっています。季語という考えが必要になります。そして内容も形式も独立して観賞することのできることが要求されます。そこで切れ字という考えが生まれます。

短連歌は頓知問答でしたが、長くなると頓知で続けることは難しくなり、次第に和歌と同じような雅（エレガンス）を目指すようになります。雅の文学では、内容や詩精神だけでなく、題材や用語まで厳しい制限があります。漢語や俗語は避けなければなりません。

俳諧とは、漢語では滑稽という意味ですが、日本文学では雅をはみ出した俗の精神を言います。俳諧精神で詠んだ歌は俳諧歌であり、連歌は俳諧連歌です。『古今集』には巻十九に誹（俳）諧歌という部立があり、延文二年（一三五七）成立の准勅撰連歌集『菟玖波集』には「雑体　誹諧連歌」がの部立があります。

江戸時代に入って、連歌師であった松永貞徳は、連歌への階梯（かいてい）としての俳諧連歌（略して俳諧）を説いて、町人文化の起こって来た中に受け入れられて次第に広まります。その俳諧は、言葉遊びの要素の強いものでしたが、その中から松尾芭蕉たちによって庶民詩としての俳諧が作り上げられました。

俳諧の発句を俳句と言うようになったのは、明治になって正岡子規が主張してからのことです。それ以前にも俳句という語はありましたが、俳諧の句という意味でした。俳諧連歌を連句と言うようになるのも明治以後のことです。

季語

連歌・俳諧・俳句で、句に詠みこんで季節を表す語が季語です。季題とも言い、区別しないで用いることもありますが、厳密には「季語」は季節感のある語であり、「季題」は句を詠む時の季節に関する題目です。「季題」は明治三十六年に森無黄（もりむこう）が、「季語」は明治四十一年に大須賀乙字が用いたのが文献初出とされていますが、古く室町時代の正徹（しょうてつ）の歌論『正撤物語』に「季の題」、芭蕉の『笈（おい）の小文』に「季ことば」という例があり、室町時代の連歌師宗祇（そうぎ）の発句集『自然斎発句（じねんさいほっく）』の目次には「季題」とあり、これは季の題と読むのだと思いますが、これらの語の成立する基盤は古くからあったのです。江戸時代の俳諧の作法書では「四季の詞」としているものが多く見られます。

『万葉集』に「梅花歌」（五・八一五）、「雪歌」（八・一六三六）などと中国の詩の題に倣って、季語を題にして歌を詠んだ例が見られます。平安時代になると、歌合せや定数歌ではあらかじめ提示された季題で詠み、歌集では季題によって歌を分類しているものもあります。しかし和歌では、

…御屏風に紅葉流れたる形を描けりけるを題にて詠める
ちはやぶる神代も聞かず龍田川韓紅に水くくるとは　在原業平（古今集・秋下・二九四）

のように、歌の中に季語が無くても、詞書などで季節が決まることがあるので、和歌では季語・季題は無くてはならないものとせず、歌論などでも季語に言及することは多くありません。

連歌や俳諧では、発句には季節の景物を詠み込むことになっているし、付句では四季の句をどのように詠むかという規定があるので、季節を感じさせる語を特定する必要があります。それで季語という考えが必要になります。

連歌は歌と同じで雅の文学ですから、用語は歌と同じで雅語に限られます。しかし俳諧は俗の文学ですから、題材は連歌に比べて自由です。俳言と称して、猫の恋、糸瓜、鱈などの卑俗なもの、牡丹・葡萄のような漢語など、季語の範囲も広がります。

初期の俳諧は言葉遊びの要素が強く、鑓梅、犬桜などの動植物の品種や異名を懸け詞として多く用いています。元禄（一六八八―一七〇四）ころになると、藪入り、麦刈りなど、生活関連の季語が多くなります。江戸中期以後には、文化の東漸に伴い、江戸特有のものや、全国各地の行事や習慣も季語として歳時記などに登録されます。明治以後には、夏帽、アイスクリーム、毛布、クリスマスなど外来の文物や風習、

駒草、エーデルワイスなどの高山植物、ハイビスカス、ブーゲンビリアなどの南国の花、熊祭、流氷など北海道特有のものも季語として詠まれています。

桜が春、蝉が夏、菊が秋、雪が冬であるなどは、日本人にとっては自明のことで、そういう季語が多いのですが、古典文学の知識によって蛙(かわず)が春で千鳥が冬、古代日本の宮廷行事によって相撲が秋、古代中国の風習によって鞦韆(しゅうせん)（ブランコ）が春であるなど、古典の知識などで季節が決まっていて、現代の常識的な感覚では理解しにくいものもあります。

あとがき

わたくしには平成十年に小学館から出した『季語再発見』という著書があります（以下「前著」と言う）。前著ではそれぞれの項目を出来るだけB6版の二ページに収めました。平成十三年に馬淵和夫先生のご紹介があって、広島で発行している短歌の雑誌『真樹』のその年の十一月号から、「季節のことば」という副題で、その号の季節に適する語を、おおむね二ページで書き続けることになりました。項目によっては二回続けたこともあります。途中で休載したこともありましたが、平成二十四年二月号まで続きました。

本書はこの連載した文章に手を加えたものを中心に、いくつかの項目を新たに書き加えて一冊にしました。短歌の雑誌ですから、俳句よりも近代短歌の例を多くするように心掛けましたが、この本では江戸時代の俳句を多く入れました。雑誌のほうも前著と同じ二ページですが、Ａ５版で活字が小さいから、書ける量が多くなったので、同じ季語でも前著よりも説明が詳しくなっているはずです。あまり知られていない季語も入れました。逆に前著にあっても、この本では省いた語もあります。他の小著に書いたものを書き改めたものもあります。なるべく新しいことを書き加えようと努めましたが、同じ著者ですから、言っていることはそれほど違っていないだろうと思います。

中扉に藤澤紫『鈴木春信絵本全集』（勉誠出版）から美人画を入れました。少しでも華やかにしたいという下心でのことです。

平成三十年十月

小林祥次郎

柊（ひいらぎ）［冬］……343
氷魚（ひお）［冬］……141
彼岸花*［秋］……219
ひぐらし*［秋］……160
雛祭（ひなまつり）［春］……82
ふかみぐさ*［夏］……106
富士の農男［夏］……109
腐草蛍と為る（ふそうほたるとなる）*［夏］……44
二夜の月*［秋］……262
冬の月*［冬］……210
ぶらここ*［春］……80
ぶらんこ*［春］……77
牡丹（ぼたん）［夏］……105
時鳥（ほととぎす）［夏］……112

ま

鮪（まぐろ）［冬］……316
松虫［秋］……226
豆名月（まめめいげつ）*［秋］……264
曼珠沙華（まんじゅしゃげ）［秋］……219
巳の日の祓（みのひのはらえ）*［春］……83
麦藁鯛（ひぎわらだい）*［夏］……55
六つの花*［冬］……300
名月*［秋］……205
桃［春］……86
百千鳥（ももちどり）［春］……28
桃の節句*［春］……85

や・わ

柳［春］……73
山吹［春］……90
夕顔［夏］……161
夕焼け［夏］……165
雪［冬］……296
行く春［春］……94
百合［夏］……153
よぶこどり*［夏］……125
立春［春］……6
若鮎*［春］……137

水仙［冬］…… 324
杉［雑］…… 300
薄（すすき）［秋］…… 217
鈴虫［秋］…… 226
雀［雑］…… 35
爵（すずめ）大水（たいすい）に入りて蛤と為る*［秋］…… 44
雀の子*［春］…… 35
相撲［秋］…… 190
蝉［夏］…… 157

た

鯛［雑］…… 55
大根［冬］…… 315
鷹化して鳩と為る［春］…… 44
七夕［秋］…… 182
端午*［夏］…… 129
千鳥［冬］…… 290
粽（ちまき）*［夏］…… 130
蝶［春］…… 46
散る柳*［秋］…… 76
月［秋］…… 205
月の名残*［秋］…… 263
つくつくぼうし*［秋］…… 161
燕［春］…… 40
露［秋］…… 211
鶴［雑］…… 13
田鼠（でんそ）化（か）して鴽（かやくき）と為（な）る*［春］…… 44
年の暮［冬］…… 347
土用［夏］…… 176
蜻蛉（とんぼ）［秋］…… 197

な

夏の月*［夏］…… 209
海鼠（なまこ）［冬］…… 311
鳴る神*［夏］…… 168
鳰（にお）*［雑］…… 321
葱［冬］…… 308
猫の恋［春］…… 30
根深*［冬］…… 310
年内立春*［冬］…… 8
後の月*［秋］…… 263
幟（のぼり）*［夏］…… 130

は

梅雨*［夏］…… 132
萩［秋］…… 186
蜂［春］…… 63
初［雑］…… 2
二十日草（はつかぐさ）*［夏］…… 106
初鰹（はつがつお）［夏］…… 102

雷［夏］……………………………… 167
鴨［冬］……………………………… 283
烏［雑］……………………………… 331
雁［秋］……………………………… 250
枯れ薄*［冬］………………………… 219
枯野［冬］…………………………… 279
枯れ柳*［冬］…………………………… 77
獺の祭［春］…………………………… 33
蛙［春］………………………………… 69
蝙蝠*［夏］…………………………… 143
閑古鳥*［夏］………………………… 125
神無月［冬］………………………… 270
雁風呂*［春］………………………… 254
葱*［冬］……………………………… 309
菊［秋］……………………………… 255
雉大水に入りて蜃と為る*［冬］…… 44
乞巧奠*［秋］………………………… 185
狐火［冬］…………………………… 328
曲水の宴*［春］………………………… 82
桐［秋］……………………………… 201
霧［秋］……………………………… 213
蟋蟀［秋］…………………………… 232
銀杏*［秋］…………………………… 268
鯨［冬］……………………………… 294
葛［秋］……………………………… 222
くつくつぼうし*［秋］……………… 161
栗名月*［秋］………………………… 264
小鮎*［春］…………………………… 137
紅梅*［春］……………………………… 21
蝙蝠［夏］…………………………… 143
蟋蟀*［秋］…………………………… 232
ごきぶり［夏］……………………… 150
小春［冬］…………………………… 273
更衣［夏］…………………………… 100

さ

桜［春］………………………………… 50
桜鯛*［春］……………………………… 55
錆び鮎*［秋］………………………… 137
五月雨［夏］………………………… 131
さ百合*［夏］………………………… 155
鹿［秋］……………………………… 238
時雨［冬］…………………………… 274
鮪*［冬］……………………………… 316
十五夜*［秋］………………………… 205
十三夜［秋］………………………… 261
鞦韆［春］……………………………… 77
上巳*［春］……………………………… 82
菖蒲*［夏］…………………………… 126
西瓜［秋］…………………………… 195

索引

・文中の語には「*」を付けて区別した。
・無季の語には「雑」とした。

あ

秋ついり［秋］…… 193
紫陽花（あじさい）［夏］…… 133
網代（あじろ）*［冬］…… 142
翌檜（あすなろ）［雑］…… 306
油虫*［夏］…… 150
菖蒲（あやめ）［夏］…… 126
鮎［夏］…… 136
哀れ蚊*［秋］…… 150
いかずち*［夏］…… 168
いさな*［冬］…… 294
無花果（いちじく）［秋］…… 246
銀杏（いちょう）［秋］…… 265
稲雀（いなすずめ）*［秋］…… 37
稲妻*［秋］…… 170
芋名月*［秋］…… 264
鵜飼*［夏］…… 138
鶯（うぐいす）［春］…… 23
空蝉（うつせみ）*［夏］…… 160
鰻（うなぎ）［雑］…… 172
梅［春］…… 19
遅れ蚊*［秋］…… 150
鴛鴦（おしどり）［冬］…… 286
落ち鮎*［秋］…… 137
尾花*［秋］…… 217
朧月（おぼろづき）［春］…… 59

か

蚊［夏］…… 146
鹿（か）*［秋］…… 238
かいつぶり［雑］…… 321
蚊食い鳥*［夏］…… 144
蜻蛉（かげろう）*［秋］…… 197
郭公［夏］…… 124
門松［春］…… 10

著者紹介

小林祥次郎（こばやし・しょうじろう）

昭和13年2月　栃木県栃木市に生まれる。
昭和35年3月　東京教育大学文学部文学科卒業。
平成13年3月　小山工業高等専門学校教授を退官。

主要著書

『書言字考節用集　研究並びに索引』（中田祝夫と共著、風間書房、同改訂新版、勉誠出版）、『多識編自筆稿本刊本三種　研究並びに総合索引』（中田祝夫と共著、勉誠社）、『近世前期歳時記十三種　本文集成並びに総合索引』（尾形仂と共著、勉誠社）、『近世後期歳時記　本文集成並びに総合索引』（尾形仂と共著、勉誠社）、『季語遡源』（勉誠社）、『季語再発見』（小学館）、『日本のことば遊び　新装増補版』、『梅と日本人』、『日本古典博物事典　動物篇』、『くいもの―食の語源と博物誌』、『人名ではない人名録―語源探索』、『仏教からはみだした日常語―語源探索』『遊びの語源と博物誌』『日本語のなかの中国故事―知っておきたい二百四十章』『女のことば　男のことば』（以上、勉誠出版）など。

季語（きご）をさかのぼる

平成30年12月21日　初版発行
著　者　小林祥次郎
発行者　池嶋洋次
発行所　勉誠出版株式会社
〒101-0051　東京都千代田区神田神保町3-10-2
TEL(03)5215-9021(代)　FAX(03)5215-9025
出版詳細情報――http://bensei.jp/

印刷・製本　中央精版印刷

ISBN978-4-585-28045-3　C0081

江戸・東京語研究
共通語への道

東京共通語がいかに形成されてきたかを、江戸時代までさかのぼって追究し、共通語の通時的研究の可能性を明らかにする。戯作資料の扱いにも言及。

土屋信一 著・本体一二五〇〇円（＋税）

詩的言語と絵画
ことばはイメージを表現できるか

「絵や詩」を説明するとはどういうことか？「イメージ」をキー・ワードに、絵画と詩的言語との近似性に切り込み、日本語学と美術を架橋する新たなこころみ。

今野真二 著・本体二八〇〇円（＋税）

オノマトペの語義変化研究

周辺語彙との関わりから、徹底的に意味変化を追究するオノマトペの最新研究！明治・大正の小説作品に見られる用例を丹念に分析し、意味変化の源を探る。

中里理子 著・本体七〇〇〇円（＋税）

改訂新版 書言字考節用集
研究並びに索引

二万数千項の語を掲載する大冊の辞書、『書言字考節用集』。図版の鮮明化、索引の改善、新資料や自筆稿本の研究成果を取り入れた解説など、新版を提供。

中田祝夫・小林祥次郎 著・本体三〇〇〇〇円（＋税）